图书在版编目（C I P）数据

漂亮朋友 / （法）莫泊桑著；李玉民译. -- 武汉 ：长江文艺出版社， 2018.5
（世界文学名著名译典藏）
ISBN 978-7-5702-0221-8

Ⅰ. ①漂… Ⅱ. ①莫… ②李… Ⅲ. ①长篇小说－法国－近代 Ⅳ. ①I565.44

中国版本图书馆 CIP 数据核字(2018)第 031551 号

责任编辑：刘兰青　　责任校对：陈　琪
封面设计：格林图书　　责任印制：邱　莉　胡丽平

出版：长江出版传媒 | 长江文艺出版社
地址：武汉市雄楚大街 268 号　　邮编：430070
发行：长江文艺出版社
电话：027—87679360
http://www.cjlap.com
印刷：长沙鸿发印务实业有限公司

开本：880 毫米×1230 毫米　1/32　　印张：10.625　插页：4 页
版次：2018 年 5 月第 1 版　　2018 年 5 月第 1 次印刷
字数：240 千字

定价：30.00 元

世界文学名著名译典藏

全译插图本

漂亮朋友

〔法〕莫泊桑◎著　李玉民◎译

BEL-AMI

长江出版传媒｜长江文艺出版社

目录 *Contents*

译　序

自从人类开始文学创作以来，文学作品似乎就有雅俗之分，甚至有雅俗之争：究竟雅一点儿好，还是俗一点儿好，争论数千年也未能达成共识。我国自古就区分了阳春白雪和下里巴人，两者各行其道，名分上虽有高下，而实际却是伯仲之间，谈不上孰胜孰负。久而久之，就有人出来调和，从鉴赏角度拈出雅俗共赏之说；于是，对一部作品，给予雅俗共赏的评语，在一定程度上，就成了很高的赞誉。

《漂亮朋友》就是雅俗共赏的一部法国小说。

称得上雅俗共赏的作品，大致可以分为两类，殊途同归，从雅和俗两个方向，通至文人雅士与平民百姓的共赏。《漂亮朋友》显然是从俗的一端。走向人所共赏的境地。

在不知炒作为何物的年代，人们争相传阅一部作品，所看重的正是作品本身的价值和魅力。所谓洛阳纸贵谈何容易，成千上万的作品能赢得雅俗共赏美誉者，可以说屈指可数。《漂亮朋友》就是屈指可数的一部佳作。

雅俗共赏的作品，能登上大雅之堂者，更是凤毛麟角。《漂亮朋友》就是这样一只麟角或者凤毛。

莫泊桑小说属于世俗文学，这应是不争的事实，甚至有人批评他的作品过于粗俗。他的中短篇小说三百篇，为他赢得了“短篇小说之王”的称号，换句俗话说，使他成为“故事大王”。

世俗文学最鲜明的一个特点，就是讲故事，讲俗人俗事，描绘人生百态，这是市民阶层特别喜闻乐见的。

莫泊桑从一举成名的《羊脂球》起始，似乎就给自己的创作定了基调，并且一生遵循：每篇作品都要写成生动有趣的故事，写成纯而又纯的故事。他不同于雨果、巴尔扎克、司汤达，也不同于福楼拜、左拉等名家，讲故事就是讲故事，不是为了表现某个主题，也不发表议论，每部作品完全围绕着所讲的故事而剪裁，仅仅追求故事本身的喜剧性或悲剧性效果。

莫泊桑的小说，故事都发生在法国西北部的诺曼底，或者巴黎及其郊区。写这两个地区的风土世情及各色人物，他自然得心应手，因为诺曼底是他度过童年和少年时期的故乡，而巴黎则是他生活和从事文学创作的地方。

自不待言，莫泊桑写的多是小人物，有诺曼底狡黠的农民、慷慨的工匠、受欺凌的妓女、小职员、小店主、小市民，也有比市民还世俗的破落贵绅、富商、工厂主以及野心勃勃的政客。例如《项链》中因爱慕虚荣而毁了一生的小市民；《一家子》中为争取遗产而大打出手的一家人；《羊脂球》中面对敌人的淫威，表现的骨气远远不如一名妓女的那些富商和乡绅；《泰利埃妓馆》中去逛窑子而丑态百出的社会名流……总之，法国世俗社会的万象，在任何作家的作品中，也不如在莫泊桑的小说中展现得这么充分。不知法国到了 19 世纪下半叶，进入了空前的世俗社会，还是法国这个时期的社会，在莫泊桑的笔下得到空前世俗的描绘。无论哪种情况，都足以表明，莫泊桑的小说是地地道道的世俗文学。

莫泊桑不但善讲日常生活中发生的故事，还讲一些怪异的故事，从而满足市民阶层的猎奇心理。如《谁知道》讲一个孤独者深夜回家，看见家具自动往外搬移，不胜惊恐而去住旅店；次日回家已四壁空空。然而数月之后，又突然原物归还，一件家具也不少。而名篇《奥尔拉》，更是以日记体讲述了一系列的怪异现象。

可见，市民生活的方方面面，几乎没有莫泊桑笔触不到的地方。然而，这三百篇故事，虽说大多很精美，也还不过是市民文学的一道道小吃、一道道家常菜，即便是名小吃、特色家常菜。莫泊桑还要做出大菜套餐，这就是他的六部长篇小说，其中最出名的品牌，要算《一生》和《漂亮朋友》了。

尤其是《漂亮朋友》，是短篇故事集大全者，是市民小吃和家常菜集大餐者，是百种小味道集成的大品味。

《漂亮朋友》是什么风味的一桌大餐，这里无须多费笔墨，请看文中开篇第一章的描述：

> 瞧瞧这池座，全是携带妻子儿女的中产阶级，来看热闹，一个个都蠢头蠢脑。包厢里则是经常逛林阴大道的人，也夹杂着几个艺术家、几个二流粉头儿。我们身后，可是巴黎最怪异的大杂烩。那些男人都是干什么的？你观察观察，干什么的都有，各行各业，三教九流，而占主体的是无耻的恶棍。那中间有银行、商店、政府各部的职员，有新闻记者、靠妓女混饭的权杆儿、换成便装的军官、穿上礼服的花花公子，有的在馆子里吃了晚饭来的，有的出了歌剧院，来这儿消遣一下，再去意大利剧院；还有一大帮男人形迹可疑，很难看出是混哪碗饭的。至于那些女人，全是一路货：在美洲人咖啡馆陪人吃夜宵，一两个路易金币陪一夜，窥伺能给五枚金币的生客，拉不到人时就通知自己的常客……

《漂亮朋友》这一桌大餐，就是“巴黎最怪异的大杂烩”，幸而这是作者自道，而非笔者的贬抑。

大杂烩，不仅体现在这些三教九流、五行八作的人物身上，还体现在书中所讲的故事上。

比起司汤达的《红与黑》、巴尔扎克的《幻灭》、福楼拜的《包法利夫人》来，读《漂亮朋友》有一个明显的印象，即这部长篇是由一系列中短故事连缀而成。换言之，《漂亮朋友》可以化整为零，写成一二十篇精彩的中短篇故事。现试举出几例：

> 生得一表人才的青年杜·洛华，在学校学习成绩不佳，入伍当兵梦想晋升将军不成，于是来闯荡巴黎，幻想发财，怎奈他命运不济，仅仅在铁路局混了个小科员。微薄的薪金，花到月底连饭钱都不够，过不上他一心向往的奢华生活，夜晚逛街还期望艳遇，遇到揽客的妓女却不敢搭腔；幸好有一名无以打发夜晚的花娘要价不高，也就成全了他的一段浪漫史。像杜·洛华这样野心勃勃的青年不计其数，抱着黄金梦要过一辈子半潦倒的生活，写出来很有代表性，可题为《一个巴黎小职员的浪漫生活》。

以下为简便起见，只列出几个标题，由读者到书中去寻找翔实内容吧。

具有炒作名声之嫌的《记者用笔和枪的决斗》；

天生杜·洛华的一表人才必有用：《帅哥儿进军上流社会的杀手锏》；

官商勾结，操纵舆论，是孕育孪生暴发户的最大温床：《部长和金融家的双赢》；

制服老板和扳倒外交部长的连环计：《冒险家队伍中的一匹黑马》；

《一个成功男人身后的一个神秘女人》；

《五十万的银婚和三千万的金婚》；

《帅哥儿和四个女人》。

每一章都是一篇精彩的故事。

总之，《漂亮朋友》这桌“大杂烩”的主打菜，也正是广大市民阶层喜闻乐见的三大内容：金钱、女人和冒险。

可见，《漂亮朋友》这部长篇小说，从人物、内容到讲故事的形式，处处体现出市民文学的特点。

这也并不奇怪，在著名作家中，莫泊桑应是市民意识最浓的一个，也是市民生活方式过得最滋润的一个。别忘了，莫泊桑的父亲是银行职员，他本人也在海军部当职员工作多年；父亲因婚外恋而夫妻离异，儿子干脆不结婚，成为猎艳能手……作品的许多场景都是他的生活场景。

莫泊桑带着这种市民意识，每次写作很快就进入状态。尤其值得一提的是，他在创作生涯中（仅仅十年：1880—1890 年），应是变化最小的作家，无论创作思想还是创作风格，似乎都没有什么变化。就好比一位纯熟的工匠，塑造出“众生相”的一个个精品，并不想给他的人物安上翅膀，使之变成天使，也不想给他的人物戴上四不像的脸谱，使之冒充外星人。

“文如其人，其人如文”，在莫泊桑身上表现得尤为明显，其文何文？正是市民喜闻乐见之文。至此，也许有人要问，这种译者序，究竟是褒还是在贬作者？其实，笔者是褒是贬都毫无意义，这里仅仅谈一个事实：《漂亮朋友》是堪称大雅之作的一部通俗小说。于是，有人又要问了：写了这么多，怎么还不见论证这部小说是大雅之作的文字呢？

现在不用论证了，《漂亮朋友》被公认为大雅之作，早已列入世界文学名著，在世界文学宝库中占有一席显著的位置。一百多年来，以莫泊桑及其作品为题，发表了多少文章和专著，恐怕难以计数，盛赞他具有双重视觉，观察世界细致而深刻，从日常小事和人的行为中，看出人生哲理和事物的法则。

1. 他是讲故事的高手，讲故事生动风趣，善于烘托气氛，制造戏剧效果，形成精致而鲜明的艺术风格。

2. 他是法兰西语言大师，他的小说语言清新自然，生动流畅，堪称法兰西语言的典范，借著名作家法朗士的话说："他的语言雄劲、明晰、流畅，充满乡土气息，让我们爱不释手，他具有法国作家的三大优点：明晰，明晰，明晰。"

3. 最看重创新的著名作家纪德，也难得这样给莫泊桑定位："不失为一个卓越超群、完美无缺的文学巨匠。"

我国一家出版社出版的"世界文豪书系"，二十余种莫泊桑的作品就位列其中，包括法国人在内，也不见有谁提出异议。

《漂亮朋友》走完了从一部通俗小说到经典名著的过程。

现在，几乎人人都知道，《漂亮朋友》是一部经典名著了。可是许多人却忘记或者不知道，它原本是怎样一部小说。

这篇序言提醒的就是这一点。

李玉民

2009 年 12 月 1 日

于北京花园村

主要人物表

杜·洛华	小说的男主人公，原为巴黎北方省铁路局办事处的小职员，后成为《法兰西生活报》的社会新闻主编，一表人才，机灵狡黠，虚伪成性，卑劣无耻，野心勃勃。他贪图豪华的生活，为改变自己卑微的地位，实现飞黄腾达的美梦，依靠其漂亮的外表，不择手段地玩弄巴黎上流社会的女性，最终成为大记者、暴发户。
弗雷吉埃	杜·洛华的战友，《法兰西生活报》的政治主编，精明老练。他推荐杜·洛华到《法兰西生活报》工作，使杜·洛华的命运出现了转机，后死于肺病。
玛德莱娜	弗雷吉埃的夫人，秀美聪慧，大方热情，颇有文采。弗雷吉埃死后，她成了杜·洛华的妻子，后与外交部长拉罗什·马提厄私通，事发后被杜·洛华抛弃。
德·玛海勒夫人	玛德莱娜的朋友，杜·洛华的情妇，和善健谈，温柔可人，敦厚懦弱。她一再被杜·洛华欺骗玩弄，仍心甘情愿地继续当杜·洛华的情妇。
华尔特	《法兰西生活报》的老板，议员，巴黎金融

界、商界一个很有脸面的人物，老谋深算，傲慢贪财。他非常看重杜·洛华的才华和机智，亲手提拔杜·洛华任《法兰西生活报》的政治主编。

华尔特夫人　　华尔特的妻子，杜·洛华的情妇，心地善良，谨慎沉稳，热心慈善事业。在杜·洛华甜言蜜语的一再引诱下，她的心理防线崩溃，堕落成为杜·洛华的情妇。

拉罗什·马提厄　　外交部长，议员，《法兰西生活报》的股东之一，老奸巨猾，粗俗好色，是一位八面玲珑的政客。他与杜·洛华互相利用，后与杜·洛华的妻子玛德莱娜通奸，被杜·洛华用计抓获，并因此丢了官职。

苏珊娜　　华尔特的小女儿，纤巧可爱，活泼天真。在杜·洛华花言巧语的哄骗下，她与杜·洛华私奔，最后与杜·洛华结婚。

第一卷

第一章

乔治·杜·洛华拿一百苏①硬币埋单，接过女收款员找的零钱，便走出餐馆。

他长得一表人才，又保留当下级军官时的威仪，这会儿挺直腰身，以军人的习惯动作捻了捻小胡，美男子的目光对晚餐迟到的顾客迅疾一扫，就像老鹰那样一览无余。

几个女人已经抬起头来注视他，有三名青年女工，还有一个徐娘半老的音乐教师，是个头发不整、帽子落满灰尘、衣裙哩溜歪斜的邋遢女人，以及陪同丈夫的两个小市民，看样子全是这家廉价大众餐馆的常客。

杜·洛华来到街上，伫立了片刻，想想该干什么。今天是6月28日，口袋里只剩下三法郎四十生丁，要支持到月底。这就意味着面临选择：要么用两顿晚餐不用午餐，要么用两顿午餐不用晚餐。他考虑午餐二十二苏一顿，而晚餐为三十苏，如果只用午餐，那还能剩下一法郎二十生丁，又顶两顿小吃，就在街上吃点面包夹红肠，

① 一百苏合五法郎。

喝两杯啤酒。这就是他的主要花销，也是他夜晚的主要娱乐。转念至此，他就沿着洛蕾特圣母院街朝下坡走去。

他走路的姿势，还像身穿轻骑兵军装那样，昂首挺胸，仿佛刚下马似的双腿微微叉开，在行人熙熙攘攘的街上勇往直前，撞人肩膀，毫不客气地推开挡道的人。他那顶高筒礼帽已然破旧，斜压在耳朵上，鞋跟踏在铺石马路上嗒嗒作响，仍然摆出退伍军人轩昂的派势，傲视行人、房舍，甚至整座城市。

他那套衣服也就值六十法郎，但是潇洒的风度犹存，十分惹眼，虽略显俗了点儿，但毕竟活灵活现。他高高的个头儿，相貌堂堂，两撇翘起的小胡子仿佛长在唇上的青苔，小小瞳孔的蓝眼睛非常清亮，一头近棕褐色的金发自然卷曲，正中分缝儿，活像通俗小说中的反面人物。

正值夏夜，巴黎憋闷难耐，像蒸汽浴室一样燠热，在夜色中憋得大汗淋漓。阴沟的花岗岩洞口喷出一股股臭气；设在地下室的厨房，也从低矮的窗户朝街上散发泔水和剩浇汁的腐臭味。

那些门房都穿着衬衫，骑在草垫椅上，在各自门洞里抽着烟斗。行人都光着头，帽子拿在手上，拖着沉重的脚步。

乔治·杜·洛华走在林阴大道上，又停下脚步，心中游移不决，不知做什么好。现在，他想去香榭丽舍大街和布洛涅树林大街，好在树下呼吸点新鲜空气，但是还有一种欲望也在撩拨，但愿有一次艳遇。

会有什么样的艳遇呢？他自己也说不清，反正他在等待，每天从早到晚，足足等了三个来月。不过，他仗着漂亮面孔和风流举止，有时说不上在哪儿也偷了点儿情，但是他总希望再多些，再有味些。

囊空如洗，又热血沸腾，在街头巷尾碰上浪荡的女人，他更是欲火中烧；那些女人柔声招呼："漂亮的小伙子，跟我来好吗？"他哪敢跟着去呢，付不起钱啊；况且，他还等待另一种际遇，另一种亲热，少几分庸俗的。

然而，他爱去妓女云集的场所，如她们出入的舞厅、咖啡馆、她们兜客的街道。他爱同她们接近，同她们交谈，随便以"你"称

呼她们，闻她们身上郁烈的香水味儿，感受同她们在一起的滋味儿。她们毕竟也是女人，是专供性爱的女人，他绝不像那种出身高贵的男子，天生就鄙视她们。

他随着热得发昏的人流，拐上玛德莱娜教堂的方向。路两旁大咖啡馆客满为患，漫溢到了人行道，只见灯火辉煌，顾客面前的小方桌或圆桌上摆着玻璃杯，盛有红黄绿褐等各种颜色的饮料；大肚长颈瓶中，透明的粗冰柱亮晶晶的，冰镇着澄澈悦目的饮用水。

杜·洛华不觉放慢脚步，嗓子干渴，真想喝点什么。

这种夏天的夜晚，又热又渴，实在难以忍受，他想象清凉饮料流进口中的那种快感。可是今天晚上，哪怕只喝两杯啤酒，第二天的那顿经济晚餐就泡汤了，而月底饥肠辘辘的滋味儿，他早已铭心刻骨了。

他心中暗道："我一定得支持到十点钟，再去美洲人咖啡馆喝杯啤酒。真他妈的见鬼！怎么渴得这么厉害！"他又瞧瞧坐在那里饮用的那些人，所有那些人都能随心所欲地解渴畅饮。他经过一家家咖啡馆，摆出一副又放肆又快活的神态，打量每个顾客的外貌衣着，估摸他们身上能带多少钱。一股怒火袭上心头，恼恨安安稳稳坐着的那些人。搜搜他们的腰包，准能掏出金币、银币和零镚儿。平均起来，每人至少能有两枚金路易，每家咖啡馆有百十来人，两枚金币乘以一百，就合四千法郎啊！他口里嘟嘟囔囔："这些蠢猪！"同时大摇大摆，显出优雅的姿态。在街角暗处若能逮住那么一个，那就毫不客气，非扭断他脖子不可，就像从前大演习时捉农家的鸡鸭那样。

这时，他想起在非洲那两年军旅生涯，想起在南部省①小哨所里如何勒索阿拉伯人。还有一次，他们到乌勒德—阿拉纳部落为非作歹，干掉了三个人，他和伙伴捞了二十只鸡、两只羊，以及黄金和半年的笑料，想到这里，他的嘴唇掠过一丝残忍而快意的微笑。

后来始终没有查出杀人凶手，其实也没有认真查，阿拉伯人算

---

① 法属殖民地象牙海岸（旧称）。

什么，简直就是当兵的天生的猎物。

在巴黎可就是另码事儿了，总不能挎刀持枪、明火执仗地抢掠，一点儿王法也没有。他感到内心还充满在被征服国为所欲为的下级军官的全部本能。自不待言，他十分怀念在沙漠中度过的那两年时光。多遗憾没有留在那里啊！原指望回国要比待在那里强。哪料现在！……嘿，是啊，现在，可有好瞧的啦！

他舌头在嘴里打卷儿，咂咂有声，仿佛验证口腔的确干得要命。

周围人流涌动，显得衰竭而迟缓了，他总是这个念头："这帮畜生，这些蠢货，坎肩口袋里都装着钱。"他用口哨吹着欢快的小调，横着膀子冲撞行人。被撞的男人，有的回头骂骂咧咧，有的女人则嚷一声："简直是一头牲口！"

他经过滑稽歌剧院，在美洲人咖啡馆对面站住，心里合计要不要喝那杯啤酒，也实在焦渴难熬。他站在马路中间，在下决心之前，他望了望有光亮的大钟，才九点一刻。他深知自己，一满杯啤酒只要放到面前，他会一口气喝下去。过后呢，一直到十一点钟，他又该干什么呢？

他走过去了，心中暗道："我一直走到玛德莱娜教堂，然后再慢步折回来。"

他走到歌剧院广场边上，碰见一个胖胖的年轻人，那张面孔，模模糊糊在哪儿见过。

于是，他开始尾随那个人，边走边搜索记忆，口中念念有词："见鬼，这家伙，我是在哪儿认识的呢？"

他搜遍脑海，也想不起来，继而，猛然间——这也是记忆的一种怪现象，头脑里出现了同一个人，没有这么胖，但要年轻些，穿一身轻骑兵的军装。他高声叫道："嘿，弗雷吉埃！"他拉长脚步，赶上去拍那人的肩膀。那人回头瞧瞧他，问道："先生，您叫我有什么事？"

杜·洛华笑起来："你认不出我来啦？"

"认不出来。"

"乔治·杜·洛华呀，第六轻骑兵团的。"

弗雷吉埃伸出双手："哎呀！老兄！你好吗？"

"很好，你呢？"

"唔！我嘛，不怎么样，想想看，现在我这肺，就跟纸浆一样。我返回巴黎那年，在布吉瓦尔①得了支气管炎，一年要咳嗽六个月，到现在有四个年头了。"

"哦！看样子，你倒挺结实的。"

弗雷吉埃抓住老战友的胳膊，向他谈起自己的这个病，如何去治疗，大夫如何诊断，他身不由己，又如何难遵医嘱。医生要他去南方过冬，真的，他能去吗？他结了婚，又当了记者，这一行干得正火呢。

"我在《法兰西生活报》，主持政治栏，给《救国报》报道议院动态，还不时给《环球》文学专栏写文章。就这样，我这条路走出来了。"

杜·洛华诧异地端详他，看他变多了，也成熟多了。现在，他的言谈举止，都有了一种派头、一身庄重的打扮、一副自信的样子、一个酒足饭饱的肚子。想当年，他又干又瘦，腿脚灵便，总好乱冲乱撞，滋事吵闹，总有精神头儿，一刻也不肯消停。只三年的时光，巴黎就让他变了个人，现在身体肥胖，神情严肃，虽然不过二十七岁，两鬓已生出白发了。

弗雷吉埃问道："你这是去哪儿？"

杜·洛华回答："随便转转，然后回去。"

"那好，陪我去《法兰西生活报》社去好吗？有几份校样要改，然后，我们一起去喝杯啤酒。"

"我跟你去。"

他们俩挽着胳膊走了，只有老同学或者老战友，才会留下这种亲热关系。

"你在巴黎干什么？"弗雷吉埃问道。

杜·洛华耸耸肩膀："照直说吧，我快饿死了。当时服役期一

---

① 巴黎郊区的小镇，19世纪是许多艺术家聚集的地方。

满，我就一心想回到这里，为了……为了发家致富，确切地说，在巴黎混个生活。现在，我在北方省铁路办事处当职员，干了有六个月了，年薪一千五百法郎，仅此而已。”

弗雷吉埃喃喃道：“天哪，油水可不大。”

“这话我信。可是，我怎么能混出头来呢？我在这里单枪匹马，一个人也不认识，也没人推荐。要干一番事业，我有那个心，却没那个路子啊。”

老战友从头到脚打量他一遍，就像一个实干家审视一个对象，接着口气十分肯定地说：“喏，老弟呀，在这里，什么都取决于胆量。稍微机灵点的人，当部长比当办公室主任还容易。要让人承认你，而不是去求人。真见鬼，你就没有找到好一点儿的差事，去北方铁路当什么职员？”

杜·洛华应声说：“到处找遍了，一无所获。不过，这阵子，我倒瞄上个差事。贝勒兰驯马场有意聘我当骑术教练。若是应聘，最低我也能挣上三千。”

弗雷吉埃戛然站住：“别干那种蠢事，给一万法郎也不干。你一干上那个，前程就断送了。你在办公室里工作，至少还不出头露面，谁也不认识你，等到有了本事，你就可以离开办公室，去闯自己的天下。然而，一旦当上骑术教练，那就完蛋了。就像到一家全巴黎人都去用餐的饭店当领班一样，你一旦给上流社会的人或子弟上了骑术课，他们就再也不会平等待你了。”

他住了口，思考几秒钟，然后问道：“你有高中毕业证书吗？”

“没有，两次会考都没通过。”

“没关系，反正你念完了高中课程。如果有人提到西塞罗①或者提比略②，你大概知道是怎么回事儿吧？”

“嗯，差不多。”

“好吧，会摆弄这些玩意儿的，也就是那么二十来个书呆子，此

---

① 西塞罗（公元前106—前43），古罗马执政官，著名演说家。

② 提比略（公元前46—公元37），罗马帝国皇帝。

外，谁也不见得知道多一些。喏，给人以强人的印象并不难，关键的关键，就是别露怯，让人当场看破你无知。要施展手段，避开难题，绕过障碍，借助字典把别人难倒。要知道，人还不是都那么愚蠢，都那么无知嘛。”

他侃侃而谈，俨然一个老于世故的人，微笑着注视纷纷走过的行人。不料，他突然咳起来，只好站住，让这阵咳劲过去，然后，他声调沮丧地说道：“这支气管炎，就是治不好，你说烦人不烦人。现在还是大夏天呢。唔！今年冬天，我要去芒通养病，管他呢，健康第一。”

二人走到鱼市大街一扇大玻璃门前，在里边正反两面贴了一份报纸，有三个人停在那儿看报。

由煤气灯光勾画出的几个火红大字，就像一条标语，排列在门的上方：《法兰西生活报》。闲逛的人经过这里，一走进几个大字投射的亮光中，就赫然显现，如临白昼那样一清二楚，继而又倏忽没入黝暗中。

弗雷吉埃推开这扇门，说了一声：“进去吧。”杜·洛华便走了进去，登上外面整条街都看得见的又豪华又肮脏的楼梯，来到一间前厅，看见两名员工向他的老战友问好，最后到了看似接待室的房间停下。这间屋子到处是灰尘，凌乱不堪，尿绿色的假丝绒椅子套污迹斑斑，有了破洞，好像老鼠咬的。

“先坐这儿，”弗雷吉埃说道，“过五分钟我就回来。”

这间屋子有三个门，他从一扇门出去了。

这里飘浮着一种奇异特殊的气味，难以描摹，正是编辑部的气味。杜·洛华一动不动待在那儿，有些拘束，尤其感到诧异。不时有人从一扇门跑进来，从他面前经过，又从另一扇门出去，根本来不及看清他们的面孔。

时而是年轻人，非常年轻，一副忙碌的样子，跑起来一阵风，手里拿的一张纸直飘动；时而是排字工，沾满黑渍的粗布工作服里露出雪白的衬衣领，以及类似上流社会人物穿的毛料裤。他们走路小心翼翼，手里捧着印了字的一沓沓纸，正是刚印出来而墨迹未干的校样。有时还走进来一位小个子先生，那身漂亮的打扮未免过分显眼，礼服紧紧箍住身子，裤子像模具似的裹着大腿，尖尖的皮鞋束缚着双脚，他就是报道夜晚社交新闻的记者。

还有别的人，神情严肃，极有派头，戴着平檐高筒礼帽，仿佛不如此不足以显得与众不同。

弗雷吉埃终于回来了，他挽着一个又高又瘦的男子。那人三四十岁，身穿黑礼服，上扎白领带，棕褐色头发，两撇小胡子尖尖地翘起来，一副放肆而踌躇满志的神态。

弗雷吉埃对他说："再见，亲爱的大师。"

那人同他握手："再见，亲爱的。"

说罢将手杖往腋下一夹，吹着口哨下楼去了。

杜·洛华问道："那人是谁？"

"他就是雅克·里瓦乐，你应当知道，大名鼎鼎的专栏作家，剑术决斗专著的作者。他来看自己的清样。他和加兰、蒙代尔极富才智，在巴黎社会新闻专栏作家中，占头三把交椅。他给本报每周写两篇文章，每年就挣三万法郎。"

我们正要走，又遇到个矮胖的先生，只见那人留着长发，浑身邋里邋遢，上楼跑得气喘吁吁。

弗雷吉埃向那人深鞠一躬，让过去之后，他就对杜·洛华说：

"诺尔贝·德·瓦莱纳，诗人，是《死去的多少太阳》的作者，又是一个稿酬特别高的人，他向我们提供一个短篇就拿三百法郎，而每篇最长也不过三百行。走吧，去那不勒斯人咖啡馆，我渴得要命。"

他们到咖啡馆一落座，弗雷吉埃就嚷道："来两杯啤酒！"他端起杯来，一口气就灌下去了，而杜·洛华却一口一口慢慢喝，仔细品味，就好像品尝玉液琼浆。

他的同伴默不作声，若有所思，过了半晌，突然说道："你干吗不试试记者这一行呢？"

杜·洛华不免一惊，看了看同伴，迟疑地说道：

"可是……要知道……我从来没有写过什么东西啊。"

“嗳！试一试嘛，先干起来再说。我可以用你，派你去搜集材料，联系些事情，拜访些人。开头一段时间，每月你大约能挣上二百五十法郎，车马费另报。我去跟社长说说，你愿意不愿意？”

“我当然愿意啦！”

“那好，先做一件事：明天到我家来吃晚饭。我只邀请五六位客人，有老板华尔特先生和他夫人、雅克·里瓦乐和诺尔贝·德·瓦莱纳，这两个人刚才你见到了，还有我太太的一位女友。就这么定了，好吗？”

杜·洛华迟疑不决，一时面红耳赤，显得非常为难，他终于讷讷说道：

“要知道……我连像样的衣服都没有。”

弗雷吉埃不禁目瞪口呆：

“没有礼服？糟糕！这可是必不可少的。喏，在巴黎混，没有床睡觉可以，没有礼服可不行。”

接着，他突然搜搜自己坎肩的口袋，掏出一小把金币，捡出两枚金路易，放到老战友面前，口气特别亲热地说道：

“先用着，有了再还我。用分期付款方式或租或买都行！把需要的衣服置齐。你自己置办吧，反正明天来我家吃晚饭，七点半，水泉街十七号。”

杜·洛华诚惶诚恐，收起钱，磕磕巴巴地说道：

“你真是太好了，我万分感激……请相信，我决不会忘记……”

对方接口说道：“好啦，别说了。再来杯啤酒，好吗？”他随即喊了一声：“伙计，两杯啤酒！”

等喝完了酒，记者又问道：

“再去逛一逛，一个钟头，好吗？”

“当然了。”

于是，他们又朝玛德莱娜教堂走去。

“干什么好呢？”弗雷吉埃问道，“有人说，在巴黎，一个闲逛的人，也总是有营生可干的。其实不然。就拿我来讲，到了晚上，我想随便走走，就不知道去哪儿好。到布洛涅树林去兜一圈儿吧，那要有一个女人陪伴才有意思——可不是总有现成的，随手就能拉来一个。去音乐咖啡厅吧，给我那药店老板和他老婆开开心还行，打发我可不成。那么，干什么呢？无事可干。这里有座消夏公园就好了，就像蒙索公园①那样，夜晚也开放，可以坐在树下，一边喝清凉饮料，一边欣赏优美的音乐。不要搞成娱乐的场所，而是漫步的地方，门票很贵，以便吸引美丽的贵妇人。小径铺着细沙，有电灯照明，想散步就散步，想坐下就坐下，可以就近，也可以在远处欣赏音乐。从前穆萨尔游乐园就差不多，不过，那儿有点像低级舞场，净演奏舞曲，地方不够宽敞，树阴不够多，也没有多少幽暗的角落。应当建一座非常美丽、非常大的花园。那多吸引人啊！真的，你想去哪儿？”

杜·洛华一时难住，不知如何回答，最后狠了狠心，才说道：

“风流牧羊女游乐场我没见识过，很想去开开眼。”

老战友叫起来：“风流牧羊女游乐场，天哪！我们还不跟进烤炉一样！好吧，行啊，总还有点玩头儿。”

于是，他们掉头朝蒙马特城关街走去。

游乐场门口灯火辉煌，照亮了汇聚在前面的四条街。一长排马车停在那里，都等待散场。

弗雷吉埃径直往里走，却被杜·洛华叫住：“我们还没去窗口买票呢。”

对方拿腔拿调地说：“跟我在一起，用不着付费。”

到了检票口，三名检票都向他哈腰打招呼。中间那个还向他伸出手。记者问道：“还有像样的包厢吗？”

“当然有了，弗雷吉埃先生。”

他接了递过来的包厢票，推开包了皮软垫的门扇，二人就到了大厅。

里面烟气缭绕，好似薄雾，笼罩了远一点的部位、舞台和剧场对面。那些人都在吸雪茄和香烟，冒出缕缕淡白色烟雾，不断上升，

① 位于巴黎东城十七区。

在宽阔的圆顶下聚拢，围住大吊灯，在座满二楼看台的观众头上，形成了烟云密布的天空。

入口通向环形休息厅的宽宽过道上有三张柜台，三个涂脂抹粉的半老徐娘，正忙着出售饮料和色相；一帮女子站在一张柜台前，正等待来客；一群打扮得花枝招展的妓女正在游荡，混迹在身着深色礼服的男人群里。

三名售货员身后有高大的镜子，映出她们的后背和过路人的面孔。

弗雷吉埃自信有权受人礼让，分开众人，快步朝前走去。

他走到一名女领座面前，问道："十七号包厢在哪儿?"

"请走这边，先生。"

他们走进小小的木板包厢，门就关上了。包厢前面敞开，板壁镶了红壁毯，摆了四张同一颜色的座椅，相互挨得很近，留的空隙难以过人。两个朋友坐下来，他们左右两侧都排列着相同的小包厢，构成长长的弧线，而两端则通到舞台；那些包厢也都坐了人，但只能看见脑袋和胸部。

舞台上三个穿紧身衣的年轻人，身材依次大个儿、中个儿和小个儿，正在轮流表演吊杠。

大个儿用小快步首先出列，他脸上挂着微笑，鞠躬时手掌一扬，仿佛向观众送去个飞吻。

他那胳膊和大腿的肌肉，明显由紧身衣突现出来；他挺起胸膛，尽量收回过分突起的腹部。他的头发正中精心开缝，等分梳向两边，模样儿就像理发店的小伙计。他姿势优美，纵身跃上吊杠，双手抓住，身子好似飞轮般旋转起来，然后伸展用力，身体挺直平卧，悬空一动不动，仅凭手腕的力量着附在固定的杠上。

他飞身落地，在池座观众的掌声中，再次微笑着向全场鞠躬，然后退回靠在布景上，每一步都显示腿部的发达肌肉。

第二个身体矮些，但更壮实，他走上前，做了同样动作。随后第三个也同样表演一番，赢得观众更为热烈的喝彩。

然而，杜·洛华并不专心看演出，而是频频回顾，张望身后满是男人和妓女的休息大厅。

弗雷吉埃对他说：

“瞧瞧这池座，全是携带妻子儿女的中产阶级，来看热闹，一个个都蠢头蠢脑。包厢里则是经常逛林阴大道的人，也夹杂着几个艺术家、几个二流粉头儿。我们身后，可是巴黎最怪异的大杂烩。那些男人都是干什么的？你观察观察，干什么的全有，各行各业，三教九流，而占主体的是无耻的恶棍。那中间有银行、商店、政府各部的职员，有新闻记者、靠妓女混饭的杈杆儿、换成便装的军官、穿上礼服的花花公子，有的在馆子里吃了晚饭来的，有的出了歌剧院，来这儿消遣一下，再去意大利剧院；还有一大帮男人形迹可疑，很难看出是混哪碗饭的。至于那些女人，全是一路货：在美洲入咖啡馆陪人吃夜宵，一两个路易金币陪一夜，窥伺能给五枚金币的生客，拉不到人时就通知自己的常客。有十年了，全是熟面孔，天天晚上见到她们，终年在同样地点，除非去圣拉扎尔监狱或者卢尔西纳医院，进行一段时间的‘疗养’。”

杜·洛华早已不听伙伴说话了。有一个女人把臂肘支在他们包厢上，正在凝视他。那是个棕发的胖女人，脸上涂了厚厚的脂粉，肌肤也涂白了，黑眼睛描得细长，覆盖着厚厚的假睫毛；那乳房过分丰满，撑起了深色丝绸衣裙，而那嘴唇涂得血红，犹如伤口，总之周身那种打扮给她增添几分野性、火热和放纵，却能煽动男人的欲火。

她扬头招呼从旁边经过的一个女友，跟那金发染成红色的同样肥胖的女友说话，故意提高声音，好让人听见：“瞧哇，那个漂亮小伙儿，他若是肯出十路易金币要我，我是不会拒绝的。”

弗雷吉埃转过头来，微微一笑，又拍了一下杜·洛华的大腿：“这话可是说给你听的，你挺受女人的垂青，亲爱的，祝贺你呀。”

旧军官闹得满脸通红，手指不由自主地摸摸坎肩口袋里的两枚金币。

这时，幕已落下，乐队正演奏一首华尔兹舞曲。

杜·洛华说道：“咱们到休息厅里转转怎么样？”

“随你便。”

他们走出包厢，立刻裹进熙熙攘攘的人流中，拥挤推搡，随波冲荡，他们眼前是一片漂浮的帽子。那些粉头则两两一对，在这男人堆中穿行，轻盈地从臂肘、胸口和后背之间串来串去，仿佛在自家那样随便，在这男性波涛中弄潮如鱼得水。

杜·洛华乐不可支，便随波逐流，简直醉意醺醺，大口大口吸着烟草、人的气味和妓女的香水味相混杂的污浊空气。然而，弗雷吉埃却冒了汗，气喘吁吁，连声咳嗽。

“到园子里去吧。”他说道。

他们向左一拐，就走进一座带棚的花园，两眼不大美观的喷泉制造一点儿清爽。在盆栽的紫杉和崖柏下面，男男女女围坐着锌皮桌子喝饮料。

“再来杯啤酒？”弗雷吉埃问道。

“嗯，好啊。”

他们坐下来，瞧着走过的观众。

游荡的女人，时而有个停下脚步，带着俗媚的微笑问道：“先生，不想请我喝点什么吗？”弗雷吉埃总是回答：“一杯喷泉清水。”那女人咕哝一句：“去你的，没教养的家伙！”便走开了。

刚才在两名战友的包厢后壁的那个褐发胖女人，这时又出现了，她挽着那个金发胖女人，大摇大摆地走着。这两个女人天造地设，真是绝妙的一对。

她望见杜·洛华，便会心一笑，就好像他俩刚才四目相对，已经交流许多体己的悄悄话儿了。她拉过一把椅子，泰然自若地坐在杜·洛华对面，还让她女友坐下，然后用清脆的嗓音喊道：“伙计，来两杯石榴汁！”弗雷吉埃深感意外，说了一句：“你！也不觉得难为情？”

她回答：“是你这位朋友把我迷住了。他真是个漂亮的小伙子。我想，他会让我发疯的！”

杜·洛华给吓住了，一句话也对答不上来，他只是捻着小胡子，一味傻乎乎地微笑。伙计端来果汁，两个女人一口气干下去，然后站起身，褐发女人略微一点头，算是友好的表示，又用扇子轻轻打了一下杜·洛华的胳膊，对他说道："谢谢，我的小猫咪，你的话不怎么灵便。"

接着，她们扭动着屁股走了。

弗雷吉埃哈哈笑起来："嘿！老兄，知道吗，你还真讨女人喜欢？这一点可得好好利用，你可能借上大力。"

他又沉吟片刻，又像梦呓似的，高声讲出内心的想法："还是通过她们上得最快。"

他见杜·洛华一直微笑不语，便问道："你还想待在这儿吗？我可待够了，这就回去了。"

杜·洛华咕哝一声："嗯，我再待一会儿，还不晚。"

弗雷吉埃站起身："好吧，再见！明天见，没忘吧？水泉街十七号，七点半。"

"一言为定，明天见，谢谢你。"

二人握了握手，记者走了。

等他战友一消失，杜·洛华顿觉自由了，他又美滋滋地摸了摸口袋里的两枚金币，随即站起来，开始游荡，用目光搜索人群。

不大工夫，他就望见金发和褐发那两位女郎：她们在乱哄哄的男人堆中穿行，始终那副乞婆的高傲神态。

杜·洛华径直朝她们走去，临近又胆怯了。

褐发女郎对他说："你的舌头活动开了吗？"

他结结巴巴说了一声："当然啦！"就再也说不出话来。

他们三人停下，伫立在那儿，阻碍了休息人群的流动，周围形成了一个漩涡。

这时，褐发女人突然问道："你到我家去好吗？"

杜·洛华眼馋得浑身一抖，就粗鲁地回答："好哇，可我兜儿里只有一枚金币。"

女郎无所谓地笑了笑："没关系。"

说罢她就抓住他的胳膊，表示这男人是她的了。

他们往外走时，杜·洛华心里就合计：还剩下二十法郎，不难租一套礼服，好去参加第二天的晚宴。

第二章

“请问，弗雷吉埃先生住在哪层？”

“四层，左首那扇门。”

门房答话很热情，表明敬重这家房客。乔治·杜·洛华上楼去了。

他感到有点拘束，胆怯，不大自在。有生以来，他这是头一回穿上礼服，这样一身打扮令他局促不安，总觉得处处有毛病：高帮皮鞋没有打油，不过式样相当精美，而他就爱卖弄双脚；衬衣是当天上午花四法郎五十生丁，在卢浮宫旁边买的，但是胸衬太薄，已经开裂了，而他平日穿的那些衬衣，都程度不同地破损了，就连最好的那件也穿不出去了。

他的裤子略嫌肥了点儿，显不出腿部的线条，仿佛缠在腿肚子上，皱皱巴巴，一看就知道买的是旧货；也难怪，穿上这种二手衣服，临时凑合，往往是这种效果。唯独上衣还不错，碰巧基本上合身儿。

他一级一级慢腾腾上楼，心里发慌，怦怦直跳，唯恐当众出丑。猛然，他看见迎面一位盛装打扮的先生在注视他，二人近在咫尺，杜·洛华不由得后退一步，随即又目瞪口呆，愣在那里：那正是他本人，映在立于二楼楼梯口制造景深效果的一面大衣镜里。他一阵狂喜，乐得浑身乱颤，他看自己的形象比原来想的帅多了。

他那住处只有一面刮胡子的小镜子，未能对镜观赏全身，而且，他在临时拼凑的这套行头上处处挑毛病，不禁夸大了缺陷，一想到自己这身打扮会显得土里土气，心里就惊恐万状。

不料，他猛然在镜子里瞧见自己，甚至没有认出来，还以为是另外一个人，一位社交人士，乍看上去显得很体面、很潇洒。

现在，他对着镜子仔细端详，不能不承认，从上到下这一身打扮，的确令人满意。

于是，他像演员练习角色那样研究起自己来，对着镜子微笑，伸出手，做各种姿势，表现各种情感，如惊奇、喜悦、赞同等，还研究微笑的不同程度，在女人跟前如何以目传情，让她们明白他所怀的爱慕和欲望。

楼道有一扇房门打开，他这样忸怩作态，怕让人撞见，怕让他朋友邀来的哪位客人瞧见，于是又飞快上楼。

到了三楼，又碰见一面大镜子，他放慢脚步，要瞧瞧自己如何走过去。他觉得自己的姿态的确优美，走起路来很潇洒，顿时信心百倍。毫无疑问，他有了这副相貌和飞黄腾达的愿望，再加上早已暗下的决心和独立思考精神，肯定能成功。最后一层楼梯，他真想飞跑腾跃上去。到了第三面镜子，他又站住，以习惯的动作捻了捻小胡子，摘下帽子拢了拢头发，就像他常有的情况那样自言自语："这真是奇妙的发现。"然后伸手按门铃。

房门几乎立即打开，面前出现一名男仆，只见他身穿黑礼服，脸刮得白白净净，神态庄重，衣着打扮完美无缺。杜·洛华一见又慌神儿了，闹不清这隐隐约约的紧张情绪从何而来，也许是他无意间比较了两个人的装束吧。穿着锃亮皮鞋的仆人，接过杜·洛华怕露出脏点而搭在手臂上的大衣，问道："请问我如何通报？"

然后，他掀起门帘，朝着要让进杜·洛华的客厅报了名字。

这时，杜·洛华突然又慌了，觉得自己简直要吓傻了，气都有点儿喘不上来。他要朝期待已久、梦寐以求的生活迈出第一步了。不过，他总算走过去了。一位金发少妇站在那儿等待他，这间又大又亮、像温室一样摆满花木的客厅，只有少妇一个人。

杜·洛华戛然站住，他完全困惑不解。这位笑吟吟的妇人是谁呢？继而他想起，弗雷吉埃结了婚，这位衣着华丽的金发美女，大概就是他朋友的妻子，他一想到这一点，就更加慌乱了。

他结结巴巴地说："夫人，我是……"

女郎却向他伸出手："先生，我知道。昨天晚上你们相遇的情景查理都对我说了。我很高兴他脑子来得快，请您今天前来同我们共进晚餐。"

杜·洛华面红耳赤，再也不知道说什么才好，感到对方正从头到脚打量审视他，斟酌着如何评价。

他想表示歉意，编个理由来解释他为什么衣冠不整，可是什么也想不出来，也就不敢接触这个难题。

他坐到女主人指给他的扶手椅上，立刻感到在他身体的压力下，柔软而富有弹性的丝绒凹陷下去，感到自己沉下去，有了依托，被这温柔的椅子紧紧抱住，由镶了软垫的靠背和扶手轻轻地托住，只觉得自己进入了美妙的新生活，拥有了无比甜美的东西，自己变成了个人物，从此脱离苦海。于是，他望了望一直凝视他的弗雷吉埃夫人。

她那身浅蓝色开司米连衣裙，充分显现她苗条的身段和丰满的乳房。短袖口和开得很低的领口镶有白色薄纱花边，袒露着手臂和胸口。头发束在头顶，脑后部分略微弯曲，颈上的金黄绒毛呈薄云状。

在她的注视下，杜·洛华倒放下心来，不知为什么，这目光令他想起昨天在风流牧羊女游乐场碰到的那个妓女的目光。但她的眼珠是灰色的，灰中带蓝，从而有一种独特的神色；她的鼻子秀气，嘴唇却很厚，下颏儿有点胖，那张面孔不大匀称，但有魅力，饱含热情和慧黠。这类女人的面孔，每一根线条都透出一种特有的风韵，似乎都有一种寓意，每一种表情都好像要显露或掩饰什么。

她略一沉吟，又问道："您在巴黎很久了吗？"

杜·洛华渐渐定下神儿来，回答说："只有几个月，夫人。我在铁路上供职，不过，弗雷吉埃愿意帮忙，有望把我拉进新闻界。"

她更为明显，也更为和善地笑了笑，压低声音说道："我知道。"

门铃又响了。仆人通报："德·玛海勒夫人到。"

德·玛海勒夫人是位矮个儿褐发女郎，即人称褐发小娘子的那类。

她步履轻盈地走进来，只见她穿一条式样简单的深色连衣裙，模具似的，从头到脚全身线条都勾勒出来了。

唯有插在黑发间的一朵玫瑰花，特别引人注目，仿佛是她相貌的标志，凸显了她的特性，给她定下了应有的风风火火的基调。

她身后跟着一个身穿短衣裙的小姑娘。弗雷吉埃夫人急忙迎上去。

“你好，克洛蒂尔德!”

“你好，玛德莱娜!”

她们相互拥抱。小姑娘像大人一样沉稳，探过去额头，说道：“你好，表姑!”

弗雷吉埃夫人亲了一下小女孩，随即介绍说：“乔治·杜·洛华先生，查理的一个好朋友。”

“德·玛海勒夫人，我的朋友，还沾点儿亲。”

她又补充一句：“要知道，我们在这里不要拘礼，不要客气，大家随便一点儿。就这样说定了，好不好?”

杜·洛华点了点头。

这时，房门又打开了，来了一个圆滚滚的矮个儿先生，挽着一位高个儿美妇，他们就是华尔特夫妇。华尔特先生是南方犹太人，当上议员，是金融界和商界人士，又是《法兰西生活报》的老板。夫人比他高，比他年轻得多，举止高雅，神态十分庄重，娘家姓巴齐勒·拉瓦罗，父亲是个银行家。

继而，雅克·里瓦乐和诺尔贝·德·瓦莱纳脚前脚后来到，前者衣着十分漂亮，而后者衣领发亮，是披肩的长发给磨的，肩膀上还撒了一些白色头皮屑。

诺尔贝·德·瓦莱纳领带不正，似乎今天不是他头一次外出了。他虽然上了年纪，但仍然风度翩翩，上前拉起弗雷吉埃夫人的手，在手腕上亲了一口。他弯腰吻手时，长发像水一样洒到少妇裸露的胳膊上。

这时，弗雷吉埃也进来了，回来晚了向大家道歉，他是在报社脱不开身，处理莫莱勒事件。莫莱勒先生是激进派议员，他就阿尔及利亚殖民要求贷款一事，刚刚向内阁提出了质疑。

男仆朗声报告：“夫人，可以用餐了!”

于是，大家走进餐室。

杜·洛华的座位恰巧排在德·玛海勒夫人母女之间，他又感到拘束起来，唯恐在使用刀叉杯匙时违背了什么规矩。他面前有四只杯子，其中发蓝的一只，究竟是用来喝什么的呢?

先上来汤，大家喝时什么话也没有讲。后来，诺尔贝·德·瓦莱纳问道：

“你们看了报上登的戈蒂耶案件了吗？事情怪极啦！”

于是，大家议论这起因讹诈而复杂了的通奸案，但并不像家庭内部的闲谈，而是像医生之间谈论一种疾病，或者菜农之间谈论一种蔬菜那样。他们对这类事既不气愤，也不大惊小怪，只是怀着职业性的兴趣，探究不为人知的深层原因，并不在乎罪行本身。大家力图弄清楚这些行为的缘起，确定产生悲剧的大脑的所有现象，这正是特殊精神状态科学分析的结果。女士也都饶有兴趣，倾听这种探究和分析。近来发生的其余事件，大家也用新闻商人、分行出售人间喜剧的零售商那种务实眼光和看问题的方法，仔细研究、评论、审视每个方面，并衡量其价值，如同在商店里，仔细察看、反复掂量货物一样。

后来又谈到一起决斗事件，雅克·里瓦乐发言了。这是他的专题，谁也不能随便阐述。

杜·洛华绝不敢插一言。他时而瞧瞧身边的女郎，深受那圆圆的丰乳所诱惑。一颗钻石由金丝系在耳下，犹如从肌肤滑下的一滴水珠。她不时发表一种看法，而每次嘴唇都泛起微笑。她的思维很奇特，持论既贴切，又出人意料，属于熟谙世事的那种顽皮女孩，对什么都满不在乎，略带怀疑精神，但是善意地评论事物。

杜·洛华想称赞她几句，但是想不出词儿来，只能照顾她女儿，给她倒饮料，为她端盘添菜。女儿比母亲神态严肃，总是点头致意，用低沉的嗓音道谢：“先生，您真热情。”小小的人儿，却带着沉思的表情听大人谈话。

晚餐美味佳肴，大家都赞不绝口。华尔特先生大吃大嚼，几乎不讲话，他的目光从镜片下斜射下来，打量端给他的菜肴。诺尔贝·德·瓦莱纳同他较量，调味汁有时滴到衬衣的前襟上。

弗雷吉埃一本正经，微笑着照顾客人，不时同他妻子交换一下眼色，仿佛二人串通一气，正在顺利地干一件棘手的事。

一张张脸红起来，一个个嗓门儿也粗起来。仆人上酒，不时对客人耳语："考尔通，还是拉罗兹堡①？"

杜·洛华觉得考尔通葡萄酒合口味，每次都让人给斟满。一种甜美的快感已经传遍周身，热乎乎的，从腹部上头，冲到四肢，浸透全身。他感到通体舒坦，觉得生活、思想、躯体和灵魂无不舒坦。

他产生了欲望，要开口说话，要引人注意，要别人倾听并欣赏他，就像这些人一样，一字一句都令人咂摸滋味儿。

这工夫，聊天还持续不断，天南海北，各种想法相混杂，只要谁讲一句话，一句毫无意义的话，就从一个话题跳到另一个话题上，总之，当天的大事件都过了一遍，顺便又涉及千百个问题，最后又兜回到莫莱勒先生就阿尔及利亚殖民化问题提出的重大质问。

在两道菜之间，华尔特先生也开了几个玩笑，表明他思想多疑而粗俗。弗雷吉埃介绍一下他次日要发表的文章。雅克·里瓦乐主张在殖民地搞军人政府，将土地出让给在那里服役三十年以上的所有军官。

"用这种办法，就能建起一个强有力的社会。"他说道，"因为，他们就熟悉并热爱那个地方，也懂得当地语言，通晓那里所有的重大问题，而换了新去的人，必然处处碰壁。"

诺尔贝·德·瓦莱纳打断他的话：

"不错……他们精通一切，就是不懂农业。他们会讲阿拉伯语，但是不知道如何种甜菜，如何种小麦。他们甚至精通剑术，但是如何施肥却很外行。恰恰相反，这个新国家应当向所有人敞开大门。聪明人会在那里站住脚，其他人就得完蛋。这是社会发展的规律。"

他说完，便有点儿冷场。大家都微笑。

乔治·杜·洛华开口说话了，可是他一发声，自己先吓了一跳，就好像从来没有听见过自己讲话似的：

"那里最缺乏的是良田。真正肥沃的土地非常昂贵，赶上法国本土了，而且全让非常富有的巴黎人作为投资买走了。真正的殖民，那些一贫如洗的人，因为饿肚皮而背井离乡的人，就全给扔到大沙

① 法国两个地区产的葡萄酒。

漠里，那里没有水，寸草不生。”

所有人都注视他。他感到自己脸红了。华尔特先生问道：“先生，您了解阿尔及利亚？”

杜·洛华回答：“是的，先生，我在那里待过两年零四个月，而且在三个省都住过。”

诺尔贝·德·瓦莱纳抛开了莫莱勒问题，突然向杜·洛华问起他听一位军官讲的一种风俗。那地方叫姆扎卜，是个阿拉伯小共和国，非常奇特，位于撒哈拉大沙漠的腹心，最酷热最干旱的地段。

杜·洛华去姆扎卜游览过两次，于是，他谈起那里的奇风异俗：水同金子一样贵重，每个居民都必须承担各种公益服务，经商远比文明国家诚实。

杜·洛华酒喝多了，谈兴大发，又一心要讨人欢心，便像吹牛一般夸夸其谈，讲述团队里的奇闻趣事、阿拉伯人的生活特点、战争历险等等。他甚至想到几个极富色彩的词，来形容那片黄沙漫漫、烈日炎炎、一望无际的荒凉国度。

女士的目光全投在他身上。华尔特夫人慢声细语地说道：“您回忆的这些事，可以写成一组迷人的文章。”这时，华尔特从眼镜上面射出目光，打量这个年轻人，仿佛这样才能看清对方的面孔。打量菜肴时，他则从镜片下面看去。

弗雷吉埃立即抓住这个时机：

“亲爱的老板，刚才我向您提起这位乔治·杜·洛华先生，请求您聘用他帮我搞政治新闻栏。马朗波走了之后，要有紧急和机密的采访，我就一个人也派不出了，报纸因而也受影响。”

华尔特老头儿开始认真对待了，他索性摘下眼镜，面对面端详，然后才说道：

“毫无疑问，杜·洛华先生有独特的见解。明天下午三点钟，他要是肯来同我谈谈，这件事我们就安排一下。”

他停了停，身子完全转向了年轻人，又说道：

“不过，关于阿尔及利亚，您要马上写一小组妙文，就讲述您的回忆，也像刚才那样，将殖民化问题扯进来。这有现实意义，完全有现实意义，我敢肯定我们读者会非常喜欢。可是您得抓紧。第一篇文章，明后天我就要，赶在议会辩论的时候，以便吊起公众的胃口。”

华尔特夫人也补充一句，她一举一动，总摆出严肃优雅的姿态，一言一语，也总赋予垂青施惠的意味：

“您不是有了个好标题：《非洲猎奇记》，对不对，诺尔贝先生？”

老诗人大器晚成，自然藐视和畏惧后起之秀，他冷淡地答道：

“对，标题是很精彩，但是行文要切题，这是最大的难点；切题，在音乐上就叫合调。”

弗雷吉埃夫人微笑着，以保护者和行家的目光，看了杜·洛华一眼，分明是说：“你呀，肯定能成功。”德·玛海勒夫人已有好几次朝他转过身去，她那钻石耳坠不住地抖动，小水珠仿佛要脱落似的。

小女孩则表情严肃，老老实实待在那儿，头埋在餐盘里。

仆人拿着约翰内斯堡葡萄酒，围着餐桌转圈斟入蓝色杯中。弗雷吉埃举杯向华尔特先生祝酒：“为《法兰西生活报》长盛不衰干杯！”

人人都向微笑的老板点头致敬。杜·洛华踌躇满志，举杯一饮而尽。此时此刻看那劲头，就是一大桶酒，他也能喝光，再有一头牛，他也能吞下去，哪怕遇到一头狮子，他也能扼死。他感到周身有超人的力量，心中有战无不胜的决心和无限的希望。现在，他在这些人中间，就像在家里一样随便了；他在这里站住了脚，赢得了地位。他怀着新的自信，目光在每人的脸上停留，而且第一次斗胆对邻座的女郎说话：“夫人，我从未见过您这样美的耳坠。”

她转过身来，冲他微笑道：“这是我自己的主意，把钻石这样吊下来，只用一根细线。特别像颗露珠，对不对？”

杜·洛华忘乎所以，又低声说了一句：“非常迷人……不过，耳朵也为这耳坠生辉呀。”

讲了一句蠢话，他这样大胆，真是又羞愧又心悸。然而，她却感激地瞥了他一眼，女人这种明亮的眼神能直透人的心扉。

杜·洛华转过头的时候，又碰到弗雷吉埃夫人的目光，他从那始终和善的眼神中，看出一种更明显的喜悦、一种慧黠和鼓励。

现在，所有男士都同时讲话，一个个摇头晃脑，粗声大气，讨论建造地铁的庞大计划，每个人都有满腹牢骚要发，抱怨巴黎的交通如何缓慢，有轨电车如何不便，公共汽车如何讨厌，出租马车车夫如何粗鲁，等等，直到吃完餐尾甜食，这个话题才算谈尽。

大家离开餐室，又去喝咖啡。杜·洛华开玩笑似的将胳膊递给小女孩。她却神情严肃，向他道谢，并踮起脚，将手插进这位邻座男士的肘弯里。

他走进客厅，再次产生进入花房的感觉，只见屋内四角摆着盆栽的高大棕榈树，华美的叶子展开，伸向天花棚，再扩散成喷泉状。

壁炉两侧的橡胶树，树干像圆柱一般，墨绿的长叶层层叠叠。钢琴上方有两株不知名的小灌木，树冠圆圆的，鲜花盛开，一株深粉，一株雪白，实在太美了，看上去不像真的，仿佛是假花。

空气清新，弥漫着一股淡淡的幽香，究竟是什么香味，说不清也道不明。

杜·洛华心中安稳多了，便注意观察这套住房。屋子并不很大，除了木本植物，再也没有什么引人注目的陈设，也没有什么耀眼的鲜艳色彩。然而，人待在里面就觉得很自在，有一种宁静休憩之感，有一种温馨愉悦的氛围，周身都仿佛受到爱抚。

墙上镶的壁布是旧料子，呈淡紫色，缀满苍蝇大小的丝绒小黄花。

房门垂挂的门帘，有的是蓝灰布，有的是军黄布，上面用红丝绣了几株石竹花。座椅大小不同，形状各异，随意摆放，有长椅、宽大的和小巧的扶手椅、软墩和小圆凳，全都包着路易十六时期的锦缎，或乌得勒支①丝绒，图案为奶油底色衬出的红石榴。

“杜·洛华先生，您喝咖啡吗？”

弗雷吉埃夫人嘴唇始终挂着友好的微笑，递给他满满一杯。

---

① 荷兰地区名。

“好的，夫人，谢谢。”

他接过杯子，又拿起银夹子，俯下身去，正极度紧张，要从小女孩捧着的糖罐夹方糖时，忽听这位少妇悄声对他说：“您要去恭维恭维华尔特夫人。”

未待他应声，少妇就走开了。

他怕将咖啡洒在地毯上，先喝下去，等神经放松了，才设法接近他那新老板的夫人，找机会同她攀谈。

忽然，他发现华尔特夫人手中的杯子空了，离桌子又远，不知放在哪儿，于是，他就急忙冲过去：“劳驾，夫人，把杯子给我吧。”

“谢谢，先生。”

他拿起杯子，返身又回来：

“夫人，您大概不知道，我在那遥远的大沙漠里，《法兰西生活报》陪伴我度过了多少美好的时光。在法国本土之外，这的确是唯一能看到的报纸，因为，比起文学性、趣味性，它胜过所有报纸，还不那么单调，什么内容都有。”

华尔特夫人微笑着虽不经意又善气迎人，她口气严肃地答道：“这种类型的报纸正迎合新的需要，华尔特先生费了很大周折，才创办起来。”

他们就这样聊了起来。杜·洛华平常话来得快，声音很有魅力，目光饱含美意；小胡子更具有难以抗拒的诱惑力，在唇上舒展，短短地卷曲着，金黄色又沾点火红，翘起的两端色彩稍淡，煞是好看。

他们谈论巴黎城区、近郊，以及塞纳河两岸；谈论温泉城市、夏日的游乐，以及各种日常的事物，这类话题无休止地谈下去，也不会累着脑子。

后来，诺尔贝·德·瓦莱纳先生端着一杯酒走过来，杜·洛华便知趣地走开了。

德·玛海勒夫人刚跟弗雷吉埃夫人聊了一会儿，这时招呼他过去：“怎么！先生，”她突然对他说道，“您要想尝试尝试记者这一行啦？”

于是，他泛泛谈了他的计划，然后又开始他刚同华尔特夫人聊过的话题；不过，这回他掌握得更好，表现得也更为出色，把刚才听来的话当作自己的重复一遍，同时目不转睛地凝视对方的眼睛，似乎要赋予自己的话以深刻的含义。

德·玛海勒夫人也给他讲了些奇闻趣事，那样谈笑风生，表明她是个自知聪颖，又总爱表现风趣的女人。她越谈越亲热，把手放到杜·洛华的胳膊上，讲些无足轻重的事儿却压低声音，赋予她的话以一种谈心的性质。杜·洛华挨着这位关照他的少妇，内心激动起来，真想立刻为她献身，保卫她，显示他的价值；他应答时往往跟不上，恰恰表明他驰心旁骛。

这时，无缘无故，德·玛海勒夫人叫了一声："罗丽娜！"小姑娘便过来了。

"坐到这儿，孩子，待在窗口你会着凉的。"

杜·洛华忽然产生一种强烈的欲望，要亲亲小姑娘，就好像这样亲一亲，会有什么东西传到她母亲身上。

他请求的口气，既含有父爱，又含有对女性的殷勤："您能允许我亲您一下吗，小姐？"

孩子抬起眼睛，一副吃惊的样子。德·玛海勒笑着说："你就回答：今天我愿意，先生，但是这不能成为惯例。"

杜·洛华马上坐下，将罗丽娜抱到他的膝上，用嘴唇拂了拂女孩额头上波浪状的秀发。

母亲十分诧异："咦，她没有逃掉，这真叫人吃惊。平时，她只让女的亲一亲。您是不可抗拒的，杜·洛华先生。"

他满面通红，不好回答，只是轻轻地摇着坐在他膝上的小姑娘。

弗雷吉埃夫人走过来，惊讶地嚷了一句："咦！罗丽娜给驯服啦，简直是奇迹！"

雅克·里瓦乐叼着雪茄，也走了过来。杜·洛华起身准备告辞，唯恐言语有失，前功尽弃，毁掉他开始的创业。

他躬身告辞，抓住女士伸过来的纤手轻轻握了握，然后用力摇晃男人的手。他注意到雅克·里瓦乐的手又干又热，并相应地同他热情紧握；诺尔贝·德·瓦莱纳的手又湿又凉，从手指间滑掉；华尔特老头儿的手又凉又绵软无力，毫无表示；弗雷吉埃的手胖乎乎，又温乎乎。这位好友悄声对他说："明天，三点钟，别忘了。"

告辞出来，又到了楼道，他心中乐极了，真想跑下去，于是一步跨两个台阶，往楼下冲，忽然在三楼的大镜子里，他瞥见一位先生大步流星迎面而来，便戛然止步，一时满面羞愧，就好像叫人抓住了过错。

继而，他对着镜子照了许久，认定自己确是个美男子，心里简直乐开了花。接着，他得意地冲自己微笑，最后又恭恭敬敬深鞠一躬，就像对大人物施礼一样，向自己的形象告辞。

第三章

乔治·杜·洛华回到街上，心中犹豫该干点什么。他呼吸着夜晚的温馨空气，想到自己的前途，就渴望奔跑，幻想，一直向前冲。然而，头脑还萦绕一个念头：华尔特老头儿要的那组文章，于是，他只好决定立即回住所，着手工作。

他拉开大脚步回返，沿环城大道一直走到布尔索街。他住在这条街的七层楼里，同楼有二十家工人和市民住户。他拿点火用的蜡绳照亮上楼，只见楼梯特别脏，到处是纸片、烟头和垃圾，不禁一阵恶心，真想赶快搬走，住到干干净净、铺着地毯的那种有钱人的居所。这幢楼从上到下弥漫着一股刺鼻的油腻味，是饭菜、厕所和人的混杂气味，以及陈墙老壁的霉味，停滞在这里，怎么通风也驱散不掉。

这个年轻人的房间在六层上，从窗口往下一望如临深渊，正对着西部铁路的路基大沟，在巴底尼奥尔火车站旁边隧道出口的上方。杜·洛华推开窗户，双肘依在生锈的铁栏杆上。

下面黑黝黝的大沟里，有三盏红色信号灯，一动不动，宛如野兽的巨眼；往远看还有几盏，再往远看还有。悠长或短促的汽笛声不时划过夜空，有的临近，有的勉强听得见，是从阿尼埃尔方向传来的，那种抑扬顿挫，听来好似人声在呼唤。有一次，汽笛声越来越近，仿佛持续不断的哀怨，越来越大，不久出现一大团黄光，隆隆飞驰而来，一长串车厢在杜·洛华的目光下冲进隧道。

继而，他自言自语："好啦，干活吧！"他将灯放在桌子上，正要写的时候，忽然发现他只有一本信笺。

凑合吧，就用信笺，于是他翻开一页，拿起鹅毛管笔，蘸了点墨水，再抬头用他最漂亮的字体写上：

非洲猎奇记

接着，他考虑第一句话如何开头。

他的手捧着额头，眼睛注视着铺在面前的一张方形白纸。

他要说些什么呢？那会儿在餐桌上讲了那么多，现在连一个故事、一件事实都想不起来了。忽然，他有了个主意："我应当从出发写起。"于是他写道："那是1874年，大约5月15日，法兰西经过灾难深重的可怕年代，已然精疲力竭，正在休养生息……"

他又猛地停住，不知如何连上以下内容：他怎样上船，旅途情景，最初令他激动的事情。

考虑了十来分钟，他还是决定立刻描绘阿尔及尔，将开场白留待次日再写。

他随即在纸上写道："阿尔及尔是一片雪白的城市……"就再也写不出别的东西来了。脑海又浮现出那座美丽而明亮的城市，那些平房犹如瀑布，从山顶泻向大海。然而，他当初的所见所感，再也想不出一个词儿来表述了。

他费了九牛二虎之力，才又加了一句："居民有一部分是阿拉伯人……"然后，他把笔往桌子上一扔，站起身来。

他的小铁床躺的位置已经陷下去，只见上面扔着自己平日穿的破衣裳，空荡荡、软塌塌、皱巴巴、脏兮兮，就像陈尸房中的破衣烂衫。一张草垫椅子上，放着他那绸面帽子，是他唯一的帽子，口儿朝上，仿佛要接受施舍。

墙上糊着蓝花灰壁纸，污迹斑斑，同花朵数目几乎相当了，而且都已年深日久，说不清是怎么弄脏的，也许是按死的虫子或油点儿，也许是沾上的指尖油膏或洗衣服溅上的肥皂沫儿，无不呈现难以示人的穷困，即巴黎带家具出租的公寓房的寒酸相。自己生活如此贫穷，他不禁怒火中烧，心中暗道，无论如何要摆脱这种困境，从次日起，就要结束这种辛劳的生活。

想到这里，他突然又产生了一股工作热情，重坐到桌前，寻词索句，要大肆描述一番阿尔及尔那奇异而迷人的市容。那是神秘而幽深的非洲的门户，描述那流浪的阿拉伯人和鲜为人知的黑人的非洲，尚未开发又吸引人的非洲，遍布珍禽异兽的非洲，有怪鸡似的鸵鸟、神羊似的羚羊、怪诞可笑的长颈鹿、神态严肃的骆驼、庞然大物的河马、奇形怪状的犀牛，还有大猩猩——人类可怕的兄弟，那些鸟兽仿佛为童话故事而生，有时在公园里看得到。

他隐约感到产生不少想法，讲一讲也许还成，如要诉诸文字写出来，可就无能为力了。于是他又开始急躁，站起身来，只觉双手出了汗，太阳穴怦怦直跳。

他的目光落到当晚门房送来的洗衣店账单上，顿时又陷入绝望，霎时间，他的快乐情绪，连同信心和对前途的信念，全都烟消云散了。完啦，全完啦！他什么也干不了，成不了大器，觉得自己又空虚，又无能，又无用，注定一事无成。

他转身凭窗，恰巧这时，一列火车冲出隧道，挟裹着猛烈的隆隆声响，驶向远方，要穿越田野和平原，驶往海滨。于是，杜·洛华又想念起父母。

那列火车要从他们附近经过，离他们的住宅只有几里远。那座小房又浮现在眼前，它坐落在康特勒村口，地处高坡，俯瞰着鲁昂城和长长的塞纳河谷。

他父母经营一家小酒店，字号“美景”，每逢星期天，城郊的市民常去用午餐。父母要把他培养成一位绅士，就送他上中学。他念完高中，却没有拿下文凭，干脆去服兵役，打算当军官，再升为上校、将军。然而，他远未干满五年，又讨厌了军旅生涯，幻想到巴黎闯荡。

望子成龙已成泡影，父母倒希望将他留在身边，而他却不顾父母恳求，服役期刚满，就来到巴黎。这回是他主动想奔个前程，展望未来，他隐约看见自己借助时势飞黄腾达，至于什么时势，在他头脑里还很模糊，但他肯定能造出来并借助上。

他在军营的日子，深得女人的青睐，轻易就弄到手几个，甚至在地位高一点的圈子里，也有过艳遇；他引诱过一名收税官的女儿，弄得那女孩要放弃一切同他私奔；他还勾引过一位公证人的老婆，后来又把人家给甩了，弄得人家寻死觅活，差点儿投水自尽。

伙伴们给他这样的评语："他是个机灵鬼，是个滑头，遇到什么事儿都能应付。"

其实，他早就打定主意，要做个机灵鬼、滑头，遇事儿总能应付。

他那种诺曼底人的天生意识，经由军营生活的日常磨炼，又常在非洲抢掠、非法获利、广行骗术而膨胀，再由军中流行的荣誉观念、尚武精神、爱国情感、下级军官中流传的壮举和职业的虚荣心所激励，终于变成了三层底的八宝盒，里面货色俱全了。不过，其中飞黄腾达的欲望占了上风。

不知不觉间，他又像每天晚上那样，开始想入非非了，想象有一次美妙的艳遇，他便平步青云，希望变成现实：他在大街上，遇见银行家或大贵族的女儿，二人一见钟情，便结婚了。

汽笛猛然一声尖叫，把他从幻梦中惊醒，只见未挂车厢的一辆火车头，从隧道钻出来，仿佛从洞里跳出一只大兔子，喷着白汽，尖叫着沿铁轨奔跑，驶向机修厂休息去了。

于是，一直萦绕他头脑的又快活又模糊的希冀，又重新占据他的心，他朝夜空随意抛出一吻，是抛向他所期待的女子形象的爱情一吻，是抛向他所觊觎的红运的渴望一吻。然后，他关上窗户，开始脱衣裳，同时自言自语："算了，明天早晨，我的精神状态会好些，今天晚上脑子太乱。也许是酒喝得有点儿过量了，这种状态出不了好活儿。"

他上床熄灯，随即就睡着了。

盼望好事儿或有愁事的日子就醒得早，杜·洛华早早醒来，跳下床，过去打开窗户，以便如他常说的那样，干他一大杯新鲜空气。

隔着铁路的宽沟，对面便是罗马大街，街上的房舍，在朝阳的光照中非常明亮，仿佛粉刷成白色。往右侧远眺，能望见阿让特伊山丘、萨诺瓦高地和大麦山的风车，上面罩着淡蓝色的薄雾，宛如扔在地平线上一小块飘浮的透明纱巾。

杜·洛华伫立了几分钟，眺望那远方的田野，喃喃说道："像这样的天气，到那边游玩一定很开心。"可是转念又一想，他必须干事儿，说干就干，先拿出十苏钱，打发门房的儿子去办事处给他请个病假。

他坐到桌前，拿起羽毛管笔，蘸了一下墨水，手捧额头想主意，可是徒然，什么也没有想出来。

然而，他并不气馁，心中暗道：

"嗳，我还没有这个习惯。干哪一行都得学，这行也不例外。头几次要有人拉一把。我去找找弗雷吉埃，他用十分钟，就能把这篇文章给我搞出来。"

他换上出门的衣服。

到了街上，他又觉得他的朋友一定睡得很晚，现在登门还为时太早。于是，他开始悠然散步，走在环城大道的树阴下。

还不到九点钟，他就走到蒙索公园，浇过的花草湿漉漉的，十分清新。

他捡一张长椅坐下，又幻想起来。一个小伙子打扮得十分漂亮，在他前面走来走去，显然在等待一个女子。

那女子出现了，她戴着面纱，脚步匆匆，同他略一握手，挽住他的手臂，二人便走开了。

一种情爱的需要，激荡着冲入杜·洛华的心田，需要高雅的、温馨的、细腻的情爱。他起身又往前走，不免想到弗雷吉埃。那家伙，还真够走运的！

他到了弗雷吉埃家的楼门口，正撞见他的朋友出来。

"你来啦！这么早！找我有什么事儿吗？"

正好撞上人家要出门，杜·洛华一时慌了神儿，结结巴巴地说道：

“是这样……是这样……我那篇文章，写不出来，你知道，就是华尔特先生要我写阿尔及利亚的那篇文章。这没有什么奇怪的，我从来没有写过东西。这跟别的事儿一样，需要实践。我倒是确信，我很快就会熟悉。不过开头，我真是不知道该从哪儿下手。各种想法都有，可就是表达不出来。”

他颇为犹豫，便住了口。弗雷吉埃狡黠地微笑着：“这情况我知道。”

杜·洛华接着说：

“开头阶段，大概人人都碰到。这不，我来了……我来求你帮我一把……有十分钟，你就能给我领上道儿，指示我怎么走，给我好好上一堂作文课，没有你，我是闯不出来的。”

对方始终快活地微笑着，他拍了拍老战友的胳膊，说道：

“去找我妻子吧，她会给你解决问题，处理得跟我一样好。我训练过她干这种差事。今天早晨我没有时间，要不然我就给你干了。”

杜·洛华突然吓住了，他非常犹豫，决不敢这么贸然：

“可是，在这种时刻，我总不能跑去打扰她吧？……”

“嗳！完全可以。她已经起床了。你到我的书房，就会看见她正在为我整理笔记。”

杜·洛华死活不肯上楼。

“不行……这怎么成……”

弗雷吉埃抓住他的肩膀，揪他转半圈儿，再朝楼梯推去：“去吧，你这个大傻瓜，叫你去你就去！你总不至于逼我再爬上四楼介绍你，再说明你的情况吧。”

杜·洛华这才下了决心：“谢谢，我去好了。我就对她说，是你逼我的，非逼我去找她不可。”

“行啊，放心吧，她吃不了你。千万别忘了，过一阵儿，三点钟。”

“唔！放心吧。”

弗雷吉埃急匆匆走了，杜·洛华则一级一级慢腾腾上楼，心里嘀咕该怎么说，会受到什么样的接待。

仆人来开门，他扎着蓝围裙，手中拿着扫帚。

“先生出门了。”他不等发问就先说了。

杜·洛华却坚持说：“请问问弗雷吉埃夫人能不能接待我。告诉她，刚才我在街上遇见她丈夫，是他让我上来的。”

然后，他就等着回话。仆人又返回来，打开右边一扇门，说道：“夫人等您呢，先生。”

她坐在办公椅上。屋子很小，四壁全被书籍遮住，都整齐地排列在黑木书架上，有红色、黄色、绿色、紫色和蓝色各式各样精装本，为单调的排列增添了色彩和欢快。

她穿一件镶花边的白色便袍，总那么笑容可掬，这时转过身来，伸过手去，肥大的衣袖里便露出裸臂。

“这么早就光临？”她说道，随即又补充一句：“只是随便问问，毫无责备之意。”

杜·洛华结结巴巴地答道：

“唉！夫人，我在下面碰见您丈夫，本不愿上来，可是他非要我上来见您不可。实在不好意思，我都不敢说明来意了。”

她指着一把椅子：“请坐下，说吧。”

她两根指头夹着鹅毛管笔，灵活地摆弄转动着，面前有一大张纸，已经写了半篇儿，因这位年轻人来访而暂停了。

她坐在写字台前，就像在自己客厅里一样自如，就像忙她的日常家务。便袍里飘逸出一股幽香，是刚梳洗后的清新之气。杜·洛华极力揣测，觉得隔着便袍柔软的布料，能看出这少妇的肉体雪白而光亮、丰满而火热。

少妇见他不开口，又问了一遍：“您说呀，到底是什么事儿？”

杜·洛华犹犹豫豫，嘴里咕哝道：

“是这样……实在是……不敢冒昧……只因昨天晚上我工作到很晚……今天早晨……又早早起来……要按华尔特先生的要求，写关于阿尔及利亚那篇文章……可是，一点儿像样的东西也没有写出来……我写的草稿全撕了……这种工作，我没有干过；于是来求弗雷吉埃帮忙……帮这一次……”

少妇受到恭维，心中好不得意，她开心地笑着，打断他的话：“他就让您来找我啦？……承情看得起……”

“不错，夫人。他对我说，您能帮我摆脱困境，比他做得还要好……可是我，实在不敢，不愿打扰您。您理解吧？”

少妇站起身：

“这样合作，会很有意思的。我真赞赏您这主意。来，您就坐到我这位置上，因为报社里的人熟悉我的笔迹。我们一起来炮制您的文章，这回，可是一炮打响的文章。”

杜·洛华坐下，拿起一支笔，在面前铺展一张纸，便等待对方指示。

弗雷吉埃夫人站在旁边，看他作好这些准备，然后，她从壁炉上拿了一支香烟，点着了：

“我干活不能不吸烟，”她说道，“喏，我们讲述点儿什么呢？”

杜·洛华惊异地抬头望她：“我不知道哇，我就是为这个来求您的呀。”

少妇又说道：“对，这事儿我来安排。我做调料，可是还得有菜呀。”

杜·洛华待在那里十分尴尬，犹豫再三，终于说道：“我想从头讲述我那趟旅行……”

这时，少妇在对面坐下，隔着大办公桌凝视他：“好吧，先讲给我听听，只讲给我一个人，明白吧，从从容容的，什么也不要漏掉，然后我再取舍。”

可是，她见年轻人还是不知从哪儿谈起，便开始提问，就像神甫在忏悔室里那样，提一些非常具体的问题，帮他回忆起已然遗忘的细节、当时碰到的人物、只有一面之缘的形象。

她就这样，迫使他谈了一刻钟，就突然打断他的话，说道：

“现在我们就开始写吧。首先，我们假设您是向一位朋友谈您的印象，这样，您就可以信口开河，发表各种各样的看法，我们若是做得到的话，可以又自然又风趣。开始吧。”

亲爱的亨利：

你想了解阿尔及利亚的情况，会如愿以偿的。我在栖身的干垒小屋里无事可干，就逐日逐时记录我的生活，现将近乎日记的东西寄给你。有些地方，可能写得太露骨了，无所谓，反正您也不必给您认识的女士看……

她停了停，重又点着熄灭的香烟。在纸上刷刷作响的羽毛管笔也停下了。

“我们接着往下写。”她说道。

阿尔及利亚是一个法属国家，面积很大，毗连鲜为人知的广袤地区，即所谓的大沙漠：撒哈拉、中非等等。

阿尔及尔是这块奇异大陆的门户，是雪白而美丽的门户。

不过，首先得前往，这种旅途，可不是人人都觉得美妙的。你了解，我为上校驯马，是个非常出色的骑手。然而，一名出色的骑手，很可能是非常糟糕的水手。我就是这种情况。

你还记得军医辛普勒达，我们叫他伊贝卡博士的那个人吧？医务所是块福地，当时我们认为时机成熟，可以到那里休养二十四小时，就去找他看病。

他穿着红军裤，坐在椅子上，肥胖的大腿劈开，双手按着膝盖，臂肘悬空，手臂构成桥状，那对大眼珠滴溜溜转，用牙齿咬着自己的小白胡须。

大概你还记得他的处方：

“该士兵患胃动能紊乱，要按本处方服用三号催吐剂，休息十二小时，症状自会消失。”

这种催吐剂十分灵验，绝对无法抗拒。既然必须如此，那就吞服下去。既然遵照了伊贝卡博士的处方，那就可以心安理得地休息十二小时。

是的，亲爱的朋友，要抵达欧洲，那就必须在四十小时期

间，遵照大西洋远洋轮船公司的处方，接受另外一种无法抗拒的催吐剂……

弗雷吉埃夫人搓着双手，十分得意自己的这一构思。

她站起身，又点燃一支香烟，开始踱步，一面继续口授，一面吞云吐雾，只见从她紧闭双唇的正中小圆洞里，一缕烟笔直喷出来，继而在空中扩展消散，化为缕缕灰线，仿佛透明的雾，好似蛛网的蒸汽。有时，她一挥手掌，便抹掉这些经久不散的淡淡痕迹。有时，她则用食指果断地一切割，再一本正经地注视，截为两段的几乎看不见的烟气慢慢消逝。

杜·洛华抬眼关注她的每个手势、每种姿态、身体的每个动作和面部的每个表情，只见她做这种不大明确的游戏，却丝毫也不妨碍思路。

现在，她想象旅途如何艰难曲折，描绘她杜撰出来的旅伴的形象，还编造一段艳遇，那女子是去探亲的一名步兵上尉的妻子。

然后，她又坐下来，要杜·洛华介绍阿尔及利亚的地理，对此她一无所知。只用十分钟，她在这方面的知识就赶上杜·洛华了，于是，她又写了一小章，专门讲解政治地理和殖民地理，以便让读者有个思想准备，去理解以后文章要提出的严肃问题。

接着，又写到去奥兰省旅行，这趟旅行完全是异想天开，主要介绍女人：摩尔女郎、犹太女郎、西班牙女郎。

“只有这个话题才能引起人们的兴趣。”她说道。

文章结尾是到高原脚下的赛伊达小住，讲述一小段美妙的恋情：下级军官乔治·杜·洛华爱上一名西班牙女工，她在艾因哈加尔手工作坊干活，二人在光秃秃的石山中幽会，通宵听到豺狼、鬣狗和阿拉伯狗在岩石间狂吠嚎叫。

然后，她欢快地宣布：“明天待续！”她随即又站起身来：“文章就是这样写出来的，亲爱的先生。请署名吧。”

杜·洛华还有些迟疑。

“您倒是签名啊！”

于是，杜·洛华笑起来，他在手稿下方写上："乔治·杜·洛华。"

弗雷吉埃夫人边走边吸烟。杜·洛华一直注视她，却想不出一句话来表示感谢，只觉得在她身边很幸福，内心充满感激之情，以及初生的这种亲密关系所带来的肉体快感，觉得周围的一切都是她的一部分，一切，包括书籍遮住的墙壁。座椅、家具、飘浮着烟草味儿的空气，都有点特殊，都有点来自她身上的善良、温柔和可爱的气息。

她猛地问道："您觉得我的朋友德·玛海勒夫人怎么样？"

杜·洛华不免一惊："哦……我觉得她……我觉得她很有魅力。"

"对不对？"

"对，当然了。"

他很想加上一句："但是比不上您。"可他根本没这个胆量。

她又说道：

"大概您还不知道，她有多风趣，有多独特，有多聪明啊！可以比作吉卜赛女郎，地地道道的吉卜赛女郎。她丈夫不怎么爱她，就是这个原因，眼睛只盯着她的缺点，根本不会欣赏她的长处。"

听说德·玛海勒夫人是有夫之妇，杜·洛华不胜惊诧，殊不知这是极其自然的事。

他问道："哦……她有丈夫？她丈夫是干什么的？"

弗雷吉埃夫人微微耸了耸肩膀，又挑了挑眉毛，动作协调一致，意味深长，却又难以理解。

"唔！他是北方铁路的视察员，每个月回巴黎住一星期。他妻子称这是'义务'或者'一周苦役'，或者'受难周'。以后熟了，您就会看出，她的感情多么细腻，为人多么热情。等哪天，您要去瞧瞧她。"

杜·洛华不想走了，仿佛他是在自己家里，可以这样一直待下去。

不料房门无声地打开了，根本没有通报，就走进来一位高个子先生。

那人瞧见屋里有个男人，便立刻站住。弗雷吉埃夫人一时显得有点尴尬，从肩膀到面颊略有点儿发红，不过，她声调还是很自然地说道："您倒是进来呀，亲爱的。介绍一下，这是查理的好友，未来的记者，乔治·杜·洛华先生。"

然后，她又以无所谓的口气介绍："我们的最要好最亲密的朋友，德·沃德莱克伯爵。"

两个男人彼此见礼，四目对视凝注。杜·洛华立即告辞。

女主人也没有挽留。他讷讷讲了两句感谢的话，握了握少妇伸过来的手，又向刚来的表情冷淡而严肃的社交人士鞠了一躬，便匆匆离去，一时心里慌乱极了，就仿佛自己干了一件蠢事。

他又来到街上，觉得情绪低落，心里别扭，一股淡淡的忧伤拂之不去。他信步往前走，心中纳罕，何以突然产生这种愁绪，根本找不出原因来，而脑海里不断浮现德·沃德莱克伯爵那副形象：那冷峻的面孔有点见老，头发花白了，表情稳重而傲慢，显见是个非常富有而又极为自信的人。

现在他意识到，正是这个陌生人的到来，打断了他的心已然习惯的一次美美的单独谈话，往他心中播下一种气馁绝望的情绪。须知这种情绪极易产生，往往听到一句话，看见一幅悲惨景象、一点微不足道的事情就能引发。

他还觉得，那人见他在那里颇不高兴，但又猜不出是何缘故。

下午三点之前他无事可干，现在还不到十二点。兜里还有六法郎五十生丁，先去杜瓦尔粥铺吃午饭，再沿着林阴大道游荡一阵，打三点钟的时候，他便登上《法兰西生活报》那条招摇的楼梯。

几名员工坐在长椅上，叉着手臂等待吩咐差事。一名收发员坐在类似讲桌的小桌后面，正在整理刚到的信件。这种场面的安排可谓十分高明，足令来访者肃然起敬。人人衣着规整，个个派头十足，精神抖擞，不愧是一家大报的前厅人员。

杜·洛华问道："请问，华尔特先生在吗？"

收发员答道：

"社长先生正在同人谈话。先生可以坐下稍候。"说着，他指了指已经满员的候见室。

候见室里有一些佩戴勋章、神态庄严的大人物，也有一些衣着不整的人：礼服一直扣到领口而看不见内衣，胸襟的污迹好似地图上的陆地和海洋。男人堆里还混杂三个女人，其中一个容貌很美，笑吟吟的，打扮得花枝招展，一副轻佻的样子；她旁边的那个则戴着悲剧人物的面具，脸上生了皱纹，同样打扮得花枝招展，但浑身透出一种凋残和做作的意味，如同一个离开舞台的女戏子，走了样的老来俏，变了味的爱情香水。

第三个女人身穿孝服，躲在角落里，一副寡妇的伤心相。杜·洛华心想她是来讨施舍的。

二十多分钟过去了，没有叫一个人进去。

于是，杜·洛华想出个主意，他又去找传达："华尔特先生约我三点钟见面。"他说道，"不管怎样，您总可以看看，我的朋友弗雷吉埃先生在不在。"

对方便让他穿过长长的一条走廊，进入一间大厅，只见四位先生围坐着一张宽大的绿色桌子，正在写东西。

弗雷吉埃则站在壁炉前，叼根香烟，正玩棒接球游戏。他玩得很熟练，每次都能用木棒尖顶起黄杨木大球，同时数着："二十二、二十三、二十四、二十五。"

杜·洛华接口说了声："二十六。"他的朋友抬眼瞧瞧，并未停止手臂规律性的动作。

"咦！你来啦！——昨天，我一连玩了五十七下。我们社里，只有圣保丹比我厉害。你见到老板了吗？要看大胖子诺尔贝玩这种游戏，简直能逗死人：他张着大嘴，就好像要把球吞下去似的。"

一名编辑扭过头来：

"唉，弗雷吉埃，这种玩具，我知道有一副要出手，棒极了，是用安的列斯群岛产的木头做的，据说当年是西班牙王后的玩具。要六十法郎，不算贵。"

弗雷吉埃问道："在哪儿？"说话间，第三十七下他接空了，便打开一扇柜门；杜·洛华瞧见柜里有二十几副棒接球，做工都很精细，排列得很规整，还编了号，仿佛收藏的古董。弗雷吉埃将玩的一副放回原处，又问了一遍："那宝贝放在哪儿？"

那编辑回答："在滑稽歌剧的一个售票商那里。你想看的话，明天我把东西给你带来。"

"好，一言为定。真那么好，我就要了。棒接球这玩意儿，总是多多益善。"

接着，他又转向杜·洛华："随我来吧，我带你去见老板，不然的话，你得一直泡到晚上七点。"

二人再次穿过候见室，还是原班人马待在那儿，还是原来的秩序。弗雷吉埃一露面，那个少妇和那个年老的女戏子便急忙站起身，朝他走来。

弗雷吉埃分别把她们带到窗口那边，尽管他们压低声音说话，杜·洛华还是听出他以"你"称呼她们。

然后，弗雷吉埃和杜·洛华推开包了软垫的两扇门，走进社长办公室。

持续了一个多小时的所谓谈话，不过是同杜·洛华昨天见过的那几位戴平顶帽的先生打纸牌。

华尔特先生手里拿着牌，精神高度集中，出牌的动作十分诡秘；对家则像个老赌徒，摆弄着五颜六色的薄薄的纸牌，忽而压下，忽而抬起，一副灵活、乖觉和优美的姿态。诺尔贝·德·瓦莱纳坐在社长办公椅上，正在写文章，而雅克·里瓦乐则躺在长沙发上，闭眼抽着雪茄。

室内憋闷，一股家具皮革、陈旧烟草和印刷油墨的气味，这是编辑部的特有气味，记者无不熟悉。

在镶嵌铜饰的黑色木桌上，一大堆东西，简直令人难以相信，有信函、明信片、报纸、杂志、送货单，各种各样的印刷品。

弗雷吉埃同站在打牌者背后的赌客握手，一声不吭地观战，等华尔特老头儿一赢，便上前介绍："我朋友杜·洛华来了。"

社长猛地从镜片上面瞥了年轻人一眼，然后问道："我要的文章带来了吗？今天正好赶上，和莫莱勒的辩论同时见报。"

杜·洛华从兜里掏出折成四折的几张手稿："带来了，先生。"

老板喜形于色，微笑道："很好，很好。您挺有信用。我得审阅一下吧，弗雷吉埃?"

弗雷吉埃忙不迭地答道：

"不必了，华尔特先生，我同他一起编这个专栏，搞得很好。"

现在，是一位又高又瘦的先生，一名中间偏左的议员在发牌；社长接着牌，毫不在意地补充一句："那就太好了。"

弗雷吉埃抢在这一局开始之前，俯身对着他的耳朵说道：

"您知道，您答应我聘用杜·洛华，取代马朗波。我给他同样待遇，您说好吗?"

"好，很好。"

这位记者抓起朋友的胳膊，把他拉走了，而华尔特先生又打起牌来。

诺尔贝·德·瓦莱纳头抬也不抬，他仿佛没有瞧见或者没有认出杜·洛华来。雅克·里瓦乐则不然，同他握手时非常用力，显得很热情，就像个遇事能靠得住的好伙伴。

他们再次穿过候见室。弗雷吉埃见所有人都投来目光，便对那位年轻女子以所有人都听得见的声音说道：

"社长过一会儿就接见您，此刻他正同财政预算委员会的两名委员谈话。"

说着，他匆匆走过去，那样子就像有紧急要事去办，要立刻拟一份无比重要的电文。

他们一回到编辑室，弗雷吉埃马上又拿起棒接球玩起来，他一边数着次数，一边断断续续地说：

"就这样定了。每天下午三点钟，你到这儿来，我告诉你去跑什么事儿，要见什么人，当天下午、晚上，或者次日上午……一……我先给你开一封介绍信，把你介绍给警察局第一办公室主任……二……他会让你同他一名属下联系。警察局所有重要消息……三……当然，官方和半官方的全包括，你就同那人安排。具体问题你找圣保丹，他熟悉……四……等一会儿，或者明天，你见见他。最重要一点，你要善于从我派你去见的人嘴里套出话来……五……

而且无论到哪儿，还要设法钻进那些关闭的门……六……干这些差事，你每月有二百法郎的固定收入；此外，你自己写得有趣新闻每行两苏钱……七……再加上约你写的各种题目的文章，也是每行两苏……八。”

接着，他的注意力完全移到游戏上，继续慢慢地数着：“……九……十……十一……十二……十三……”第十四下球掉了，气得他骂道：

“他妈的，这个十三，总给我带来晦气。我也非得赶在十三号那天死不可！”

一名编辑活儿干完了，也从柜子里取出一副棒接球。那人个头儿矮小，虽有三十五岁了，还是长着一张娃娃脸。又进来好几名记者，他们也分别去拿出各自的玩意儿。不大工夫，就有六个人并排背靠着墙，以相同的节奏和动作，向空中抛着红色、黄色或黑色的天然色彩的不同木质的球。他们展开了一场较量，两名还在写稿的编辑也站起来，充当裁判并计数。

弗雷吉埃赢了十一点，那个娃娃脸的小个子输了，他按铃叫来办事员，吩咐一声：“九杯啤酒。”等饮料这工夫，他们又玩起来。

杜·洛华也拿起一杯啤酒，和他这些新同事一起喝了，然后问他朋友：“要我干点什么？”

对方回答：“今天，没有给你安排什么事。你可以自便了。”

“那么……我们的……我们那篇文章……今天晚上就发排吗？”

“对，不过，用不着你管了。校样我来改。你去把明天要的续篇写好，还像今天这样，下午三点钟来这儿。”

杜·洛华便道别，握了所有人的手，却不知那些手的主人叫什么，然后满心欢喜，精神抖擞，走下那条华丽的楼梯。

第四章

乔治·杜·洛华渴望瞧瞧他的文章印成铅字的样子，有点兴奋过头儿，一夜没有睡好，天刚刚亮就起了床，跑到街上去转悠，离送报人挨个儿给报亭送报的时间还早呢。

他完全清楚，《法兰西生活报》先送圣拉扎尔车站，然后才送到他住的那个区，于是他走到车站，可时间还是太早，只好在人行道上溜达。

他看见卖报的女人来了，打开玻璃亭子，继而又望见一个男子头顶一大摞对折的大版报纸，就急忙跑过去，却只有《费加罗报》《吉尔·布拉斯报》《高卢人报》《时事报》，以及另外两三种晨报，还不见《法兰西生活报》。

他忽然担起心来：《非洲猎奇记》会不会推到次日再刊登，会不会在最后时刻，不巧华尔特老头儿又不喜欢了。

他返身又朝报亭走去，发现开始售《法兰西生活报》了，是他自己没有瞧见送报人。他急忙跑过去，扔下三苏钱，打开报纸，浏览第一版的报纸——根本没有——他的心怦怦跳起来，又翻到第二版，看到一个栏目的下方大号字印着："乔治·杜·洛华"，他激动不已。刊登啦！多叫人高兴啊！

他手里拿着报纸，帽子歪到一边，什么也不想，又信步走起来，真想拦住每个行人，对他们说："买这份报！买这份报吧！上面刊登我的一篇文章。"他也希望像晚上报贩在林阴大道上叫卖那样，放开嗓子呼喊："请看《法兰西生活报》，请看乔治·杜·洛华的文章：《非洲猎奇记》！"他忽然产生一种强烈的欲望，要亲眼看看这篇文章，要在公共场所，到一家咖啡馆，在显眼的地方看这篇文章。于是，他就寻找已经有不少顾客的一家店铺，不得不走好长时间，最后看见一家酒店坐着好几位顾客，便坐到门前露天座，说了一声："一杯朗姆酒！"却没有想这种时刻，本来应当喝苦艾酒。继而，他又叫道："伙计，给我《法兰西生活报》看看。"

一个系白围裙的人跑过来：

"先生，我们没有那种报，这里只有：《号召报》《世纪报》《明灯报》和《小巴黎人报》。"

杜·洛华非常愤慨，怒气冲冲地嚷道："那边有报亭！去给我买一份儿来！"伙计赶紧跑去，把报纸买回来。杜·洛华开始看他那篇文章，好几次高声赞叹："很好，很好！"故意引起邻座的人注意，使他们渴望了解报上的内容。他把报丢在餐桌上就走了。老板发现了，便招呼他："先生，先生，您的报纸忘在这儿了。"

杜·洛华答道：

"我看过了，留给您。今天上面有一篇文章，还真有趣。"

他没有指出是哪篇文章。他离开时，果然看见邻座一位顾客操起他留在桌上的那份报。

他心中合计："现在，我干点儿什么好呢？"于是，他决定去办公室领出当月的工资，再提出辞职。他的上司和同事见他如此举动，那种惊讶的样子，他事先一想，就高兴得浑身打战。再想到上司会大惊失色，他更是心花怒放。

他缓步走着，要拖至九点半之后到达，会计室十点钟才开门。

他的办公室空间很大，但是昏暗得很，冬季几乎整天要点着煤油灯。窗户朝着狭小的院子，对面是其他办公室。这间办公室里有八名职员，还有一位副科长，隔着一道屏风躲在角落里。

杜·洛华先去领工资，总共一百一十八法郎二十五生丁，早已装进黄色信封里，放在负责发工资的那名职员的抽屉里。他领了工资，便以胜利者的姿态，走进他度过不少日子的宽大办公室。

他一进屋，副科长包代勒就叫他："哦！是您吗，杜·洛华先生？科长叫过您好几次了。您也知道，没有医生证明，连续请两天病假，他是不准许的。"

杜·洛华挺立在办公室中央，准备制造效果，他朗声答道："哼！我才不管那一套呢！"

所有职员都惊呆了。包代勒的头从屏风上面探出来，一副惶恐的神色。

他特别爱感冒，受不了穿堂风，关在屏风里面，就像躲进箱子里一样，只是在屏风纸壁上挖两个洞，以便监视他的属下。

室内一片死寂，苍蝇飞的声音都听得见。副科长终于迟疑地问道："您说什么？"

"我说我不管那一套。我今天是来辞职不干的。我到《法兰西生活报》社当编辑了，每月挣五百法郎，还不算按行计酬的文章。今天早晨，我已经开始到那里上班了。”

他心里本来打算多逗一会儿乐子，可是他按捺不住，一下子就和盘托出了。

不过，倒是完全达到了预期效果。一个个都愣在那儿了。

于是，杜·洛华又宣布：“我去通知贝尔居易先生一声，回头再来同诸位告别。”

他出了办公室，去找科长。科长一望见他就厉声嚷道：“哧！您来啦！您应当知道，我不愿意……”

杜·洛华打断他的话：“嚷嚷什么，别来这套……”

贝尔居易先生是个大胖子，面孔本来就红得像鸡冠子，这一惊非同小可，更是呆若木鸡了。

杜·洛华又说道：“您这破地方我待够了。今天上午，我已经开始记者生涯了，报社给我的待遇很高。在下向您致敬了。”

他掉头走了，这下子总算报了仇。

他果然又回去，跟老同事一一握手话别。大家怕惹来麻烦，几乎不敢同他说话，因为办公室门敞着，刚才他同科长的谈话，他们全听见了。

他兜里揣着工资，又来到大街上。他知道一家好餐馆，价钱便宜，到那里美美吃了一顿午饭，又买了一份《法兰西生活报》，走时留在餐桌上。他还走进好几家商店，买了一些小东西，只为让人送货上门，好把他的名字——杜·洛华——告诉人家。每次他还要加上一句：“我是《法兰西生活报》的编辑。”

然后，他又说明街道和门牌号，并且特意嘱咐一句：“请放在门房那儿。”

还有点时间，他就走进一家印字店铺，制名片立等可取，他叫人马上给他印制一百张，在他名字下面印上新头衔。

然后，他前往报馆。

弗雷吉埃摆出上司的架子，接待他就像接待一名属下。

“哦！你来了，很好。正好有几件事派你去干。请等我十分钟，让我把手头的事儿忙完。”

一封信已经开了头，他接着写下去。

一个矮个男人坐在大桌子另一端，正在写什么，因高度近视而鼻子几乎贴在纸上，他身体相当胖，脸色十分苍白，秃脑壳雪白锃亮。

弗雷吉埃问道：“喂，圣保丹，几点钟你去采访那个人？”

“四点。”

“你带着杜·洛华这个青年，让他见识见识干这一行的诀窍。”

“好吧。”

弗雷吉埃转过身来，又对他的朋友说：“关于阿尔及利亚的续篇，你带来了吗？今天早晨这个开篇非常成功。”

杜·洛华一时怔住，结结巴巴地答道：“没有……我原以为下午还有时间……有一大堆事情要处理……我还没能……”

对方颇不高兴，耸耸肩膀：“你若是不再准时一点儿，还像这样的话，那非得断送自己的前途不可。华尔特老头儿本来还指望你的稿件呢。我去对他说你明天交稿。你若是以为什么事不干，白拿工资，那可就错了。”

他沉吟了一下，又加了一句：“要趁热打铁呀，真见鬼！”

圣保丹站起身，说道：“我准备好了。”

这时，弗雷吉埃身子往椅背上一仰，摆出一副郑重其事的架势，开始下达指示，然后又转向杜·洛华：

“情况就是这样。中国将军李腾佛，到巴黎已经两天了，在大陆饭店下榻；印度公主塔波扎西布·拉马德拉奥·巴里，在布里斯托尔饭店下榻。你们去采访采访他们。”

他又转向圣保丹：

“千万记住我交代给你的要点，问问中国将军和印度公主，他们对英国在远东的所作所为有什么看法，对英国的殖民统治制度有什么看法，他们是不是希望欧洲尤其是法国介入他们的事务。”

他停了一下，又泛泛地补充道：

“目前，公众舆论对这些问题的兴趣特别强烈，读者若能同时了解中国和印度的态度，那就再好不过了。”

他又单独嘱咐一下杜·洛华：

“瞧瞧圣保丹是怎么干的，他可是个非常出色的采访记者，学着点儿，掌握诀窍，五分钟就把对方的话掏干净。”

然后，他又郑重其事地写起来，那意图昭然若揭，就是要拉开距离，将他过去的老战友，现在的新同事放在应有的位置上。

二人一跨出门槛，圣保丹便哈哈大笑，对杜·洛华说：

“瞧他那神气活现的样子！对我们也这样大吹大擂，简直就把我们当成他的读者了。”

二人来到林阴大道上，采访记者问道：“您要喝点儿什么吗？”

“好啊！天儿这么热。”

他们走进一家咖啡馆，叫了清凉饮料。圣保丹开口讲起来，谈论报社，谈论所有人，举出大量惊人的事例。

“老板吗？是个地地道道的犹太人！您知道犹太人，谁也改变不了他们的天性。那是什么种族啊！”他列举一些令人惊讶的吝啬的特点，那种吝啬是以色列的子孙所特有的，怎么费尽心机省下十生丁，怎么像厨娘那样讨价还价，怎么不顾脸面要求减价并总能得逞，怎么放高利贷、抵押借款等一整套手段。

“这还不算，这老家伙什么都不信，见人就骗。他办的报纸，就是传播小道消息，什么天主教的观点、自由派的观点、共和派的观点、奥尔良派的观点，全都刊登，是个大杂烩，是个卖便宜货的流动百货摊，目的还是声援他的股票交易和各种各样的经营。他干这个手段可高明了，利用资本不到四个铜板的一些公司，一赚就赚上几百万……”

他口若悬河，还管杜·洛华叫“我亲爱的朋友”。

“这个守财奴，讲出来的话都是巴尔扎克式的。想想看，有一天，我在他的办公室里，那里还有那个老古董诺尔贝、那个堂吉诃德式的人物里瓦乐，碰巧行政主任蒙特兰到了，腋下夹着巴黎无人不晓的那个摩洛哥羊皮包。华尔特扬起鼻子，问道：“有什么新鲜事儿？”

“蒙特兰天真地回答：‘我刚付了我们欠纸店老板的钱，一万六千法郎。’”

“老板腾地跳起来，真是惊人的一跳。”

“‘你说什么？’”

“‘我刚才向普立瓦先生付了我们的欠款。’”

“‘啊，您疯啦！’”

“‘怎么啦？’”

“‘怎么啦……怎么啦……怎么啦……’”

“他摘下眼镜，擦了擦，然后奇妙地微微一笑，这种微笑每次从他那大脸盘周围掠过，就表明他要讲什么鬼话或者粗话了，果然，他以冷嘲热讽而又坚信不疑的口气说道：‘怎么啦？就因为我们在这笔款上，还能扣下他四五千法郎。’”

“蒙特兰惊讶不已，又说道：‘可是，社长先生，那一笔笔账目都合乎规定，是由我核实，由您签署的……’”

“老板一听，神态又严肃起来，郑重说道：‘您可真够天真的。要知道，蒙特兰先生，必须等欠债积累多了，结账时才好争取打折扣。’”

圣保丹行家似的点了点头，又加了一句：“嗯？这家伙，是不是巴尔扎克式的人物？”

杜·洛华没有读过巴尔扎克的作品，但也深信不疑地回答：“哦，当然啦。”

接着，采访记者又谈到华尔特夫人，说她是个十足的蠢货，谈到诺尔贝·德·瓦莱纳，说他是个一事无成的老笨蛋，谈到里瓦乐，说他是炒记者费尔瓦克冷饭的，然后又回到弗雷吉埃：“至于这个人啊，他不过是有福气，娶了那样一个老婆。”

杜·洛华问道：“他老婆到底是怎样一个人？”

圣保丹搓了搓手：

“唔！那可真是个机灵鬼，鬼机灵。她是那个老色鬼沃德莱克的情妇，德·沃德莱克伯爵给她置了嫁妆，把她嫁出去……”

杜·洛华突然感到一阵透心凉，不禁怒火中烧，真想臭骂一顿，扇这饶舌的家伙几个耳光。不过，他只是接口问道：“圣保丹就是您的本姓吗？”

对方直截了当地回答：“不是，我叫托马。圣保丹是报社里给我起的绰号。”

杜·洛华付了饮料钱，又说道：“我看时候不早了，我们该去采访那两位大人物了。”

圣保丹哈哈笑起来：

“您哪，还是太天真了。您以为我真的会跑到那儿去，问那个中国人和那个印度人怎么看英国吗？面对《法兰西生活报》的读者，他们应该怎么想，就好像我不比他们更清楚似的。这类中国人、波斯人、印度人、智利人、日本人，还有其他国人，我已经采访了不下五百了。在我看来，他们回答全是一个口径。我只要把我最后采访的那个人所写的文章拿出来，逐字逐句重抄一遍就成了。要改动的地方，无非是他们的长相、姓名、头衔、年龄，以及他们的随员。哦！在这方面，万万不能出错，否则，《费加罗报》或者《高卢人报》，马上就会把我揪出来。至于要改动的情况，到布里斯托尔饭店和大陆饭店，问问门房，五分钟我就打听清楚了。我们抽着雪茄，一路步行去。总共能向报社要一百苏的车马费。喏，亲爱的，讲究实际的人，就是这么个干法。”

杜·洛华问道：“若是这么着，当采访记者，进项一定可观吧？”

这位记者诡秘地答道：“是啊，不过，社会新闻的进项，哪方面也比不上，因为那是变相广告。”

二人站起身，沿林阴大道朝玛德莱娜教堂走去。突然，圣保丹对他同伴说：

“要知道，您有什么事儿，尽管去办好了。我这儿用不着您。”

杜·洛华同他握手告别了。

他一想起晚上要写那篇文章，心里就烦得要命，但还是开始构思。他边走边考虑，往脑袋里储存一些念头、想法、见解和小故事，就这样一直走到香榭丽舍大街的尽头，只见行人寥寥，因为近日天气炎热，巴黎街头空荡荡的。

他到了星形广场的凯旋门，就近找一家小酒店吃晚饭，然后沿着环城大道缓步走回住所，坐到桌前要写文章了。

然而，他一看到眼前这张大白纸，脑子里搜集的材料一下子就跑光了，就好像化作云烟消失了。他力图抓回一些片断的回忆，固定下来，可是抓回来又跑掉，要不然就是乱七八糟胡来一堆，不知道如何介绍修饰，也不知道从何谈起。

他费了一小时的劲儿，涂黑了五张纸，还是开头那几句话，根本写不下去。他心中暗道："这行我还没练出来，应当再去上一课。"此念一生，他就激动得浑身战栗，心想又能同弗雷吉埃夫人一起工作一上午，可望在亲切、热诚而又十分温馨的气氛中，二人长时间单独相处了。他赶紧上床睡觉，现在反倒害怕再去伏案，会突然写成了。

次日起床比平时稍晚，他要把拜访的时间往后推一推，好事先品味那种快意。

十点钟敲过了，他才到朋友家按了门铃。

仆人来回答："先生正在工作呢。"

杜·洛华万万没有料到弗雷吉埃会在家。然而，他坚持要通报一声："请告诉他是我来了，有一件急事。"

等了五分钟，才把他让进书房：正是在这里，他度过一个多么美好的上午。

弗雷吉埃身穿便袍，脚上穿着拖鞋，头戴一顶英国式的窄边软帽，正坐在杜·洛华上次坐过的位置上，在写什么东西。他妻子仍然裹着那件白色便袍，嘴上叼着香烟，臂肘支在壁炉台上，正在口授。

杜·洛华在门口站住，讷讷说道："打扰你们了，真对不起。"

他朋友扭过头来，一脸怒气，咕哝道："你还想干什么？快点儿，我们正忙着呢。"

杜·洛华愣在原地，结结巴巴地说道："没……没……没什么，真对不起。"

弗雷吉埃恼火了：

"快点儿，活见鬼！别瞎耽误工夫，你闯进我家来，总不至于为一时高兴向我们问声好吧！”

杜·洛华这时心慌意乱，但还是横下一条心：

“那倒不是……事情是这样……就是……我那篇文章还写不出来……上一次你是……你们是……那么……那么……那么热心……因此我就希望……我就贸然前来……”

弗雷吉埃打断他的话：

“原来，你是拿人耍着玩呀。你以为活儿我都替你干了，到月底你去领工资就成了。没门儿！那工资，得凭本事挣！”

少妇继续抽烟，她一言不发，但总是微笑着，那种难以捉摸的笑容，似乎是一副可爱的面具，掩饰内心的讥讽。

杜·洛华闹个大红脸，他嗫嚅道：“对不起……我原以为……我本来想……”

继而，他的声音突然清亮了：“万分抱歉，夫人，我再次向您表示由衷的感激，感谢您昨天为我写了那么美妙的专栏文章。”

接着，他略一躬身，对查理说了一句：“三点钟我去报社。”说罢就走了。

他大步流星往回走，嘴里不住地嘟囔：“好吧，这篇文章，我回去写出来，独自完成，让他们瞧瞧吧……”

他回到住所，一气之下，便写起来。

那次艳遇，已经由弗雷吉埃夫人开了头，他就续写下去，将长篇连载小说的一些细节、出人意料的波折和夸张的描写，全都堆砌在一起，再加上中学生那种笨拙的文笔、下级军官的那种老套子。用了一小时，他就写完一篇专栏文章，凑了一大堆荒唐话，信心十足送交《法兰西生活报》。

他遇见的头一个人就是圣保丹。圣保丹同他心照不宣，用力握手，并问道：

“我采访那个中国人和那个印度人的谈话，你看过了吧，是不是挺有意思？让全巴黎人开了开心。可是，我连那两个人的鼻子尖也没有见到。”

杜·洛华一行还没有看，他赶紧抓起报纸，浏览这篇题为《印度和中国》的长文，而这位采访记者在一旁，着重指给他看最有趣的一些段落。

弗雷吉埃突然来了，他脚步匆匆，气喘吁吁，俨然一副大忙人的样子：“哦，正好，我要用你们两个。”

他向他们发指示：必须弄到一系列政治新闻，当天晚上就用。

杜·洛华把文章递给他：“这是关于阿尔及利亚的续篇。”

“很好，给我吧，我去交给老板。”多一句话也没有。

圣保丹拉着新同事走了，到了走廊，就问杜·洛华：“您去财务室了吗？”

“没有。去干什么？”

“干什么？领工资啊。喏，总要预支一个月的，谁知道会发生什么情况呢……”

“真的……我当然求之不得。”

“走，我把您介绍给出纳。他决不会刁难。这里发钱很痛快。”

杜·洛华去领了二百法郎，外加前一天刊登的那篇文章的稿酬二十八法郎，再算上他在铁路局领取的工资的剩余，他口袋里总共有三百四十法郎了。

他手头从来没有攥过这么多钱，以为自己永远会富下去。

圣保丹带他去四五家与他相竞争的报社，到办公室里聊天，希望人家已经弄到了他要采访的新闻，凭他那张利口巧妙地侃大山，就能挖到自己手中。

到了晚上，杜·洛华再也无事可做，就想再去逛逛风流牧羊女游乐场。他不买票，壮着胆子闯检票口：

“我叫乔治·杜·洛华，是《法兰西生活报》的编辑。那天，弗雷吉埃先生同我一起来过，他答应给我申请免费入场，不知道这件事他是否想着办了。”

检票员查了一下名册，上面没有他的名字。然而，检票员人非常和气，对他说道：“您先请进去吧，先生，直接向经理先生申请好了，他一定会妥善处理的。”

他走进游乐场，紧跟着就碰见了拉舍尔，就是第一天晚上他带走的那个女人。

拉舍尔走到他面前："晚安，我的猫咪。你好吗？"

"很好，你呢？"

"我嘛，还不赖。你哪儿知道，那天之后，我梦见过你两次。"

杜·洛华微微一笑，心里十分受用："唔！唔！这能表明什么呢？"

"这表明你对我的心思，大傻瓜，这也表明你想的时候，我们就再来。"

"你若是愿意，今天就来。"

"行啊，我愿意。"

"好，不过，你听着……"他颇为迟疑，话有点儿不好意思说出口："要知道，这次，我一个铜子儿也没有，我刚从赌场来，全输光了。"

她身为妓女，早就习惯了男人的鬼把戏和讨价还价，凭自己的本能和经验，就嗅出了这是谎话。于是，她说道："胡说！你心里明白，跟我来这套，也太不够意思了。"

杜·洛华尴尬地笑了笑："你若是愿意，十法郎，我只剩下这点儿了。"

拉舍尔像高等妓女那样，只因一时高兴不计钱财似的，喃喃说道："随你便好了，宝贝儿，我只想要你。"

她抬起那魂牵梦绕的双眼，望了望年轻人的小胡子，挽起他的手臂，深情地偎依在上面。

"先去喝一杯石榴汁吧。然后，我们一起转一转。我还想去歌剧院，就像这样，带你去炫耀炫耀。然后，我们再早早回去，你看好吗？"

杜·洛华在妓女家睡到很晚，离开时天已大亮了，立刻想到去买一份《法兰西生活报》。他的手激动得发抖，打开报纸一看，没有他的专栏文章；他伫立在人行道上，心急火燎，快速浏览报纸各栏，希望最后能找到。

他心头猛然一沉，仿佛压上什么重物，因为他温存了一整夜，已经疲惫不堪，又砸下来这件恼火的事，真是雪上加霜，大有灾难压顶之势。

他上楼回房间，和衣倒在床上，呼呼睡过去了。

过了几小时，他来到编辑部，进办公室见华尔特先生：

“先生，今天早晨我十分吃惊，在报上没有找到我的关于阿尔及利亚的第二篇文章。”

社长抬起头，冷淡地说道：

“那篇文章，我交给你的朋友弗雷吉埃了，请他看看，他认为还不够分量，必须给我重写。”

杜·洛华一听就火了，一句话也不回答，扭头就走，冲进他伙伴的办公室：

“我的专栏文章，为什么你不让刊登在今天早晨的报上？”

这位记者正抽着香烟，仰身倒在扶手椅中，双腿跷在桌子上，鞋跟碰脏了刚开了头的一篇文章，他从容地、一板一眼地回答，那声音带着几分厌倦，听来十分遥远，仿佛从深洞里发出来的：“老板认为这篇文章写得很糟，让我还给你重写。喏，就在这儿。”

他用手指了指压在镇纸下的几张摊开的稿纸。

杜·洛华满面羞惭，一时哑口无言，只好把稿子放进口袋里。这时，弗雷吉埃又说道：

“今天，你先去警察局一趟……”

他指示杜·洛华跑几趟事儿，采访一些新闻，杜·洛华临走时，本想讲两句尖刻的话，却没有想出词儿来。

次日，他写好的文章又带来了，结果仍旧退回来。他又写了第三稿，眼看着又没有采用，于是他明白了，自己未免操之过急，他在前进的道路上，唯独弗雷吉埃可能向他伸出援助之手。

从此，他再也不提《非洲猎奇记》了，暗暗打定主意，要学会灵活和狡猾，既然有些必要，先卖力气干好采访记者这一行，然后再寻求发展机会。

他跑熟了剧院后台和政界的后台、国家要员和议会的走廊及衣帽间，看熟了办公室随员的那种眼高于顶的面孔、睡意蒙眬的执达员那种难看的脸色。

无论部长、门房、将军、警察、王公、权杆儿、窑姐儿、大使、主教、拉皮条的，还是来路不明的阔佬、社交人士、赌博的作弊者、出租马车车夫、咖啡馆的伙计，以及其他许多人，他都保持经常联系，成为所有这些人利害相关而又不问冷暖的朋友，每日每时都能见到他们，思想也无须来个过渡，同他们所有人谈的事情有个共同点，即同他的职业有关，他也一视同仁，用一个尺度去衡量他们，用同一眼光去判断他们。他将自己比作一个品酒的人，依次喝下所有品牌的样酒，结果很快就难以分辨，马尔戈城堡葡萄酒和阿尔让特伊葡萄酒，还有什么差异呢。

时过不久，他就成为一名出色的采访记者，精明、快捷、洞察秋毫，善于把握自己所得到的消息，拿编辑里手华尔特老头儿的话来说，他是报社货真价实的干员。

然而，他的稿子每行只付十生丁，加上二百法郎的固定工资，这点收入要应付在林阴大道，出入咖啡馆和饭店那种生活的巨大花销，因此，他身上经常一文不名，心中经常为自己的穷困烦恼。

他看到一些同行出门，口袋里装满了金币，却怎么也弄不明白，他们使用什么秘密手段捞来这种阔气，他心里嘀咕，这种诀窍一定得弄到手。他又眼红又怀疑，这里面肯定有不为人知又不正当的手段，帮了什么忙，一系列默许的走私，等等。他必须识破这种秘密，打进那种默契的圈子里，在同事中争得一席之地，分好处不再把他排除在外。

晚上，他时常凭窗眺望一列列奔驰而过的火车，心中合计应采取什么对策。

第五章

两个月过去了，眼看到了九月份。杜·洛华原指望很快飞黄腾达，却迟迟不能如愿。他感到特别不安的是，自己处于这种地位，士气不免低落，根本看不出要通过什么途径，自己才能平步青云，变得有钱有势，受人尊敬。

他觉得自身禁锢在外勤记者这种平庸的行业中，如同关在四堵高墙里出不去。别人固然看重他，但也是按照他的地位来评价他。他给弗雷吉埃干了那么多事，可是弗雷吉埃呢，虽然还把他当成朋友以“你”相称，但是却把他视为下级，再也没有邀请他共进晚餐了。

杜·洛华不时抓住机会，登一小篇文章，主要写写社会新闻，从而文笔也渐渐练出来，灵活多了，也有了分寸感，这是他写关于阿尔及利亚的第二篇专栏文章时所缺乏的。现在他写新闻报道，再也没有一点退稿的危险了。尽管如此，他要随心所欲地写专栏文章，或者作为评论家去阐述政治问题，还有很大距离，就像行驶在布洛涅树林里的马车上，车夫和车主的距离那样。他特别感到羞辱的是，上流社会的大门始终向他关闭，没有平等相待的关系，也不能同那些夫人耳鬓厮磨，偶尔有几位有名的女演员亲切地接待过他，但那也是出于利害关系的考虑。

况且，他从经验中也明白，所有那些女人，无论是交际花还是蹩脚的戏子，见到他所感到的是一种奇特的冲动，一时的好感，没有一个是他所能寄托前程的女子，他焦灼急迫的心情，就像被绊马索给绊住的一匹快马。

他总想去拜访弗雷吉埃夫人，但是回忆起最后那次见面的情景，便羞愧难当，也就打消了这种念头，不过，他还等待她丈夫主动邀请他。于是，他又想起德·玛海勒夫人，还记得她说过欢迎他去作客，有一天下午无事可干，他便前去拜访了。

“下午三点以前，我总在家。”她这样说过。

两点半他去按门铃。

德·玛海勒夫人住在威尔讷伊街一幢楼的五楼上。

听到门铃响，一名女仆来开门。这是个矮小的女人，头发蓬乱，她边系帽带边回答：

“哦，夫人在家，但不知她起来了没有。”

说着，她推开客厅的门：客厅门并不上锁。

杜·洛华走进去，只见房间挺大，家具不多，料理得不够精心。

几把扶手椅陈旧褪色了，由女仆随手靠墙摆成一排，毫无一个爱家的女子所维持的那种美观。四幅可怜的油画，画面分别是河上一只木船、海上一艘航船、平野上一座磨坊风车和林中一名樵夫，都镶在镜框里，用长短不一的绳子挂在墙上，而且每一幅都挂歪了。可想而知，四幅画歪挂在那里已经很久了，而不经意的女主人十分马虎，竟然视而不见。

杜·洛华坐下来等待，而且等待了许久；一扇房门终于打开了，德·玛海勒夫人一溜小跑进来，她身穿一件粉红丝绸的日本式便袍，只见便袍上绣有金黄色风景、蓝色花卉和白色鸟儿。她高声说道：

“您想想看，我还睡大觉呢。您真好，能来看我。我还真以为您早把我给忘了呢。”

她乐不可支，伸出双手，杜·洛华马上抓住，像他看到的诺尔贝·德·瓦莱纳的那种做法，吻了一只手，因为，他见这家居并不起眼，心里倒自在起来。

女主人请他坐下，然后从上到下打量他：

“您的变化真大啊！神气多啦。巴黎对您还真有好处。好吧，有什么新闻，对我说说吧。”

二人马上聊起来，完全像老相识，彼此都觉得一见如故，彼此都觉得性格相仿，同气相求，五分钟就能成为好友，相互间产生一股信任、亲密而多情的激流。

少妇戛然住口，自己也深感诧异，竟然说出这样的话：

“真怪了，同您在一起，我就觉得认识您有十年之久了。不用说，我们会成为好朋友的。您愿意吗？”

杜·洛华微微一笑，答道：“当然愿意啦！”而那微笑更加意味深长。

他觉得这位少妇身穿鲜亮而柔软的便袍，还是魅力十足，即或不如另一位身穿白色便袍显得那么苗条、那么娇媚而秀雅，但是更加撩人，更有刺激性。

弗雷吉埃夫人那种微笑，既不动声色，又和蔼可亲，既吸引人，又把人拦住，一面似乎说：“您对我的心意”，一面又表明：“要当心”，究竟是什么含义，永远也猜不透；杜·洛华在她身边时，心中的欲望只是匍匐在她的脚下，或者亲吻她胸衣上精巧的花边，慢慢呼吸从双乳之间飘逸出来的芳香的热气。然而，他在德·玛海勒夫人身边，就感到心中萌发一种更强烈也更确切的欲念，对着轻纱衬出的形体，这种欲望就在他双手里颤动。

德·玛海勒夫人滔滔不绝，每句话都撒播她习以为常的那种灵敏的神思，就像一名工匠玩一手好活儿，一举拿下一件公认的难活儿，令别人惊叹一样。杜·洛华听她说话，心里就嘀咕：“这些话全记住该多好。听她聊聊每天的大事，就能写出优美的巴黎专栏文章。”

这时，有人轻轻地、极轻地敲了敲她刚才走的那扇门，她高声说：“你可以进来，小宝贝。”小姑娘出现了，她径直朝杜·洛华走去，向他伸出手。

母亲大为惊奇，喃喃说道：“哟，还真给迷住啦！我简直认不出她了。”年轻人亲了亲女孩，让她坐到身边，一本正经地问一些体贴人的事儿，就是他们上次见面之后，她都做了些什么。女孩以笛子般的童音回答，表情却像大人一样严肃。

挂钟打了三下。记者站起身来。

“常来坐坐，”德·玛海勒夫人说道，“就像今天这样聊聊天，见到您，我总是非常高兴的。对了，在弗雷吉埃家，怎么不见您的面儿啦？”

杜·洛华回答：

“唔！没什么。这段时间我很忙。希望近日我们能在他们那里再次相聚。”

他告辞出来，满怀希望，但又不清楚为什么。

他没有对弗雷吉埃提及这次拜访。

不过，拜访之后几天，他还念念不忘，岂止是记忆，简直就感到这个女人虚幻的身影始终在眼前晃动，就仿佛他带走了她的什么东西，眼中留下她那躯体的影像，心中也留下她那精神的情趣。她那音容笑貌，萦绕心间，拂之不去，这种感觉，在一个人身边度过迷人的几小时之后，有时就会产生，就好像莫名其妙中了魔，迷住心性，因为神秘莫测，只觉得又亲密又朦胧，又惶恐又美妙。

过了数日，他再次前去拜访。

女仆将他引入客厅，罗丽娜随即来了，她不再伸出小手，而是递过额头，说道：

“妈妈派我来请您稍候，她还未穿好衣裳，要过一刻钟才能出来。由我先陪您。”

小女孩这样郑重其事，杜·洛华看着很开心，于是答道：

“太好了，小姐，能同您共度这一刻钟，我不胜欢欣；不过，我要事先告诉您，我这个人，可整天玩耍，一点正经事儿不干。我提议玩一场猫上房。”

小女孩一下子怔住了，然后笑了笑，就像一位成年妇女听到一个有点刺耳的想法，略感诧异那样，她低声说道：“房间里可不是做游戏的地方。”

杜·洛华又说道：“这我不管，我呀，在哪儿都能玩。来呀，追我吧。”

他开始围着桌子转，引逗小女孩来追。小女孩跟在后面，始终微笑着，一副出于礼貌而迁就的样子，有时也伸出手去抓他，但还是没有放开脚步奔跑。

杜·洛华忽而站住，忽而蹲下，等她小步迟疑地走近时，他就像关在匣子里的魔鬼，猛地蹿起来，一个箭步跳到客厅的另一端。小女孩觉得这动作挺滑稽，终于笑起来，并且来了兴趣，开始小跑在后面追，以为要抓住的时候，还胆怯地小声欢叫。杜·洛华挪动椅子挡路，迫使她半天围着转；他扔下一把椅子，又抓起另一把。罗丽娜现在跑起来，完全投入这种新游戏的快乐中；她脸色粉红，每当对手逃避、耍滑、做假动作时，她就冲上去，显出孩子欣喜若狂的那种巨大劲头儿。

她以为要追上的时候，突然间，他张开手臂将她抓住，举上天花板，同时嚷道：“猫儿上房啦！”

小女孩喜出望外，开心地咯咯大笑，两条小腿乱蹬想挣脱。

德·玛海勒夫人走进来，惊得目瞪口呆："啊！罗丽娜……罗丽娜做起游戏……先生，您真是个魔法师啊！"

杜·洛华把小女孩放到地下，亲了她母亲的手。他们坐下来，想聊聊天，可是罗丽娜太兴奋了，坐在他们中间总说话，而平时她是那么沉默寡言，无奈只好打发她回房间。

她默默服从了，但是眼里滚动着泪花。

等屋里只剩下他们二人了，德·玛海勒夫人就压低声音说道：

"您还不知道，我有一个大计划，而且想到了您。是这样：我每周都应邀去弗雷吉埃夫妇家吃晚饭，不时也到餐馆回请他们。我呢，不喜欢在家里招待人，天生没有这种本事；再说了，家务事我一窍不通，根本不会做饭，什么也不会干。生活上，我就喜欢马马虎虎。因此隔三岔五，我请他们下饭馆，可是就我们三个人，总不是那么快活，我的熟人又跟他们凑不到一块儿。我对您说这些，就是要向您说明，这种邀请没有准时间，现在您该明白了吧，星期六晚上七点半，我邀请您同我们一起到富豪咖啡馆吃饭。您认识那家咖啡馆吧？"

杜·洛华愉快地接受了邀请。少妇又说道：

"我们总共只有四个人，正好一桌。这种小型聚会，我们这种女人还不习惯，因此一定非常有趣。"

她穿一件深栗色连衣裙，衬出她那身段、臀部、胸乳和胳膊，充分显示那撩人的风骚。杜·洛华感到又迷惑又诧异，几乎有点不自在，但又不知是什么原因，只觉得这女人精心打扮得如此标致，而住宅又显见不注意美观，两者实在不协调。

凡是她身上的穿戴，凡是同她肉体直接密切相关的东西，无不精细优美，而周围的一切，她却毫不在乎了。

这次分手之后还同上次一样，杜·洛华始终感到她在眼前，在他肉欲的幻觉中。于是，他心情越来越急迫，等待共进晚餐的那一天。

他的收入有限，还是无力购置一套晚礼服，便第二次租了一身黑礼服。他头一个到达，比约定时间提前了几分钟。

侍者引他上了三楼，走进单间雅座，只见墙上镶着红色壁毯，唯一的窗户正对着林阴大道。

一张方桌，四套餐具，台布雪白，仿佛上了漆似的油亮；酒杯、银餐具、暖炉，都快活地闪闪发光，辉映着两个枝形高烛台的十二支蜡烛。

向窗外望去，只见一大片淡绿色，那是各雅间强光照亮的一棵树的影子。

杜·洛华坐在矮矮的长沙发上，红色沙发罩同壁毯一样，弹簧松了，身子陷下去，给他一种掉进洞里的感觉。他听到这家大饭店的嘈杂声，这是所有大饭店所特有的声响，有餐具和银器的撞击声、走在过道地毯上而减弱了的侍者的快步声，以及哪扇雅间门打开时传出顾客的说笑声。弗雷吉埃走了进来，同杜·洛华握手的那种亲热劲儿，是在《法兰西生活报》的办公室里从未对他流露过的。

“两位女士过一会儿就一道儿来，”他说道，“这种晚餐特别有情趣！”

接着，他瞧了瞧餐桌，让人灭掉一盏煤气长明灯，又走过关了半扇窗户，他怕穿堂风，挑了一个避风的座位，并且说明一句：“我要特别当心。有一个月还挺见好，可是近日又犯病了，估计是星期二那天，从剧院出来着了凉。”

有人打开门，两位少妇走进来，后面跟着一名餐厅领班。她们都戴着面纱，遮遮掩掩，小心翼翼，那种举止又神秘又可爱，是怕在这种人杂的地方，邻近或遇见不三不四的人。

在杜·洛华向她问好时，弗雷吉埃夫人大肆责备他没有再去看她，还冲她女友微笑着加上一句：“原来如此，比起我来，您更看重德·玛海勒夫人，总是有时间去陪她。”

大家入座，领班将酒单递给弗雷吉埃。德·玛海勒夫人高声说：“两位先生想喝什么就上什么。至于我们，只要冰镇香槟，要最好的、柔和的香槟，别的一概不喝。”

等领班出去，她又兴奋地笑着说：

“今天晚上，我可要一醉方休。我们要开怀畅饮，真的尝一尝醉生梦死的滋味。”

弗雷吉埃只当没听见，问道：“关上窗户，对你们没有什么妨害吧？这几天，我的肺部又有点毛病。”

“关上吧，没事儿。”

于是，他走过去关上另半扇窗户，返身重又坐下，那张脸就坦然平静多了。

他妻子一言未发，似乎在想什么事儿，那双眼睛低垂，微笑着凝视桌上的酒杯，还是那种淡淡的微笑，仿佛总在许诺而又永不兑现。

奥斯坦德①牡蛎端上来了，又小巧又肥实，宛如纤小的耳朵包在壳里，一送进嘴就融化在舌头和上颚之间，就像带咸味的糖块。

肉菜汤上过之后，又端上一条鳟鱼，那粉红色鱼肉，好似少女的肌肤，这时，餐桌上开始闲聊了。

首先谈起传遍大街小巷的一则新闻：一位上流社会的女士，同一位外国王公在饭店雅间吃晚饭，被她丈夫的一位朋友撞见了，结果闹得满城风雨。

弗雷吉埃大肆嘲笑这桩艳事，两位女士则认为，那个饶舌的冒失鬼，完全是个不懂人情世故的小人。杜·洛华同意她们的见解，还大声宣布，一个男子汉，在这种事情上，无论是当事者还是知情者，或者只是个见证人，都有义务将秘密带入坟墓。接着，他又补充说：

“如果我们能指望彼此都绝对保密，那么生活会充满多么美妙的事情。经常阻挡，几乎总是阻挡女人的，就是惧怕的心理，唯恐隐私被人揭露。”

他又微笑着加了一句：“喏，是不是这样呢？”

女子为了一场短暂而轻率的欢乐，就怕造成不可挽回的丑闻，为此留下痛苦的眼泪，如果没有这种担心，会有多少人放纵，满足自己突发的欲望、一时强烈的感情冲动，或者一种异想天开的恋

---

① 比利时一海滨城市。

情啊！

他口若悬河，带着富有感染力的信念，仿佛在为哪个人辩护，为他自己辩护，言外之意便是："同我打交道，就不必担心冒这种风险。不信就试试看。"

两位女士凝望着他，用目光表示赞同，认为他讲得入情入理，而且友好地默认，她们这种巴黎女人灵活的道德观，在这样严守秘密的保证面前，恐怕支持不了多久。

弗雷吉埃怕弄脏礼服而把餐巾挂在胸前，他一条腿收回压在身上，几乎躺在靠背椅上，突然他嘿嘿一笑，以怀疑论者那种坚信不疑的神气，朗声说道：

"活见鬼！是这码事儿，若是确信守得住秘密，谁还不想痛快痛快呢！哎呀呀！可怜的丈夫啊！"

于是，大家又谈起爱情。杜·洛华虽不同意爱情永恒之说，但是认为可以持久，可以建立起一种联系，一种温情的友谊，一种彼此的信赖！感官的结合，不过是心灵结合的一种印记。然而，他特别憎恶那种纠缠不清的嫉妒、那种小题大做、那种吵闹、那种自寻烦恼，结果几乎总要导致关系破裂。

等他一住口，德·玛海勒夫人便发了一声感叹：

"是啊，这是生活中唯一的好事儿，但我们又总是提出不可能达到的要求，坏了这种好事儿。"

弗雷吉埃夫人摆弄着餐刀，补充说道："是啊……是啊……有人爱，就是好……"

她那遐想的神思似乎跑得更远，想到了一些绝不敢明言的事情。

第一道正菜还没有上，他们不时喝一口香槟酒，抠几块小圆面包皮嚼一嚼，爱的念头，缓慢地、渐渐浸入他们的心田，令他们心醉神驰，如同清亮的酒一滴滴落入喉咙，令他们热血沸腾、精神恍惚了。

小羊排端上来了，入口鲜嫩而不腻，羊排下面垫着厚厚的小芦笋尖。

"嘿！好东西！"弗雷吉埃嚷道。于是，他们细嚼慢咽，品味着嫩肉和奶油一般滑腻的芦笋。

杜·洛华又说道："我呀，只要爱上一位女子，她周围的一切就全部消失了。"

他怀着深深的信念这样讲，在享受口福时，又想到享受爱情，心情也就特别激动。

弗雷吉埃夫人一副超然的神气，喃喃说道："第一次用手爱抚的时候，一个问道：'您爱我吗？'另一个回答：'是的，我爱你。'这种幸福是无可比拟的。"

德·玛海勒夫人刚才又举起高脚杯，将香槟酒一饮而尽，撂下杯子快活地说：

"我呀，可不大信奉柏拉图。"

每人都浪笑起来，发亮的眼神表示同意这句话。

弗雷吉埃躺在靠背椅上，这时张开手臂按住垫子，口气严肃地说道：

"您这样坦率，令人敬佩，这证明您是一位讲求实际的女子。不过，可否问一句，德·玛海勒先生对此有何看法？"

德·玛海勒夫人以悠长的、无比轻蔑的神态，耸了耸肩膀，接着明明白白地说道：

"在这方面，德·玛海勒先生没有任何想法。他只有……只有弃权。"

于是，谈话又从柔情的崇高理论降下来，进入雅致的猥亵之花盛开的花园。

现在是巧妙的暗示，是用词语揭开面纱，如同撩起衣裙一样，现在也是言语的狡猾，是机灵而变相的胆大妄为，是各种各样毫无羞耻的虚伪。现在说的话虽用隐语，却揭示出赤裸裸的影像，让一切难以启齿的事情，都在人的眼中和头脑中飞快闪过，并让上流社会的人尝到绝妙而神秘的情爱，这是通过联想来煽情，在思想上达到一种不洁的接触，联想那些隐秘的、羞言的、渴望交欢的种种情事。

一道烤肉端上来了，小竹鸡四周围了一圈鹌鹑，接着又上豌豆、肥鹅肝酱，配以生菜沙拉；那像绿色泡沫似的一大盆齿状叶生菜，以及其他菜肴，他们不及细品，都胡乱吃了下去，只一心顾着说话，沉溺于情爱中。

现在，两位女士语近秽亵，不堪入耳了：德·玛海勒夫人天生胆大，仿佛有意挑逗；而弗雷吉埃夫人矜持中却别有魅力，那音容笑貌，整个举止都显出一种廉耻，嘴里说出来的话听似委婉，其实更加突出了放纵。

弗雷吉埃靠着软垫，完全躺下了，他不住口地又吃又喝，笑声不止，时而抛出一句话，大胆露骨到了极点，两位女士觉得说法上有点刺耳，装出有点难为情的样子，但也不过持续两三秒钟。他每次讲一句过分猥亵下流的话，还加上一句："孩子们，你们这样很好。照此下去，你们最后非干蠢事不可。"

餐后甜食上来了，然后又喝咖啡，喝助消化的烈酒。他们的神经异常兴奋，再喝下烈性酒，就更加滞重，更加火热，一片朦胧恍惚了。

德·玛海勒夫人，正如她入席时宣布的那样，真的醉意醺醺了。她自己也承认这一点，表现出女性话多的欢快情致，不仅让她的客人开心，也凸显了毫不掺假的一点儿醉态。

也许谨慎起见，弗雷吉埃夫人现在沉默不语了。杜·洛华已经感到自己太冲动，现在机灵地收敛锋芒，以免有损自己的名声。

有人点着香烟，弗雷吉埃突然咳嗽起来。

这一阵呛咳来势凶猛，把他的喉咙都要撕裂，咳得他满脸通红，额头出了汗，用手帕捂住嘴喘不上来气。等这阵咳嗽平缓下来，他怒形于色，愤然说道："这种聚会，我看一点意思也没有，实在愚蠢。"他那好兴致烟消云散了，又恢复在他头脑萦绕的对这病痛的恐惧上。

"我们回去吧。"他说道。

德·玛海勒夫人摇铃叫侍者埋单。账单几乎立刻送来，她试图瞧瞧餐费，可是数字在眼前打转，她便把单子递给杜·洛华。

"您看看，帮我付了。我醉得太厉害，看不清了。"

她说着，将钱袋扔到杜·洛华的手中。

总共一百二三十法郎。杜·洛华检查核实了账单，给了两张钞票，收下找回的钱，又低声问道：“给侍者留下多少小费？”

“不知道，随您便吧。”

他拿了五法郎放在盘子上，把钱袋还给少妇，对她说道：“我送您到家门口好吗？”

“当然好了，我自己找不到家在哪儿了。”

杜·洛华同弗雷吉埃夫妇握手告别，便和德·玛海勒夫人单独乘出租马车走了。

杜·洛华感到她挨着他，靠得特别紧，同他单独关在这漆黑的车厢里，只有煤气路灯不时突然照亮一下。他隔着袖子能感到她肩头的温暖，可是找不出一句话对她讲，一个词儿也找不出来，他的头脑已经被强烈的欲望所统摄，一心想把她搂在怀里。“如果我胆敢这么做，她会有什么反应呢？”他心下暗道。他想起餐桌上窃窃私语讲的那些猥亵的话，胆子就壮了，但同时又怕造成丑闻，还不敢轻举妄动。

德·玛海勒夫人偎在车厢角落，一动不动，同样一声不吭。如果不是路灯的光每次射进来，照见她那双明亮的眼睛，他还真以为她睡着了呢。

“她想什么呢？”杜·洛华明显感到，此时不宜说话，讲一句话，哪怕只讲一句话，他的机会就会不翼而飞；然而他又缺乏勇气，缺乏那种孟浪的、突然行动的勇气。

忽然，他觉出她的脚动了一下。她这样动了一下，是一种干脆的、神经质的动作，表示不耐烦，也许是一声召唤。这一动作几乎难以觉察，却令他从头到脚，浑身肌肤一阵猛烈的战栗，他忽地转过身，扑过去，用双唇寻找她的嘴唇，双手则抚摩她裸露的肌肤。

德·玛海勒夫人叫了一声，只轻轻叫了一声，她想抬起身，挣扎了一下，要推开他，然后便顺从了，仿佛力气用尽，抗拒不下去了。

时过不久，马车驶到她的住宅门前停下了。杜·洛华吃了一惊，还没有考虑用什么激情的话向她表示感谢与祝福，向她表明自己怀有感激的爱。然而，她还不起身，还一动不动，是让刚刚发生的事情弄昏了头。杜·洛华怕车夫产生怀疑，就先下了车，再伸手去扶少妇。

她踉踉跄跄，终于下了马车，一句话也没有讲。杜·洛华按了门铃，在门要打开的时候，他声音颤抖地问道："什么时候再见到您？"

少妇回答的声音极低，他只能勉强听见："明天来同我共进午餐吧。"说罢，她便消失在门厅的暗影里，并推上沉重的门扇，咚一声像放炮一样。

他付给车夫五法郎，然后信步走去，心中喜不自胜，脚步飞快而又得意。

他终于抓到了一个，一个有夫之妇！一位上流社会女子！真正的上流社会！巴黎的上流社会！原来这么容易，这么出乎意料！

在此之前，他一直以为，要接近并征服一位日思梦想的女子，必须无比殷勤，无休无止地等待，还必须万分机灵，围着人家转，总是表白爱情，总是叹气，又总是送礼物。孰料碰到第一个女人，稍事进攻，一下子就归顺他了，进展如此迅速，简直令他惊愕。

"她是因为醉了，"他心中暗道，"明天，她的调门儿就会改变。我就得痛哭一场。"他这么一想，顿时不安起来，继而心中暗道："算了，管他呢。我既然把她弄到手，就有法子保住她。"

他希望飞黄腾达，希望出名、发财并赢得爱情，种种希望都迷失在朦胧的幻景中，忽然，他从幻景中望见一长列女子，好似在天宫走过的一串哑角，只见那些女子个个妩媚风流，有钱有势，笑盈盈地走过去，一个接着一个消失在他那梦幻的金色云雾中。

他的睡梦充满幻觉。

第二天，他去拜访德·玛海勒夫人，上楼时心情有点紧张。人家会怎样接待他呢？拒不接待又该怎么办呢？如果连她家门也不让登呢？如果她把事情讲了呢……？不可能。无论她怎么讲，别人总会猜测出全部真相。因此，他能掌握这种局面。

矮个儿女仆来开门，她的脸色同往常一样。于是，杜·洛华放下心来，就好像他早有准备，会见到女仆一张惊慌失态的脸。

他问道："夫人可好？"

女仆回答："是的，先生，总是老样子。"

女仆将他让进客厅。

他径直朝壁炉走去，想检查一下自己的头发和穿戴，对着大镜子先正一正领带，忽见镜中映出少妇站在卧室门口正注视他。

他装作根本没有见到，于是，二人在镜中相互观察、窥视，相互打量了几秒钟，然后才面对面相见。

杜·洛华转过身。她站在原地未动，似乎在等待。他冲过去，结结巴巴地说："我多么爱您！我多么爱您！"少妇张开手臂，扑到他胸前，然后抬起头，二人拥抱亲吻了许久。

杜·洛华心中暗道："真想不到这么容易。看来事情顺利得很。"二人的嘴唇分开之后，他一言不发，脸上挂着微笑，眼中极力显示无限的爱。

少妇也在微笑，而女人的这种微笑，正是主动表示欲望、同意，表示情愿委身。她喃喃说道："只有我们俩。我把罗丽娜打发走了，让她到一个小伙伴家去吃午饭。"

杜·洛华叹了口气，亲了亲她的手腕："谢谢，我真崇拜您。"

这时，少妇挽住他的手臂，就像对待自己的丈夫似的，二人走到长沙发旁，并肩坐下。

杜·洛华心想，谈话必须有个巧妙的、能抓住人的开场白，却没有想出可心的话，只好结结巴巴地说道："这么说，您不太怪我啦？"

少妇伸一根指头按在他嘴上："住口！"

二人默默无语，四目对视，滚烫的手指绞在一起。

"我多么渴望您啊！"

少妇又重复道："住口！"

隔着墙壁，他们听见女仆在餐室摆餐具的声响。

杜·洛华站起身："我可不能挨您这么近，离这么近我会失去理智。”

这时房门打开了：“夫人请用餐。”

杜·洛华一本正经，给手臂让女主人挽住。

他们对面坐着吃饭，相互眉来眼去，总是对视微笑，心思完全放在他们自己身上，完全沉浸在初生柔情的无比甜美的魅力中。他们还在用餐，却不知道吃下去的是什么。杜·洛华感到一只脚、一只小脚在桌下游荡，他就用双脚捉住，紧紧夹住不放了。

女仆出出进进，不紧不慢地取走空盘，端上新菜，似乎没有注意到有什么情况。

他们吃完饭，又回到客厅，并排坐在长沙发原来的位置上。

杜·洛华一点儿一点儿凑近，紧贴在一起，又想拥抱她。可是，少妇冷静地把他推开了：“当心点儿，会有人进来。”

杜·洛华便低声问道：“什么时候能单独见您一个人，好对您说我是多么爱您呢？”

少妇俯过身去，对着他的耳朵悄声说：“近日我登门，去您家作一次小小的拜访。”

杜·洛华感到自己脸红了：“这个么……到我家……我那儿……很简陋……”

少妇微微一笑：“没关系。我去是看您，而不是看房子。”

于是，杜·洛华又催问，她什么时候去。她定了个比较远的日子，是在下周。杜·洛华又恳求日子往前提，他说话结结巴巴，揉搓着她的双手，两眼放光，那张红红的脸烧得厉害，完全为欲火所吞噬，这种欲火，在孤男寡女单独用餐之后，往往来势凶猛。

少妇开心地看着他怀着这种强烈的欲望，苦苦地哀求，于是一点一点让步，一天一天往前提。然而，杜·洛华一再重复：“明天……说呀……明天。”

她终于答应了：“好吧，明天就明天。五点钟。”

杜·洛华欢喜地长出一口气。继而，他们开始安安静静地聊天，那种亲密样子好似相识有二十年了。

门铃突然响了，吓得他们一抖；两个人身子一蹿，便拉开了距离。

她咕哝一句：“大概是罗丽娜。”

孩子进来了，开始一下子愣住，继而跑向杜·洛华，看见他喜出望外，高兴得直拍手，嚷道：“哈！帅哥儿！”

德·玛海勒夫人笑起来：

“咦！帅哥儿！罗丽娜给您命名啦！给您这个昵称多好，以后，我也叫您帅哥儿啦！”

他将小女孩抱在膝上，不得不同她一起玩他教给她的各种小游戏。

差二十分三点了，杜·洛华起身要去报社。他来到楼道，还对着半开的房门悄悄说了一声：“明天，五点。”

少妇微笑着回答：“好”，便消失了。

杜·洛华干完一天的活儿，便考虑如何布置房间，如何最大限度地遮掩住所的寒酸，以便接待他的情妇。他有了个主意，把日本小玩意儿别在墙上，于是花五法郎买了一整套日本版画、小扇子、小隔热屏，用这些东西遮住壁纸上太显眼的污迹。他还在窗玻璃上贴了透明的小画，有江中的行船、飞越红色天空的鸟儿、站在阳台上的五颜六色的仕女，以及在雪原上列队的小黑人。

他的居所小小空间只够坐卧，这样一布置，很快就像彩纸灯笼的内侧了。这种效果他挺满意，还花了一个晚上的工夫，用剩下的彩纸剪下鸟儿贴在天棚上。

布置完了上床睡觉，火车笛鸣犹如催眠曲伴他进入梦乡。

次日，他买了一袋糕点、一瓶马德拉葡萄酒，早早回到家中。可是，他不得不再出去一趟，买两个盘子和两只酒杯。他腾开桌子，将脸盆、水罐和盥洗用品藏到桌下，用一块餐巾盖住肮脏的木头桌面，这才摆上点心。

他开始等待。

五点一刻她到了，立刻被色彩鲜亮的各种图案吸引住了，不禁喊道：“嘿！您这家可真不错啊！只是楼道里人太多了。”

杜·洛华一把将她搂在怀里，隔着面纱，激动地吻她前额和帽子之间的秀发。

一个半小时之后，杜·洛华送她出来，一直送到出租马车车站，等她上车后，还低声对她说："星期二见，同一时间。"

她重复道："同一时间，星期二见。"由于夜幕已经降临，她便从车窗探出头来，同杜·洛华亲吻。车夫朝牲口抽了一鞭子，她还喊了一声："再见，帅哥儿！"一匹白马拖着疲惫的步子，拉着破旧的街车走了。

每隔三两天，杜·洛华就接待德·玛海勒夫人一次，有时上午，有时晚上，就这样持续了三周的光景。

有一天上午，他正等待，忽听楼道里一阵吵嚷，便到门口瞧瞧。一个孩子号啕大哭，一个男人大发雷霆："这家伙又怎么啦，大哭大叫的？"一个女人气急败坏、声音尖厉地回答："是到楼上记者家的那个臭婊子，在楼梯口把尼拉给撞倒了！这些娼妓，上楼一点也不当心孩子，就好像谁都得让路似的！"

杜·洛华听见长裙窸窣、脚步急促登上这层楼梯的声响，他不知所措，慌忙撤回屋里。

他刚把房门关上，便有人敲门，他打开一看，只见德·玛海勒夫人气喘吁吁、惊慌失措地冲进屋里，结结巴巴地问道："你听见了吗？"

杜·洛华假装毫无所知。

"没有哇，什么事儿啊？"

"没听见他们怎么骂我？"

"他们，谁呀？"

"住在楼下的那帮穷鬼。"

"没听见啊，告诉我，到底怎么回事儿？"

她哭起来，哽咽得一句话也说不出来了。

杜·洛华只好给她摘下帽子，解开胸衣带，扶她上床躺下，再拿湿毛巾拍打她的太阳穴：她还是喘不上来气儿。等到情绪稍微平静一点儿，她那满腔怒火便发作了。

她要杜·洛华立刻下楼去，找那些人算账，把他们宰了。

他一再说："嗳！那是工人，是大老粗。想想看，这要闹到法庭上去，你就会被别人认出来，被收审，名誉就全完了。可不能跟这种人闹得身败名裂。"

她又另想主意："现在，我们怎么办？我呀，我是不能再来这儿了。"

杜·洛华答道："这好办，我马上搬走。"

少妇咕哝道："行啊，可是这要拖很长时间。"忽然，她灵机一动，有了个主意，顿时放下心来："算了，听我说，我有办法了，这事儿让我来，什么你也不要管。明天早晨，我给你发来一张小蓝纸。"

她叫"小蓝纸"，就是巴黎发送的加封电报。

现在，她脸上有了笑容，想出这样主意，心中美滋滋的，眼下还不愿透露，到时候为了爱情，她会做出许多荒唐事儿来。

然而，她下楼时心情十分紧张，只觉得双腿发软，整个身子的重量全压在她情夫的胳膊上。

这次他们倒没有碰见人。

次日他迟迟未起来，将近十一点钟还躺在床上，电报局邮差果然给他送来了小蓝纸。杜·洛华拆开，读到下面电文：

> 五时在君士坦丁堡街一二七号见面。叫人为你打开杜·洛华夫人租的套房。
>
> 克洛吻你

五时整，他来到一幢带家具出租的楼房，走进门房的屋子问道："请问，杜·洛华夫人是在这儿租了一套房吗？"

"对，先生。"

"请您带我进去好吗？"

这种微妙的局面，门房显然见得多了，知道必须慎重对待，他注视来人的眼睛，然后在一长排钥匙中选了一把，同时问道：

"您就是杜·洛华先生吗？"

“对，一点不差。”

门房打开一个两间屋的小套间，就在一楼门房小屋的对面。

客厅的壁纸还相当新，印有花枝图案，红木家具上，盖着黄色图案的淡绿色棱纹布罩，地面铺着极薄的织花地毯，双脚走在上面能感到底下的地板。

卧室极小，一张大床就占去四分之三的面积，摆在里侧，两头都顶着墙，上面挂着沉重的蓝色棱纹布幔帐，下端掖在红丝绸鸭绒被下面，只见被面上满是可疑的污痕。

杜·洛华心神不定，又心中不满，思忖道：

“这套房间，又得让我花一大笔钱，看来我还得借债。这事儿她干得实在愚蠢。”

房门忽然打开了，克洛蒂尔德一阵风似地进来，连带衣裙发出窸窣的声响，她张开双臂，兴高采烈地说：

“还不错吧，嗯，还不错吧？不用爬楼梯了。就在楼下，又临大街！出入走窗户，连门房都看不到你。我们在这里相爱，可以尽情欢乐了！”

杜·洛华冷冷地拥抱她，到了嘴边的问题却不敢提出来。

她带来一大包东西，放到屋中央的独脚小圆桌上，打开包，拿出一块香皂、一瓶鲁宾香水、一条毛巾、一盒发夹、一个扣纽钩①，以及一只小烫发钳子，每当前额的发鬈乱了就用来烫一烫。

这架势简直要安家落户，她兴致勃勃，每样东西都找地方放好。

她拉开衣柜的抽屉，说道：

“我得带些内衣来，必要时好有换的，那就方便多了。我出门买东西，万一碰上下雨，就到这儿来晾晾衣裳。我们每人一把钥匙，门房那儿留一把，以防万一。我租了三个月，当然用你的名字，我的姓名可不能亮出去。”

于是，杜·洛华问道：

“什么时候付房租，告诉我好吗？”

---

① 过去方便扣鞋上和手套上纽扣的用具。

她无所谓地回答：

“亲爱的，已经付啦！”

杜·洛华又说道：

“那么，我就是欠你的喽？”

“别这么说，我的小猫咪，这同你无关，是我要干这件小小的荒唐事儿。”

他装出生气的样子：

“嗳！不，这怎么成，我决不允许。”

少妇就凑到面前哀求，将双手搭在他的肩膀上：

“求求你了，乔治，我们这小窝算我的，只属于我，这会让我多高兴，让我太高兴啦！这不会伤害你吧？伤害什么呢？我希望把这献给我们的爱情。说你愿意，我的小乔乔，说你愿意，好吗？……”她就这样用眼神，用嘴唇，用整个身子哀求。

人家怎么恳求，他也不答应，还摆出恼怒的样子，最后才让步，认为这种要求，其实是合情合理的。

等她走了之后，杜·洛华搓着双手，喃喃说道：“不管怎么说，她心眼儿真不错。”但是他并没有探询一下内心，今天这种看法从何而来。

又过了几天，他又收到一张小蓝纸，通知他说：

我丈夫外出视察六周，今晚归来。我们暂停一周。多苦的差事，亲爱的！

你的克洛

杜·洛华呆若木鸡。老实说，他早就不想她是有夫之妇了。还有一个男人，要看看是什么长相，只瞧一眼，见识一下。

这期间，他还是耐心地等待那丈夫离去，有两个晚上，他又去了风流牧羊女游乐场，最后总是去拉舍尔那儿过夜。

一天早晨，他又收到一封电报，仅有六个字：

即日，五时。——克洛。

二人都提前赴约了。少妇满怀痴情，无比激动地投入他的怀抱，狂热地亲吻他的脸，然后对他说：

“等我们尽情交欢之后，你若是愿意的话，就带我去找个地方吃晚饭。今天我可自由了。”

正值月初，杜·洛华的工资虽然早就预支出去了，仅靠各处弄点钱，过着有今天没明天的生活，但这回碰巧他身上有点钱，乐得有机会为她花上几个。

他回答说：

“行啊，亲爱的，你说上哪儿就上哪儿。”

约莫七点钟，他们出了门儿，走上环城大道。少妇紧紧偎着杜·洛华，对着他耳朵说道：

“你不知道，我挽着你的胳膊出门，该有多高兴啊，同你紧紧挨在一起，这种感觉我多么喜欢啊！”

杜·洛华问道：

“你愿意去拉居易勒老餐馆吗？”

她回答说：“不去，那儿太讲究了。我要去一家有趣的大众饭馆，职员和女工去吃饭的地方。我特别喜欢郊区小咖啡馆那种热闹的聚会！嘿！我们若能去乡下该有多好啊！”

杜·洛华对这个街区的这类小饭馆一无所知，只好沿着环城大道游荡，最后走进一家酒馆，里面单设一间餐厅。德·玛海勒夫人隔着窗户瞧见两个没戴帽子的女孩，坐在两名军人对面陪着吃饭。

这间餐厅狭长，最里端有三位用餐的顾客，是出租马车的车夫。还有一个人，无法归到任何行业，他抽着烟斗，双腿伸到前边，两手掐着腰带，身子几乎躺在椅子上，脑袋从椅背横梁上仰向后面。他那夹克衫赛似污迹博物馆，口袋鼓鼓的像肚子，只见露出一个酒瓶的瓶口、一块面包、一个报纸包儿，以及耷拉着的一段绳头、他的头发很厚，天生短而弯曲，乱糟糟的，脏成了土灰色。他的帽子扔在椅子下面。

克洛蒂尔德一走进来，那华丽的打扮引起轰动。两对青年中止窃窃私语，三名车夫也停止议论，就连那个抽烟斗的人，也将烟斗从嘴上移开，朝前方吐了一口痰，偏过点儿头来打量。

德·玛海勒夫人低声说道："这儿真不错，我们一定会觉得很可心，下次再来，我就换上女工的服装。"她毫不拘束，坐到油乎乎的桌前也没有厌恶之感。木头餐桌积的油腻，仿佛涂了一层油漆，满处洒的饮料就算是冲洗，伙计拿抹布抹上一把，就算收拾干净了。杜·洛华倒有点不自在，感到有点丢脸，他想找一个挂衣钩挂他的高筒礼帽也找不到，只好放到一把椅子上。

他俩吃了一盘炖羊肉、一大片羊后腿和一份生菜。克洛蒂尔德一再说："我太喜欢吃这个啦。我是下等人的口味，我在这儿比在英国咖啡馆①还要开心。"接着她又说道："你若想让我玩个痛快，就带我去一家小歌舞酒吧。这附近就有一家，我了解，非常有趣，叫做'白雪王后'。"

杜·洛华吃了一惊，问道：

"是谁带你去过那儿？"

杜·洛华注视她，见她脸红了，神情有点慌乱，就好像突如其来这一问，唤起了她藏在心中的一段隐私。她迟疑了一下——女性的这种迟疑极为短促，一般很难看出来——便答道："是一个朋友……"她沉吟了一下，又加上一句："……他已经死了。"

说罢，她伤心地垂下眼睛，那伤心的神情倒十分自然。杜·洛华第一次想到，这个女人过去的生活，有多少情况他不了解。毫无疑问，从前她有过几个情夫，都是什么样的人呢？属于什么阶层呢？心中隐隐产生一股醋劲儿，一阵敌意，敌视这个女人心中和生活中一切他不了解的事情，一切根本不属于他的东西。杜·洛华注视她这颗漂亮而沉默的脑袋，因为里面隐藏的秘密而恼火，心想甚至在此刻，这颗脑袋带着几分遗憾，也许还在想念另一个情夫，想念其他那些情夫。他多想钻进这记忆中瞧一瞧，搜索一遍，全部弄清，

---

① 著名咖啡馆，位于意大利林阴大道，在富豪咖啡馆对面。

全部了解……

克洛蒂尔德还反复说：

“你愿意带我去‘白雪王后’那儿吗？再去那儿，今天也就尽欢了。”

杜·洛华心中暗道：

“算啦！从前的事儿又有什么关系呢？我真够傻的，还为这个自寻烦恼！”于是，他微笑着答道：

“当然啦，亲爱的。”

等他们来到大街上，克洛蒂尔德便声调神秘，就像诉说心里话那样低语：

“我始终未敢向你提出这种要求，可是你想象不出，我多么喜欢去那种男孩子胡闹而女人不去的各种地方。等狂欢节的时候，我就装扮成男学生。我一身男学生打扮，肯定特别好玩。”

他们走进舞厅时，克洛蒂尔德就紧紧靠住他，望着那些妓女和拉皮条的男人，目光充满欣喜若狂的神色。她瞥见一名严肃地站在原地不动的保安警察，就不时说道：“那警察看样子挺棒。”就好像这样才放下心来，不会有什么危险了。过了一刻钟，她看够了，杜·洛华就送她回家。

一系列的冶游就这样开始了，到下层人消遣的不三不四的地方。杜·洛华发现，他这情妇像大学生一样，对酒后闲逛兴趣特别浓厚。

她平时来赴约，就穿一件布衣裙，头戴一顶侍女便帽，是通俗喜剧中女仆戴的那种帽子。她在衣着上力求朴素淡雅，但仍旧戴着钻石戒指、手镯和耳环，每当杜·洛华恳求她摘掉这些首饰时，她总拿出这条理由：“嗳！不用，他们会以为这不过是莱茵河里的碎石子。”

她自以为伪装得十分巧妙，其实就像鸵鸟那样，将头插进沙子里。她就打扮成这样，出入那些下流的小酒馆。

本来她还要杜·洛华打扮成工人模样儿，但他执意不肯，仍是常逛林阴大道的那身绅士打扮，甚至不肯将高筒礼帽换成软呢帽。

不过，她觉得他这样固执也没什么，用这种推理来安慰自己：

“别人还以为我是个交了好运的女仆，跟上了一位少爷呢。”她认为这出喜剧无比美妙。

他们俩就这样出入大众酒馆、咖啡馆，到烟熏火燎的简陋饭馆里端坐下，也不管椅子瘸了腿，木桌多么破旧。餐厅里弥漫着呛人的烟雾，还残留着晚餐炸鱼的味道。身穿劳动服的汉子一边用小杯喝着烧酒，一边大吼大叫。伙计送来两份樱桃泡烧酒，惊讶地打量这奇异的一对。

克洛蒂尔德心惊胆战，又喜出望外，开始小口抿着红红的果汁，闪闪发亮的目光不安地扫视周围。她每吃下去一个樱桃，就有一种罪过的感觉，每喝下去一滴灼人辛辣的烧酒，都有一种强烈的快感，就像违犯天条，偷尝了禁果那样欢喜。

然后，她悄声说道：“我们走吧。”于是他们离去。她低着头，迈着碎步，像女演员下台时那样，快速地从餐桌之间溜出去。那些酒客臂肘撑着桌子，用怀疑而不满的目光注视她走过去。她一出门就长出了一口气，就好像逃脱了多么大的危险。

有几次，她战战兢兢地问杜·洛华：

“在这种地方，若是有人骂我，你怎么办呢？”

他拿出硬充好汉的口气答道：

“这还用问，我当然保护你啦！”

她幸福地搂紧他的手臂，也许还隐约希望她挨人臭骂好受到保护，希望看到男人为她动起拳脚，哪怕是酒馆这些男人同她心爱的人大打出手。

这种冶游，每周重复两三次，杜·洛华开始厌倦了，况且每次车马费和餐饮费要半个金币，近来他也很难搞到了。

现在，他的生活无比艰难，比他在北方铁路局干事时还要拮据，只因他当上记者的头几个月，大把大把花钱，出手不计，总抱着希望次日就能赚到大钱，如今财源枯竭，搞钱之道全用尽了。

最简单的办法，就是向会计室借钱，可是，这个办法很快就不灵验了，他已经向报馆预支了四个月工资，还预支了他按行计酬的文章的稿费六百法郎。此外，他欠弗雷吉埃一百法郎，欠手头宽裕的雅克·里瓦乐三百法郎，还有令他不胜烦恼的无数小欠账，都说不出口，二十法郎或一百苏不等。

他向圣保丹求教，还能想出什么办法弄到一百法郎。圣保丹虽然擅长发明创造，这次也无计可施了。杜·洛华这样一文不名，心里恼火极了，现在要花钱的方面更多，因此比从前更难忍受这种穷困。他心头憋着一股火，看谁都不顺眼，火气越来越大，为了点鸡毛蒜皮的事，随时随地都可以发作。

有时他扪心自问，自己是怎么搞的，每月居然平均花出上千利弗尔，而且根本没有胡花，没有挥霍；不过仔细一算他就发现，在林阴大道随便哪家大咖啡馆，午餐要八法郎，晚餐要十二法郎，加起来就是一路易金币，零用钱总得十来法郎，也不知怎么就流出去了，这样总起来，每天就是三十法郎，到月底就是九百法郎。这还不算衣服、鞋袜、床单被罩，以及洗衣裳等各种花费。

因此，12月14日这天，他兜里一个铜子儿也没有了，绞尽脑汁也想不出法子弄到点钱。

他像从前常有的情况那样，干脆不吃午饭了，下午就在报社里工作，心里又憋火又不安。

将近四点钟，他收到情妇的一张小蓝纸，只见上面写道："我们共进晚餐好吗？饭后再一道散步。"

他当即答复："无法共进晚餐。"继而又一想，舍弃她会给自己带来的欢乐时光，未免太愚蠢了，于是又加了一笔："不过，九时我在我们居所等你。"

为了节省电报费，他派一名伙计将短简送去，然后又想法弄顿晚饭。

到了七点钟，他已经饥肠辘辘了，一点儿着落还没有呢。万般无奈，他就破釜沉舟，使出最后一招儿了。他等同事一个一个走光，只剩下只身一人时，便猛劲按铃。留下值班的老板的听差，闻声赶来了。

杜·洛华站在那里，焦急地搜索自己的衣兜儿，气恼地说：

"你瞧，富卡尔，我钱包忘在家里了，我还得去卢森堡宫赴晚宴呢，借我五十苏付车钱吧。”

那人从坎肩口袋里掏出三法郎，问道：

“杜·洛华先生不想多拿点儿吗？”

“不用，不用，这就够了。谢谢。”

杜·洛华抓起白花花的钱币，跑下楼去，到一家大众小饭馆吃晚饭；每逢身无分文的时候，他就到那里去用餐。

九点钟，他在小客厅等待情妇，双脚放在炉火前取暖。

她到了，看那情绪异常兴奋，异常快活，大概是受街上冷风的激发。

“你若是愿意，”她说道，“我们就先出去兜一圈儿，十一点再回这儿来。这天儿散步好极啦。”

杜·洛华嘟嘟囔囔地答道：

“干吗出去呢？待在这儿不是挺好的嘛。”

克洛蒂尔德帽子也没有摘，又说道：

“你还不知道，外面月色美极了。今天晚上散步，肯定赏心悦目。”

“这有可能，可是，我并不想出去散步。”

他说这话的样子气急败坏，克洛蒂尔德不禁诧异，觉得伤了自尊心，便问道：

“你这是怎么啦？为什么这种态度？我不过是想出去兜一圈儿，不知道怎么就惹你生气了。”

杜·洛华恼羞成怒，站起来说道：

“我不是生气，而是烦得慌。就是这码事！”

克洛蒂尔德这类女人，一逆着就恼火，一无礼就大发雷霆。

她愤然作色，轻蔑而冷淡地说道：

“我不习惯别人用这种口气对我说话。那好，我一个人去。再见！”

杜·洛华明白问题严重了，急忙追上去，抓住她的手亲吻，结结巴巴地说：

“原谅我，亲爱的，原谅我吧。今天晚上，我心情非常烦躁，动不动就发火。要知道，我有不顺心的事儿，有些烦恼的事儿，全是职业上的。”

她心有点软了，但是情绪还未平静下来，说道：

“这同我没关系，你心情不好，往我身上撒气，我可不吃这一套。”

杜·洛华把她搂在怀里，往长沙发拖去：

“听我说，我的小美人儿，我一点儿伤害你的意思都没有。我想都没想，话就出口了。”

他强按她坐下，自己则跪在她面前：

“你饶恕我了吗？对我说，你已经饶恕我了。”

她冷淡地低声说道：“好吧，但是下不为例。”

接着，她又站起来，补充说道：

“现在，我们去兜一圈儿吧。”

杜·洛华还一直跪着，他用双臂搂住她的臀部，结结巴巴地哀求道：

“求求你了，我们就待在这儿吧。恳求你了，就答应这点儿请求吧。今天晚上，我多么渴望把你留在身边，就在这儿，守着炉火，只陪我一个人。你说：‘好吧’，求求你了，就说一声：‘好吧’。”

她却毫不容情，斩钉截铁地反驳道：

“不行。非出去不可。我可不能由着你的性子。”

杜·洛华还在坚持：

“恳求你了，我是有原因的，一个非常重要的原因……”

她又说了一遍：

“不行。你不想同我一道出去，那我就走了。再见！”

她一扭身挣脱了，朝门口走去。杜·洛华又追上去，一把将她抱住。

“听我说，克洛，我的小克洛，听我说，就答应我这点请求吧……”她不答话，只是摇头拒绝，闪避他的亲吻，极力想挣脱好走掉。

杜·洛华还结结巴巴地说：

“克洛，我的小克洛，我这是有原因的。”

她停下来，面对面注视他：

“你说谎……什么原因？”

杜·洛华满面通红，不知道说什么好。克洛蒂尔德又气愤地说道：

“你瞧，就是说谎……真不是人……”

她眼含泪水，气愤已极，猛地挣脱了。

杜·洛华再次抓住她的肩膀，万般无奈，他准备全部承认，以避免这场决裂，于是用绝望的声调明确说：

“原因就是，我分文没有了……就是这码事儿。”

克洛蒂尔德戛然停止，注视他眼睛的深处，要从中看出真相：“你说什么？”

他的脸一直红到耳根：“我说我分文没有了。你明白吗？就连二十苏、十苏也没有；我们随便进哪家咖啡馆，喝一杯黑茶藨子酒，我也付不起钱啊。你逼我讲出这种丢人的事儿。我实在不能陪你一道出去，假如我们坐下要两份饮料，我总不能心安理得地对你说，我付不起账吧……”

她一直面对面注视杜·洛华：

“这么说……真是这码事儿啦……嗯？”

一眨眼工夫，他把所有口袋都翻出来，裤子的、坎肩的、礼服的口袋全翻出来，低声说道：

“喏……现在……你满意了吧？”

她情绪非常激动，突然张开双臂，搂住杜·洛华的脖子，断断续续地说：

“噢！我可怜的宝贝……我可怜的宝贝……这我哪儿知道啊！你怎么落到这一步呢？”

她让杜·洛华坐下，她自己则坐到他双膝上，搂着他脖子，不停地吻他，亲他小胡子，亲他嘴，亲他眼睛，逼他讲出来，他何以这样穷困。

他随口编造了一个令人感动的故事，说他不得不帮助陷入困境的父亲，不仅拿出了全部积蓄，而且还欠了一大笔债。

他还补充说：

“我的财源完全枯竭，至少六个月，我还得忍饥挨饿。无所谓。生活中，总有闹饥荒的时候。归根结底，为了金钱，不值当那么愁眉苦脸。”

克洛蒂尔德对着他的耳朵说：

“我借给你，好吗？”

他不失尊严地答道：

“你心肠真好，我的小宝贝。不过，求求你，别再说这个了。再说就会伤害我的自尊心了。”

她不讲了，只是紧紧搂住他，悄声说道：

“你永远也不会知道我多么爱你！”

这是他俩相爱的最美好的一个夜晚。

克洛蒂尔德要走的时候，又笑嘻嘻地说道：

“嘿！一个人在你这样处境，忽然找见忘在兜里的钱，一枚滑进衬里去的硬币，那该多有意思啊！”

杜·洛华也深信不疑地应道：

“唔！那当然啦。”

她借口月色极美，要步行回家，并且望着明月赞叹不已。

这是初冬的夜晚，清冷而宁静，已经结了晶莹的薄冰，马车跑得很快，行人脚步匆匆，鞋后跟踏着人行道，发出嘎嘎的声响。

分手时，她又问道：

“后天见面，你说好吗？”

“当然好了。”

“同一时间？”

“同一时间。”

“再见，亲爱的。”

他们又深情地拥抱。

杜·洛华大步流星走回家，一路上心里总琢磨，第二天得想个什么法子摆脱困境。他要开门时，伸手摸坎肩的兜找火柴，却感到一枚硬币在手指间滚动，一时愣住了。

他点上灯，便抓出硬币，仔细一看，竟是面值二十法郎的一枚金币。

他觉得自己快要乐疯了。

他翻过来掉过去，端详这金币，思忖是什么奇迹在这里出现，总不会从天上掉进他口袋里的吧？

猛然间，他猜到了，一股怒火袭上心头。他情妇说过，钱币可能滑进衣服衬里的缝儿中，到穷困的时候发现了，果然如此。这种施舍，正是她干的。真叫人无地自容！

他狠狠地说：

“好吧！看我后天怎么接待她！叫她尝尝好受的滋味儿！”

他上床睡觉时，心中还愤愤不已，感到受了极大的侮辱。

一觉醒来，已经很晚了，肚子饥饿，他想重新入睡，到下午两点钟再起床，继而又一想：“这样也不是办法，无论如何也得弄到钱。”于是，他起床出门，希望走在街上，会想出个好主意。

主意是没想出来，每经过一家餐馆，吃饭的欲望倒是更加强烈，直流口水。到了中午，他还是什么也没有想出来，就突然横下一条心：“管他呢！克洛蒂尔德这二十法郎，不妨先用来吃午饭再说，明天把钱还给她就是了。”

于是，他走进一家啤酒店吃午饭，花了两法郎五十生丁。到了报社，他又把三法郎还给听差：“喂，富卡尔，给你昨晚借给我的车钱。”

他一直工作到七点钟，出去吃晚饭，又从那笔钱里取出三法郎，再加上晚上喝的两杯啤酒，当天的花费就达到九法郎三十生丁了。

第二天这二十四小时里，他既不能再去赊账，也开不出新的财源，只好又从当晚要还给人家的二十法郎里，借出六法郎五十生丁，结果到赴约时，口袋里只剩下四法郎二十生丁了。

他脾气坏极了，就跟疯狗一样，决意要把事情立刻搞清楚。他要对情妇说：

“跟你说，那天你放进我兜里的二十法郎，我发现了，今天先不还给你，因为我还没有时间解决钱的问题，境况丝毫没有改善。不过，等下次见面时，我一定还给你。”

然而她来了，那么温柔体贴，而又惴惴不安。他对她会是什么态度呢？于是，她不容工夫，一个劲儿地同他亲吻，以免一见面就得解释。

杜·洛华心里也有打算：“等一会儿再谈这个问题也来得及。我要见机行事。”

可是“机”没见到，也就什么也没有说；这个话题很难启齿，每欲张口总是退缩了。

克洛蒂尔德也绝口不提出去遛弯儿了，而且千娇百媚，温柔可爱到了极点。

快到午夜他们才分手，约定下周星期三才能见面，因为，德·玛海勒夫人一连数日有饭局，要在外面进晚餐。

次日，杜·洛华吃午饭，付钱时找那剩下的四枚硬币，又发现硬币变成五枚，其中一枚是金币。

起初他还以为，头一天人家找钱时粗心，错给了他一枚二十法郎的，继而又忽然醒悟，这又是施舍，感到屈辱，不禁一阵心跳。

悔不该当时什么也没有说。如果他慷慨陈词，大发一通，这事儿也就根本不会发生了。

他一连奔波了四天，费了九牛二虎之力，想弄到五枚路易金币，结果还是徒劳，又把克洛蒂尔德的第二枚金币吃下去了。

再次见面时，杜·洛华气冲冲地对她说：“告诉你，那几个晚上的玩笑，不要再开下去了，我可真要生气了。”尽管如此，克洛蒂尔德还是设法往他裤兜里塞了二十法郎。

他发现时骂了一声：“他妈的！”却把钱移到坎肩口袋，以取用方便，因为碰巧他又身无分文了。

为了心安理得，他就这样考虑：

“以后一总还她，说到底，这不过是借钱而已。”

报社财务在他苦苦哀求下，终于同意每天支给他一百苏。吃饭还勉强够，要还克洛蒂尔德那六十法郎却不可能。

克洛蒂尔德又恢复老习惯，夜晚发疯似的逛巴黎所有那些不三不四的地方。这种颇为冒险的冶游之后，杜·洛华在身上哪个口袋里，总能摸出一枚黄灿灿的钱币，有一天甚至在他的靴子里，还有一天甚至在他的怀表盒里，这样时间一长，他也就不感到特别气恼了。

杜·洛华心想，既然她有这种强烈愿望，而眼下他又无力满足她，那么与其舍弃这种乐趣，还不如她自己出钱得到满足，这不是极其自然的吗？

再说，每收到钱他都记了账，以便有朝一日如数偿还。

有一天晚上，克洛蒂尔德对他说："你信不信？我还从未去逛过风流牧羊女游乐场呢！愿意带我去瞧瞧吗？"杜·洛华颇犯踌躇，就怕撞见拉舍尔。随后他又想："嗳！反正我又没同她结婚。那女人若是看见我，就该明白怎么回事，也就不会同我说话了。再说，我们又坐在包厢里。"

他决定去还有一层原因：他乐得有此机会，一文不花就请德·玛海勒夫人进包厢观看演出。这也算是一种回报吧。

他让克洛蒂尔德先留在车里，自己去买票，好不让她看见这是游乐场的赠票。然后他再来接她，一同进去。检票员还向他们躬身致意。

散步的长廊里人很多，挤得水泄不通，男人和在那里转悠的粉头儿一片喧闹。杜·洛华二人费了好大劲儿，才从人群中穿过去，终于到了自己的包厢，安顿下来。前面是一动不动的池座，后面则是人流如潮的长廊。

德·玛海勒夫人不大观看台上演出，只顾瞧身后那些来来往往的妓女；她频频转身看她们，真想碰碰她们，摸摸她们的胸衣、脸蛋和头发，好弄明白那些人到底是什么样子。

她忽然说道：

"那儿有个棕色头发的胖女人，一直盯着看我们，刚才她好像要同我们说话呢，你看到了吗？"

杜·洛华答道：

“没有。你一定是看错了。”

其实，他早就瞧见了。那正是拉舍尔，在他们附近转悠，她两眼冒着怒火，嘴唇一张就要喷出激烈的话语。

刚才，杜·洛华在人群里穿行的时候，同她擦身而过，她还小声对他说了一句：“你好”，同时挤了挤眼睛，意思是说：“我明白。”然而，杜·洛华却没有回答这种好意，怕被他情妇看见，他扬起头，撇着嘴，一副冷冰冰的样子走过去。那女人不觉上来一股醋劲儿，便又折回来，再次从他身边擦过，提高点声音说道：“你好，乔治。”

杜·洛华还是没有搭理。那妓女越发不肯罢休，非让人家同她相认并问好才行，于是，她在他们包厢后面绕来绕去，等着有利时机。

她一发现德·玛海勒夫人在注视她，就赶紧上前来，用指尖捅了捅杜·洛华的肩膀：

“你好！怎么样，还好吗？”

然而，杜·洛华并不回头。

于是她又说道：

“怎么啦？打星期四之后，你就变成聋子了吗？”

杜·洛华根本不理睬，他拿出一副鄙夷的神态，不屑于同这种女人说话，就好像说一句话也有损自己的名誉。

拉舍尔嘿嘿笑起来，那是狂怒的冷笑，她又问道：

“你哑巴啦？舌头大概让这位太太给咬掉了吧？”

杜·洛华火冒三丈，猛地一挥手，扯着气急败坏的嗓门说：

“谁允许您这么讲话的？滚开，要不然，我叫人来把您抓走！”

这时，拉舍尔两眼冒火，胸脯气得鼓起来，不禁吼道：

“哼！跟我来这套！算了吧，没教养的家伙！跟一个女人睡过觉，见了面至少也该打声招呼。不能因为今天你跟另一个女人在一起，见面就装作不认识我了。刚才我从你身边经过时，哪怕你稍微向我点点头，我也不会来打扰你。可是，你却要摆臭架子，目中无人。好，等着瞧吧！让我来侍候侍候你！哼！碰见我连声好也不问……”

她还会这样叫嚷下去，这时，德·玛海勒夫人却推开包厢门逃走，穿过人群懵头懵脑寻找出口。

杜·洛华也冲出去，跟在后面拼命追赶。

拉舍尔望着他们逃跑，得意地大喊大叫：

“截住那女人！截住那女人！她偷走了我的情人！”

他们身后一片哄笑。两位先生趁机取笑，抓住奔逃的女人的肩膀，要把她带走，还要搂住亲她。这时，杜·洛华追上来，拼命将她拉开，一直拖到街上。

德·玛海勒夫人跳上一辆停在游乐场门前的空马车，杜·洛华也跟着跳上去。车夫问道：“去哪儿，先生？”他便回答：“随便。”

出租马车开始缓慢行驶，随着路石颠簸摇晃。克洛蒂尔德大发神经，双手捂住脸，哽咽得上不来气儿。杜·洛华手足无措，不知该说什么好。

他听见她在哭泣，便结结巴巴地说道：

“听我说，克洛，我的小克洛，容我向你解释一下！这不是我的过错……我认识那女人，那是从前……刚开始那时候……”

她的双手突然从脸上移开，露出一副狂怒的面孔：一位钟情而又受了骗的女子，这样狂怒起来，就要说话了，她气喘吁吁，语句断断续续，急促地说道：

“噢！……下流……下流……你干出什么勾当！……这怎么可能？……多丢人啊！……噢！上帝啊！……多丢人啊！……”

她的思绪越来越清晰，越来越有条理，火气也越来越大了：

“你拿我的钱去玩她，对不对？哼，我给你钱……却便宜那个妓女……噢！下流胚！”

有几秒工夫，她似乎要想个更厉害的词儿，可是没想出来。接着，她就像要吐痰那样，突然咯出这么一句话：“哼！……蠢猪！……蠢猪！……蠢猪！……你拿我的钱去玩她……蠢猪！……蠢猪！……”

她再也想不出别的词儿，只好反复说：“蠢猪！……

蠢猪！……”

突然，她身子探到车外，抓住车夫的袖子说：“停车！”然后打开车门，跳到马路上。

乔治想跟下去，但是她却大叫：“不许你下车！”声音大极了，吸引行人聚拢到她周围。杜·洛华怕事情闹大，也就没有动地方。

德·玛海勒夫人从口袋里掏出钱包，借着车灯灯光翻零钱，取出两法郎五十生丁，交到车夫手中，以洪亮的声音说道：“拿着……这是车钱……是我付的……给我把这个混蛋拉回去，送到巴蒂尼奥勒附近的布尔索街……”

围观的人哄笑起来。一位先生嚷道：“真棒啊，小姑娘！”还有一个小痞子站在车旁边，把头探进敞着的车窗，用尖厉的嗓门喊道：“晚安，小宝贝！”

马车又启动了，追在车后的是一阵阵笑声。

第六章

第二天醒来，杜·洛华心情沮丧。他慢腾腾地穿上衣服，坐到窗前想心事。他感到浑身酸痛，就好像昨天挨了顿乱棍。

最后，必须弄到钱这一急务，才激起了他的精神。他首先去找弗雷吉埃。

他的朋友双脚烤着炉火，在书房里接待他。

“你起得这么早，有什么事儿啊？”

“一件非常严重的事，欠债，事关名誉。”

“是赌债？”

他犹豫了一下，随即承认：

“是赌债。”

“数额很大？”

“五百法郎！”

其实他只欠二百八十法郎。

弗雷吉埃不免怀疑，问道：

“是欠谁的？”

杜·洛华没能立即答出来：

“是欠……欠……欠一个叫德·卡勒维尔先生的。”

“哦！那么，他住哪儿呢？”

“住……住在……”

弗雷吉埃笑起来：

“住在十四点寻午街，对不对？亲爱的，我认识那位先生。如果你想要二十法郎，这个数我还有，可以给你用，再多要可就没有了。”

杜·洛华接受了这枚金币。

然后，他又挨家串，找他认识的所有人，约莫到了五点钟，最后凑到八十法郎。

还得弄来二百法郎，他毅然拿定主意，把筹措来的钱留住，喃喃说道：

“算了吧，我才不为这个婊子烦恼呢，等我有钱了再还她好了。”

一连两周，他过着节俭、贞洁而又有规律的生活，头脑里充满了坚定不移的决心。继而，他心中又产生强烈的欲望，就好像有几年没搂过女人了，见到衣裙就浑身战栗，如同海员又望见陆地那样欣喜若狂。

一天晚上，他又去风流牧羊女游乐场，希望见到拉舍尔，果然一进门就望见她了，只因她很少离开这家游乐场。

杜·洛华伸出手，笑呵呵地朝她走去。然而，拉舍尔却从头到脚打量他：

“您找我有何贵干？”

杜·洛华试图大笑：

“算啦，别板着这副面孔了。”

她扭头就走，还甩了一句：

“我可不同权杆儿交往。”

她有意想出最粗野的骂人话，杜·洛华觉得热血涌上来，满面羞红，赶紧独自回家。

弗雷吉埃病恹恹的，总是咳嗽，身体越来越虚弱，在报社里也不让杜·洛华活得自在，仿佛绞尽脑汁派给他烦人的苦差事。且说有一天，弗雷吉埃正巧心情烦躁，向杜·洛华要一份材料又没得到，他一阵长咳，喘不上来气儿，口里嘟囔着骂道："活见鬼，真没想到你这么笨！"

杜·洛华听了，真想扇他耳光，不过，他还是忍住了，走开时自言自语："小子，有我逮住你的那一天！"他的脑子忽然闪过一个念头，就又咕哝一句："老兄，我要让你当当王八。"他有了这一打算，心中乐不可支，便搓着双手走了。

第二天他就想付诸实践，去对弗雷吉埃夫人作一次侦察性的拜访。

他进去时，弗雷吉埃夫人正躺在长沙发上看书。

她向客人伸出手，身子未动，只是扭过头说道："你好，帅哥儿！"杜·洛华仿佛挨了一记耳光："为什么您这样叫我？"

少妇笑吟吟答道：

"上周我见到德·玛海勒夫人，才知道她家如何给您起了新名。"

杜·洛华见少妇善气迎人，也就放下心来。再说，他有什么可担心的呢？

女主人又说道：

"您可把她宠坏啦！至于我嘛，想起了就来看看我，要等到当月的三十六号，不这样也差不多吧？"

杜·洛华坐到她身边，以新的好奇心注视她，就像喜欢收集小摆设的人那样好奇。她很迷人，那头浅色的金发热乎乎的，天生适于爱抚。杜·洛华心中暗道："毫无疑问，她比那个强。"他毫不怀疑自己能成功，觉得伸手可取，如同摘果子似的把她弄到手。

他果断地说：

"我不来看您，是因为这样更好。"

她不明白这话，就问道：

"什么？这又为什么呢？"

"为什么？您还猜不出来？"

"不，一点儿也猜不出来。"

“因为我爱上您了……唔！有点儿，就那么一点点儿……而我又不愿意完全坠入情网……”

她那神态，既不诧异，也不反感，也没有领受恭维而喜形于色，仍然不经意地微笑着，平静地答道：

“嗳！您尽可以来嘛。谁爱我都不会长久。”

他听这语气比听这话更惊讶，于是问道：

“为什么呢？”

“因为这是徒劳的，我会立刻让对方明白这一点。您有这种担心，若是早点告诉我，我早就会给您排解了，反而还要鼓励您尽量多来。”

杜·洛华感慨地高声说：

“能这样驾驭情感真不简单！”

少妇朝他转过身来：

“亲爱的朋友，在我看来，一个坠入情网的男人，就从活人花名簿上勾销了。他变成了白痴，不仅痴呆，而且危险。凡是真爱上我，或者自称爱上我的人，我就中断同他们的密切关系，一来是因为他们令我厌烦，二来我也觉得他们特别可疑，就像疯狗那样随时会发狂。我要把他们放进精神隔离所里，直到他们完全病愈。千万不要忘记这一点。我完全明白，对你们男人来说，爱情无非是一种欲望，而在我看来则相反，只是一种……一种……一种心灵的契合，这与你们男人的信仰毫不相干！你们只理解字面意思，而我则领会精神。嗳……您眼睛正面看着我……”

她不再微笑了，面孔既平静又冷漠，一板一眼地说道：

“您听清楚了，我永远，永远也不会当您的情妇。坚持这种渴望，对您来说，完全是徒劳无益的，甚至还是有害的……好了，做完了手术……现在，您愿意我们成为朋友，成为好朋友，成为毫无私心杂念的真正朋友吗？……”

杜·洛华听明白了，这是最后的判决，再有任何企图都无济于事，他就立刻爽快地接受了，而且满心欢喜，在生活中能结成这样的同盟。他伸出双手，说道：

“夫人，我完全听从您的差遣。”

少妇从声音里听出他心口如一，也伸出了双手。

杜·洛华接连吻了这两只手，抬起头来，坦率地说：

“真的，若是在从前，我遇到您这样一位女子，并娶她为妻，那该是我多大的造化啊！”

这话打动了她的心，听着特别舒坦，但凡女人听到对心思的恭维，都会有这种反应。她飞快地瞥了他一眼，而女人这种充满感激之情的流盼，一下子就能将他收做奴隶。

继而，他想继续中断的谈话，又想不出过渡的话头，这时，少妇将一根指头按在他的手臂上，柔声地说道：

“我要马上开始尽朋友之责，亲爱的，您真够笨的……”

她迟疑了一下，又问道：

“我可以畅所欲言吗？”

“当然了。”

“毫无保留？”

“毫无保留。”

“那好！您去拜访一下华尔特夫人，要讨她喜欢，她非常赏识您。您去拜访，就有机会恭维了，尽管她人很正派，要听清楚了，她完全是个正派人。唔！在她跟前，搞偷偷摸摸那一套……别指望能得到什么。您要让人对您有个好的看法，才可能在那儿立足更稳。我知道，您在报社的地位还很低。不过，这无须担心，他们以同样热情的态度接待所有编辑。去吧，相信我的话。”

杜·洛华微笑着说：“谢谢，您是个天使……是个守护神。”随后，二人就闲聊起来。

杜·洛华待了很长时间，以便表明他喜欢同她在一起，分手时他又问道：

“我们是朋友了，一言为定？”

“一言为定。”

他已经感到，刚才的恭维很有效果，于是又强调了一遍：

“万一您守了寡，我可先登记候补。”

说罢他赶紧逃开，根本不留给她发火的工夫。

去拜访华尔特夫人，杜·洛华还颇为难，因为人家根本没有允许他登门拜访，而他又不想莽撞行事。老板对他倒是和蔼可亲，赏识他做的事，有什么难办的差事也优先派他去，何不利用这种好感，打进他们的府上呢。

有一天，他起了个大早，去中央菜市场赶集，花了十几法郎，买了二十来个优质梨，装进水果筐里，仔细捆扎好，好让人相信是从远地运来的。他将一筐梨连同他的名片，送到老板娘的门房那里。名片上“乔治·杜·洛华”字样下写道：

今晨收到从诺曼底运来的这点水果，恭请华尔特夫人笑纳。

次日他去报社，在自己的信箱里看到一个信封，里面装有华尔特夫人的名片，并附有“十分感谢乔治·杜·洛华先生；每星期六我均在家”的字样儿。

这周星期六，他登门拜访。

华尔特先生住在马勒泽尔博大街，他在那儿拥有一幢双宅楼房，租出一部分，这是务实者的经济做法。只有一个门房，守在两扇大门之间的小屋，既为房主也为房客传达通报。门房身穿教堂侍卫的漂亮制服，上装有鲜红的翻领和金色纽扣，白色长袜箍着肥胖的腿肚子，他给两家大门增添了富翁公馆那样的气派。

客厅位于二楼，前厅墙上镶着壁毯，一色落地式门窗。两名仆人坐在椅子上打瞌睡。他们一个接过杜·洛华的大衣，一个接过他的手杖，并打开一扇门，在前面走几步，然后闪身通报姓名，让客人走进一套无人的房间。

年轻人有点不知所措，他四下张望，忽见镜子里映出几个坐着的人，仿佛距离很远。他先是因镜子误导，弄错了方向，随即又穿过两间空着的客厅，才走进一间小内客厅，只见墙壁镶着带金色花蕾的蓝丝绸，四位轻声说话的女士，围坐着一张放着茶杯的圆桌。

杜·洛华自从到巴黎生活，尤其干上外勤记者这一行，时常同名人接触，也就有了自信心，尽管如此，他刚才经历进门那一场面，又穿过空荡无人的客厅，就不免觉得有点儿胆怯了。

他结结巴巴地说：“夫人，我不揣冒昧……”同时游目寻找女主人。

他躬身握了华尔特夫人向他伸出的手。夫人对他说：“先生，承蒙盛情光临舍下。”并指给他一个座位。杜·洛华想稳稳坐下，不料坐空竟跌下去，没想到座椅比寻常的矮得多。

大家沉默了片刻。继而，一位女士又开口了，她说天气越发严寒，但是还不足以扼制伤寒的流行，也还滑不了冰。于是，每位女士都对巴黎进入冰冻严寒季节发表了看法，然后又说各自喜欢什么季节，不喜欢什么季节，摆出的理由全那么平平淡淡，全是堆积在脑子里的东西，如同房间里的灰尘一样。

杜·洛华听见开门的轻微声响，扭过头去，从两面没有锡汞的镜子里，望见一位肥胖的女士走进来。她一到小客厅，女客中便有一位起身，同大家握手告辞。年轻人目送那女士穿过一间间客厅，注视她背后黑服饰上闪闪发亮的墨玉宝珠。

客人轮替引起的骚动平静下来，大家没用任何话头过渡，随口又谈起摩洛哥和东方战争问题，也谈到英国在非洲南端的尴尬局面。

几位女士谈论这类事情全凭记忆，就像排练一出社交界文明喜剧，反复背诵台词那样。

又进来一个人，是一位身材矮小的金发女郎。一见她进来，一位身材瘦高的女士便告辞了。

现在大家又谈到利奈先生有几分可能进法兰西学院。新来的这位女士坚定不移地认为，利奈先生要败在卡巴依·勒巴先生的手下。那位勒巴先生改编的法文诗剧《堂·吉诃德》十分精彩。

“你们知道吗，今年冬天，奥德翁剧院就要上演这出戏啦？”

“哦，真的吗？这是极有文学价值的尝试，我一定前去观赏。”

华尔特夫人这样优雅地回答道，她沉静而不动声色，见解成竹在胸，要讲什么话从不犹豫。

这时，她发觉暮色降临，便按铃要人送来灯亮，她一面倾听好似蛋白松糕汇成的溪流一般的涓涓谈话，一面心想忘了去刻字铺印下次晚餐的请帖了。

华尔特夫人身体偏胖，还很漂亮，但也到了容颜快要凋残的危险年龄，全靠小心护理，精心打扮，多讲卫生和多施脂粉来维持。在任何问题上，她似乎都很明智，既有分寸又讲道理，属于脑子像法国花园一样条理分明的那类女人。在这样一座花园里散步，不会有惊奇的发现，但还是能感到某种魅力。她很有理智，心思缜密，遇事谨慎而沉稳，从不异想天开，而且心地善良，乐于助人，平静中透出一种善意，对人对物都显得大度。

她注意到杜·洛华一言未发，似乎有点拘谨，也没有人同他说话，看来这些女士谈兴正浓，喜欢这个话题，还要长时间在法兰西学院里逗留，于是她便问道：

“杜·洛华先生，您大概比谁消息都灵通，那么，您偏向谁呢？”

杜·洛华毫不犹豫地答道：

“夫人，在这个问题上，我从不考虑候选人有什么长处——无论什么长处，总有人提出异议——而只考虑他们的年龄和健康。我也决不问他们有什么头衔，而只问他们有什么疾病。我根本不探究他们是否将洛普·德·维加①的作品译成韵文，而只探究他们的肝脏、心脏、肾脏和脊椎骨髓状况如何。依我看，得了严重的肥胖症、严重的尿蛋白症，尤其是初得的骨髓痨，比起柏柏尔人②诗歌中以祖国为题写的四十卷废话，要强胜百倍。”

一鸣惊人，满座都肃静了。

华尔特夫人微笑着又问道：“为什么这样讲呢？”

杜·洛华答道：“因为我一向只追求一件事，就是什么能引起女士们的快乐。夫人，只有当一位院士死了的时候，你们才对法兰西学院真正感兴趣了。死得越多，你们大概越高兴。因此，要让他们

---

① 洛普·德·维加（1562—1635），西班牙作家，创作大量通俗剧和宗教剧，还创作了一些小说和诗歌。

② 柏柏尔人，泛指北非各伊斯兰教国家的居民。

快点死，就应当推举年老而生病的人①。”

他见大家还有些诧异，便又补充道：

“其实，我同诸位一样，就喜欢在巴黎社会新闻栏里，看到一位法兰西学院院士的讣告，而且马上就会想：‘是谁替代他呢？’于是，我列个名单。这是一种游戏，一种极好玩的小游戏，每逢一位不朽者死去，巴黎所有沙龙都玩这种游戏，就叫做‘死亡与四十老头儿的游戏’。”

这些女士虽还有点困惑不解，但是脸上开始有了笑容，觉得他的话一针见血。

杜·洛华站起身来，结束这段话：

“诸位女士，既然是你们推举院士，而你们推举出来只为了看到他们死去，那么，你们就应当挑选年老的，年纪很老的，越老越好，其余的事儿根本不予理睬。”

说罢，他风度翩翩地走了。

他一离去，一位女士便问道：

“那小伙子可真逗，他是谁呀？”

华尔特夫人答道：

“他是我们报社的一名编辑，眼下只干点儿杂活儿，但我毫不怀疑，他很快就会出人头地。”

杜·洛华回到马勒泽尔博大街上，心中乐不可支，迈着舞蹈似的大步，他对自己的亮相十分满意，一路自言自语：“好开端。”

这天晚上，他同拉舍尔和解了。

下一周有两件大事：一是他被任命为社会新闻栏的主编，二是收到去华尔特夫人府上赴晚宴的邀请。他当即看出这两件事的内在联系。

《法兰西生活报》，首先是一份赚钱的报纸，而老板本身就是贪财的人，办报纸和当议员，全是为他所用的杠杆。和气生财就是他的一

---

① 法兰西学院共有四十名院士，称“不朽者”，每死一个，则推选一名补上。

件武器，他总戴着老实人笑容可掬的面具，干各种各样的勾当。他的伙计，无论是什么差遣，他使用的人，全是他摸透了的，考验过的，细品过的，是他认为老谋深算、胆大妄为而又能见机行事的人。他觉得杜·洛华这个小伙子不可多得，便任命为社会新闻栏的头头。

这个职务一直由编辑部秘书布瓦勒纳先生担任。他是个规规矩矩的老记者，做事守时而又细心，就跟职员一样。三十年来，他先后在十一家报社担任编辑部秘书，丝毫也没有改变他办事和看问题的方法，从一个编辑部到另一个编辑部，就像人们换餐馆一样，几乎没有觉察菜肴并不完全是一个口味。他根本不问政治和宗教的见解，不管给哪家报社干事都忠心耿耿，做事内行，又有宝贵经验。他干起事来好似盲人，什么也看不见了，还像个聋子，什么也听不见了，也如同哑巴，一声也不吭了。然而，他在职业上又太讲求光明正大，从他职业的特殊角度出发，绝不干他觉得不够正当、不够光明磊落、不合规矩的事情。

华尔特先生虽然也器重他，但是常常希望另有一人替他办社会新闻栏。华尔特先生强调说，社会新闻栏是报纸的精髓，要通过这个栏目抛出消息，散播传闻，对公众施加影响，也从而增加收益。要善于在报道两次社交界晚会之间，不动声色地塞进重要的事情，仅仅暗示而不明言。通过暗示，就是让人猜出你的言外之意，辟谣的方式，就是让谣言得到证实，或者证实一件事的方式，就是让谁也不相信那件宣布的事情。每天的社会新闻栏，必须让每个读者至少看到一行感兴趣的东西，这样一来，人人就都看报了。什么都要想到，所有事和所有人、各个阶层和各个行业、巴黎和外省、军队和画家、教职人员和大学、法官和交际花，无一遗漏。

引导这一切并指挥外勤记者队伍的人，必须时刻保持清醒头脑，时时提防，处处警惕，要有预见性，要狡猾、机警而又灵活，善于耍各种手腕，具有准确无误的嗅觉，一眼就能发现假消息，能判断出什么该说，什么该掩饰，也能推测出什么才会对公众产生影响；而且，他也应当善于运用评价的方式，取得事半功倍的效果。

布瓦勒纳先生固然有长期实践经验，但是他缺乏控制局面的魄力和心计，尤其缺乏与生俱来的那种狡狯，也就不能窥透老板每天的心思。

杜·洛华接手，一定能把事情办得完美，编辑部这个班子也就齐全了，呱呱叫了；而编辑部驾驶这条船——这份报纸，拿诺尔贝·德·瓦莱纳的话来说，“航行在国家的深海区和政治的浅滩上”。

《法兰西生活报》的幕后操纵者，真正的编辑，是那六七名议员，他们在社长发动或支持的所有投机生意中有利可图。他们在议会中被人称作“华尔特帮”。而且惹人眼红，因为他们通过华尔特，并和他一道赚钱。

弗雷吉埃作为政治栏编辑，不过是那些商人的稻草人，执行他们暗示的意图。他的那些重头文章，都是那些人先给他吹的风，他再回家去写，说是家里安静。

为了给报纸增添文学趣味和巴黎特色，还聘用了不同体裁的两位著名作家：雅克·里瓦乐，时事专栏作者，以及诺尔贝·德·瓦莱纳，诗人和奇幻专栏作者，照新派的说法，就是短篇小说家。

还有，报社还廉价搜罗来一些艺术评论家，写写评论绘画、音乐和戏剧的文章，以及一名刑法编辑、一名赛马编辑。社交界的两位女士，化名为“粉红多米诺”和“白爪”，投来社交界的花边新闻，谈论时装、风雅生活、礼仪、人情世故等方面的文章，以及披露贵妇人的失慎行为。

《法兰西生活报》就由这些各不相同的水手驾驶，航行在国家的深海区和政治的浅滩上。

杜·洛华接受任命，当上社会新闻栏主编，正自欢欣鼓舞，又收到刻印的硬卡请帖，只见上面写着：“华尔特先生暨夫人于1月20日，星期四在舍下设晚宴，敬请乔治·杜·洛华先生光临。”

这真是宠上加宠了，他欣喜若狂，连连亲吻请帖，如同亲吻一封情书。继而，他去找财务，商量重大的经费问题。

一般来说，社会新闻栏的主管要有一笔预算，以便支付记者采访费用和新闻的稿酬；当然，那些新闻也有好有坏，如同果农运送给鲜果店的水果一样。

开始阶段，每月批给杜·洛华一千二百法郎，他满心打算大部分留给自己。

经过再三要求，财务终于预支给他四百法郎。起初他的意图非常明确，要把所欠的二百八十法郎还给德·玛海勒夫人，但随即又一转念，这样他手头就只剩下一百二十法郎了，这点钱根本不够让他的新公务正常运转，于是还钱的事儿又往后推了。

在属于整个编辑部的这个公共大间里，他继承了一张专用办公桌和一些信件格子，头两天就忙着安顿了。他占这个大间的一头，布瓦勒纳占另一头。布瓦勒纳总是伏案写稿，他虽然有了一把年纪，但头发还像乌木一般油黑发亮。

房间中央摆一张长桌，属于那些飞来飞去的编辑，但往往当作长凳坐，双腿或从桌沿儿垂下去，或盘坐在桌子中央，有时上面蹲着五六人，那种古怪可笑的姿势好似中国瓷人，坚持不懈地玩棒接球游戏。

久而久之，杜·洛华也喜欢上这一消遣，多亏圣保丹的指导，他逐渐成为强手了。

弗雷吉埃越来越受病痛的折磨，就把他上次买的那副漂亮的棒接球交给杜·洛华了。这副用安的列斯群岛的优质木料制作的棒接球，弗雷吉埃刚买不久就觉得沉了些。杜·洛华手臂强壮有力，操纵着系在绳端的大黑球，一面低声数着："一——二——三——四——五——六。"

这天是他要去华尔特夫人府上赴晚宴的日子，正巧他要棒接球第一次达到二十点，心中不禁暗道："好日子，我一定万事亨通。须知在《法兰西生活报》的办公室里，棒接球玩得出神入化，的确给人高人一等的感觉。"

他早早离开编辑部，好有时间换衣服，正沿着伦敦街回家时，忽见前边一位矮个儿女子步履匆匆，那芳姿酷似德·玛海勒夫人，他顿时感到脸热心跳。他横过马路，想瞧瞧侧面。那女子也站住要过街。他发现认错了人，这才松了一口气。

杜·洛华心中常想，万一对面碰见她，他应该以什么态度对待呢？该向她问好呢，还是假装没看见呢？

“也许碰不见她吧。”他这样想道。

天寒地冻，流水沟结了一块块冰。人行道则干干的，让路灯光照成土灰色。

年轻人进门又想道：“要换个地方住住了，现在这里不够我用了。”他感到又亢奋又快活，真想蹿上房顶奔跑；他从床前走到窗口，高声地反复说：“交好运啦！交好运啦！我得写信告诉爸爸！”

他隔三岔五给父亲写信，每封信都给诺曼底那家小酒馆带去极大的欢乐。那家小酒馆开在路边，坐落在大山坡上，在那里可以俯瞰鲁昂城和宽阔的塞纳河谷。

他也不时收到一个蓝信封，上面的地址字体粗大，显见是由颤抖的手写的。父亲的每封来信，开头几行总是一成不变的：

> 亲爱的儿子，写这封信是要对你说，我和你母亲都很好。家乡没有出什么新鲜事，不过，我还是要告诉你……

杜·洛华一直关心村里的事情、邻里的消息、土地状况和收成。

此刻，他对着小镜子扎白领带，心里还反复念叨：“明天我就给爸爸写信。今天晚上我去那人家，老头子若是能看见，不定怎么惊讶呢！哼！待会儿这顿美餐，那就更没见过啦！”忽然，他恍若重睹空荡荡的咖啡馆后间那黑洞洞的厨房：靠墙一排炒锅投下黄色的光亮；猫鼻子冲火蹲在灶旁，那姿势就像神话中狮头羊身龙尾的火怪；木桌用的年头多了，满是酒迹油污，总那么黏糊糊的，上面摆了一个热气腾腾的大汤盆，两份餐具之间点着一支蜡烛。他还看见他们，那一男一女，父亲和母亲，两个乡下人，动作十分迟缓，小口小口喝着汤。那两张老脸上每一条极细小的皱纹，他们手臂和脑袋每一个细微的动作，他全都十分熟悉，就连他们面对面吃晚饭时讲什么话，他也一清二楚。

他又想道：“等以后，无论如何我也得去瞧瞧他们。”这时他穿戴好了，便吹灭了灯，下楼去了。

他走在环城大道上，碰到上前搭讪的妓女，就一摆手臂推开，回答道："别来烦我！"那动作粗暴，口气轻蔑，就好像她们侮辱并小看了他……她们把他当成什么人啦？这些婊子，居然一点儿也不会区分男人？他穿上黑礼服，前往非常富有、非常著名、非常重要的人家赴宴，就感觉自己成为一个新人，就意识到自己变了一个人，变成了上流社会人物，名副其实的上流社会人物。

他胸有成竹，走进由两个高大的枝形铜烛台照亮的前厅，动作极其自然地将手杖和大衣交给迎上来的两名仆人。

每间客厅都灯火通明。华尔特夫人在最大的第二间客厅接待客人，带着迷人的微笑欢迎他。他又同先到的两位先生握手。那两位，费尔曼先生和拉罗什·马提厄先生，都是议员，也是《法兰西生活报》的匿名撰稿人。拉罗什·马提厄先生在议会极有影响，在报社也就享有特殊的威信。谁也不会怀疑，有朝一日，他能当上部长。

继而，弗雷吉埃夫妇到了，夫人身穿玫瑰色衣裙，显得光艳照人。她同两位国家要人十分亲密，还同拉罗什·马提厄先生在壁炉角上小声交谈了五分钟，杜·洛华看在眼里，心下深感诧异。查理·弗雷吉埃看样子疲惫不堪，这一个来月他明显消瘦，他不断咳嗽，每次都重复道："我得下决心，到南方去过冬了。"

诺尔贝·德·瓦莱纳和雅克·里瓦乐同时到达。接着，住宅里端的一扇房门打开了，华尔特先生带着两个女儿走进来。两个姑娘约莫十六岁到十八岁，高高的个头儿，相貌一个丑一个俊。

杜·洛华知道老板有孩子，但是亲眼见到还是大吃一惊。他倒是想过社长的女儿，不过一向认为那是永远也见不到的遥远国度。再说，在他的想象中，她们都还很小，不料亲眼一见，却已长成了亭亭女子，变化如此突然，他就不免有点心慌意乱。

经过引见，两位姑娘先后向他伸出手，然后坐到显然是专给她们用的小桌旁，开始翻弄上面一个柳条筐里的丝线轴。

还在等什么人，大家都沉默不语，气氛有点拘谨。这情况也很自然：大家都各自忙碌了一天，现在聚在一起要共进晚餐，也就不是处于同样的精神状态。

杜·洛华闲着无事，抬眼望望墙壁。华尔特先生老远同他说话，显然是想炫耀一下自己的财富："您在看我的画吗？"

"我的"两个字说得特别响亮。"我来指给您看吧。"他端起一盏灯，好让客人看清楚画的细部。

"这里挂的都是风景画。"他说道。

在护壁中央，赫然挂着一大幅基耶迈①的油画，景物是暴风雨中的诺曼底海滩。下面一幅是阿尔皮尼②的树林。接着是基耶曼③创作的阿尔及利亚平原，只见远处地平线上站着一头高大的骆驼，长长的腿，好似一座怪异的建筑物。

华尔特先生又移到另一面墙，像司仪那样郑重宣布："大手笔。"共有四幅画：热尔维克斯④的《探视病人》、巴斯蒂安·勒帕日⑤的《收割的农妇》、布格罗⑥的《寡妇》和让·保罗·洛朗斯⑦的《行刑》。最后这幅画描绘旺代地区一名神甫靠在他教堂的墙上，被一队蓝军⑧枪杀的情景。

老板那严肃的面孔掠过一丝微笑，他指着下一块护墙板，说道："这是奇幻派作品。"首先看到的是一小幅让·贝罗⑨的油画，题为《上与下》，画面上正在行驶的双层有轨电车里，有一位巴黎女郎正登着扶梯上去，脑袋已经出现在上层，坐在长椅上那些先生既满足又贪婪的目光，注视着探过来的那张焕发青春的脸蛋儿，而站在下层的那些男人表情不一，或气恼或艳羡地凝望着那少妇的双腿。

华尔特先生伸直胳膊举着灯，淫笑着重复道："嗯？有意思吧？

---

① 基耶迈（1842—1918），法国风景画家。

② 阿尔皮尼（1819—1916），法国风景画家。

③ 基耶曼（1840—1887），法国风景画家。

④ 热尔维克斯（1852—1929），法国画家。

⑤ 巴斯蒂安·勒帕日（1848—1889），法国画家。

⑥ 布格罗（1825—1905），法国画家。

⑦ 让·保罗·洛朗斯（1838—1921），法国画家。

⑧ 法国大革命时期，共和派军队穿蓝色军装，故称"蓝军"。

⑨ 让·贝罗（1849—1935），法国画家。

有意思吧？”

接着他又宣布：“这幅是朗贝尔①的《营救》。”

画面上一张已撤下杯盘的餐桌中央，坐着一只小猫，正惊奇而困惑地看着水杯里要淹死的一只苍蝇；它举起一只爪子，准备猛一下捞起苍蝇，但是尚未决定，还在犹豫。它会怎么做呢？

然后，老板又指给他德塔伊②的一幅作品：《上课》，画的是一名士兵在军营里，正在教一只巴儿狗击鼓。老板宣称：“这才叫风趣呢！”

杜·洛华赞同地笑着，还连声赞叹：

“真有趣，真有趣，真有……”

他戛然住口，只因听见身后刚进来的德·玛海勒夫人的声音。

老板还继续举灯照亮，一幅画一幅画讲解。

现在，他指给杜·洛华看莫里斯·勒卢瓦尔③的一幅水彩画：《障碍》。只见一顶轿子停住，街道让打架的两个大汉给堵住了；轿子的窗口探出一位漂亮女人的面孔，她瞧着……瞧着……既不着急也不害怕，甚至颇为赞赏地观看两个莽汉的搏斗。

华尔特先生不住嘴地介绍：

“另外几间屋还有别的画，但是那些画家还没有多大名气，作品档次低一点儿。这儿是我的展览厅。现在，我买一些年轻人的画，非常年轻的人的作品，收藏在内室里，等他们出了名之后再拿出来。”接着，他又压低声音：“现在可是买画的好时机。那些画家都吃不上饭，他们身无分文，身无分文……”

然而，杜·洛华已经视而不见，听而不懂了。德·玛海勒夫人就在旁边，就在他身后。他该怎么办呢？如果向她问好，她会不会转身不理睬，或者对他讲两句无理的话呢？如果他不上前问好，别人又会怎么想呢？

杜·洛华思忖道：“能拖一会儿是一会儿。”他心情十分紧张，

---

① 朗贝尔（1825—1900），法国画家。

② 德塔伊（1842—1912），法国画家。

③ 莫里斯·勒卢瓦尔（1843—1884），法国画家。

有一阵儿甚至打算假装身体突然不适，告别离去。

观赏几面墙壁陈列的绘画结束了。老板将灯放回原处，过去向后来的女客问好；这工夫，杜·洛华独自一人，又从头观赏那些绘画，好像百看不厌似的。

他现在六神无主。该怎么办呢？他听得见别人的声音，也听得见他们的谈话。弗雷吉埃夫人忽然叫他："您来说说，杜·洛华先生。"他赶紧跑过去。她是要把一位女友推荐给他。那位女士要举办一次欢庆会，希望《法兰西生活报》在社会新闻栏里登一条消息。

杜·洛华结结巴巴地答道："这没问题，夫人，没问题……"

德·玛海勒夫人此刻就在旁边，他根本不敢转身走开。

突然，他以为自己疯了，竟然听见德·玛海勒夫人高声说：

"您好，帅哥儿。怎么，您认不出我来啦？"

杜·洛华急速一转身，只见德·玛海勒夫人就站在面前，笑容可掬，眼神洋溢着喜悦和深情。她还向他伸出手。

杜·洛华战战兢兢，握住这只手，唯恐这里面有什么花招儿和戏弄。而对方却泰然地又问道：

"您到底怎么啦？连您面也见不到了。"

杜·洛华说话结结巴巴，怎么也镇定不下来：

"我非常忙，夫人，非常忙。华尔特先生交给我一个新差事，占去我大量时间。"

德·玛海勒夫人一直正面注视他，目光善气迎人，杜·洛华没有发现有别的意图。她又回答道：

"这我知道，但总归不是忘记朋友的理由。"

这时，一位肥胖的妇人走进客厅，将他们分开了，只见她袒胸露臂，手臂和面颊都红赤赤的，那身打扮简直不可一世，而步履那么沉重，让人一见她走动，就能觉出她那两条大腿有多么粗大和沉重。

看样子大家对她都特别恭敬，杜·洛华便问弗雷吉埃夫人：

"那位是何许人？"

"德·佩什穆尔子爵夫人，正是署名'白爪'的那位。"

他诧为奇事，真想大笑：

"'白爪'！'白爪'！我还以为像这样一位年轻女子！'白爪'就是这副模样？哈！这爪子可真棒！这爪子可真棒！"

一名仆人来到门口，禀报："夫人请入席。"

这顿晚餐饭菜平常，但是气氛欢快，在这类晚宴上，大家无所不谈，又等于什么也没说。杜·洛华一边挨着老板的大女儿萝丝小姐，即相貌丑的那个，另一边挨着德·玛海勒夫人。德·玛海勒夫人轻松自然，谈话还像往常那样风趣；尽管如此，杜·洛华还是有点不自在，开头不免拘谨，游移不决，心里七上八下的，就像一名乐师找不准曲调了。不过，他渐渐镇定下来，二人的目光不断相遇，相互探询、亲热地眉来眼去，几乎还像从前那样传情送意了。

突然，他觉得餐桌下有什么东西轻轻碰了他的脚，于是他的腿轻轻往前探了探，碰上邻座的腿，而那条腿并不后撤。此刻，他们俩没有交谈，而是转向各自的邻座。

杜·洛华的心怦怦直跳，他又往前推了推膝盖，得到的回答是轻轻的一挤。于是他明白了，他们又旧情重续了。

此后他们讲了些什么话呢？没讲什么要紧话，不过，他们每次四目相对，嘴唇就微微颤动。

席间，杜·洛华还要对老板的女儿表现热情一些，不时同她说句话。她的言谈同她母亲一样，该讲什么话从不犹豫。

德·佩什穆尔子爵夫人坐在华尔特先生的右首，摆出一副公主王妃的派头。杜·洛华一看她就觉得开心，低声问德·玛海勒夫人：

"另外一个您认识吗，那个署名'粉红多米诺'的？"

"认识，非常熟悉：就是德·利瓦尔男爵夫人。"

"也是一路货色吗？"

"不完全一样，但是也很滑稽。那一位又高又瘦，六十来岁，戴一头假发鬈，镶一口英国式牙齿，始终是复辟时期①的头脑，复辟时期的装束。"

"这些文坛活宝，他们是从哪儿挖掘出来的？"

---

① 法国历史上指1814—1830年波旁王朝复辟时期。

“贵族的残渣余孽！资产阶级暴发户一向当做宝贝罗致。”

“没有别的原因？”

“没有任何别的原因。”

继而，一场政治辩论，在老板、两位议员、诺尔贝·德·瓦莱纳与雅克·里瓦乐之间展开，一直持续到上餐后甜食的时候。

宾主回到客厅之后，杜·洛华再次凑到德·玛海勒夫人跟前，直视她的眼睛：

“今天晚上，我送您回家，您看好吗？”

“不必费心。”

“为什么？”

“因为拉罗什·马提厄先生是我的邻居，我每次在这里用晚餐，都由他捎脚送到我门口。”

“那么，我什么时候同您见面？”

“明天来同我一起吃午饭吧。”

二人就此分手，再也没有说什么。

杜·洛华觉得这个晚会单调乏味，不想久留，便下楼追上刚刚出来的诺尔贝·德·瓦莱纳。老诗人挽住他的胳膊。他们作为同事，在报社里各干一摊，不会成为对手，彼此用不着戒惧了。因此，诺尔贝·德·瓦莱纳对这个年轻人，现在表现出一种长辈的关切。

“怎么样，您送我一段路吧？”他说道。

杜·洛华答道：“非常乐意，亲爱的大师。”

他们上了路，缓步顺坡走在马勒泽尔博大街上。

这天夜晚，巴黎街头几乎空荡荡的。这样的寒夜，看来更加辽阔，星空显得更加高远，冻冷的气流似乎给我们送来比星际还要遥远的东西。

开头，两个人谁也没有说话。后来，杜·洛华没话找话，便随口说了一句：

“那位拉罗什·马提厄先生，看样子学识渊博，聪明过人。”

老诗人咕哝一句：“您这样看？”

年轻人深感意外，不免迟疑了：

"哦，是啊。况且，他在议会中，好像是最能干的人之一。"

"这倒有可能。在盲人国里，独眼就称王。要知道，所有那些人，全是庸碌之辈，就因为他们的思想夹在两堵墙，即金钱和政治之间。亲爱的，他们是迂腐的人，我们跟他们谈不到一起，没法儿谈我们喜欢的东西。他们的智慧就在污泥里，再确切点说，就在粪池底下，如同流到阿尼埃尔①的塞纳河水。

"啊！思想境界开阔，给人的感觉，就像站在海边呼吸的大洋上吹来的长风，但是很难找到这种思想境界的人了。我倒认识几个，可惜都已去世了。"

诺尔贝·德·瓦莱纳娓娓议论，声音清亮，但有节制，如果放开嗓门儿，在这寂静的夜里，一定会响彻云霄。他显得极度兴奋，又很忧伤，而这种忧伤有时降落到心灵上，就会使之震颤，犹如冰雪下面的大地。

他又说道：

"聪明才智，多一点或者少一点，又有什么关系呢，反正到时候全都玩完！"

老诗人住了口。杜·洛华这天晚上心情很快活，他笑呵呵地说道：

"亲爱的大师，今天您够消沉的。"

老诗人答道：

"我的孩子，我始终如此，再过几年，您也会同我一样。生活是一道山坡。望着山顶往上爬时，觉得欢欣鼓舞；但是一到达山顶，就猛然望见了下坡和尽头——死亡。往上爬速度缓慢，下坡却快得很。在您这年龄，人总是欢欢喜喜，满怀希望，尽管永远也得不到所希望的东西。可是到了我这年纪，再也没有什么可期待的……唯有死亡了。"

杜·洛华哈哈大笑：

"活见鬼，说得我脊背都发凉了。"

---

① 塞纳河边的阿尼埃尔，是个镇子，工业废水污染了塞纳河。

诺尔贝·德·瓦莱纳接着说道：

“不错，此刻我对您说的这番话，您今天理解不了，以后会想起来的。

“要知道，迟早有一天，而且对许多人来说，这一天会早早到来，就像常说的那样，再也笑不出声了，因为在注视的那一切后面，隐约看见了死亡。

“唔！死亡这个字眼儿，您哪，现在甚至还理解不了。在您这年龄，这个词毫无意义。可是在我这年纪，这个词就非常可怕。

“是啊，猛然间就领悟了，不知道为什么，也不知道通过什么事就领悟了，于是，生活中一切都变了样。十五年来，我就感到它在收拾我，仿佛有个啮齿动物附在我身上。我感到它是一点一点，一个月一个月，一小时一小时地毁伤我，好比一座房屋逐渐倒坍。它弄得我面目全非，连我自己都认不出来了。三十岁那时候，我精神饱满，容光焕发，是个身强力壮的男子汉；我身上的那一切，如今全没了。我看见它把我的黑发染成白发，而那种缓慢的速度多么巧妙，又多么恶毒！它夺走了我结实的皮肤、我的肌肉、我的牙齿，夺走了我从前的整个身躯，只给我留下一颗绝望的灵魂，而不久连这颗灵魂也要摄去了。

“不错，这个恶婆，它把我碾成齑粉，它一秒一秒地、轻轻而可怕地完成了长期对我的毁损。现在，我无论干什么都感到自己正在死去。我每走一步都接近它，每个动作、每次呼吸，都要加速它这可恶的运作。呼吸，睡觉，喝水，吃饭，工作，幻想，我们所做的一切，就是在死去。归根结底，活着，就是在死去！

“唔！将来您会明白这一点！只要思考一刻钟，您就会看到它了。

“您还期待什么呢？爱情吗？再接几次吻，您就不顶用了。

“还期待什么呢？金钱吗？干什么用呢？玩女人吗？好美的艳福！大吃大喝吗？得了肥胖症，因患痛风而整夜整夜呻吟吗？

“还能期待什么呢？荣名吗？如果荣名再也不能以爱的形式出现，那么采摘了又有什么用呢？

“然后，还有什么呢？还不总是由死亡来收场。

“现在，我看见死亡近在咫尺，常常想伸出手臂推开它。它覆盖大地，弥漫空间，我到处都能发现。路上被碾死的昆虫、落下的树叶、朋友胡子间的一根银须，无不摧残我的心，并且对我断喝：‘它就在这里！’

“我所做的一切，我看见的一切，我吃的食物、喝的饮料、我喜爱的一切事物，诸如明媚的月光、东升的旭日、浩瀚的大海、秀丽的江河，以及呼吸起来十分温馨的夏日的晚风，所有这些，全让它给我毁啦！”

他步履缓慢，呼吸有点急促，睁着眼睛说梦话，几乎忘记了身旁还有人在聆听。

他又接着说道：

“人死了绝不会复生，永远也不会……雕像的模具、能复制同样物品的印模，都可以保留；然而，我的肉体、我的面孔、我的思想、我的欲望，都永远不会再现了。几百万、几千万人还要出世，他们每张几平方厘米的脸上，也会像我这样，长出一个鼻子、两只眼睛、一个额头、左右脸蛋儿和一张嘴，也像我这样有一颗灵魂，然而，我却永远也不会复生，即使在这些看似相近、实则千差万别的无数世人身上，也绝不会再现我身上的某种可以辨认的东西。

“还能抓住什么呢？向谁发出惨叫呢？我们能相信什么呢？

“所有宗教都是愚蠢的，愚蠢透顶，不但教理幼稚可笑，而且许诺也极端自私。

“唯独死亡是确凿无疑的。”

老诗人停下脚步，揪住杜·洛华大衣领的两端，声调缓慢地说：

“年轻人啊，想想这一切吧，您若是能想上几天、几个月、几年时间，那就会以另一种方式看待人生了。因此，要尽量从禁锢中解脱出来，作出超凡的努力，活着从您躯体和利害关系中走出来；从您的思绪和全人类中走出来，往别处瞧瞧，您就会明白，浪漫主义和自然主义之争，关于财政预算的辩论，该是多么微不足道。”

他又朝前走去，脚步加快了。

“不过，您也一样，将来会体验到绝望者的惨痛。将来，您也像要淹死的人那样，拼命在无所适从中挣扎，会向四面八方呼叫：‘救命啊！’但是得不到一个人的回应。您伸出手臂，高声呼救，呼人来支援，来爱，来安慰和救助您！然而，谁也不会来。

“我们为什么要受这份儿罪呢？只因我们生到世上，无疑是为了多贪物质，少动脑筋；然而，我们若是经常思索，才智就会增加，于是，同一成不变的生活条件之间，比例关系就失调了。

“看看那些芸芸众生吧。只要没有大灾大难降临到头上，他们就会心满意足，绝不为人类共同的不幸感到痛苦。同样，动物也没有这种痛苦感。”

他又站住了，沉吟了几秒钟，然后，那张脸呈现出一种厌倦而无可奈何的神情，又说道：

“我这个人啊，算是交代了。我没有父母，没有兄弟姊妹，没有妻子儿女，也没有上帝。”

他沉吟了一下，又加上一句：“我只有诗韵。”

他仰头瞻望一轮面孔苍白的满月辉映的天宇，吟哦道：

我寻找这个奥秘问题的答案，
探问那幽幽飘着淡月的皇天。

他们来到和谐大桥，默默地走过去，又沿着波旁宫往前走。诺尔贝·德·瓦莱纳重又讲起来：

“我的朋友，结婚吧。您实在不知道，人到我这年纪，独身生活是什么滋味。如今，孤寂使我的心充满可怕的惶恐：夜晚在住宅里，独对炉火的寂寞，我就觉得大地上只有我一个人，孤单极了，周围埋伏着模糊不清的危险、陌生而可怕的事物；我同邻居一墙之隔却不认识，就仿佛遥隔万里，如同我在窗口望见的星体。我浑身发烧，发着痛苦和恐惧的高烧。沉默的四壁也令我惊恐万状：独身生活的房间的沉寂，多么幽深，又多么凄惨；那种沉寂，不仅包围您的肉体，还包围您的灵魂；在这种死寂的住宅里，不会期待听见任何响动，家具如果咔的响一声，就会把人吓得胆战心寒。”

他再次住口，沉默片刻又补充一句：

“人上了年纪，有孩子在身边毕竟好哇！”

他们已经走到勃良第大街的中段，老诗人在一幢高大的房舍前站住，按了铃，同杜·洛华握手，对他说道：

“年轻人，把老年人啰里啰唆的这一套，全置之脑后，还是按照您自己的年龄生活吧，再见！”

说罢，他就隐没在黑暗的楼道里。

杜·洛华重又上路，他心里一阵难过，就好像刚有人指给他看了一个白骨坑，而他也终有一天必然掉进去。他自言自语：

“见鬼，住在他这里恐怕快活不了。给我安排一个楼座，观看他这套想法的表演，那他妈的我也不干！”

杜·洛华见一位女子下了马车要进家门，就停下脚步让过去，同时贪婪地猛吸一口散发在空中的马鞭草和鸢尾香味，肺部和心脏忽然因希望和快乐而颤动起来，对明天又要见面的德·玛海勒夫人的思念，一时从头到脚侵占了他的周身。

一切都冲他微笑，生活多么温柔地迎接他。希望变成现实，这有多么美好啊！

他怀着陶醉的心情进入梦乡，早早醒来，要到布洛涅树林大街兜一圈，然后再去赴约。

昨夜变风，天气转暖，这天上午十分温煦，4月的阳光明媚；布洛涅树林的常客，都经不住温和晴朗天空的召唤，纷纷出门了。

杜·洛华脚步舒徐，吮吸着清新的空气，好比吃春天美果一般甜美。他走过星形广场的凯旋门，踏上布洛涅树林大街，走在遛马道的对过儿。他看着那些男女骑马的人，有的小步慢跑，有的策马飞驰，他们全是上流社会的富人，但是现在，他却不怎么羡慕他们了。他几乎全能叫上他们的名字来，了解他们财产的数量，也了解他们生活的隐私；因职务之便，他已经成为巴黎名流和丑闻的一部历书。

女骑手过来了，她们穿着深色紧身骑马服，一个个体态婀娜，带着大多骑马女子所特有的那种目无下尘、不可近亵的神态。杜·洛华却拿她们开心，像在教堂背诵祈祷文那样，低声列出那些女人有过的，或据说有过的情夫的姓名、头衔和身份。有时，他不说：

德·唐克莱男爵、
拉杜尔·安盖朗亲王；

而是低声讲：同性恋者方面。

滑稽歌舞剧院的路易丝·米肖、
歌剧院的萝丝·马克丹。

这种游戏，他玩得十分开心，就好像他透过那些人道貌岸然的外表，看到了人的深层永久的卑劣，从而感到惬意、兴奋而又欣慰。

接着，他高声说了一句："一帮虚伪的家伙！"然后，他又用目光搜寻那些传闻中最为臭名昭著的骑手。

他看见不少在赌博中有作弊嫌疑的家伙，不管怎么说，赌场是那些人的重大财源，唯一的财源，当然是不义的财源。

还有一些家伙名气很大，但是仅仅靠自己老婆的年金过活，这是尽人皆知的事；另一些人则靠情妇供养，这也有案可查。许多人还清了债务（可敬之举），然而谁也推测不出所需之钱从何而来（十分可疑的奥秘）。他看见一些金融家，知道他们的万贯家财却是窃取来的，可是他们到处受款待，出入最高贵的府邸。他还看到一些极受尊敬的人物，小市民见到他们，都纷纷脱帽致敬，然而，他们厚颜无耻，在国家大企业中营私舞弊，这对于稍微知道点上流社会底细的人，已不是什么秘密了。

那些人无不趾高气扬，嘴角一副不屑的神态，眼神肆无忌惮，他们有的蓄留连鬓须髯，有的只留髭胡。

杜·洛华大笑不止，反复说道："好干净啊！一帮恶棍，一伙强盗！"

这时，一辆华丽的敞篷矮座马车驶来，两匹个头儿不大的白马跑得飞快，鬃毛和马尾都飘起来。驾车的那位金发娇娃是个名妓，她身后坐着两名青年车夫。杜·洛华停下脚步，真想向这个色相暴发户致敬喝彩，她居然在这权贵伪君子冶游的时刻，也来出游，大胆地展示从床上挣来的奢华！也许他隐约感到，他和这青楼女子有共通之处，有一种天然的联系，二人同属一个种族，同处一种心态，而他要飞黄腾达，就要采取类似的大胆手法。

他返回时步履更加从容，心里热乎乎的，有一种满足感，到了他旧日情妇的家门口，时间还提前了一点儿。

德·玛海勒夫人伸出嘴唇迎接他，就好像他们从未中断过关系似的。有一阵她甚至忘了，她在家里总主张谨慎理智一些，二人不能过分亲昵。继而，她边吻着他卷曲的小胡子边说：

“亲爱的，你还不知道我的烦心事儿吧？原指望痛痛快快过上一个蜜月，不料我丈夫却调到我身上，得纠缠我六个星期：他请了假。然而，我可不愿意六个星期见不到你，尤其是我们刚刚发生过小小的争吵，因此，我作了这样安排：星期一，我请你来吃晚饭。我已经向他提起过你，到时候我就把你介绍给他。”

杜·洛华不免犹豫，有点为难，他还从未面对过他占了人家妻子的一个男人，唯恐泄露了真情。无论什么，一点拘谨的神态、一个眼色等，都有这种可能。他结结巴巴地说：“不行，我最好还是不同你丈夫见面。”德·玛海勒夫人非常惊讶，站在他对面，瞪大天真的眼睛，坚持道：“这是为什么？还有这种怪事儿？这情况，天天都发生啊！真没想到，你还这么傻呀！”

杜·洛华伤了自尊心，便说道：

“那好吧，星期一我来吃晚饭。”

她又补充一句：

“为了显得自然些，我也请弗雷吉埃夫妇。不过，在家里请客，我实在觉得不好玩。”

直到星期一，杜·洛华没有怎么把这次见面放在心上，可是，他上楼去德·玛海勒夫人家时，就特别感到心慌，他倒不是讨厌同那位丈夫握手，讨厌喝人家的酒，吃人家的面包，而是害怕出事儿，怕出什么事儿，他也说不清。

他由仆人引入客厅，还像往常那样等待。卧室的门打开了，走出一个高身材的男子，只见那人胡须已白，衣着整束，佩戴着勋章，神态严肃，彬彬有礼地朝他走来。

“我妻子常对我提起您，先生，能认识您，我非常高兴。”

杜·洛华迎上去，脸上极力现出诚挚的表情，用力握住主人伸过来的手，可是坐下之后，他却找不出一句话来。

德·玛海勒先生往壁炉火中添了一块劈柴，问道：

“您从事记者这行有很久了吗？”

杜·洛华答道：

“只有几个月。”

“哦！您晋升得很快呀。”

“对，相当快。”接着，他就随便说了，也不大考虑说什么话，不外乎不熟识的人之间讲的那种套话。现在，他心里踏实了，开始觉得这种局面很有趣。他看着德·玛海勒先生那张严肃可敬的面孔，真想笑出声来，心中暗道：“你这个老家伙呀，我可让你当王八了，我可让你当王八了。”他心里充满了暗中干坏事的一种满意，这是一种偷窃得手而又未引起怀疑的窃贼的喜悦，骗了人的甜美的喜悦。他忽然萌生一种愿望，要成为这人的朋友，要赢得他的信任，让他讲讲他生活中不为人知的事情。

德·玛海勒夫人突然走进来，她朝两个人扫视一眼，笑吟吟而又高深莫测的神色，随即走向杜·洛华。当着她丈夫的面，杜·洛华根本不敢像往常那样吻她的手。

她却又坦然又快活，似乎对什么都习以为常，认为这种会面既自然又简单，表现出她毫不掩饰的天生的狡狯。罗丽娜也来了，她比平时要乖些，将额头伸给乔治，因父亲在场而显得有点羞怯。母亲对她说：“咦！今天你怎么不叫他帅哥儿啦？”小姑娘脸红了，就好像别人太多嘴，泄露了不该讲的一件事，揭出她内心深处有点负罪感的一种秘密。

弗雷吉埃夫妇到了。查理的状态真吓人，这一周他又瘦多了，脸色苍白得厉害，咳嗽不止。不过，他这次明确说，遵照正式的医嘱，这星期四他们就动身去戛纳。

他们早早就撤了。杜·洛华摇着头说道：

“看来，他的情况不妙啊，活不到老喽。”

德·玛海勒夫人神色泰然，肯定地说：

“唉！他算交待啦！他也是个走运的男人，讨了一个那样的老婆。”

杜·洛华不禁问道：

“他妻子对他帮助很大吗？”

“这么说吧，她什么都干，她什么事都了解，什么人都认识，但表面上又不见什么人。她想要什么东西，总能按照她的要求和时间得到。嘿！她那人特别精明，机敏，心计过人。对于一个要出人头地的男人，她真是一件宝啊！”

乔治又问道：

“不用说，她很快就会再婚啦？”

德·玛海勒夫人答道：

“对，若说她心目中早就有了人……一名议员……我也不会感到奇怪……除非……除非人家不愿意……因为……因为……可能有重大障碍……道德方面的……反正，就是那么回事儿。其实，我什么也不知道。”

德·玛海勒夫人慢吞吞地、不耐烦地咕哝道：

“你总是让我臆测一大堆我不喜欢的事儿。我们永远也不要掺和别人的事情，凭我们自己的良心办事就够了。这条准则，我看对谁都适用。”

杜·洛华告辞出来，一路心神不定，满脑子是各种模糊不清的打算。

次日，他前去拜访弗雷吉埃夫妇。他们已经打好行装，查理躺在长沙发上，呼吸是挺费劲儿，但也夸大了几分，他反反复复地说：“一个月前，我就应该走了。”报社的事儿，他也给杜·洛华一系列叮嘱，尽管他同华尔特先生商量过，早都安排好了。

乔治告别时，用力握住伙伴的手：“嘿！老兄，不久见！”可是，当弗雷吉埃夫人送他到门口时，他却急切地说：“您没有忘记我们的盟约吧？我们是朋友，也是盟友，对不对？因此，有用得着我的地方，也不管什么事，您千万不要犹豫。拍一份电报，或者发一封信，我一定照办。”

她低声答道：“谢谢，我不会忘记的。”她那目光也对他说：“谢谢！”而且更温柔，意味更深长。

杜·洛华下楼时，遇见缓步上楼的德·沃雷德克先生，两个人在她家曾谋过一面。伯爵神色忧伤——也许是因为这次离别吧？

这位记者想表明自己已跻身上流社会，就热情地同对方打招呼。

对方客气地还礼，态度还颇为倨傲。

星期四晚上，弗雷吉埃夫妇上路了。

第七章

查理一走，在《法兰西生活报》编辑部里，杜·洛华就更成为举足轻重的人物了。他发表了几篇重头文章，同时还签署自己撰写的社会新闻，因为老板要求文责自负。他也卷入几次论争，但每次都机智地摆脱了。他同国家要人经常来往，这是循序渐进的准备，将来他也能成为精明而又有见地的政治编辑。

整个前途光明，他只看到一个黑点。那是一份对立的小报给涂的：那小报不断攻击他，确切点说，通过他旨在攻击《法兰西生活报》社会新闻栏的头儿，即如那份叫《鹅毛笔》报纸的匿名编辑所说的，华尔特先生是社会喉舌的头儿。每天都刊载各种各样的恶毒文章、辛辣的诋毁、含沙射影的攻击。

有一天，雅克·里瓦乐对杜·洛华说：“您可真沉得住气。”

杜·洛华却讷讷说道：“有什么办法呢，又不是直接攻击。”

然而，有一天下午，他刚走进编辑部，布瓦勒纳就把当天的《鹅毛笔》报递给他：

“喏，又是找您麻烦的一篇小文章。”

“哦！关于什么事？”

“什么也没有，就是讲一个叫奥贝尔的女人，让社会风化警察抓起来过。”

杜·洛华接过报纸，只见上面有一篇小文，题为：《杜·洛华寻开心》，这样写道：

我们报道过奥贝尔女士被社会风化警察逮捕一事。《法兰西生活报》的顶尖记者今天却告诉我们，这个女人纯系我们的虚构。然而，这个当事人就住在蒙马特区松鼠街十八号。其实，华尔特银行的办事人员支持警察局的办案人员，而警察局也对他们的生意采取宽容态度，这内中有什么利害关系，又有哪些好处，我们再清楚不过了。至于我们提到的这位记者，他若能向我们提供一两条轰动性新闻就更好了，因为他掌握这类新闻的秘密：头一天说人死了，第二天再辟谣；报道根本没有发生的战役的消息；宣布哪国君主讲了重要的话，其实什么也没有讲，总而言之，这些全是构成“华尔特利润”的新闻。要不然，他也可以稍微透露一点“成功”女性的晚会，或者某些产品的优质，而这些正是我们的一些同行的巨大“财源”。

年轻人看了目瞪口呆，他何止气恼，心下也完全明白，文中暗含对他极不利的意思。

布瓦勒纳又问道：

“这条新闻，是谁给您的？”

杜·洛华搜寻记忆，怎么也想不起来。继而，他忽然忆起来了：

“哦！对了，是圣保丹。”

接着，他将《鹅毛笔》的这段文字又看了一遍，顿时脸气得通红，居然指责他受贿！

他叫起来：

“什么，他们竟敢说我收了钱，才……”

布瓦勒纳接口说道：

“哼！不错。这事儿对您很麻烦。在这种事上，老板盯得很紧。在社会新闻采访中，这种情况屡见不鲜……”

恰巧这时，圣保丹走进来。杜·洛华立刻迎上去。

“您看了《鹅毛笔》上这则启事吗？”

“看了，我刚从奥贝尔家那里来。倒是确有其人，然而她并没有被捕。这种谣言毫无根据。”

于是，杜·洛华跑去见老板。华尔特先生态度有点冷淡，目光含有猜疑的神色，他听了汇报之后，便答道：

“您亲自去一趟嘛，见见那位女士，彻底辟个谣，叫人再也写不出这种针对您的东西。我是指后半段，这无论对报纸，对我还是对您，都是讨厌得很。一名记者，也得像恺撒的妻子那样，决不能惹人怀疑①。”

杜·洛华让圣保丹带路，乘出租马车前往。他冲车夫喊道：“蒙马特区，松鼠街十八号。”

这是一幢大楼，要爬六层楼梯。一位身穿短呢子上衣的老太婆来给他们打开门：“您怎么又来啦？还有什么事？”她一见是圣保丹，就这样说道。

圣保丹回答：

“我带来的这位先生，是警察局的督监，他想了解一下您的事情。”

于是，老太婆把他们让进屋，嘴里叨叨咕咕：

“您走了之后，又来了两个人，说是报社的，我也不知道是哪家报社的。”然后，她又转身问杜·洛华：“这么说，是先生您想了解情况啦？”

“对。您让一名社会风气警察抓起来过吗？”

老太婆举起双臂：

“这辈子也没有过呀，我的好先生，这辈子也没有啊！事情是这

① 法文谚语：恺撒之妻，不容怀疑。

样的。我总去买肉的那家肉店，老板态度不错，可是称肉缺斤短两，我常常发现，也没有说什么。可是那天，我女儿女婿要来，让他给我称两斤排骨肉，可我发现他给我称的全是骨头渣子。是排骨骨头，这倒是真的，但不是我要的排骨肉。拿回去可以当排骨炖，这也是真的。可是，我买的是排骨肉，不是捡别人剩下的碎渣子。我当然不要了，他就说我老抠门儿，我就说他老滑头，就这样话儿赶话儿，我们越吵越厉害；店铺前围了一百多人，他们都笑啊，笑个不停，结果招来个警察，他叫我们俩去警察局说说清楚。我们去了，随后又让人家打发出来，也没断谁有理谁没理。打那以后，我就去别处买肉，甚至不走他门前，免得再争吵起来。"

老太婆住口了。杜·洛华问道：

"就这些吗？"

"这就是全部事实，我亲爱的先生。"

老太婆还倒了一杯黑茶藨子酒，请杜·洛华喝，杜·洛华谢绝了。老太婆特别强调，报告里一定写上肉店老板缺斤短两的事。

回到报社，杜·洛华写了一篇回敬文章：

《鹅毛笔》的一个匿名的无聊文客，从自身上拔下一根羽毛，利用一位老妇人的事大做文章，向我发难。他声称那老妇人被风化警察逮捕，此事我断然否认。我亲自走访了那位奥贝尔女士，看她至少有六十岁了。她详细向我讲述了因买排骨缺斤短两的事，同一家肉店老板发生争吵，结果闹到派出所去说理的经过。

这就是事情的全部真相。

至于《鹅毛笔》编者其他含沙射影的文字，我不屑一顾。况且，戴着假面具写出这种东西，也不值得回答。

杜·洛华

华尔特先生和雅克·里瓦乐正巧刚到，他们认为这一则小启事就足够了，决定刊登在当天的社会新闻栏末尾。

杜·洛华早早回家，心情还有点激动，也有点不安。对方又要怎么回击呢？那人是谁呢？为什么这样粗暴地攻击呢？照记者的火气，这种蠢事可能要走得很远，走得非常远。他一夜没有睡好。

第二天，他在报上再看到这则启事时，觉得印成铅字比手写稿更加咄咄逼人，心想有些还可以说得和缓些。

这一整天，他像发烧似的躁动不安，晚上又没有睡好，天一亮他就起床，去买一份《鹅毛笔》，上面应当刊登对他反驳的答复。

天气又变冷了，结了坚实的冰。阴沟排水时就冻住，两条冰带沿着人行道伸延。

报纸还没有发到零售点，杜·洛华又想起他的第一篇文章《非洲猎奇记》见报那天的情景。他的双手双脚逐渐冻僵了，感到生疼，尤其是手指尖和脚趾尖。于是，他开始围着玻璃报亭跑圈儿。售报的女人在报亭里蹲着烤小脚炉取暖；从小窗口往里瞧，只能看见她露出呢子风帽的通红的鼻子和面颊。

发报的人终于来了，将等待的报捆从玻璃窗口递进去。老太婆将摊开的《鹅毛笔》报递给杜·洛华。他扫视了一眼，没有找见他的名字，刚松了一口气，忽在两个破折号之间见到了：

> 《法兰西生活报》的杜·洛华先生著文，揭穿我们的谎言，可是就在揭穿我们谎言的同时，他还在说谎。不过，他承认了确实有个叫奥贝尔的女人，承认她被一名警察带到公安局。只要在“警察”前面，加上“社会风化”两个词，也就完全清楚了。
>
> 然而，某些记者的良心和他们的才华，的确处于同一水平。
>
> 这次我署上名字：路易·朗格勒蒙

杜·洛华看罢，心开始剧烈跳动起来，他赶回家换衣服，却不大清楚自己在干什么。看来，有人污辱了他，而且明目张胆，他再也不能有丝毫犹豫了。为什么呢？不为什么。只因一个老太婆同肉店老板吵了架。

他很快穿好衣服，刚刚八点钟，他就赶往华尔特先生家了。

华尔特先生已经起床，正在看《鹅毛笔》报。他见杜·洛华来了，就一脸严肃地说道："怎么样，您再也不能后退了吧？"

年轻人一句话未答。社长又说道：

"马上去找里瓦乐，让他负责维护您的利益。"

杜·洛华含糊其辞，讷讷讲了几句，便出来去找那位专栏作家。里瓦乐先生还在睡觉，听到门铃响才从床上跳下来，他看了这条社会新闻，说道：

"真见鬼，非得走一趟了。另一个证人，您看找谁好？"

"这……我也不知道。"

"布瓦勒纳呢？您看怎么样？"

"好吧，就找布瓦勒纳吧。"

"您的剑术精不精？"

"根本不行。"

"唔！活见鬼！用手枪呢？"

"手枪还马马虎虎。"

"好，您去练练，一切都由我去安排。请稍候。"

他去盥洗室，洗了脸，刮了胡子，很快就穿好衣裳出来了。

"跟我来吧。"他说道。

他住在一幢小公寓的楼下，让杜·洛华跟他到地下室。地下室空间很大，改成击剑房和射击房，临街的窗户全堵死了。

里瓦乐点亮一溜儿煤气灯，一直走到第二间小地下室。那里站着一个涂成红蓝两色的铁人。他将后上膛的两支新式手枪放到桌子上，开始下命令，那短促的声音，就好像真在战场上似的。

"准备好啦？"

"一、二、三——放！"

杜·洛华神情沮丧，但还是服从，他抬起手臂，瞄准，开火。他往往击中靶人的腹部，因为少年时，他常用父亲的一支老式弓形手枪在院子里打鸟。雅克·里瓦乐相当满意，郑重说道：

"好……很好……很好……您一定能射得准……一定能射得准。"

临走时，他还对杜·洛华说：

“就像这样，一直练到中午。这是子弹，别担心打光了。我来接您吃午饭，把消息给您带来。”

说完他就走了。

杜·洛华独自留下来，他又打了几枪，继而坐下，开始思前想后。

说起来，这些事该有多愚蠢！能证明什么呢？一个骗子，决斗之后就不是骗子了吗？一个正派人蒙受侮辱，冒着生命危险去同一个恶棍决斗，又能得到什么呢？他的神思在漆黑的空间游荡，又想起诺尔贝·德·瓦莱纳所讲的话：人的头脑多么贫乏，人的思想和忧虑的事多么平庸，人的道德观念又是多么幼稚可笑！

他高声叹道：“见鬼！他的话太有道理啦！”

继而，他感到口渴，听见身后有滴水声，走过去一看，是淋浴设备，他就对着喷嘴喝了几口水，随后又继续思考。这间地下室阴森森的，就像在墓穴里。远处隐约传来的车辆的声响，犹如滚滚远去的雷鸣。究竟几点钟了呢？在这里恐怕就像在大牢里一样，时间一点点流逝，却一点标示也没有，只有送饭的狱卒定时前来。杜·洛华等了很久、很久。

后来，他突然听见走路和说话的声音。雅克·里瓦乐回来了，并带来布瓦勒纳。里瓦乐一见杜·洛华，便嚷道：“全办妥当啦！”

杜·洛华还以为通过道歉信的方式，事情了结了呢，心里一阵高兴，结结巴巴说了一句：“哦！……谢谢。”然而，专栏作家又说道：

“那个朗格勒蒙还真痛快，全部接受我们提出的条件。距离二十五步，一颗子弹，听口令举枪射击。往上举臂要比往下放臂更有准儿。喏，布瓦勒纳，瞧瞧照我说的这么做。”

他拿起枪，示范射击时，抬臂如何更好地保持直线。

示范完了，他说道：

“十二点过了，现在，我们去吃午饭吧。”

他们到旁边一家餐馆用餐。杜·洛华不怎么讲话，还照样吃东西，以免露出害怕的神色。饭后他陪布瓦勒纳去报社，心不在焉而又机械地把活儿干了。大家都认为他是有种的。

晚半晌儿，雅克·里瓦乐来同他握手，商定次日早晨七点钟，他的证人乘双篷四轮马车去接他，一同前往决斗的地点维济奈树林。

这一切都大大出人意料，他既没有参与，也没有讲一句话，根本没有表示意见，没有表示接受或拒绝，而且事态发展如此神速，他一直惊愕而惶恐，不大明白究竟发生了什么事儿。

布瓦勒纳非常尽心，陪了他一整天，并且一道吃了晚饭。直到晚上九点左右，杜·洛华才回家。

一旦身边没人了，他就在房间里大步走了几分钟，简直心乱如麻，没法儿考虑什么事儿，头脑里只有一个念头："明天决斗！"而这个念头并没有在他心中唤起什么，只感到一种莫名的强烈的激动。他当兵那时候，朝阿拉伯人开过枪，那对他本人没有多大危险，有点像射猎野猪。

总的说来，他做了该做的事，做出了应有的表现。事后大家会谈论，会赞成他，也要祝贺他。转念至此，他就像情绪特别激动的人那样，高声嚷了一句：

"那人真是个畜生！"

他坐下来，又开始思考了。对手有张名片，让他随手扔在小桌上，那是里瓦乐要他保留地址交给他的，白天不知看过多少遍，现在又拿起来看看："路易·朗格勒蒙，蒙马特街176号。"就这几个字，再也没有什么了。

他仔细端详拼在一起的这些字，觉得非常神秘，充满令人不安的含义。"路易·朗格勒蒙"，此人是谁？多大年龄？多高身材？什么长相？一个陌生人，一个素昧平生的人，无缘无故，纯粹为寻开心，借口一个老太婆同肉店老板吵了架，就这样突然来扰乱你的生活，这难道不令人愤慨吗？

他又重复嚷了一声："真是畜生！"

他这样想着，身子待在那一动不动，目光始终盯着这张名片。一股怒火由心中升起，一股仇视这名片的怒火，但又夹杂着一种莫名其妙的不安。这件事太愚蠢啦！他从旁边拿起一把指甲剪，一下子扎进这铅印名字的正中，就像用匕首刺中人心似的。

他要去决斗了，还用手枪决斗？他怎么没有选择击剑呢？用剑大不了胳膊或手上扎个洞，而用手枪，后果就不堪设想了。

他说道："好吧，要当个有种的。"

他让自己的声调吓了一跳，不禁环顾周围。他开始感到神经特别紧张，喝了一杯水就睡下了。

他一上床就熄了灯，闭上双眼。

屋里虽然很冷，他在被窝里却感到很热，难以成眠，总是辗转反侧，仰卧五分钟，又换成侧卧，从左侧再翻到右侧。

他又口渴了，于是从床上爬起来喝水，接着，心头忽然一阵不安："到时候我会害怕吗？"

听到屋里每一种熟悉的声响，他的心为什么就要狂跳？每当挂钟里的杜鹃要鸣叫打点，弹簧吱咯一声轻响，就让他惊跳一下；这时，他感到胸闷极了，必须张口呼吸几秒钟。

他开始从哲学的角度，推断这件事的可能性："我会害怕吗？"

不，当然不会害怕了，既然他已决心奉陪到底，既然此意已决：决斗时决不发抖。可是，他心情紧张得要命，不禁反躬自问："人可能会不由自主地害怕吧？"这种疑虑，这种不安，这种惶恐，忽然占据了他的心。假如有一种占主导而不可抗拒的力量，比他的意志更强大，并且控制了他，那么会发生什么情况呢？是的，可能发生什么情况呢？

毫无疑问，他既然想去，就一定会去决斗场地。然而，他万一发抖呢？他万一失去知觉呢？于是，他联想到自己的地位、名声和前程。

真是莫名其妙，他忽然渴望起床照照镜子。于是，他又点着蜡烛。他从光亮的镜子里看见自己脸庞的映像，几乎认不出了，就仿佛从未见过，只觉得眼睛大得出奇，脸色苍白，脸色当然很苍白，非常苍白。

猛然间，一个念头像子弹一样穿透他的心："明天这时候，也许我已经死了。”此念一生，他的心又狂跳起来。

他转向床铺，竟然清清楚楚地看见自己仰卧在刚离开的衾被里，面孔像死人那样凹陋，毫无血色的手再也不会动弹了。

于是，他怕见自己的床铺，便去打开窗户看外面。

冰冷的空气寒彻周身的肌肤，他倒抽一口气，赶紧退回来。

他又产生一个念头，要把炉火拨旺。他头也不回，慢慢拨弄炉火，可是有点神经质，手触碰什么都微微颤抖。他昏头涨脑，思绪乱纷纷的，而且断断续续，变得捕捉不定而又痛苦不堪，头脑醉醺醺的，就好像喝了酒。

他不断地反躬自问：“我怎么办呢？我会怎么样呢？”

他又开始来回走动，不断机械地重复道：“我一定要坚强，要非常坚强。”

继而，他又想道：

“我得给爸爸妈妈写封信，以防万一。”

他又坐下来，拿出一本信纸，写道：“亲爱的爸爸、亲爱的妈妈……”

他又觉得在如此严重的关头，这样称呼未免过于随便，于是把第一页撕掉，重又写道：“亲爱的父亲、亲爱的母亲：天一亮我就要去决斗，有可能会……”

他不敢写下去，腾的一下又站起来。

现在，这种想法压得他透不过气来：他要去决斗了。这事儿他躲不掉。他心中是怎么想的呢？他愿意决斗，这种打算和决心是坚定不移的；他的意志虽然尽了全力，但他还是觉得，自己甚至保存不了足够的力量走到决斗地点。

他的上下牙齿不时打战，发出清脆的声响；他心中暗道：

“我的对手决斗过吗？他经常练习射击吗？他有名气吗？他有地位吗？”这个名字他从未听人提过。然而，这个人若不是个出色的射手，他绝不可能毫不犹豫，二话不说就接受用这样危险的武器决斗。

于是，杜·洛华又想象决斗的情景：他自己态度如何，对手又是怎样举止。他绞尽脑汁，想象决斗的所有细节；他突然看见一个黑黑的、深深的枪口对准自己，要射出一颗子弹。

突然，一阵可怕的绝望发作了，他全身颤抖，一阵阵抽动。他咬紧牙齿以免叫出声来，简直控制不住自己，就想倒在地下打滚，要撕烂什么东西，要咬人。这时，他瞧见壁炉上放只玻璃杯，就想起柜橱里有一升烧酒，几乎还满着，因为他一直保持军人的习惯，每天早晨漱口"杀死寄生虫"。

他抓起酒瓶，对着瓶嘴咕嘟咕嘟贪婪地喝起来，直到喘不上来气儿才放下，瓶里的酒下去三分之一。

他的胃很快就火烧火燎，这种灼热扩散到四肢，在麻醉他心灵的同时，也使其坚强了。

他自言自语："我找到办法了。"现在他感到肌肤滚烫，就又过去打开窗户。

快要破晓了，外面一片宁静而冰冷。在发亮的天幕深处，那些星辰似乎要逝去；而在铁道的深沟里，绿色、红色和白色信号灯，颜色也都变淡了。

第一批火车头从车库里开出来，鸣着汽笛去接早班列车。远处还有火车头反复尖声呼叫，就像公鸡在田间打鸣似的。

杜·洛华想道："这一切，也许我再也看不到了。"他感到又要自怜自惜，就立即作出强烈反应："算了，在决斗之前什么也不想，这是无所畏惧的唯一办法。"

他开始洗漱，刮胡子时又想道，也许这是最后一次端详自己的面孔了，脑子又是忽悠一下。

于是，他又喝了一口烧酒，这才穿好衣服。

下面的时间很难打发，他就在屋里来回踱步，极力想稳住神儿。忽听有人敲门，他差点儿没仰面摔倒，震撼实在太强烈了，是他的证人来了。已经到时间啦！

他们全裹着皮袄。里瓦乐同他的当事人握了手，明确说道：

"天气像西伯利亚一样寒冷。"

紧接着，他又问道：

"状态好吗？"

“嗯，很好。”

“人还镇定吧？”

“非常镇定。”

“那好，事情会很顺利。您喝点儿吃点儿什么了吗？”

“对，我什么也不需要。”

布瓦勒纳为了这个场合，还特意佩戴上一枚黄绿两色的外国勋章，杜·洛华从未见他戴过。

他们下楼去。一位先生在马车上等候。里瓦乐介绍说：“勒布鲁芒医生。”杜·洛华同他握手，还讷讷讲了一句：“非常感谢。”然后想在前排落座，不料一屁股却坐到硬邦邦的东西上，腾地又站起来，就好像被弹簧给弹起来。原来是手枪盒子。

里瓦乐让了好几遍：“别！坐后座，斗士和大夫坐后座！”杜·洛华最后总算听明白，挨着医生又一屁股坐下。

两位证人也上了车，马车就启动了，车夫知道要去什么地点。

手枪盒子妨碍所有人，尤其杜·洛华不愿意看见它。他们起初试着放在背后，可是硌腰；再立着放在里瓦乐和布瓦勒纳中间，又总是翻倒，最后干脆放在脚底下。

虽然医生讲些趣闻轶事，可是谈话却难以为继，只有里瓦乐应答几句。杜·洛华倒想表现一下自己的风趣，但又怕说着说着断了思路，反而暴露自己内心的慌乱。他唯恐自己发抖，一直受这种担心的折磨。

不久，马车就行驶在田野上了。这时大约九点钟了。正是严冬最寒冷的一个早晨，整个大自然变成水晶世界，万物晶莹发亮，坚硬而又易碎。树木披着霜花，仿佛是渗出来的冰霜。大地在脚下发出清脆的声响，空气干燥，能把细微的声响传到很远。天空碧蓝，宛如亮晶晶的镜子，而阳光穿越空间，却明亮而清冷，照在冰冻的物体上，丝毫也起不到温暖的作用了。

里瓦乐对杜·洛华说：

“我是去卡丝蒂娜·勒奈特武器店买的手枪。老板亲自上的子弹，盒子贴了封条。不过，究竟用我们的还是对方的手枪，那就看抽签的结果了。”

杜·洛华机械地答道：

“非常感谢。”

这时，里瓦乐又千叮咛万嘱咐，叫他当时千万别出差错，每一点都强调好几遍：“等人家问你们：‘先生们，准备好了吗？’您回答声音一定要洪亮：‘准备好啦！’”

“等人家要下令开火的时候，您就赶快抬起手臂，在他喊出‘三’之前就射击。”

杜·洛华反复默念：“人家下令开火，我就抬手臂——等人家下令开火，我就抬手臂。”

他像孩子学习功课一样，不厌其烦地反复念叨，以便刻在脑子里：“等人家下令开火，我就抬手臂。”

马车驶进一片树林，拐上右边一条路，然后再往右拐。里瓦乐猛地打开车门，冲车夫喊道：“这边，走这条小路。”于是，马车又进入一条有辙沟的路，行驶在灌木林之间，只见镶着冰霜花边的枯叶在抖瑟。

杜·洛华还一直默念：“等人家下令开火，我就抬起手臂。”

可是他却想到，马车若是出个事故，那么问题就全解决了。哈！若是翻了车，那该多有运气！他若是摔断一条腿就好啦！……

然而，他望见一辆马车停在林间空地上，四位先生正跺着脚取暖，他顿时喘不上气儿来，只好张开嘴呼吸。

两位证人先下车，医生和决斗的人也跟着下来。里瓦乐拿了手枪盒子，和布瓦勒纳一起走去。那四位先生中有两人迎上来。杜·洛华望见他们客气地相互施礼，然后在林间空地走来走去，忽而看看地面，忽而瞧瞧树木，仿佛在寻找掉在地上或飞走了的东西。接着，他们又数步，费了好大劲儿，才把两根手杖插进冻土里。然后，他们围成一圈儿，像小孩游戏似的掷硬币猜正反面。

勒布鲁芒大夫问杜·洛华：

“您自我感觉好吗？您不需要什么吗？”

“不需要，谢谢，什么也不需要。”

他倒觉得自己发了疯，恍若在睡觉，恍若在做梦，被发生的超自然事情包围了。

他害怕了吗？也许吧？然而他也说不清。他周围的一切全变了。

雅克·里瓦乐回来了，非常满意地低声通知他：

“全部准备就绪。手枪问题还是我们运气好。”

可是这件事，在杜·洛华看来是无所谓的。

他任凭别人摆布：给他脱下大衣，摸摸他礼服的口袋，以便确保没有任何证件或皮夹护着身体。

他还像祈祷似地默念：

“等人家下令开火，我就抬手臂。”

有人把他一直带到插在地上的一根手杖那儿，交给他手枪。这时，他看见对面离得很近的地方，立着一个人，那人矮个儿，大腹便便，秃头，戴副眼镜，那正是他的对手。

他看得真真切切，然而，他心里只有这一个念头：“等人家下令开火，我就抬手臂，射击。”

在这一片寂静中，忽然响起一个声音，好像从远处传来，问道：

“两位先生，准备好了吗？”

乔治高喊：“准备好啦！”

同一个声音又命令道：“开火……”

他什么也不听了，什么也觉察不出，什么也意识不到了，只感到他抬起手臂，用尽全力扣动扳机。

他什么也没有听见。

不过，他当即看见他的枪口冒了一小股青烟。对面那人一直站着，也是同样姿势，头顶也飘起一股白烟。

他们双方都射击了。决斗结束。

杜·洛华的证人和医生摸一摸、拍一拍他，还解开他的衣扣，焦急不安地问道：

“您伤着了没有？”

他随口答道：

“我想没有。”

朗格勒蒙同他的敌手一样，也安然无恙。雅克·里瓦乐不悦地咕哝道：

“用这种该死的手枪，总是这种结果，不是全打飞，就是全打死。什么破玩意儿！”

杜·洛华又惊又喜，愣在原地，一动也不动：“结束啦！”他手里一直紧紧握着手枪，别人不得不给他缴下去。现在他觉得是同整个宇宙较量过了。结束了。多高兴啊！他突然感到，自己有勇气向任何人挑战。

双方证人交谈了几分钟，约好当天见面起草决斗记录。然后，大家又登上马车。车夫在座位上直发笑，打一个响鞭赶车走了。

他们四人在林阴大道一家餐馆吃午饭，在餐桌上谈论这个事件。杜·洛华谈了他的感受。

“我一点儿也不在乎，根本不在乎。你们也一定看到了吧？”

里瓦乐回答：

“对，您的表现的确很出色。”

决斗记录起草好了之后，便交给杜·洛华，他要插在社会新闻中发出去。他见文中说他和路易·朗格勒蒙先生互射两颗子弹，感到很奇怪，便有点不安地问里瓦乐：

“可是，我们只打了一颗子弹啊！”

里瓦乐笑了：

“不错，是一颗子弹……一人一颗子弹……加起来就是两颗呀。”

杜·洛华觉得这种解释也还令人满意，就不再坚持了。华尔特老头儿拥抱了他，称赞道：

“真棒，真棒，您捍卫了《法兰西生活报》的旗帜，太棒啦！”

当天晚上，杜·洛华在主要几家大报馆露面，还出入林阴大道主要几家大咖啡馆。他那个对手也在到处炫耀，他们有两次相遇。

他们相遇彼此不打招呼。假如双方有一方受了伤，那么他们就会握手言和。两个人都拍着胸脯发誓说，听见对方射来的子弹呼啸而过。

第二天上午将近十一点钟，杜·洛华收到一张“小蓝纸”：“上帝啊，可把我吓坏啦！立刻来君士坦丁堡街，让我拥抱你，我的爱。你多勇敢啊！——我崇拜你，克洛。”

他赶快赴约会。德·玛海勒夫人投进他怀里，连连吻他。

“噢！我的心肝儿，你还不知道，今天早晨我一看报，简直吓坏了。噢！讲给我听听，全告诉我。我什么都想了解。”

杜·洛华只好详详细细讲了事情的经过。她又问道：

“决斗前那个夜晚，你一定没有睡好觉吧？”

“嗳！不对，我睡得很好。”

“换了我，恐怕我一夜不会合眼。对我说说，决斗场上的情况怎么样。”

杜·洛华就像说戏一样：

“我们面对面站住，相距二十步，只有这个房间长度的四倍。雅克问我们是否准备好了，然后下令：‘开火’。我立刻抬起手臂，伸得直直的，但是不该一心想瞄准他的脑袋；本来我使惯了灵巧的手枪，可这次手枪特别难使，扳机太紧，扣动时一用力就打高了。就是这样，也差不了多远。那个无赖，打得也够准的，子弹擦着我的太阳穴飞过去，我感到了一阵风。”

她坐在他的膝上，紧紧搂着他，就好像要分担他的危险。她结结巴巴地说道：

“噢！我可怜的宝贝儿，我可怜的宝贝儿……”

等他讲完了，她又对他说：

“你还不知道，我再也离不开你啦！一定得同你见面，但是有我丈夫在巴黎，这事儿很不方便。早晨，在你没起床的时候，我常常有点工夫，可以去拥抱你；可是，我不愿意进你讨厌的楼房。怎么办呢？”

杜·洛华灵机一动，忽然有了个主意，他问道：

“这里房费多少？”

“每月一百法郎。”

“那好，房费我来交，我干脆搬过来住。我有了新职务，那间屋就不够用了。”

她考虑了片刻，回答说：

“不，我不愿意。”

杜·洛华不免奇怪：

“为什么呢?”

“不为什么……”

“这不成其为理由。这套房子非常合适，我既然来了，就可以留下来。”

他哈哈笑起来：

“再说了，这也是以我的名字租的。”

然而，她始终不松口：

“不行，不行，我不愿意……”

“到底为什么呀?”

于是，她柔声细语地说道：

“因为，你要带别的女人来，我不愿意。”

杜·洛华急了：

“怎么这样，绝没那事儿，我向你保证。”

“不对，你一搬过来，马上就会带女人来。”

“真的呀，我以名誉担保。这是我们的家，这儿呀，只属于我们俩。”

少妇这才深情激动地紧紧拥抱他：

“我的宝贝儿，若是这样，我就愿意了。我可告诉你，你若是骗我一次，哪怕只一次，我们就一刀两断，永远断绝关系。”

杜·洛华又是抗议，又是赌咒发誓，二人商议好，当天他就搬来，以便她每次从门前经过都能见面。

继而，少妇又对他说：

“无论如何，星期天到我家去吃晚饭。我丈夫觉得你人很好。”

杜·洛华听了，不禁飘飘然：“哦！是真的吗？……”

“对，你赢得了他的欢心。还有，听我说，你向我提过，你是在乡村一座城堡里长大的，对不对?”

“对啊，问这个干吗?”

“那么，你也懂得农活啦？”

“对。”

“那好，你就跟他谈园艺和庄稼吧，他非常喜欢这个话题。”

“好吧，我不会忘记的。”

这场决斗激发她无限柔情，她没完没了地拥抱他，然后才分手。

杜·洛华去报社的路上，心里还一直想这事儿：

“世上还有这么怪的人！多么轻率啊！谁能摸得准她想要什么，爱什么吗？这对夫妻，简直太奇特啦！是谁异想天开，把这个老头儿和这个没头脑的人配成一对？这个督监是怎么考虑的，竟然决定娶了这名女学生呢？奥妙无穷！谁知道呢？也许是爱情吧？”

想到后来，他得出结论：

“归根结底，她是个体贴人的好情妇；我若是抛掉她，那可真傻到家了。”

第八章

这场决斗之后，杜·洛华一举跻身《法兰西生活报》的头等专栏作家之列；然而，他想有些创意，却比登天还难，无奈就专写世风日下，品性堕落，爱国精神泯灭，以及法兰西荣誉贫血症等，借题发挥，可以高谈阔论。（他用上“贫血症”一词，心中万分得意。）

德·玛海勒夫人的头脑充满戏谑、怀疑和轻信，即所谓的巴黎精神，她一嘲笑杜·洛华，用一句挖苦话戳破了他的长篇大论，他就笑着回答：

“嗳！我靠这个，将来就能打出名气。”

他将手提箱、刷子、刮胡刀和肥皂带来，就算搬了家，现在住到君士坦丁堡街。每周总有两三次，这位少妇在他起床之前来访，霎时间宽衣解带，钻进被窝，身子还带着户外的寒气而瑟瑟发抖。

杜·洛华也有回访，每星期四去同这对夫妇共进晚餐。为博得丈夫的欢心，他就大谈特谈农艺，况且他也喜欢田里的事儿，两个人一聊起来兴趣盎然，有时甚至把他们的女人完全置于脑后，任由她坐在长沙发上打瞌睡。

罗丽娜不是坐在父亲的膝上，就是坐在帅哥儿的膝上，也往往睡着了。

每次等记者走了，德·玛海勒先生必然称道一句："这个年轻人的确讨人喜欢，他的学识很渊博。"而且他讲什么都是这种教训人的口吻。

2月即将结束。清晨走在街头，碰到鲜花贩子拉的板车，就能闻到紫罗兰的香味了。

杜·洛华的生活万里晴空。

一天夜晚，他回到家，发现从门底缝塞进的一封信，一瞧邮戳有"戛纳"字样，拆开信读道：

亲爱的先生与朋友：

您对我说过，我有什么事都可以找您，对不对？那好，现在我就请您做件痛心的事，就是前来协助我，不要让我在查理要离开人世的最后时刻孤身一人。尽管他还能起床，但是医生已经让我做好准备：他也许活不过这一周。

没日没夜地看着这弥留的场面，我已精疲力竭，没有勇气了，一想到最后时刻临近便惊恐万分。碰上这种事，我只能求您，因为我丈夫在世上没有亲人了，而您过去和他是战友，他又为您打开报社的大门。来一趟吧，我恳求您。我无人可求了。

请相信我是您永远忠诚的伙伴。

玛德莱娜·弗雷吉埃

于戛纳秀丽别墅

一种奇异的感觉，犹如一股清风，吹入乔治的心田：感到一种解脱，感到面前展现广阔的天地。他自言自语："我当然去了。这个可怜的查理！这毕竟是我们的事！"

杜·洛华拿着这位少妇的信，让老板过目，老板勉强准了假，他还一再说：

“千万快点回来，我们少不了您。”

乔治·杜·洛华拍了电报通知德·玛海勒夫妇，乘坐次日早晨七点钟的快车前往戛纳。

动身的次日下午四点左右到站。

一名运送行李的工人带他去秀丽别墅。这座别墅坐落在半山腰的杉林中，杉林布满白色房舍，从加奈一直延伸到茹昂湾。

这座矮小的别墅建在路边，是意大利风格的。上山这条路在林木间绕来绕去，但是每拐个弯都别有一番景色。

仆人打开房门，高声说道：

“啊！先生，夫人特别着急，正等您哪。”

杜·洛华问道：

“你的主人病况如何？”

“噢！不大好，先生。他活不久了。”

年轻人走进客厅，只见墙上镶着蓝花图案的粉红波斯绸壁布，窗户高大，对着市区和大海。

杜·洛华不禁咕哝道：

“好家伙，这别墅可真高级，他们是从什么鬼地方搞来这么多钱？”

一阵衣裙窸窣的声响引他转过身去。

弗雷吉埃夫人向他伸出双手：“您这么热心肠，说来就来了，真是太好啦！”突然，她拥抱了他。然后，二人相互端详。

她脸色苍白了些，身体也消瘦了些，但始终那么精神，也许态度添了几分柔和而显得更美了。她低声说道：

“要知道，他脾气坏透了。他明白自己没救了，就残忍地折磨我。我对他说了您要来。可是，您行李在哪儿？”

杜·洛华答道：

“寄存在车站了，我还不知道您要建议我住哪家旅馆，离这儿好近些。”

她犹豫了一下，才说道：

“您就住在这儿，在这别墅下榻。他随时都可能死去，如果是夜间，我就得一个人了。我派人去取您的行李。”

杜·洛华领首同意：

“那就从命了。”

“现在，我们上楼去吧。”她说道。

她走在前面，登上二楼，打开一扇门，杜·洛华看见一扇窗旁好像有具死尸，坐在扶手椅上望着他，那身子裹着毛毯，在落日的红光中脸色显得惨白。他几乎认不出了，只能猜测出那是他的朋友。

一进房间就闻到燥热、汤药、碘酒、柏油的气味，正是肺痨患者所在房间呼吸的难以名状的浓重气味。

弗雷吉埃抬起手，动作吃力而缓慢，他说道：

“你来了，是来看着我死去。谢谢你。”

杜·洛华强颜笑了笑：

“看着你死去！这可不是叫人开心的场面，我也绝不会抓这种机会来游览戛纳。我来向你问个好，也休息一下。”

弗雷吉埃咕哝一声：“坐下吧。”然后就垂下头，仿佛陷入痛苦绝望的沉思。

他气喘，呼吸急促，时而发出一种近似呻吟的声音，就好像要提醒别人注意他病得多重。

他妻子见他不会再讲话了，就过去俯在窗口，摆摆头示意远方，说道：“瞧瞧这景色！很美吧？”

在他们面前，别墅星罗棋布的山坡向下铺展，直达市区。市区呈半环形，沿海岸而卧，头冲右边，朝向有耸立着老钟楼的老城俯瞰的防波堤，脚冲左边，朝向勒兰群岛对面的克鲁瓦塞特岬角。在碧蓝的大海中，那小岛就像两个绿点，从高坡上望着是平的，也可以说是漂浮的两大片绿叶。

目光越过防波堤和钟楼，远眺海湾另一侧的地平线，只见一长串青山，在明亮的天空上勾画出一条怪异而迷人的线条，那些山峰有的浑圆，有的尖利，还有的呈钩形，而最后那座高山呈金字塔形，山脚则踏进大海里。

弗雷吉埃夫人指着那座山说：“那就是埃斯泰雷勒山。”

黝暗的山峰后面，天空红彤彤的，那是金黄掺血红色，辉光耀眼。

目睹这晚霞的壮丽景象，杜·洛华不禁为之动容。

他想不出颇具形象的词语来赞美，只是喃喃说道：

“啊！对，真是美极啦！”

弗雷吉埃朝他妻子抬起头，要求道：

“让我呼吸点儿新鲜空气。”

他妻子答道：

“可得当心，天晚了，太阳快落了，弄不好你又该着凉了，你也知道自己身体这状况，再着凉可不是好玩的。”

他焦躁不安，无力地挥了挥右手，仿佛要打谁一拳，同时一脸怒相，那是垂死的人突现薄嘴唇、枯瘦的面颊和每一块骨头棱角的怪相，他咕哝道：

“跟你说我憋闷。再说，反正我也没救了，早一天还是晚一天死，对你又有什么关系……”

他妻子完全打开窗户。

微风吹进来，三个人都突然感到一阵轻拂。这是一股轻柔温煦的和风，是饱吸这山坡灌木芬芳和醉人花香的春天的微风，人们可以清晰地闻出浓浓的松脂味和桉树的苦味。

弗雷吉埃气息短促，焦灼地吮吸着。可是，他手指甲却痉挛地抠住椅子扶手，用低沉、嘶哑而狂怒的声音说道：

“关上窗户，真叫我受罪。我宁愿死在地窖里。”

他妻子慢悠悠地关上窗户，然后额头贴在玻璃上，凝望着远方。

杜·洛华颇为尴尬，很想同病人聊聊，安慰几句。

然而，一句劝慰的话他也想不出来。

他结结巴巴地问道：

“这么看来，你到这儿之后，还不见好转？”

对方疲惫而不耐烦地耸耸肩膀：“你这不是看到了嘛。”说罢，他又垂下头。

杜·洛华又说道：

"真见鬼，这里天气好极啦，巴黎那边不行，现在还是大冬天儿，还在下雪，下雹子，下雨，下午三点钟就黑乎乎的，不得不点灯。"

弗雷吉埃问道：

"报社里有什么新情况吗？"

"什么新情况也没有。用了小个子拉克兰替你，是从《伏尔泰报》出来的，还嫩了点儿。你也该回去啦！"

病人讷讷说道：

"我？现在我要到地下六尺的地方去写专栏文章了。"

他每想件事，每说句话，这个固定的念头总是再现，就像动不动就敲警钟一样。

大家长时间沉默，这是创痛巨深的沉默。落日的霞光慢慢收敛，红色天空暗淡下去，山峦也变成黑色了。一种着了色彩的暗影，还保留点熄灭的火霞的薄暮，进入房间，似乎给家具、墙壁、帷幔和每个角落涂上墨黑和暗红的混杂色调。壁炉上的镜子映现远天的景象，看上去就像一摊鲜血。

弗雷吉埃夫人脸贴着玻璃，背对着房间，站在那里始终没有动弹。

弗雷吉埃又开口说话了，但是气喘吁吁，声音又断断续续，听着真叫人肝肠寸断：

"这落日，我还能看见几次呢？……八次……十次……十五次或二十次……也许三十次……不会再多了……你们呀，你们来日方长……我呢，这算完了……然而，这景象还会继续……有我没我一个样儿……"

他沉默了几分钟，然后又说道：

"我看到的一切无不提示我，再过几天我就见不到了……真可怕……什么也见不到了……世上的一切……手里把玩的小东西……玻璃杯……盘子……躺着特别舒服的床铺……马车……再也见不到了。傍晚，乘坐马车游玩多美呀……这一切，我曾多么喜爱啊！"

他双手的手指头神经质地微微动弹，就好像在扶手上弹钢琴似的。他每次沉默比说话还令人难受，因为让人明显感到，他一定在想恐怖的事情。

杜·洛华猛然忆起几周前诺尔贝·德·瓦莱纳对他说的话：

“现在，我看见死亡近在咫尺，常常想伸出手臂推开它……我到处都能发现。路上被碾死的昆虫、落下的树叶、朋友胡子间的一根银须，无不摧残我的心，并且对我断喝：‘它就在这里！’”

这些话，那天他根本不理解，现在看着弗雷吉埃就明白了。一种从未领略过的惶恐袭上心头，他感到死亡就在近旁，就在这个喘息的人坐着的椅子上，伸手就能触到。他真想站起身，走掉，逃开，立刻返回巴黎！唉！早知如此，说什么他也不会来。

现在，夜色弥漫整个房间，好似裹尸布匆忙盖在这垂死的人身上。只有窗户还看得见，那亮一点的方框绘出少妇不动的身影。

弗雷吉埃怒冲冲地问道：

“怎么的，今天不让人送灯来啦？哼，就是这样护理病人的。”

玻璃窗上的身影消失了，只听一阵电铃声在房中回响。

很快就进来一名男仆，将一盏灯放在壁炉上。弗雷吉埃夫人问她丈夫：

“你是想上床休息，还是下楼吃晚饭？”

他咕哝一声：

“我要下楼。”

又得等吃饭，三个人一动不动待了将近一小时，只是偶尔说句话，随便说句什么，一句毫无意义的废话，以便打破沉默，就好像让这沉默持续太久，让这有死亡徘徊的房间沉闷空气凝滞太久，就会有什么危险，有一种神秘莫测的危险。

总算开饭了，杜·洛华觉得这顿晚饭永无休止。他们不讲话，无声无息地吃着，继而，就用手指揪面包。仆人侍候上菜，来来回回，走路没有一点儿声响，因为，查理听见鞋底擦地的声音就烦躁，仆人只好换上拖鞋。唯有木制挂钟机械地走动，发出均匀的嘀嗒声，才打破这四壁的宁静。

晚饭一吃完，杜·洛华便借口旅途劳顿，告辞回到给他安排的卧室，凭窗眺望中天的一轮皓月。那月亮宛如巨大的球灯，将冷漠而朦胧的光投射在那些别墅的白墙上，往海面洒下轻柔的粼粼波光。他想编个理由尽快走，想点儿鬼点子，就说收到电报，华尔特先生召他回巴黎。

次日醒来，他又觉得逃走的打算很难实施。弗雷吉埃夫人决不会上当，况且他忠心耿耿所能得到的好处，一旦临阵逃跑就要全部丧失。于是，他心中暗想："算啦！事儿是烦人，但也得认了，生活中总有不愉快的阶段，再说，也许这个阶段不会太长。"

天空湛蓝，南方这种蓝天能使人心中充满快乐。杜·洛华心想有一天时间，这会儿去看弗雷吉埃还早了点儿，他便下山一直走到海边。

等他回来要吃午饭时，仆人对他说：

"我家先生问过两三回，要请先生上楼去看我家先生。"

他上楼一看，弗雷吉埃好像在扶手椅中睡着了，他妻子则躺在长沙发上看书。

病人抬起头。杜·洛华问道：

"喂，你怎么样啦？看样子，你今天上午挺精神的。"

对方咕哝道：

"对，是好些了，身上有了点劲儿，快去跟玛德莱娜吃午饭，然后我们乘马车去兜一圈儿。"

一等到只有两个人了，少妇便对杜·洛华说：

"事情是这样。今天，他以为命能保住了，早晨起来就订各种计划。等一会儿我们去茹昂湾，为我们巴黎的住宅买些陶器。他非要出去不可，但是我担心得要命，怕路上出事儿。他受不了道路的颠簸。"

双篷四轮马车到了，弗雷吉埃由仆人搀扶一步步下楼，他一看见马车，就让人放下车篷。

他妻子坚持不让：

"你要着凉的，这不是胡闹吗！"

他也固执己见：

“不会，我好多了。我有这种明显的感觉。”

开始，马车行驶在花园夹护的绿阴路上，而正是这一座座小花园，把戛纳打扮成一座英国式的大花园。然后，马车驶上沿海岸的昂莱布大道。

弗雷吉埃介绍当地的景点。他先指出哪座是巴黎伯爵①的别墅，接着又说出其他别墅的主人姓名。他显得很快活，却是那种判了死刑的人有意装出来的脆弱的快活。他连抬起手臂的力气都没有，只能伸出手臂来指点。

“瞧，那是圣玛格丽特岛和古堡，巴赞②就是从那古堡越狱逃走的。就是因为这个事件，就说古堡有保存价值了。”

继而，他又回忆起部队的生活，说出令他们想起往事的一些军官的名字。这时，马车拐了一段弯道，整个茹昂湾就赫然展现，只见海湾里侧是它那白色村庄，外侧连接昂蒂布岬角。

弗雷吉埃突然像孩子一样快活起来，结结巴巴地说道：

“哈！舰队，一会儿你就看到舰队啦！”

果然望见六七艘巨大的舰只，停在辽阔的海湾中部，恍若披着绿叶青枝的礁岩。那些舰只形状怪异，体大无比，带有突体、塔楼和舰首冲角，停在水中，仿佛要在海底扎根。

那些舰只，看上去多么沉重，而且与海底相连，真不明白它们怎么还能移动，还能行驶。那是漂浮的炮台，圆圆的，高高的，形体好似瞭望楼，类似建在礁石上的灯塔。

一只巨大的三桅帆船从他们附近经过，要驶向外海，只见它张起了所有风帆，一片雪白显得那么欢快。比起那些战争魔怪，钢铁魔怪，蹲在水中的丑八怪，这只三桅帆船多么优美而绰约多姿。

---

① 法国国王路易·菲力浦一世（1830—1848年在位）的嫡传，封为巴黎伯爵，至今仍有传人。

② 阿齐尔·巴赞（1811—1888），法国元帅，1870年普法战争时率洛林军团，在麦茨被围投降，1873年被判死刑后，改判无期徒刑，囚于戛纳附近的圣玛格丽特岛，不久越狱逃往马德里。

弗雷吉埃极力辨识那些战舰，指出那艘是“科尔贝尔①号”，那艘是“叙弗朗②号”，那艘是“杜佩雷海军上将号”，那艘是“凶猛号”，那艘是“扫荡号”。接着，他又更正说：“不对，我弄错了，那艘才是‘扫荡号’。”

他们到达一幢大楼阁前面，只见一块牌子上写着：“茹昂湾艺术彩陶”，马车绕过一块草坪，停在门前。

弗雷吉埃要买两只陶罐，好摆到他的书橱上。由于他下车困难，人家就把样品一件一件拿给他看。他挑选了好久，不时征求他妻子和杜·洛华的意见：

“要知道，我要摆到书房里侧的那个书橱上，我在座位上一抬头就能瞧见。一定要挑古色古香的，要希腊式的。”

他审视样品，让人拿来别的，再比较先头看的那几件，终于决定下来，付了款，要求人家立刻发货。

“过几天我就要回巴黎。”他说道。

他们又乘车回返，不料，一股凉风沿着海湾窜进小山谷，突然吹到他们身上，病人当即咳嗽起来。

开头关系还不大，只是一阵轻咳，可是越咳越厉害，结果大咳不止，咳得岔了气。

弗雷吉埃感到窒息，他每次要喘气，就咳嗽得要撕破喉咙。这咳嗽发自胸膛深处，怎么也压不下去，怎么也止不住。到了住处，不得不把他从马车抬到房间，杜·洛华抬他的双脚，每当他肺部一阵痉挛，就感到他的脚也随之震颤。

暖和的床铺也毫无作用，他一直咳到半夜。最后，麻醉剂总算麻痹住咳嗽的那种致人死命的痉挛。病人坐在床上，瞪着双眼一直待到天亮。

他说的头一句话就要人叫理发匠来，因为，他坚持每天早晨刮胡子。为此他起床洗漱，可是又不得不让人扶着躺下，他的呼吸变

① 科尔贝尔（1619—1683），路易十四心腹大臣，曾任财政总监。

② 叙弗朗（1729—1788），法国海军副统帅。

得十分短促，十分吃力，弗雷吉埃夫人不禁惊慌失措，让人把刚睡下的杜·洛华叫起来，要他去请医生。

不长工夫，杜·洛华就把卡沃大夫请来了。大夫开了一副汤药，又嘱咐了几点。记者送大夫走时，还问了他的看法。

“这已经是弥留状态，”大夫说道，“明天早晨他就会咽气。您要让这位可怜的少妇有个思想准备，还得派人请个神甫来。我呢，这里没有我什么事了。不过，有事我随叫随到。”

杜·洛华让人把弗雷吉埃夫人叫下来，对她说道：

“他要死了，大夫建议请个神甫来，您看怎么办呢？”

她犹豫半晌，全盘衡量过之后，才慢声细语说道：

“对，这么办要好些……从许多方面来说……我要让他有个思想准备，对他说本堂神甫渴望见他……不知道该怎么说，反正是这样。这事还得劳您驾，去请位神甫来，要挑选一位，挑一位不那么装腔作势的，要让他明白只做做忏悔就行了，不要管我们其余的事儿。”

年轻人带来一位态度蔼然，适于这种场合的老教士。老教士一走进弥留者的房间，弗雷吉埃夫人就出来，同杜·洛华一起坐在隔壁。

“他一听就慌神儿了，”她说道，“他听我提起请个神甫，脸上立刻现出惊恐的表情……就好像他感到了……感到了……这口气儿……您也知道……总之，他明白这回算完了，熬不过几小时了……”

她的脸色极为苍白。她接着又说道：

“我永远也不会忘记他脸上的那种表情。毫无疑问，当时他看见了死亡。他看见死亡了……”

教士耳朵有点背，说话声音偏高，只听他说道：

“不对，不对，您还没有到这种地步。您病是病了，但是绝无生命危险，我以朋友、以邻居的身份来看您，这就是明证。”

他们分辨不出弗雷吉埃回答什么，只听老教士又说道：

“不，我不会让您领圣体。等您病情好转了，我们再谈这个。不过，您若是利用我来访的机会，比方说，做做忏悔，那我是求之不得的。我是牧师，总抓住各种时机领回我的羔羊。”

接着是长时间的寂寞，大概是弗雷吉埃在说话，他气喘吁吁，声音不响亮。

继而，教士突然改换了口气，就像在祭坛上主祭那样说道：

“上帝的慈悲无边无际，背诵《悔罪经》吧，我的孩子，也许您已经忘记了，让我来帮助您。请跟着我说：‘我向万能的主忏悔……向永远贞洁的玛利亚忏悔①……”

教士不时顿一下，好让弥留者跟上。接着，他又说道：

“现在，您忏悔吧……”

少妇和杜·洛华一动不动，他们心里异常慌乱，紧张而焦虑不安地等待。

病人喃喃说了什么事，教士重复道：

“您曾经谄媚而有罪……是什么性质的呢，我的孩子？”

少妇站起来，干脆地说：

“我们下楼到花园里待一会儿，不应当偷听他的隐私。”

于是，二人走到门外，坐到一株盛开的蔷薇下的长椅上，面对一丛散发温馨浓郁的芳香的石竹花。

沉默了几分钟之后，杜·洛华开口说道：

“您要耽误很久才能回巴黎吗？”

她答道：

“哦，不！事儿一办完，我就回去。”

“再有十来天？”

“对，多说十来天。”

他又问道：

“这么说，他一个亲属也没有？”

“没有，只有些姑表远亲。他年龄很小就父母双亡。”

二人注视一只在石竹花上采花粉的蝴蝶，只见它翅膀飞快地扇动，从一朵花飞到另一朵花上，停在花上之后，翅膀还缓缓扇动。

① 原文为拉丁文。

就这样，他们长时间默默无语。

仆人来禀报："神甫先生已经结束。"于是，他们又一同回到楼上。

看样子，弗雷吉埃比昨天又瘦了一圈儿。

教士拉着他的手，说道：

"再见，我的孩子，明天早晨我还来。"

说罢他就走了。

教士刚出去，垂死的人就气喘吁吁，企图向他妻子伸出双手，结结巴巴地哀求：

"救救我……救救我吧……亲爱的……我不愿意死……我不愿意死……噢！救救我吧……说吧，该怎么办，去请大夫来……给我什么药我都吃……我不愿意……我不愿意……"

他痛哭流涕，大颗大颗泪珠从双眼涌出，流到瘦削的面颊上，干瘪的嘴角皱起来，就像小孩子有了伤心事那样。

他的双手又跌落到床上，开始不停地动来动去，一下一下缓慢而有规律，仿佛要在床单上拾什么东西。

他妻子也哭起来，讷讷说道：

"不会的，一点事儿也没有。这是病发作一次，明天就会好转，你是昨天出去那趟累的。"

弗雷吉埃喘息更加急促，比奔跑刚停下来的狗还要快，急促得无法计数，而且还十分微弱，几乎听不见。

他还不住嘴地重复：

"我不愿意死！噢！上帝呀……我的上帝……我的上帝……我又会发生什么情况？我再也看不见什么了……看不见什么了……永远……噢！我的上帝！"

他注视面前别人看不见的什么东西，什么丑恶的东西，那凝注的双眼映现出恐惧。他的双手还做着那种可怕而吃力的动作。

突然，他一阵颤抖，从头传到脚，浑身一阵颤抖，嘴里结结巴巴地咕哝：

"墓地……我……我的上帝啊！……"

继而，他不说话了，只是气喘吁吁，眼睛直勾勾地，呆在那儿一动不动。

时间缓缓过去，附近一座修道院的钟报时，已是正午了。杜·洛华离开病房去吃点饭，一小时后就回来了。弗雷吉埃夫人不肯吃东西。病人也一动未动，他那枯瘦的手指总在床单上滑动，仿佛要把床单往脸上拉。

少妇坐在床边的一把椅子上，杜·洛华坐到她旁边的一把椅子上，便开始默默地等待。

刚才医生派来了女看护，她坐在窗口打盹儿。

杜·洛华也昏昏欲睡，忽然他感到发生了什么事情，睁开眼睛一看，恰好瞧见弗雷吉埃合上双眼，如同两点光亮熄灭了。弥留者喉咙轻轻咯了一声，嘴角流下两条血丝，流到衬衣上，双手也停止了那种惨不忍睹的移动。他咽气了。

他妻子明白了，叫了一声，便跪在地下，脸埋在被单里号啕大哭。乔治又惊讶又恐惧，机械地画了个十字。女看护也醒来，走到床前，说了一声："行了。"乔治又定下神儿来，心里感到解脱了，长出一口气，喃喃说了一句："没想到来得这么快。"

开头洒了一通眼泪，惊慌了一阵，然后就开始料理丧事，办理各种手续。杜·洛华一直奔波到深夜。

办事回来，他饥肠辘辘。弗雷吉埃夫人也跟着吃了点东西。然后，二人就到死者的房间来守灵。

床头柜上点着两支蜡烛，旁边一只碟子里放了点水，找不到黄杨枝，就弄来一枝金合欢泡在水里。

只有他们二人，这个年轻男子和这个少妇，守在已经逝去的人旁边，他们怀着心事，待在那儿不说话，眼睛注视着他。

在昏暗的屋里守着尸体，乔治有点儿六神无主，可又偏偏总盯着死者。这张瘦削的面孔，在摇曳的烛光下显得更加凹陷，却吸引迷惑他的目光和神思，令其凝注不动。这就是他的朋友查理·弗雷吉埃，昨天还同他说话来着！一个生命就这样完全结束了，这是件多么奇异而可怕的事情啊！噢！现在他又忆起诺尔贝·德·瓦莱纳因恐惧死亡而讲的那番话："人死了绝不能复生。"还会有千百万、亿万人出生，长相差不多，也长两只眼睛，长鼻子，也有嘴，有额头，额头里有思想，然而，躺在这张床上的这个人，永远也不会再现了。

在多少年来，这个人同所有人一样，活在世上，也吃饭，欢笑，也有过爱情和希望。可是，这一切都结束了，对他来说永远结束了。一个生命！只几天工夫，就化为乌有！出生，长大，活得幸福，有所期待，然后就死去。永别了，男的或女的，你决不会回到人世上来！然而，每个人生下来，都怀有不能实现的长生不死的强烈渴望，每个人在这宇宙都自成天地，而每个人在萌生新芽的粪土中，很快就完全毁灭。花草树木、飞禽走兽、芸芸众生、星体、各个世界，无不生机勃勃，然后消亡而转化了。但是，一个生物体，无论是昆虫，还是人或星球，都决不能复生！

一种难以描摹的、巨大而无法承受的恐惧，压在杜·洛华的心头，恐惧这种无边无际的、不可回避的虚无，这种无限期毁掉所有极为短暂而可怜的生物的虚无。他受其威胁，已经垂下额头，想到仅仅存活几小时的蚊蝇，仅仅存活几天的虫豸，也想到能存活若干年的人，能存活若干世纪的星体。这些生命体之间，彼此又有什么不同呢？无非多见到几次黎明罢了。

他移开目光，不再注视这尸体了。

弗雷吉埃夫人垂着头，似乎也在想些痛苦的事情，那张悲伤的面孔上的金发美极了，年轻人的心中不觉掠过如同触到希望的一种温馨之感。他还能活那么多年，为什么要徒自伤悲呢？

于是，杜·洛华开始凝视她。少妇完全沉浸在冥想中，一点也没有发觉这一点。他心中暗道："不过，一生唯一美好的事情，便是爱情！将心爱的女人搂在怀中！这便是一个人幸福的极限！"

这个死者多有造化，竟能遇见这样聪慧而迷人的伴侣！他们是怎么相识的呢？她又怎么会同意嫁给这个又平庸又贫穷的小伙子呢？她又怎么最终将他造就成一个人物呢？

于是，他又想到生活中所掩饰的秘密，忽然想起人们窃窃私议的话：据说是德·沃德莱克伯爵置嫁妆将她嫁出去的。

现在，她该怎么办呢？以后会嫁给什么人呢？能像德·玛海勒夫人认为的那样，嫁给一位议员，还是嫁给一个有前途的小伙子，一个胜过弗雷吉埃的人呢？她是否有了打算，有了计划，有了准主意呢？他多么渴望了解这些啊！不过，他为什么如此关切她以后怎么办呢？他这样扪心自问，发觉这种不安的情绪发自一种朦胧而隐秘的念头，一种向自己隐瞒、只有挖掘灵魂深处才能发现的念头。

不错，他自己何不一试，去征服呢？他若能同她联手，那会变得多么强大，多么令人畏惧！他会有十足的把握，一飞冲天，鹏程万里。

况且，他怎么就不能成功呢？他明显感到对方喜欢他，对他的感情超过了好感，这是一种亲近的情感，产生于天性类似的两个人之间，既像彼此的吸引，又类似一种默契。她知道他这人聪明、果断而坚忍，是可以信赖的。

在这种重大关头，她不是把他招来了吗？为什么偏偏招他来呢？他不是应当把这视为一种选择、一种默认、一种指定吗？她就在要成为孀妇的时候想到他，也许正是想到他这个人可以成为她的新伴侣、新盟友吧？

杜·洛华急不可待，想要了解，想问问她，想知道她的意图。他不能单独同这少妇住在这所房子里，后天就要离开了。因此，他必须加速进行，在动身返回巴黎之前，必须见机行事，巧妙地套出她的打算，并要她答应下来，决不让她反悔，不让她向另一个可能的追求者让步。

房间一片沉寂，只听见壁炉上的钟摆均匀地发出金属的嘀嗒声。

杜·洛华讷讷说道：

“您大概很累了吧？”

她答道：

“累是累，不过，主要还是太伤心。”

在这阴森的房间里，他们说话的声音响得出奇，他们自己听了都很诧异，立刻瞧了瞧死者的脸，就好像以为能见他活动起来，听

到他说话，如同几小时之前那样。

杜·洛华又说道：

“唔！这对您是个沉重的打击，完全改变了您的生活，确实搅乱了您的心和整个生活。”

少妇长叹一声，没有回答。

他继续说道：

“您要孤身一人了，这种处境，真叫一位年轻女子不堪忍受。”

他闭了口，见对方还是一言不发，便又讷讷说道：

“不管怎么说，您知道我们之间所订的盟约。您可以随时支配我。我是属于您的。”

少妇将手伸给他，同时瞥了他一眼，这忧伤而温柔的一瞥，足能搅动我们的五脏六腑。

“谢谢，您这人真好，心地这么善良。如果我冒昧一点，如能帮您做点什么，我也会这样说：请您相信我好了。”

杜·洛华接住伸过来的手，紧紧握住不放，特别渴望吻一吻，他终于下了决心，慢慢将这只手移到嘴边，将这发热发烫而又芳香的细皮嫩肉，久久地贴在自己的唇上。

他一感到这种好友的爱抚持续再久就失当了，便知趣地放下这只手。少妇有气无力地将手收回到膝上，神态严肃地说道：

“不错，我要孤身一人了，但是，我也要尽力勇敢地面对。”

杜·洛华不知道如何才能让她领会，如能娶她为妻，他会感到幸福，感到非常幸福的。不过，此时此地，在这遗体前，他自然不能明讲，但总觉得能想出一句适当的话，既模棱两可又语意双关，以精心斟酌的含蓄表露全部心声。

可是，这遗体妨碍他，这僵直的遗体躺在面前，给他的感觉就像横在他们之间。再说，这房间憋闷，他早就觉得气味不对，闻出一股腐烂的气味，是从开始分解的胸部发出来的，这种腐尸的第一股气味，正是躺在床上的可怜死者投向守灵的亲人的，而他们很快就用这种可怕的气息充满他们的空棺椁。

杜·洛华问道：

“不能把窗户打开一点儿吗？我觉得空气很糟。”

少妇回答：

“是啊，我也发觉了。”

于是，他走过去打开窗户。夜晚弥漫芳香的清新空气一拥而入，吹得床头两支蜡光摇曳起来。还像前天晚上那样月光满天，清辉洒在别墅雪白的墙壁和波光粼粼的海面上。杜·洛华一连几次深呼吸，突然感到希望纷至沓来，身子飘飘然、颤颤然，就好像福运临近了。

他转过身来，说道：

“过来清爽清爽，天气好极了。”

少妇从容地走过去，挨着他俯到窗口。

这时，他低声娓娓说道：

“请听我说，一定要把我的意思听明白。也千万不要生气，别怪我在这种时刻对您谈这样一个问题，因为我后天就要离开您，等您回到巴黎再谈，也许就太晚了。事情是这样……我不过是个可怜的家伙，无钱无势，您也知道，地位也有待争取。然而，我有毅力，自信还有几分才智，我已经上路了，而且走得很顺。跟一个功成名就的男子，能知道他手中握着什么；跟一个刚开始创业的男子，就不知道他会走到哪一步，也许糟得很，也许好得很。总而言之，有一天我在您家对您说过，我最珍视的梦想，就是娶一位像您这样的妻子。今天，我向您重申这种渴望。您不要回答我，让我讲下去。我这绝不是向您求婚。此时此地，这样做就太丑恶了。我只是坚持一点，要让您知道，您一句话就能使我幸福，您可以按照自己的心意，或者让我成为您兄弟般的朋友，或者让我成为您的丈夫，反正我这颗心和我这个人是属于您的。我并不要您现在就答复，我再也不愿意在这里谈这件事。等我们在巴黎再见面时，您再告诉我做了什么决定。此前，一个字也不要再提及了，好吗？”

杜·洛华没有看她，一口气讲完了这番话，就好像把这些话撒播在面前的黑夜中了。少妇仿佛根本没有听见，她待在那儿一动不动，目光失神而凝注，也望着前面大自然的朦胧月景。

二人并排凭窗，默然想着心事。

后来，少妇喃喃说道：“天儿有点凉。”说着转身回到床边。杜·洛华也跟了过去。

这次他靠近前，确认弗雷吉埃的遗体真的有味了，长时间闻这种腐臭气他也受不了，于是把扶手椅移开一点儿，说道：

“早晨就应当给他入殓。”

少妇回答：

“是啊，是啊，安排好了，木工八点钟就来。”

杜·洛华叹道：“可怜的小伙子！”她也沉痛而无奈地长叹一声。

他们终于习惯了人已死去这个念头，开始从精神上接受了，因此不像原先那样总望着死者，也不像刚才那样，因为自身也是终有一死的世人，就对这种消逝愤愤不已。

他们不再说话，也不睡觉，继续像个守灵的样子。不过，将近午夜时分，杜·洛华头一个打起盹儿来，中间醒来，瞧见弗雷吉埃夫人也打起瞌睡，于是他换了个更舒服的姿势，重又合上眼睛，嘴里还咕哝一句：“见鬼！还是躺在被窝里舒服啊！”

突然一声响动，把他吓了一跳。原来是女看护走进来。天已大亮了。坐在对面椅子上的少妇，似乎跟他一样惊醒了。她坐了一个通宵，脸色略显苍白，但是仍然那么美丽，那么鲜艳而婉妙。

这时，杜·洛华瞥了一眼遗体，不禁浑身一抖，嚷道：“啊！他的胡子！”这胡子在开始腐烂的肉体上，几小时工夫就长了出来，就像一个活人几天没刮胡子那样。他们都吓坏了，面对这死人身上还在继续的生命，如同面对令人恐怖的奇迹，面对诈尸的超自然威胁，面对打乱神智的一种超常而可怕的现象。

他们二人都去略事休息，到了十一点钟就将查理入殓了，他们心头也立刻感到轻松而平静了。既然了结了死者的后事，他们面对面吃午饭时，回到生活的欲望便苏醒了，想谈一些快活一点儿的欣慰的事情。

春天的温暖气息，从敞开的窗户吹进来，送来门前圆形花坛盛开的石竹花的芳香。

弗雷吉埃夫人向杜·洛华提议，下去到花园里转一转。他们围着小草坪漫步，畅快地呼吸充满杉树和桉树气味的温馨空气。

忽然，少妇对他说话了，但并不扭头看他，就像深夜在楼上他讲那番话那样。她声音低沉而庄重，一字一字吐得很慢：

“听我说，亲爱的朋友，我认真考虑了……已经考虑了……您向我提出的建议。我不愿意连一句话也不答复就放您走了。不过，我不会对您说同意还是不同意。我们再等一等，再看一看，我们彼此再深入了解一下。您那方面，也要考虑充分了，不要轻易听从一时的冲动。我之所以在可怜的查理入葬之前向您谈这事，就是因为您对我讲了那番话之后，您务必要知道我究竟是什么人，如果您的……性情……理解不了，也容忍不了我，那就及早决断，不要长期抱着您对我表示的想法不放了。”

“您要好好理解我的意思。对我来说，婚姻并不是一条锁链，而是一种伙伴关系。我要保持自由，无论我的行为、活动，还是出入，要始终保持完全的自由。对于我的行为，我不能容忍别人监视、忌妒，或者提出异议。当然，我也要作出承诺，决不辱没我所嫁的男子的姓氏，决不让这姓氏变得可恶或者可笑。同样，这个男子也要作出承诺，要把我视为平等的人，视为朋友，而不是当做下属，也不是当做百依百顺的妻子。我也知道，我这种想法与众不同，但是我丝毫也不会改变。这就是我要讲的话。”

“再补充一句：您不要回答我，现在回答既无益，也不妥当。以后我们还会见面，到那时我们也许还要谈起这些。——现在，您去转一圈儿，我回到他身边。晚上见。”

杜·洛华拉起她的手，吻了很长时间，一句话未讲就走开了。

晚上，他们也只是在餐桌上见了面；二人都疲惫不堪，吃罢饭便上楼，各自回房间休息了。

第二天，葬礼非常简单，查理·弗雷吉埃就葬在戛纳公墓了。乔治·杜·洛华想乘坐一点半钟途经这里的快车返回巴黎。

弗雷吉埃夫人来送行，他们平静地在站台上散步，随便聊天，等待动身的时刻。

火车到了，这一列很短，只有五节车厢，是名副其实的快车。

记者选定了座席，又下车同她聊了一会儿，这时，他猛然一阵忧伤，一阵惆怅，觉得同她难分难舍，就好像要永远失去她似的。

列车员高喊："马赛、里昂、巴黎，请上车!"杜·洛华登上车，又俯在窗口同她说几句话。汽笛长鸣，列车徐徐启动了。

年轻人身子探到车外，望着在站台上一动不动目送他的少妇，快要望不见的时候，他双手突然放到唇边，再向她投去一个飞吻。

少妇也还给他一个飞吻，但是动作更为审慎，颇为犹豫，只是做了一下样子。

第二卷

第一章

乔治·杜·洛华又恢复了他的全部老习惯。

现在，他就把家安在君士坦丁堡街楼下那小套房里，规规矩矩地过日子，像个准备新生活的男子。他同德·玛海勒夫人的关系，甚至也走上夫妻生活的轨道，仿佛先操练一下，好迎接即将到来的大事件似的；他们的结合又平静又有节制，他的情妇往往感到诧异，一再当做笑谈："你比我丈夫还喜欢守着家，早知这样，就没有必要换人了。"

弗雷吉埃夫人还没有返回，仍滞留在戛纳，只给他写了一封信，说是四月中旬才能回来，只字未提他们离别时的情景。杜·洛华等待着。她似乎还犹豫不决，而杜·洛华现在却下定决心，千方百计地要娶她为妻。而且，他充满信心，相信自己能飞黄腾达，相信他感到自身所具有的诱惑力——对所有女人都起作用的模糊而不可抗拒的力量。

一封短简使他意识到，关键的时刻即将来临。

我回到巴黎。请来晤面。

玛德莱娜·弗雷吉埃

多一个字也没有。上午九点钟邮差送来这封短简，下午三时他就登门了。弗雷吉埃夫人笑吟吟地向他伸出双手，还是那副美丽而可爱的笑容，他们相互注视了几秒钟，要看透对方的内心。

接着，少妇低声说道：

“您的心肠太好了，能在那种可怕的情况下前去那里。”

杜·洛华答道：

“您吩咐什么事我都会照办。”

他们坐下来。她打听些情况，问起华尔特夫妇、报社和所有同事。她经常惦念报社。

“我很想念这些，”她说道，“非常想念。我从心灵上早已成为记者了，有什么办法呢，我就是喜爱这行。”

她不讲了。杜·洛华觉得领会了，觉得她的微笑、她的声调，乃至她的话语，都含有一种邀约，他虽然决意避免操之过急，这次还是讷讷说道：

“那么……为什么……为什么您不再……拾起……这一行……换上……杜·洛华的名义呢？”

她神情突然严肃起来，将手按在他的胳膊上，低声说道：

“先不要说这事儿。”

然而，杜·洛华看出她接受了，于是双膝跪下，开始狂热地亲吻她的双手，同时结结巴巴地反复说：

“谢谢，谢谢，我是多么爱您啊！”

少妇站起身。杜·洛华也跟着站起来，他发觉她脸色十分苍白，从而明白了她喜欢他，说不定早就喜欢上他了。这时，他们恰好面对面，他就紧紧抱住她，接着亲吻她的额头，是一个用心而深情的长吻。

她从他胸脯往下一滑，挣脱出去，口气严肃地又说道：

“听我说，我的朋友，我还没有作出任何决定，但是很可能会说声‘好吧’。不过，您要向我保证这事绝对保密，直到我解除您的承诺。”

杜·洛华发了誓，乐不可支地走了。

此后，他每去拜访都非常慎重，从不要求她作出更加明确的答复，其实，她总谈未来，说“以后”如何如何，订出种种计划，为两个人一起生活作好打算，这种谈话方式就等于不断地答复，比正式接受还要好，还要体贴入微。

杜·洛华工作很卖力气，尽量少花钱，节省下来，以免到结婚时一文钱拿不出来。他走两个极端，从前挥霍，现在吝啬了。

夏去秋来，谁也没有产生一丝怀疑，只因他们很少见面，见面也显得极为正常。

一天晚上，玛德莱娜凝视他的眼睛，对他说道：

“我们的打算，您还没有告诉德·玛海勒夫人吗？”

“没有，我的朋友。我既然答应保密，就不会向任何人透露口风。”

“那好，现在该通知她了。我呢，负责通知华尔特夫妇。这星期就把这事儿办了，好吗？”

杜·洛华脸红了：

“好吧，明天就办。”

她轻轻移开目光，仿佛故意不看他慌乱的神情，又说道：

“如果您愿意，我们就5月初结婚。这样安排最合适了。”

“一切我都乐于听从您的安排。”

“5月10日那天，是个星期六，又是我的生日，因此我非常喜欢。”

“那就定在5月10日吧。”

“您父母住在鲁昂附近，对不对？至少您是这么对我说的。”

“对，鲁昂附近，住在康特勒。”

“他们是做什么的？”

“他们是……他们是吃小笔年金的人。”

“啊！我特别渴望认识他们。”

他迟疑了，一时窘得要命：

“可是……要知道，他们是……”

接着，他拿出真正男子汉的气魄，决定快言快语：

“我亲爱的朋友，他们是乡下人，开个小酒馆，全部心血都用来供我读书。我呢，并不为他们感到脸红，但是他们……很单纯……很土气……很可能叫您难堪。”

她粲然一笑，脸上洋溢出温柔善良的神采。

“嗳，我会非常爱他们的。我们一道去看望他们。我有这种愿望。这事以后我再跟您说。其实，我也是小户人家的女儿……可是，我早已失去了父母。在这世上，我再也没有一个亲人……”她向他伸出手，又补充道：“……只有您了。”

他听这话铭感五中，不禁动容，一颗心立刻被征服，这是他同任何女人打交道也未曾有过的情况。

“我还想到一件事儿，”玛德莱娜说道，“不过，挺难说清楚。”

杜·洛华问道：

“究竟是什么事啊？”

“亲爱的，是这样，我同所有女人一样，也有我的……弱点，我的世俗的一面，我爱闪光的东西、响亮的东西。我特别向往冠以贵族的姓氏。在我们结婚之际，您能不能……将姓名贵族化一点儿呢？”

她脸也红了，就好像向他提议做一件不光彩的事似的。

杜·洛华干脆地回答：

“我也常想这事儿，觉得不容易。”

“为什么呢？”

杜·洛华笑起来：

“因为我怕出丑。”

少妇耸耸肩膀：

“决不会，决不会。人人都这么做，谁也没有嘲笑。把您的姓名分成两部分：‘杜·洛华’，这就很好嘛。”

他以懂行的口气立即回答：

“不，这不好。这种办法太简单，太平常，用得太滥了。我曾想过用上我家乡的名称，先当做笔名，慢慢加到我的姓氏上，过一阵，再像您建议的那样，将我的姓分成两部分。”

她问道：

“您的家乡，就是康特勒吗?”

“对。”

她犹豫起来：

“不行，我不喜欢结尾这个音。喏，康特勒这个词，能不能稍微改变一下。”

她从桌上拿起一支笔，在纸上潦草地写出几个名字，琢磨其音形。突然，她高声说道：

“有了，有了，您瞧。”

她递给他一张纸，只见上面写着：“杜·洛华·德·康泰尔夫人”。

杜·洛华考虑了几秒钟，然后郑重声明：

“对，这样非常好。”

她欢欣雀跃，连声重复：

“杜·洛华·德·康泰尔，杜·洛华·德·康泰尔，杜·洛华·德·康泰尔夫人。好极啦，好极啦!”

她又坚信不疑地补充道：

“等着瞧吧，多么容易就会让所有人接受。但是，必须抓住时机，放过去再抓就晚了。从明天开始，您的专栏文章就署名D·德·康泰尔，而社会新闻稿还只署杜·洛华。您在报上天天这样署名，见你用个笔名，谁也不会感到惊奇。等我们结婚时，再变动一下，我们就对朋友说，您放弃‘杜’字，是出于谦虚，也鉴于您的地位，或者什么也不说。您父亲叫什么名呢?”

“亚历山大。”

她接连念叨两三遍：“亚历山大，亚历山大”，倾听音节的响亮程度，然后在一张白纸上写道：

亚历山大·杜·洛华·德·康泰尔先生暨夫人敬告：他们

的儿子乔治·杜·洛华·德·康泰尔，同玛德莱娜·弗雷吉埃
夫人结为夫妇了。

她稍微移远一点儿，瞧瞧自己的笔迹，对效果十分满意，便说道：

“稍微想点办法，想干什么都能成功。”

告辞出来，他走在大街上，就决心从此叫杜·洛华，甚至叫杜·洛华·德·康泰尔了，觉得自己又有了新的身份。他走路也像个贵绅，更加昂首挺胸，小胡子翘得高高的，心里还萌生一种欲望，想快活地告诉行人：

“我叫杜·洛华·德·康泰尔。”

然而，刚回到家中，就想起德·玛海勒夫人，他又不安起来，立即给她写了封信，约她次日见面。

“这事儿难办，”他心中合计，“我非得遭一场八级风暴不可。”

继而，他就硬着头皮等待了，他这人天生对什么都满不在乎，生活中碰到不愉快的事，往往置于脑后。于是，他着手写一篇奇文，建议设立新的税收项目，以确保财政预算平衡。文中说，有贵族姓氏标记的“德”和“杜”，每年征税一百法郎，有贵族头衔的，从男爵一直到王公，分别征收五百到一千法郎。

然后，他署上名字：D·德·康泰尔。

次日，他收到情妇的一张小蓝纸，说是一点钟到。

他等她来，虽然有点焦躁不安，但已决心从速解决，一见面就把事情和盘托出，等第一阵冲动过后，再心平气和地讲道理，向她说明他不能无止境地打光棍，而德·玛海勒先生还活得很顽强，他指望不上她，总得考虑另找个女人结为合法伴侣。

想是这么想，但还是感到不安，他一听到门铃声，心就怦怦跳起来。

少妇扑到他的怀里：“你好，帅哥儿！”忽然发觉他不那么亲热，便审视他，问道：

“你怎么啦？”

“坐下吧，”他答道，“我们很严肃地谈一谈。”

她没有摘下帽子，只是把面纱撩到头上，坐下来等他说话。

杜·洛华垂下眼睛，准备开场白，他声调缓慢地开始说道：

“我亲爱的朋友，你看到了，我多么心慌，多么忧伤，多么为难，不得不向你承认一件事。我非常爱你，真心爱你，因此，我要告诉你这条消息本来就伤心，怕惹你难过就更伤心了。”

她的脸失去血色，只觉得身子发抖，结结巴巴地说道：

“出什么事儿啦？快说呀！”

他就像要宣布让人高兴的不幸消息那样，装出一副沮丧的样子，用悲伤但又坚决的口气说道：

“是这样，我要结婚了。”

少妇叹了一口气，这是女人要失去知觉，从内心深处发出来的痛苦的叹息。接着她呼吸困难，说不出话来，喘息得特别厉害。

杜·洛华见她一句话不说，便又说道：

“你想象不出，我下此决心有多痛苦。但话又说回来，我既没有金钱，又没有地位，孤身一人，埋没在巴黎。我身边需要有个人，尤其要有个能当参谋、能安慰和支持我的人。我寻找一个合伙人，一个同盟者，终于找到了！”

他住了口，希望她回答，料想她会大发雷霆，大吵大闹，大声责骂。

少妇一只手按住胸口，好像要控制心跳，她气喘吁吁，乳房猛烈地起伏，连带脑袋都晃动。

他抓起她搭在椅子扶手上的那只手，但她猛地抽回去。继而，她像痴呆了似的，嘴里咕哝着：

“噢！……我的上帝啊……”

杜·洛华跪到她面前，但是不敢碰她。这种沉默比大发雷霆更触动内心，他结结巴巴地说：

“克洛，我的小克洛，要理解我的处境，也要理解我现在的状态。唔！若能娶你为妻，我该多么幸福啊！然而，你已经结了婚。我又能怎么办呢？考虑一下，嗯，考虑考虑！我必须在社会上立足，而我没有家室就不可能做到。你哪儿知道啊！……有时，我真想杀了你丈夫……”

他说话的声音温柔、委婉而又诱人，就像音乐一样悦耳动听。

他看见他情妇失神的眼中，慢慢聚积两颗泪珠，积大了便流到面颊，同时挨着眼皮又聚了两颗。

杜·洛华低声劝道：

“嗳！别哭，克洛，别哭呀，我求求你啦。你这样，让我心都碎了。”

这时，她勉强忍住，竭力保持尊严和高傲的神态，但是说话的声调却发颤，正像女人要痛哭之前那样，她问道：

“这人是谁？”

杜·洛华略微迟疑一下，随即明白早晚也得说：

“玛德莱娜·弗雷吉埃。”

德·玛海勒夫人浑身一抖，随即又缄默了，她完全陷入了沉思，仿佛忘记了他还跪在她脚下。

一对对晶莹的泪珠在她眼里不断聚成，滚落，再聚成，再滚落……

她站起身来。杜·洛华猜想她一句话不讲，既不责备也不原谅就要离去，他深深感到受了伤害和侮辱，想挽留她，双臂紧紧搂住她的衣裙，隔着衣裙能感到她这滚圆的双腿因抗拒而绷紧。

他哀求道：

“求求你了，别这么就走哇。”

他情妇看看他，那湿润的双眼从里面投下绝望的目光，十分迷人又十分忧伤，显出女人一颗心的全部痛苦。她断断续续，语不成句地说：

“我没有……我没有什么话可说……我也没有……我也没有什么办法……你……你做得对……你……你……选中了你所需要的人……”

她往后一退，便挣脱走了，杜·洛华也没有试图再拉住她。

剩下他一个人了，他站起来，只觉昏头昏脑，仿佛挨了一闷棍，继而，他把心一横，喃喃说道："真糟糕，或者好极了。这就妥了……没有大吵大闹。这也正合我的心意。"他心上一块石头落了地，顿时感到自由了，解脱了，可以开始新生活了，于是按捺不住，连连向墙壁打去重拳，那种陶醉于成功和力量的劲头，就好像同命运搏斗过了。

弗雷吉埃夫人问他：

"您通知德·玛海勒夫人了吗?"

杜·洛华平静地回答：

"通知了……"

她那明亮的目光探测他。

"她听了没有非常冲动吗?"

"没有，一点儿也没有。正相反，她认为这样非常好。"

这消息很快传开。有人惊讶，有人则声称早有预料，还有人淡然一笑，暗示他们根本不感到意外。

这位年轻人现在写专栏文章，就署名D·德·康泰尔，刊登社会新闻署名杜·洛华，不时写的政治性文章，则署名杜·洛华。他有一半日子在未婚妻家中度过。未婚妻待他亲如手足，但亲热中隐含着一种真正的温情，一种如弱点似的掩饰起来的欲望。她决定婚礼完全秘密举行，只有证婚人在场，当天晚上他们就动身去鲁昂，第二天去拥抱记者年迈的双亲，在那里住几天。

不过，杜·洛华还力劝她放弃这个计划，但是白费唇舌，最后只好依从。

5月10日终于到了，新婚夫妇没有邀请任何人，也就认为没有必要到教堂举行婚礼，只是匆匆去了区政府一趟，便回家合上箱子，直奔拉扎尔火车站，乘坐晚上六点钟的火车，前往诺曼底。

他们直到单独坐在车厢隔间里，彼此还没有说上二十句话。他们一感到上了路，便四目相对，频频发笑，以便掩饰某种拘束，决不能让对方看出来。

列车缓缓通过巴蒂尼奥勒长长的车站，又穿越从旧城墙遗址到塞纳河之间布满疮疤的平野。

杜·洛华和妻子不时闲聊几句，再扭头观赏窗外的景色。

等火车通过阿尼埃尔桥，他们望见布满船只、渔舟和游艇的河流，立刻喜形于色。太阳，五月的骄阳投下斜晖，洒在船只和平静的河面上。河段既无急流，也无漩涡，在夕照的炎热和辉光中，仿佛凝固不动了。河中央一只帆船，两侧各张开一面雪白的大三角帆，连一丝半点的微风都借去，那样子就像一只鼓翅欲飞的巨鸟。

杜·洛华喃喃说道：

“我特别喜欢巴黎的郊区，我还记得吃过的炸鱼，是我这一生吃过的最好的。”

她答道：

“瞧那些划艇！日落时分，在水上划行该有多好！”

他们又住口了，仿佛不敢进一步畅叙他们过去的生活；他们默默无语，也许已经在品味缅怀的诗意。

杜·洛华坐在妻子对面，这时拉起她的手，慢慢地吻着。

“等我们回来之后，”他说道，“我们要去沙渡吃晚饭。”

她也喃喃说道：

“要做的事情太多了！”那口气分明意味着：“总得牺牲美观，讲求实用。”

杜·洛华一直握着她的手，心里不安地琢磨，怎样才能过渡到爱抚。如果面对一个无知的少女，他决不会这样心慌意乱；可是，他感到玛德莱娜聪颖过人，又老于此道，自己反而不知所措，怕失于胆怯或失于粗暴，过于缓慢或过于急促，让她觉得幼稚可笑。

他一下一下，轻轻捏这只手，却没有得到她的回应。他说道：

“您成为我妻子，这事儿我还觉得很怪。”

她流露惊讶之色：

“这是为什么？”

“我也不知道，只是觉得怪。我想吻您吧，可又奇怪自己有了这种权利。”

她平静地递过面颊，他吻了一下，就好像吻一个姊妹的脸蛋儿。

他又说道：

“我初次见您——您也清楚，那是弗雷吉埃邀请我吃晚饭——那时我就想：‘好家伙，我若是能发现这样一位女子就好了。’果然！这事儿成了。我有了这个女子。”

她喃喃说道：

“谢谢。”与此同时，她那始终含笑的目光直视他，别有一种隽妙。

杜·洛华心想：“我太冷淡了。真愚蠢，我应当加快点速度。”于是，他问道：

“您是怎么认识弗雷吉埃的呢？”

她带着一种挑逗的狡黠回答：

“我们去鲁昂，难道就是为了谈他吗？”

他脸红了：

“我真傻，让您给吓住了。”

她听了心花怒放：

“我！不可能吧？怎么会有这种感觉。”

杜·洛华已经坐到她身边，挨得很近。她突然嚷道：

“嘿！一只鹿！”

列车正穿越圣日耳曼森林，她望见一只狍子惊跑，一纵身跃过一条小路。

趁她从敞开的车窗向外观望，杜·洛华就俯下身去，吻她脖颈上的秀发，这是情郎的一个长吻。

她一动不动待了一会儿，继而抬起头来：

“您弄得我这么痒，行了，行了。”

但他还是不肯移开，用他那卷曲的小胡子，在她那雪白细嫩的肌肤上拂来拂去，长时间这样撩拨和爱抚。

她晃了晃：

“行了，行了。”

他又把右手探到她的颈后，将她的头扭向他，然后扑向她的嘴，犹如鹰隼扑向猎物。

她用力挣扎，要推开他，要挣脱出来。她终于摆脱了，反复说道：

“行了，行了，有完没完。”

他不听那一套了，紧紧搂住她，颤抖的嘴唇贪婪地吻她，极力要把她按倒在座席上。

她拼力挣脱，霍地站起身来：

“嗳！瞧您，乔治，行了。我们又不是小孩子，完全可以等到鲁昂嘛。”

杜·洛华闹得满脸通红，只好老老实实坐到那儿，让这种合情合理的话给震住了。继而，他稍微冷静了一点儿，又高兴地说道：

“好吧，我就等着。不过，整个这一路，就别指望我说上二十句话。想一想，我们刚过普瓦西。”

“那我说话好了。”她说道。

她又在他身边轻轻坐下。

她十分明确地讲，他们回来之后应做些什么。他们应当保留她与前夫住的那套房间，杜·洛华在《法兰西生活报》社，也要接替弗雷吉埃的职位和待遇。

此外，在他们结合之前，她就详细规定了夫妻间的金钱问题，而且十分确当，不亚于经纪人。

他们是合伙关系，实行财产分理制，一切可能发生的情况，包括死亡，离婚，生一个或几个孩子，事先都已考虑周全。年轻人带来四千法郎，其中含有一千五百法郎的借款，其余的是他在一年当中为结婚积攒的。少妇带来四万法郎，据她说是弗雷吉埃留给她的。

她又重提弗雷吉埃，是要赞扬这个榜样：

“这个小伙子非常节俭，非常规矩，又非常勤恳。他若是不死，不用多久就能发财。”

杜·洛华驰心旁骛，已不听她讲了。

有时她停下来，以便追随内心的一个念头，然后又说道：

“从现在起，三四年内，您每年完全可能赚到三四万法郎。查理若是活着，准有这个数。”

乔治开始感到，这一课拖得太长了，便回敬道：

“我觉得我们去鲁昂，总归不是为了谈他吧。”

她轻轻拍了一下他的脸：

“真的，是我的不对。”她咯咯笑起来。

杜·洛华故意学乖孩子的样子，双手放在膝上。

“您这样可像个傻瓜了。”她说道。

他反驳说：

“这就是我的角色嘛，刚才您还提醒我来着，我再也不会脱离这个角色了。”

少妇问道：

“为什么？”

“因为，是您掌管这个家，甚至掌管我这个人。这的确是您这做寡妇的事儿。”

她非常诧异：

“您到底想说什么呀？”

“我想说您有经验，能消除我的无知，您还有结婚的实践，能启发我这光棍汉的幼稚。就是这意思，喏！”

她叫起来：

“这话可太过分啦！”

杜·洛华回答：

“情况就是这样嘛。我呢，我没见识过女人——喏——您呢，您可见识过男人，既然您是寡妇——喏——那您就得向我传授……今天晚上传授——喏——您若是愿意的话，马上就可以开始，——喏。”

她给逗得兴致大发，高声说道：

“嗬！真的吗，这种事您也指望我！……”

他学中学生磕磕巴巴念书的声调，说道：

“那当然了——喏——我就得指望您，甚至还指望您教我，扎扎实实给我上……二十课……十课教基础……阅读和语法……十课提高，教修辞……我嘛，什么也不会——喏。”

她开心极了，又高声说道：

“你可真是个小傻瓜!”

杜·洛华接过话头:

“好了,你开始用‘你’来称呼我,我也得马上学你的样子;亲爱的,我要告诉你,我对你的爱,一分一秒都在增加,简直觉得鲁昂太远啦!”

现在,他拿出演员的腔调说话,脸上又有生动喜人的表情,真让这位少妇开心,而她一向在放荡文人的圈子里,只习惯于那种装腔作势和戏谑笑话,哪里见识过这一套。

她从侧面端详他,觉得他的确迷人,此时她心中萌生欲望,要啃树上的果子,但理智又劝人等到晚餐按时吃才好。

这类想法袭上心头,她不觉脸色绯红,说道:

“我的小小的学生,请相信我的经验,相信我的丰富经验。在车厢里接吻毫无价值,只能吊人胃口。”

她的脸越发红了,喃喃说道:

“决不要收割还青的麦子。”

杜·洛华还连声傻笑,他听了从这美丽的小嘴溜出来的暗示,就更来劲儿了,一边画十字,一边嚅动着嘴唇,就像祈祷似的,然后郑重宣布:

“我已经置身于圣徒安东尼的庇护下了,有了这位抵制诱惑的保护神,现在我已经金身正果了。”

夜幕缓缓降临,用轻纱一般透明的暮色罩住列车右侧延展的田野。列车正沿着塞纳河边行驶,这对年轻夫妇开始观赏河景,只见宽宽的河面好似光滑的金属带,挨着铁道伸展,映着红光——那是从落日用朱红和火焰点染的天空掉下来的片片云霞。霞光渐渐熄灭,颜色越来越深,变得黯然神伤了。田野淹没在黑暗中,不住凄惶地战栗,而这种恐惧死亡的战栗,正是每天暮晚传给大地的。

夜晚的这种惆怅,从敞开的车窗进来,袭扰着这对夫妇的心灵。他们刚才还欢声笑语,现在却默默不语了。

二人靠得更近了,一同观赏这暮色,这五月明媚一天的暮色。

到了芒特站,车厢里点上了小油灯,昏黄摇曳的光亮洒在软席的灰布椅罩上。

杜·洛华拦腰抱住妻子，紧紧搂在怀里。他刚才的强烈欲望，已然化作脉脉温情，化作要施予百般安慰爱抚的淡淡愿望，如同哄孩子时那样的爱抚。

他喃喃说道：

“我的小玛德，我一定会好好爱你。”

听了这温柔的声调，少妇动了情，只觉急速的震颤传遍周身的肌肤，她俯身送上自己的嘴，送给脸已贴在她暖乎乎胸脯上的年轻人。

悠长的一吻，无言而更深沉，继而身子一纵，突然发疯般紧紧拥抱，气喘吁吁经过短暂的搏斗，终于狂暴而笨拙地交合了。事毕他们俩还搂在一起，虽有点失望，但仍然无限缱绻，直到报站的汽笛长鸣。

少妇用指尖拢拢散落在鬓角的秀发，声明一句：

“太傻了，我们就像调皮的孩子。”

可是，乔治还轮流吻她的双手，移动的速度快极了，他回答说：

“我的小玛德，我真崇拜你。”

他们一直到鲁昂都脸贴着脸，坐在那儿几乎一动不动，眼睛注视着窗外的夜景，有时看见一些人家的灯光闪过，神思陷入遐想中，彼此贴得这么近而感到非常高兴，也越来越急迫地等待更亲热更自由的拥抱。

他们下榻一家窗户朝着码头的旅馆，少许吃点夜宵，便上床了。

次日早晨八点钟刚过，女佣人就来收拾房间，把他们叫醒了。

他们喝了放在床头柜上的茶，杜·洛华看了看妻子，猛然将她抱在怀里，就像一个幸运的男人得了珍宝那样冲动，喃喃说道：

“我的小玛德，我感到我非常爱你……非常……非常……”

她洋溢着信赖而满意的微笑，边还以亲吻边低声说：

“也许……我也一样。”

不过，去拜访父母，他还有点担心。他已经多次提过，告诫他妻子，让她有个思想准备，觉得现在最好再说一遍。

“你也知道，他们是乡下人，是住在农村的乡下人，而不是喜歌剧中的农民。”

他妻子笑道：

“我知道啊，你对我说过多少遍了。喂，你起来吧，好让我也起床。”

他跳下床，边穿袜子边说：

“老家那里条件很差，非常差。我的房间只有一张床垫旧床。康特勒那里没见过弹簧床。”

他妻子似乎喜出望外：

“那就再好不过了。在你……在你身边……睡不好觉，让鸡鸣给吵醒，那也一定很美。”

她披上一件便袍，这肥大的白色法兰绒便袍，杜·洛华立刻认出来了，心中便感到不快。为什么呢？他完全清楚，这种便袍，他妻子有十几件。难道她就不能把原来的行头全毁了，再置一套新的吗？算了，他至少希望二人的床上用品，睡觉的用品，做爱的用品，不是原来那人用过的。他总觉得这件便袍柔软暖和的料上，还留有弗雷吉埃触摸过的痕迹。

他朝窗户走去，点燃一支香烟。

码头的河面宽阔，布满了轻桅船、大型汽船，运转的机器往码头上卸货。杜·洛华早已熟悉这码头的景象，但是现在重睹，仍不免怦然心动。他高声叹道：

“天哪，多美呀！”

玛德莱娜跑过去，双手搭在丈夫的一边肩上，随意地偎在丈夫身上，她又欣赏又激动，反复说道：

“啊！真美呀！真美呀！这么多船，真没想到！”

一小时之后他们就动身了，几天前就已经通知两位老人，他们到家吃午饭。他们乘坐一辆生了锈的敞篷出租马车，一路听它发出制锅作坊的声响。马车先是穿过一条相当难看的长街，驶过有溪流的一片片牧场，然后就开始爬坡了。

玛德莱娜累了，便靠里仰在这辆旧马车的座位上打盹儿，暖洋洋晒着太阳，十分惬意，就像沐浴在田野的暖温阳光和清风之中，恬然入睡一样。

她丈夫将她叫醒。

“瞧啊。”乔治说道。

马车爬坡到了三分之二的地方便停下，这是著名的景点，游客都要带到这里来观赏。

在这里可以俯瞰又长又宽的大河谷，只见清澈的河流蜿蜒流过；再溯流远眺，能望见星罗棋布的河岛，又见大河画了个弧形，才从鲁昂城穿过去。市区则出现在河右岸，还有晨雾笼罩，但屋顶和千百个轻盈的钟楼阳光普照；那些钟楼或尖细，或粗矮，或纤纤，犹如精致的巨型首饰，楼体或方或圆，顶部突檐有纹章雕饰，还有小钟楼、小尖塔，还有一群哥特式教堂的屋顶，而鲁昂大教堂则如鹤立鸡群，那尖顶高高耸立，那铜尖顶令人吃惊，又丑陋又奇特，也高得出奇，恐怕是世界上最高的。

河对岸是大片城郊圣塞维尔工厂区，细长的烟囱伸向半空，好似顶端带突头的圆柱。

烟囱比钟楼的数量还多，有的挺立在远远的田野上，那些砖砌的高高的圆柱，向蓝天喷出黑色的煤烟。

烟囱中最高的，是“霹雳”蒸汽机的大火泵，与人工建造的第二高峰凯奥波斯金字塔①齐高，几乎同那骄傲的姊妹鲁昂大教堂的尖顶不相上下。正如大教堂和尖顶是神圣建筑尖顶群的王后，这大烟囱似乎就是冒烟劳作的工厂群的王后。

在工人城远处，铺展一大片杉木林。塞纳河穿越这两个城区，又沿着曲折的河岸继续自己的行程。两岸有时山峦起伏，上面覆盖着树木，有的地段岩石如赤裸的白骨。接着，河流画了一个长长的弧形，便隐没在远方了。河面上船只往来，那些大汽轮拖船喷着浓

① 当时还没有埃菲尔铁塔，因此建筑物的第一高峰是160米高的科隆大教堂，第二高峰是140米高的凯奥波斯金字塔。巨型蒸汽机“霹雳”的烟囱高136米。

烟，远远望去却像苍蝇一般大小。河岛在水面上陈列，有些首尾衔接排成一行，有些彼此之间空隙很大，好似颗粒之间距离不等的绿色念珠。

车夫要等游人赞叹完了再启程，他已有经验，熟知各类游客赞赏的时间。

马车又启程了，杜·洛华忽然望见前边几百米处，有两个老人走过来，他跳下车，高喊：

“他们来了，我认出来了。”

那是两个农民，一男一女，走路摇摇晃晃，步伐不均匀，二人肩膀有时还相撞。男的身体矮粗，肚子有点儿发福，红红的脸膛，虽有了一把年纪，但体格却很健壮。女的瘦高个儿，驼背，一副愁苦的神情，是地地道道的劳动妇女，从小就下地干活，一生从未笑过，而她丈夫却常同顾客一起饮酒谈笑。

玛德莱娜也下了车，她望着两个可怜的人走过来，感到一阵揪心，一阵悲哀，绝没有料到会是这样。两个老人根本认不出来，这位漂亮的先生会是他们的儿子，他们也决不能猜测出，这位身穿亮丽衣裙的美丽妇人，会是他们的儿媳。

他们一声不吭，匆匆去迎接他们等待已久的孩子，并不注意有马车跟着的这些城里人。

他们就要走过去了，乔治笑起来，喊道：

“你好哇，杜·洛华老爸。”

两个人猛地站住，先是愕然，接着又惊呆了。老太婆头一个反应过来，再也不往前走了，讷讷说道：

“是你吗，我们的小子？”

年轻人回答：

“对呀，是我，杜·洛华老妈！”

他走过去，亲了她的脸，那是儿子重重的亲吻，然后，他又用鬓角擦了擦父亲的鬓角。父亲已经摘下帽子：那是一顶鲁昂式的黑缎子帽，类似牛贩子的高筒帽。

乔治介绍说：“这是我妻子。”两个老人注视玛德莱娜，就像看一个怪物那样，流露不安和恐惧的神色，不过，父亲的表情又带有几分满意的赞同，而母亲的表情中则夹杂一点嫉妒的敌意。

老头子却天生一种快乐的性情，又浸透了烧酒和甜苹果酒的陶醉，他大着胆子，眼角挤着一丝狡狯，问道：

“我觉得总可以亲亲她吧？”

儿子答道：“当然啦。”可是，玛德莱娜却不大自在，递过去面颊，老农“叭叭”吻了两下，声音很响，随即又用手背擦了擦嘴。

轮到老太婆了，她怀着敌意，有保留地吻了吻儿媳。不对呀，这哪儿是她梦寐以求的儿媳，她的理想儿媳应当是高大的庄户姑娘，鲜艳的脸蛋像红苹果，滚圆的腰身像传种的骒马，而这位妇人，打扮得这样妖艳，搽了麝香，一看就不像好货。要知道，对老太婆来说，凡是香水都是麝香。

马车拉着新婚夫妇的行李走在前边，他们四个人则跟在车后。

老头子拉住儿子的胳膊，留在后面，他关切地问道：

“喂，怎么样，顺吗，你的事儿？”

“顺，非常顺。”

“好，这就够了，好极啦！告诉我，你媳妇，有钱吗？”

乔治答道：

“有四万法郎。”

父亲十分赞赏，不由得轻轻吹了一声口哨，还咕哝一句：“好家伙！”这数目简直叫他太激动了。他又严肃而坚信不疑地补充一句：“活见鬼，她可真是个漂亮女人。”他觉得这女人对他的口味，而当年，他是这方面公认的行家。

玛德莱娜和母亲并排走着，谁也不讲一句话。两个男人赶了上去。

村子到了。这是坐落在大路边的小村庄，路两侧各有十来所房子，有乡镇式的老房，也有破烂农舍，有砖砌的，也有泥垒的，有石板瓦顶的，也有茅草顶的。杜·洛华老爹的“美景”咖啡馆，是位于村口左侧的一座简陋的小房，由楼下和阁楼组成。照古老的习俗，门上挂了一根松枝，表明口渴的人可以进去。

咖啡厅里，两张桌子对接，蒙上两块大餐巾，摆好了餐具。一位邻居老太太请来帮忙，她看见进来这么漂亮的一位妇人，便深鞠一躬，接着又认出乔治，就嚷起来："主耶稣啊，是你吗，小嘎子?"

乔治快活地答应：

"对呀，是我！布鲁兰大妈!"

他立刻拥抱她，就像拥抱父母双亲那样。

他转身对妻子说：

"走，到我们房间，你可以摘下帽子。"

他带妻子走右边的一道门，进入一间清冷的屋子，只见一片雪白：地下铺了方砖，墙壁刷了石灰，床铺挂着布幔帐，仅有的装饰物，就是圣水缸上面的耶稣受难像，以及两组彩瓷，一组是蓝色棕榈树下的保尔和薇吉妮，一组是骑着黄骠马的拿破仑一世，房间倒是很洁净，但是令人伤感。

一旦两人单独在一起，乔治就搂住玛德莱娜：

"你好，玛德。我又见到二老很高兴。在巴黎时还不怎么想他们，一见了面，还真叫人欢喜。"

忽然，父亲用拳头敲着壁板，喊道：

"来吧，来吧，汤好啦!"

该上桌吃饭了。

这是农家的一顿午餐，时间拖得很长，许多道菜，却又胡乱搭配：烤羊腿之后又上香肠，香肠之后再上煎蛋。杜·洛华老爹几杯苹果酒和葡萄酒下肚，便兴奋起来，打开他的水龙头，放出他为盛大节日保留的精彩笑话，全是放荡淫秽的故事，据他说全发生在他朋友身上。乔治早听熟了，但他还是开怀大笑。他也沉醉了，沉醉在故乡的空气中，一颗心又被天生的爱所占据，爱这家园，爱童年熟悉的地方，又领会从前的种种感受，又忆起种种往事，又重睹了旧日的东西，小小不言的东西：门上一道刀痕、一把瘸腿椅令人想起的一件小事、泥土的气味、附近森林送来的松脂和树木的浓烈气息以及房舍、小溪和粪堆的气味……

杜·洛华老太太总板着面孔，闷闷不乐，一句话也不讲，她怀着又从心中醒来的仇恨，拿眼睛窥视她儿媳妇。这是干了一辈子重活、手指磨粗而四肢变了形的乡下老太婆，对这个城里女人的仇恨。她看到这个城里女人，就产生反感和憎恶的情绪，认为她肯定是一个遭诅咒的不洁的人，生来就懒惰和犯罪。老太太不时起身去端菜，倒酒，将大肚瓶中的黄色酸饮料，或者酒瓶装的橙红色冒气的甜苹果酒倒进玻璃杯中。苹果酒开启时，就跟开汽水瓶一样，瓶塞绷得老高。

玛德莱娜没怎么吃东西，也没怎么开口，她心中抑郁，寻常的微笑虽然还凝固在嘴唇上，但那已是沮丧而勉强的笑容了。她又失望又难过。为什么呢？是她自己要来的，她也不是不知道，是到农民家，到小庄户人家来。平常她这个人不好幻想，而这次来之前，她把他们幻想成什么样子了呢？

这情况她知道吗？难道女人不总是期望与现实不同的东西吗？起初相隔遥远，难道她看他们更富诗意吗？不是。不过，也许更有文学意味，更高尚，更亲热，更有观赏价值。然而，她也绝没有希望他们像小说中的农民那样杰出。既然如此，她还怎么处处看不惯呢？看不惯种种难以觉察的事情，种种难以捕捉的粗鲁举动，甚至看不惯他们这种乡下人的天性，他们的言谈举止，以及他们的喜悦呢？

她忆起从未向任何人提过的母亲：她母亲是个小学教师，在圣德尼长大，不慎失身，在玛德莱娜十二岁时，就在贫困和忧伤中死去。一个陌生人安排将小姑娘养大。那人，恐怕就是她父亲吧？他是什么人呢？玛德莱娜虽然隐隐约约看出来一点，但是确切情况，她却不得而知。

午饭没完没了。现在，来了几位顾客，他们同杜·洛华老爹握手，看到他儿子都啧啧称赞，又乜斜着少妇，狡狯地挤挤眼睛，那神色分明表示："嘿！乔治·杜·洛华这老婆，多白嫩，可没让虫给咬过！"

还有些顾客，关系没有这么密切，他们坐到木桌前，嚷道："来一升！——来一大杯！——两杯白兰地！——一杯拉斯帕伊①！”他们又玩起多米诺骨牌，拿着黑白两色的小方骨牌，拍得桌子噼啪山响。

杜·洛华老妈来来往往，再也不消停，哭丧着脸照顾客人，收了钱，再用蓝围裙角擦擦桌子。

土烟斗和一苏钱一支的廉价雪茄喷出的烟雾，弥漫了咖啡厅。玛德莱娜呛得咳嗽起来，她问道：“我们出去走走怎么样？我受不了啦。”

午饭还没有吃完。杜·洛华老头儿不高兴了。玛德莱娜只好独自起来，走到门口，坐在路边的一把椅子上，等待她公公和丈夫喝完咖啡和小杯烧酒。

不大工夫，乔治出来同她会合，问道：

“您愿意走下去，一直到塞纳河吗？”

她高兴地接受了：

“哈！愿意，走吧！”

他们下了山，在克鲁瓦塞租了一条小船，下午晚半晌就在一个河岛边度过。正是春日温煦，二人在柳荫下，由河水细浪轻摇，不禁睡意蒙眬。

他们上山回家，已是夜幕降临的时分。

在一支烛光下用晚餐，玛德莱娜觉得比午饭还难熬。杜·洛华老爹已经半醉，不再说话了。母亲还是那副怏怏不快的神情。

烛光微弱，把人影投在灰色墙壁上，鼻子大得出奇，手势大得没边。有时，哪个人侧过身子，由昏黄而颤动的烛火投出侧影，只见一只巨手，举起农用似的大叉子，送进魔鬼一般张开的血盆大口里。

晚餐一结束，玛德莱娜就拉着丈夫到外面，不想留在昏暗的厅里，不想闻那老烟斗和洒掉的饮料始终不散的刺鼻气味。

他们一到了外面，乔治就问道：

---

① 一种以野生植物为主要原料酿制的烧酒。

“你已经待烦啦！”

玛德莱娜还想否认，却被他打住话头：

“算了，我早就看出来了。你若是愿意的话，我们明天就离开。”

她低声应道：

“好吧，我愿意。”

二人信步缓缓走去。温煦的朦胧夜色宜人而深邃，仿佛充满轻微的声响，充满沙沙的摩擦声和习习的气息声。他们走进一条狭窄的小径，头上树木参天，两边的灌木丛黑黝黝的，深不可测。

玛德莱娜问道：

“我们这是在哪儿？”

乔治答道：

“在森林里。”

“这片森林大吗？”

“很大，是法国面积最大的森林之一。”

一股泥土、树木和苔藓的气味，密林的这种又新鲜又陈旧的芬芳，是由叶芽汁液的气味和树丛间霉烂的枯草味混杂而成，仿佛在这小径上栖息。玛德莱娜仰头一望，透过树梢隐约看见星光。虽然没有一丝微风摇动树枝，她却感到周围枝叶的海洋在隐隐悸动。

一阵莫名的战栗掠过她的心头，传遍她的肌肤，一阵隐隐的惶恐袭上心头。为什么？她不明白，但是感到自己迷失了，陷入危险的包围之中，被所有人抛弃了，孤身一人，孤单单在这世界上，在这顶端抖瑟的有生命的穹拱之下。

她讷讷说道：

“我有点害怕，想回去了。”

“好吧，我们就回去吧。”

“唉……我们明天动身回巴黎吗？”

“对，明天走。”

“明天早晨。”

“你若是愿意，就明天早晨走。”

他们回去时，两位老人已经睡下了。玛德莱娜睡不安稳，乡下各种声音在她听来都是新鲜的：猫头鹰的叫声，关在墙根圈里的一头猪哼哼声，一只公鸡半夜的鸣叫，不时将她惊醒。

刚一出现曙光，她就起床，准备走了。

当乔治对父母说要返回时，他们俩都惊呆了，随即明白这是谁的意愿。

父亲只是问了一句：

"不用多久，我还能见到你吧？"

"当然了，不出这个夏天。"

"哦，那就太好了。"

老太太咕哝一句：

"你做的事，但愿你可别后悔。"

乔治送给他们二百法郎，好平息他们的不满情绪。一个男孩跑去给他们叫出租马车，将近十点钟，马车一来，新婚夫妇便拥抱了两位老农，上车走了。

马车正沿着下坡路行驶，杜·洛华哈哈笑起来。

"怎么样，"他说道，"我有话在先，我就不应该让你结识杜·洛华·德·康泰尔父母大人。"

玛德莱娜也笑起来，反驳道：

"现在我特别高兴。他们都是厚道人，我开始喜欢上他们了。我要从巴黎给他们寄些小礼物。"

继而，她又低声说：

"杜·洛华·德·康泰尔……瞧着吧，谁接到我们的结婚通知也不会感到惊讶。我们要对他们说，我们在你父母的庄园过了一周。"

她靠近前，用亲吻拂弄他的胡子梢儿："你好哇，乔！"

他答道："你好哇，玛德。"同时，他一手探到她的后腰。

远远望去，只见在上午的阳光照耀下，大河在谷底好似银带伸展，工厂区的所有烟囱都向天空喷吐着煤烟，老城区的所有尖顶钟楼都高高耸立。

第二章

杜·洛华夫妇返回巴黎已有两天，这位记者又重操旧业，只等离开社会新闻部，以便最终占据弗雷吉埃留下的职位，全身投入政治。

这天晚上，他欢欢喜喜，要回到他前任的住宅吃晚饭，一想到就要拥抱自己的妻子，就在心中唤起了欲望：妻子肉体的魅力，现在正强烈地影响并且不知不觉地控制他了。他经过洛雷特圣母院街街尾一家花店，忽然灵机一动，要给玛德莱娜买一束鲜花。他买了一大束刚刚开放的玫瑰，一大包芬芳馥郁的花蕾。

他到新居每上一层楼梯，都得意地照照镜子，每照一次，便想起他第一次走进这座楼房的情景。

他忘了带钥匙，便按了门铃，还是原来的仆人来给他开门。他接受妻子的建议，留用了这个仆人。

乔治问道：

"夫人回来了吗？"

"回来了，先生。"

他穿过餐厅时，看见摆了三份餐具，深感诧异，又掀起客厅的门帘，只见玛德莱娜正往壁炉上的一只花瓶里插花，那束玫瑰花同他手中拿的一模一样，心中顿时不快，就好像有人窃取了他的想法、关怀，以及他所期待的全部乐趣。

他走进客厅，问道：

"你邀请了人啦？"

玛德莱娜继续插花，头也不回地答道：

"算请也不算请。是我的老朋友德·沃德莱克伯爵，每星期一，他都照例到这里来用晚餐，今天还像往常一样。"

"哦！很好。"

他手里拿着花，一直站在她身后，真想把这束花藏起来，扔掉。然而，他还是说道：

"瞧，我给你带来了玫瑰花！"

她猛地转过身，满面笑容，高声说道：

“啊！你真好，想到这个了！”

她随即伸出双臂，递上嘴唇，那种激动而欢快的样子十分真挚，令他感到欣慰了。

玛德莱娜接过花，闻了闻，像兴高采烈的孩子那样，急忙将花插进对面那个空花瓶里。她又瞧了瞧效果，喃喃说道：

“我真高兴！喏，现在，我的壁炉装点好了。”

她那神情坚定不移，几乎立即加了一句：

“你知道，沃德莱克，他人很可爱，你跟他很快就会熟的。”

门铃响了一声，表明伯爵到了。他坦然地走进来，就像到自己家里一样随便。他殷勤地吻了少妇的手指，又转身向她丈夫热情地伸出手，问道：

“您好吗，我亲爱的杜·洛华？”

原先他那种刻板的、一本正经的神态不见了，代之以充分显示今非昔比的一种和蔼可亲的态度。这位记者深感意外，也就尽量表现热情一些，回答人家的友好态度。五分钟之后，他们就好像相识并相互钦佩有十年了。

玛德莱娜见此情景，高兴得眉飞色舞，对他们说：

“你们单独聊聊吧，失陪了，我得到厨房去瞧一眼。”

说罢，她在两个男人的目送下，一阵风似的走了。

她回来发现，他们围绕一出新剧正谈论戏剧，而且两人见解完全一致，他们一发现彼此不谋而合，眼中便闪烁一见如故的神色。

晚餐十分惬意，气氛又亲切又热烈。这天晚上，伯爵待到深夜，他觉得在这房子里，在这美好的新婚夫妇的房间里畅快得很。

等伯爵一走，玛德莱娜就对丈夫说：

“他真是完美无缺，对不对？一了解他，对他就没说的。喏，他是位好朋友，靠得住，又热心，又忠诚。唔！假如没有他……”

她的想法没有讲完，乔治却答道：

“对，我觉得他特别讨人喜欢，我想我们一定会非常投合。”

可是，她又接口说道：

“你还不知道，今天晚上睡觉之前，我们还要干活呢。晚饭前还没等我对你说，沃德莱克就来了。那会儿有人给我送来有关摩洛哥的消息，事态非常严重。这些消息，是拉罗什·马提厄向我提供的，就是那位议员，未来的部长。我们得作一篇大文章，一篇有轰动性的文章，我这儿有事实，还有数字。立刻动手，走，端着灯。”

乔治端起灯，二人一同进了书房。

书橱上还排列着原来那些书籍，上边现在摆着三个彩陶瓶，正是弗雷吉埃临死的前一天在茹昂湾买的。死者的皮毛里儿的暖脚套，在桌下等待着杜·洛华的双脚。杜·洛华坐下之后操起的象牙笔，那笔杆头已被另一个人的牙齿咬得半秃了。

玛德莱娜靠着壁炉，点了一支香烟，先讲述了她得到的消息，接着摆出她的观点，以及她所考虑的文章提纲。

乔治听得很专注，同时飞快地作些笔记。等妻子说完，他又提出些看法，重新审视这个问题，扩大开来，进一步发挥，所谈就不再是一篇文章的提纲，而是针对现内阁的一个作战方案。这次进攻仅仅是开端。妻子不吸烟了，她的兴趣倍增，顺着乔治的思路，看得更宽更远了。

她不时低声赞道：

“对……对……这非常好……非常精彩……”

等他也讲完了，玛德莱娜就说道：

“现在，动手写吧。”

然而，他开头总难下笔，费劲地想词儿。于是，玛德莱娜轻轻地走过来，俯在他肩头上，对着他耳朵，悄悄给他提词儿。

她不时犹豫一下，问道：

“这合乎你要说的意思吗？”

乔治答道：

“嗯，完全合乎。”

她有些词语很尖刻，是女人用的恶毒话语，要刺伤内阁总理，而且既嘲笑他的政治，又嘲笑他的相貌，两者结合得十分奇妙，令人忍俊不禁，也令人赞叹观察的准确性。

杜·洛华有时添写几行，从而增加了攻击的深度和力度。此外，他也掌握恶毒暗示的艺术，学会此道就是要把社会新闻搞得更加犀利。每次得到一个情况，玛德莱娜认为确凿无疑，而他觉得尚有可疑之处，或者容易牵连进去，他便采取巧妙的影射，让人猜测出来，用这种办法强加给读者的思想，要比他直截了当的断言更有力。

他们写完这篇文章，乔治又高声朗诵一遍，两人一致认为非常精彩，不禁又惊又喜，相视而笑，就好像他们刚刚向对方展示了自己的才华。他们相互凝视，眼神儿洋溢着赞赏和柔情，接着，他们激动地搂抱在一起，表现了从精神传到肉体的那种爱情的炽烈。

杜·洛华又端起灯，说道："现在，睡觉！"他那目光在燃烧。

"请走在前面，我的主人，照亮道路的是您。"

于是，他在前边带路，她紧随其后，向卧室走去。她催乔治走快点儿，就用手指尖搔他领子和头发之间的脖颈，知道他这部位最怕痒。

这篇文章署名乔治·杜·洛华·德·康泰尔，刊登出来引起轰动，也大大震动了议会。华尔特老头儿向本文作者表示祝贺，并委派他负责《法兰西生活报》的政治栏编辑工作。社会新闻栏重新交给布瓦勒纳。

于是，这份报纸掀起一场运动，既巧妙又激烈地攻击掌权的内阁。抨击始终非常机智，以大量事实为依据，时而讽刺挖苦，时而严肃郑重，时而令人捧腹，时而锐不可当，那么把握十足，又持续不断地击中要害，真叫所有人都惊讶不已。其他报纸都不断引用《法兰西生活报》的文章，而且整段整段地引用。台上那些人物便打听情况，看看哪个警察局有办法，制服这个名不见经传的勇猛敌手。

杜·洛华在政治团体里打出了名气。他从别人同他握手时用力的程度，向他脱帽致意的姿势上，就能感到他的影响越来越大。不过，他妻子才思那么机敏，消息那么灵通，熟人那么众多，也着实令他惊诧不已，佩服得五体投地。

他什么时候回家，都能在客厅里碰见一位参议员、众议员、法官或者将军。这些人都把玛德莱娜当做老朋友，对她态度又严肃又亲热。她是在哪儿认识这些人的呢？在社交界，她如是说。然而她又是如何赢得他们的信赖和感情的呢？杜·洛华弄不明白。

“她可以成为一个精明强干的外交官。”他心中常这样想。

玛德莱娜时常过了吃饭时间才赶到家，她满面通红，气喘吁吁，还未摘下面纱，就说道：

“今天，我又有好菜了。想想看，司法部长刚刚任命了两名法官，原先都是混合委员会的。我们来敲打一下司法部长，叫他总记着。”

对这位部长，今天敲打一下，次日再敲打一下，第三天又敲打第三下。继德·沃德莱克伯爵每星期一来用晚餐之后，议员拉罗什·马提厄则每星期二来水泉街共进晚餐了，他用力同这对夫妇握手，一副喜不自胜的样子，反反复复地说道：

“好家伙，这场攻势！这样打下来，我们还能不成功吗？”

他当然盼望成功了，他觊觎已久，早就想拿下外交部了。

这个拉罗什·马提厄，是个八面玲珑的政客，没有信念，没有本事，没有胆识，也没有靠得住的朋友，只不过是外省的律师，省城的衣冠禽兽，一只老狐狸，在各极端的党派之间保持平衡，是自称共和派的耶稣会会士，是性质不明的自由派毒菌，而这类毒菌，在全民选举制的民众粪土上，会长出许多许多。

他这种乡下人的不择手段，在他的同事当中，在所有选为议员的那些小人和早产儿当中，还被当成是干练。他相当注意外表，穿戴相当体面，对人的态度也相当和蔼可亲，因此能够爬上去。他在社交界，在当权人物的粗野混杂的圈子里，还颇为春风得意。

到处都有人这样说他：“拉罗什肯定能当上部长。”而他本人更加坚定地认为：拉罗什肯定能当上部长。

他是华尔特老头儿报社的主要股东之一，在许多金融生意上，还是华尔特的同仁和合伙人。

杜·洛华放心大胆地支持他，但对日后也抱着模糊的希望。他无非是继续弗雷吉埃开始的事业；拉罗什·马提厄早已向弗雷吉埃许诺，一旦胜利便授予他十字勋章。只不过，这枚勋章要挂到玛德莱娜新夫的胸前了。总而言之，事情毫无变化。

同行们也都十分明显地感到毫无变化，就总跟杜·洛华开这种玩笑，弄得他也开始恼火了。

别人只管他叫弗雷吉埃了。

他一到报社，就有人喊一嗓子："喂，弗雷吉埃。"

他佯装没听见，到自己的信格去取信。那副嗓门喊得更响："嘿！弗雷吉埃！"接着传来几个人"吃吃"的窃笑声。

杜·洛华不理睬，往社长办公室走去，却被刚才叫他的那个人拦住：

"哦，对不起，我是要跟你说话。真糊涂，我总把你和可怜的查理弄混了。这也是有原因的，你写的文章同他的文章简直像极了，谁都会看错。"

杜·洛华根本不应声，他心头火起，开始暗暗憎恨起死者了。

新老政治栏编辑所写的专栏文章，无论从文笔还是立意上看，都如出一辙，就在大家感到奇怪而议论纷纷的时候，华尔特老头儿也说了这样的话：

"不错，这是弗雷吉埃的风格，但是比弗雷吉埃更充实，更有力，更有阳刚之气。"

还有一次，杜·洛华偶尔打开棒接球的柜子，发现他前任的那几副，小棒都系着黑纱，而他自己的那副，就是他在圣保丹指导下练习使用的那副小棒上，则系着一条粉红绸缎。所有棒接球都按大小排列在同一横板上，还像博物馆里一样立着一小块木牌，只见上面写道：

"原弗雷吉埃公司收藏品，由弗雷吉埃·杜·洛华继承，有政府不予以担保的证书；耐用物品，可在任何场合，甚至在旅途中使用。"

他平静地关上柜门，声音提到足以让人听见的高度说道：

"到处都有蠢货和眼红的人。"

的确，他的自尊心受到伤害，虚荣心也受到伤害，而作者的这种多疑的虚荣心和自尊心，无论在采访记者还是在天才诗人的身上，都要产生这种时刻警觉的敏感。

“弗雷吉埃”这个词，他听着特别刺耳，就怕听到，而且一听到就觉得脸红了。

对他来说，这个名字是：一种辛辣的嘲讽，岂止嘲讽，简直就是一种侮辱。这个名字就是冲他喊：“是你老婆替你干的活儿，就像从前她替另一个人干那样。没有她，你一钱不值。”

没有玛德莱娜，弗雷吉埃就一钱不值，这他完全同意，可是说到他，哼，算了吧！

他回到家中，这个念头仍纠缠不放。现在是整个住宅，每件家具、每个小摆设、他触摸的每件东西，无不令他想起死者。起初他还不在意，可是同事总跟他开这个玩笑，就给他的思想造成创伤，一直不注意的种种小事，现在都会让这伤口化脓。

他只要拿起一样东西，就好像立刻看到查理的手放在上面。他注视的和摆弄的每件物品，无不是查理用过的，无不是查理所购买、所喜欢、所拥有的。乔治想到他朋友和他妻子从前的关系，甚至也开始气恼了。

他自己有时都感到奇怪，不明白为什么心中这样恼恨，他常常纳闷：

“见鬼！这是怎么搞的？我并不妒忌玛德莱娜的朋友，也从不担心她所做的事。她出门回家随她便，可是，每次想起查理那畜生，我就火冒三丈！”

他在心里又补充道：

“归根结底，他不过是头蠢猪，恐怕是这一点刺伤了我。我气就气在，玛德莱娜当初居然嫁给这样一个蠢货。”

他心里反复叨咕这句话：

“怎么搞的，这个女人竟然一时走眼，会看上这样一头牲口呢？”

他憎恶的情绪与日俱增，每天都有无数鸡毛蒜皮的事情像针一样刺他，或者玛德莱娜，或者男仆，或者贴身女佣讲一句话，都不断地让他想那个人。

杜·洛华喜欢吃甜食，一天晚上他问道：

“我们怎么没有甜点心呢？你从来没让人上过甜点心。”

少妇快活地答道：

“真的，我没想着，就因为查理特别讨厌甜点心……”

杜·洛华控制不住自己，不耐烦地打断她的话：

“嘿！要知道，查理开始让我烦了。总是查理这个，查理那个，查理喜欢这样，查理喜欢那样。查理已经死了，就让他安静点儿吧。”

玛德莱娜目瞪口呆，直愣愣地望着丈夫，不明白他为什么发火。不过，她毕竟是个精明的女子，很快就猜出他的心事：对死者的妒忌缓缓起作用，越来越强烈，事事都想起那一个。

也许她认为，这有点孩子气，但她心里很受用，也就一声未吭。

乔治也后悔自己不该发火，未能掩饰住心中的怒气。晚饭后，他们又要为第二天写一篇文章，乔治的脚在暖脚套里怎么也不舒服，想把里儿翻出来也办不到，就一脚把它踢开，笑着问道：

“查理总是蹄子冷，对不对？”

玛德莱娜也笑了，答道：

“唔！他的肺容易出毛病，总提心吊胆怕得感冒。”

杜·洛华残忍地接口道：

“这一点，他倒是充分证明了。”

接着，他又殷勤地补充一句：

“这便是便宜了我。”说着，又亲了亲妻子的手。

临睡觉时，那个念头还在作祟，他又问道：

“查理是不是戴棉布睡帽，以免穿堂风灌进耳朵里？”

玛德莱娜已经适应了这种玩笑，答道：

“哦，不，只是在脑门上系一条马德拉斯头巾。”

乔治耸了耸肩膀，以上等人的轻蔑口气说了一句：

“愚蠢透顶！”

此后，查理成为他挂在口头的话题，动不动就提起来，只称为“这个可怜的查理”，装出一副无限怜悯的表情。

他在报社听人叫他两三遍弗雷吉埃，回到家便拿死者撒气，他那仇恨的讥讽追击到坟墓里。他总翻老账，提起查理的缺点、可笑的事儿、卑劣的行为，一一列举出来，还加以发挥和夸大，就好像他要把可怕对手的影响从妻子的心里清除掉。

他不厌其烦地重复：

“对了，玛德，还记得吧，弗雷吉埃那个笨蛋，有一天硬要向我们证明，胖人比瘦人强壮，你还记得吧？”

他还想了解死者的私生活的大量细节，少妇觉得碍口，不肯对他讲。可是，他一再坚持，总是不肯罢休。

“嗳！瞧你，跟我讲讲嘛，他在那种时候，一定很可笑吧？”

她讷讷答道：

“行了，还是让他安静点儿吧。”

乔治又说道：

“亲爱的，告诉我呀！这个畜生，在床上一定笨手笨脚，真的吧？”

每次他总得出这种结论：

“这家伙，真是个畜生！”

6月底的一天晚上，他站在窗口吸烟，觉得晚上还这么热，就想出去散步。

他问道：

“我说小玛德，到布洛涅树林去走走，好吗？”

“好哇，当然好了。”

他们叫了一辆敞篷出租马车，行驶到香榭丽舍大街，再驶上布洛涅树林大街。这是无风的夜晚，像蒸笼一般闷热。巴黎城的灼热空气，冲进人的肺里，好似烤炉的蒸汽。树下车水马龙，出租马车一辆跟着一辆，拉来大批情侣。

乔治和玛德莱娜开心地观赏，只见驶过的马车里一对对男女搂抱在一起，女的都穿着浅艳的裙衫，男的都一身深色礼服。这是情侣汇成的长河，在灼热的星空下滚滚流向布洛涅树林。什么也听不见了，满耳唯有隆隆的车轮声响。一辆辆车就这样驶过去，驶过去，每辆车里有两个人，躺在座椅垫上，默默地搂在一起，沉浸在肉欲的幻觉中，浑身战栗，等待着即将到来的尽情交欢的时刻。燠热的昏暗中似乎充满了亲吻。柔情飘荡、兽欲横流的浓浓感觉，使空气更加浊重、更加沉闷了。所有这些成双成对的人，全沉醉在同样的念头、同样的激情里。所有这些满载情爱的马车，上面飞舞着爱抚，一路撒下肉欲的、微妙而迷人心性的气息。

乔治和玛德莱娜感到自身受了这种脉脉温情的传染，也缱绻地拉起手，一句话不讲，感到气氛的沉重和袭上心头的激情，有点喘不上气来。

他们到了顺着旧城墙遗墟的弯路时，也拥抱在一起了。玛德莱娜有点不好意思地嗫嚅道：

"我们还像去鲁昂时那样，孩子气十足。"

长长的车队进入矮树林便分流了。这对年轻人沿湖滨路走去，只见马车稀少了，但是林间夜色浓重，空气因树叶和枝丫下潺潺溪流的湿气而格外清新。这是星光下一片夜凉的空间，驱车的情侣在这里亲吻，就具有一种更加迷人的魅力、一种更加神秘的倩影。

乔治轻声说道："啊！我的小玛德。"便将她紧紧搂在怀里。

玛德莱娜对他说：

"还记得你家乡的森林吧？那里真阴森可怕，给我的感觉无边无际，尽是凶猛的野兽。可是这里多么迷人啊！在风中能感到爱抚，我也完全清楚树林的那边毗连塞夫尔。"

乔治则说道：

"暖！我家乡的森林里，其实没有别的，只有鹿呀，狐狸呀，狍子和野猪，隔一段距离还有一间看林人小屋。"

看林人"弗雷吉埃"这个词，恰巧与他念念不忘的死者姓氏相同，突然从他嘴里冒出来，叫他吃了一惊，就好像听见密林中有人向他喊的，他戛然住口，重又感到那种摆脱不掉的莫名的不安，那种近来侵蚀并破坏他生活的无法克服的妒忌和气恼。

过了一分钟，他才问道：

"从前，你有时也在晚上和查理来这儿吗？"

玛德莱娜答道：

"对呀，常来。"

突然，乔治想回家了，这种强烈的欲望一下子占据了他的心。真的，弗雷吉埃的形象已经深入他的脑海，占有了他，并且逼迫他。现在，他一思考就只能想弗雷吉埃，一开口就只能谈论弗雷吉埃了。

他以恶毒的声调问道：

“唉，玛德？”

“什么事儿，我的朋友？”

“这个可怜的查理，你有没有让他当过王八？”

她不屑地低声说道：

“你总嘀咕这事儿，脑袋都变蠢了。”

然而，他总丢不下自己的念头：

“瞧你，我的小玛德，要坦率点儿嘛，你承认吗？你让他当了王八，是吧？你承认让他当过王八吗？”

玛德莱娜缄口不语，她同所有女人一样，听见这个词儿就反感。

他固执地又说道：

“真见鬼，若说谁长了王八脑袋，那没跑，准是他！哦！对，哦！对。我若是知道弗雷吉埃当过王八，那才开心呢！嘿！真是上当受骗的一副好嘴脸！”

他感到她在窃笑，大概想起了往事，于是又追问道：

“瞧你，说吧。这有什么关系呢？恰恰相反，你向我承认欺骗了他，向我承认这事儿，那是很有趣的呀！”

他的确有些激动，希望并渴望查理，可恶的查理，可恶的死鬼，可恨的死鬼，落下这个令人耻笑的名声。然而……然而，另外一种激动，更为模糊的激动，又在刺激他的渴望：一定要知道。

他一再重复：

“玛德，我的小玛德，告诉我，求求你了。他这人可绝不会盗名。你若是不给他安上这个头衔，那就大错特错了。瞧你，玛德，承认吧。”

现在，玛德莱娜咯咯笑了，笑声短促而断断续续，也许她觉得他这样一味坚持挺有趣吧。

乔治把嘴唇凑到妻子的耳畔：

“瞧你……瞧你……承认吗？……”

玛德莱娜猛一闪躲，直通通地说道：

“你可真够蠢的。问这种事儿，能回答吗？”

她讲这句话的声调怪极了，她丈夫听了，不由得浑身打了个寒战，他一下子惊呆了，有点喘不上气来，就好像他的精神重重挨了一击。

现在，马车沿着湖边行驶。天上的繁星仿佛撒落在水上，两只影影绰绰的天鹅，极为缓慢地在湖中游动。

乔治向车夫喊了一声：“返回！”

于是马车调头往回走，迎面碰到缓缓驶来的车辆，只见车上挂的大灯笼闪闪发亮，好似树林黑夜中的眼睛。

她说这句话的声调太怪啦！杜·洛华心中暗道：“这是不是供认了呢？”现在几乎可以肯定她欺骗过第一个丈夫，可是这样他又气得发疯，真想狠揍她一顿，掐她的脖子，揪她的头发！

唉！假如她这样回答：“嗳，亲爱的，如果真有必要欺骗他，那也一定是跟你干这种事！”那他会怎样亲她、拥抱她、爱她呀！

他叉着双臂，眼望星空，坐在车上一动不动，一时心乱如麻，还无法静下来思索，他像所有男人面对女性的淫荡那样，只觉得心中也萌发了那种憎恨，也激发了那种怒火。他头一次感受到有了疑心的丈夫那种隐忧。总而言之，他嫉妒了，为那死者嫉妒，替弗雷吉埃嫉妒！这种没来由的嫉妒又令人心碎，忽然掺杂进了对玛德莱娜的仇恨。既然她欺骗过另一个，那么他乔治凭什么，怎么就能信得过她呢？

继而，他头脑渐渐恢复平静，因平静而硬气起来，也就顶住了烦恼。他心中暗道：

“女人全是娼妇，应当利用她们，但决不要给她们半点真心。”

他心中这种尖酸升到嘴边，化作鄙夷而憎恶的话语。不过，他决不让这种话语倾泻出来，只是在心中反复念叨：

“世界属于强者。一定要做个强者，一定要凌驾在一切之上。”

马车行驶快起来，过了老城墙遗址。杜·洛华望着前方天空的红光，看似巨型的炼炉的光亮，同时他也隐隐听见巨大而持续不断的喧嚣，那种低沉的喧嚣由无数不同的声音汇聚而成，有的近在咫尺，有的十分遥远，那是巨大而模糊的生命在悸动，是夏夜里一个疲惫不堪的巨人般的巴黎在喘息。

乔治心中暗道：

“我若是自寻烦恼，就太愚蠢了。人人为己。胜利属于胆大包天的人。一切都从自私自利出发。抱着野心和发财目的的利己主义，总要胜过为女人和爱情的利己主义。”

星形广场上的凯旋门赫然出现，那两条魔怪般的巨腿挺立在城门口，好似畸形的巨人准备起步，要冲下在面前展开的宽阔的大街。

乔治和玛德莱娜又加入回程的车水马龙，就觉得从身边溜过的是陶醉在欢乐幸福之中的全人类：那永世不断的一对对，都默默地搂在一起，急于回到寓所，回到渴望的床上。

少妇早已感到她丈夫有了什么心事，便用温柔的声音问道：

“想什么呢，我的朋友？有半小时你一句话也没讲了。”

他嘿嘿冷笑，答道：

“我想到所有这些卿卿我爱的蠢货，于是我心里说，在生活中，的确还有别的事情可做。”

玛德莱娜喃喃说道：

“这倒是……不过，卿卿我爱有时也很好。”

“很好……很好……只要没有更好的事儿可做了。”

乔治一直在深入考虑，逐渐剥掉生活的诗意外衣，怀着一种恶毒的恼怒想道：

“我干吗这么傻，近来总跟自己过不去，剥夺自己，干吗总无事自扰，自我折磨，伤自己的心呢！”

这时，弗雷吉埃的形象再次掠过他的脑海，却没有激起一点儿火气，就好像他们刚好和解，重又成为朋友了，他也真冲弗雷吉埃喊了一声：“晚上好，老兄！”

这样默默无语，玛德莱娜倒有点不自在，她问道：

“回家之前，我们去托尔托尼冷饮店，吃杯冰淇淋怎么样？”

乔治乜斜她一眼。正巧到了一家歌舞咖啡厅，一长串煤气灯的强光照见她那秀丽金发的倩影。

他心想："她很美。哈！这再好不过了。强中自有强中手啊，我的伙伴。再想让我为你来折磨我自己，那就等北极也热起来吧。"他随即答道："当然了，亲爱的！"

说着，乔治还吻了她一口，免得她猜出什么来。

少妇感到她丈夫的嘴唇冰凉。

然而，他还像往常那样笑容可掬，伸手搀扶他妻子在咖啡馆门前下车。

第三章

第二天，杜·洛华一到报社，就去找布瓦勒纳。

"我亲爱的朋友，"他说道，"我求你办件事儿。这一阵子，有人觉得好玩，叫我弗雷吉埃。我呢，现在开始觉得这不像话了。请你费神悄悄关照同事们，谁再胆敢开这种玩笑，我就扇他耳光，让他们考虑考虑，为这一记耳光，值不值得挨一剑。这事儿我找你，就因为你是个平和的人，也因为上次决斗是你给我当的证人。"

布瓦勒纳答应去办这件事。

杜·洛华又外出去办事，一小时之后回来，果然再也没有一个人叫他弗雷吉埃了。

他回到家，听见客厅里有女客说话的声音，便问道："谁来啦？"

男仆回答："是华尔特夫人和德·玛海勒夫人。"

他心头猛一跳，接着暗自想道："嘿，瞧瞧看吧。"他打开客厅的门。

克洛蒂尔德站在壁炉一角，沐浴在从窗户射进来的阳光里。乔治觉得她一瞧见他，脸就失去点儿血色。他见华尔特夫人和两名哨兵似的坐在母亲左右的女儿，便先向她们施礼问好，然后转向他从前的情妇，抓住对方伸过来的手，有意紧紧一握，暗示说："我一直爱您。"对方也回应了这一紧握的暗示。

乔治问道：

“上次见面至今，真是恍若隔世，贵体一向可安好？”

克洛蒂尔德泰然地答道：

“很好，您呢，帅哥儿？”

她转身又对玛德莱娜说了一句：

“你允许我总叫他帅哥儿吗？”

“当然啦，亲爱的，你想干什么我都允许。”

这话里似乎隐含一丝讥讽。

华尔特夫人正谈到一次聚会，那是雅克·里瓦乐在他单身汉住宅举办的一次击剑大赛，邀请许多上流社会妇女前往观看。

“那一定很好看，可惜那段时间，我丈夫正巧不在，没有人陪我们前去。”

杜·洛华立刻自告奋勇。华尔特夫人接受了：“我和我女儿会非常感谢您的。”

杜·洛华瞧着华尔特二小姐，心中暗道：“这个小苏珊娜，模样儿倒蛮不错的，蛮不错嘛。”这姑娘就像个纤巧的金发布娃娃，人儿太小，但是小巧玲珑，腰身纤细，臀部和胸乳已开始显现，只是小头小脸儿，那对珐琅似的眼睛呈灰蓝色，就好像是细密派和奇幻派画家调成的色调画出来的；那肌肤太白了，太光滑了，平滑面上毫无痣点和红斑；那鬈曲的头发蓬蓬松松，宛若婆娑的树丛，又像曼妙的浮云，酷似高级精制的布娃娃的头发；而那种高级布娃娃，人们常见抱在比布娃娃还矮的小姑娘怀里。

姐姐叫萝丝，长相丑陋，身子平平板板，毫无姿色，正属于人们视而不见、当面不说话、过后也不评论的那类姑娘。

母亲站起来，转向乔治：

“我就指望您了，星期四，下午两点钟。”

乔治答道：

“这事儿包在我身上，夫人。”

华尔特夫人刚走，德·玛海勒夫人也站起身来。

“再见，帅哥儿。”

这次是她用力长时间握住乔治的手了，这无言的供认令乔治感动，对这个放浪而快活的小妇人，他又突然钟情起来，没准儿她是真心爱他呢。

“明天我去看她。”他心中暗道。

等到只剩下他们夫妇二人了，玛德莱娜对面凝视他，同时爽朗而快活地咯咯笑起来：

“告诉你吧，你激发起华尔特夫人那么大的热情。”

乔治不信，问道：

“真的吗？”

“当然是真的了，我可以向你保证。她对我谈起你时，简直崇拜得要命。她这样真是异乎寻常！她想找两个像你这样的女婿！……幸亏和她，这些事无足轻重。”

他不明白这话是什么意思：“什么，无足轻重？”

她回答的口气坚信不疑，就像女人对自己的判断有十分把握那样：

“唔！华尔特夫人这种女子，从未惹人窃窃私议，你知道是说哪方面，从未有过，从未有过。无论从哪方面来看，她都是无可指责的。她丈夫那人，你和我一样都特别了解。然而她，那可完全不同。她因为嫁给了一个犹太人，这辈子够苦的了，但她一直忠于丈夫。她是个正派的女人。”

杜·洛华深感意外：

“我还以为她也是犹太人呢。”

“她？根本不是。她是玛德莱娜教堂所有慈善事业的女施主。她结婚时，甚至还在教堂里举行了婚礼。究竟是老板搞了个假洗礼证，还是教会闭上了眼睛，我就不得而知了。”

乔治喃喃说道：

“哦！……这么说……她……还挺高看我的？……”

“一点儿不假，完全如此。你若不是结了婚，那我会劝你去向……苏珊娜……求婚，而不是向萝丝求婚，对不对？”

他捻着小胡子，答道：

“哦！这位母亲还没有让虫咬过。”

玛德莱娜真有点儿不耐烦了：

“要知道，亲爱的，要说这母亲嘛，我倒希望你追她，但是我不怕。到了她这种年龄的女人，决不会才想起放荡一下。要干早就干了。”

乔治想道：“假如我真的得手，娶了苏珊娜呢？……”

他随即耸耸肩膀：“算啦！……简直是异想天开！……那位做父亲的，难道会接受我吗？”

不过，他心下还是决定，今后要更加细心观察华尔特夫人对他的态度，且不管能不能捞到好处。

整个晚上，他心里总回想他和克洛蒂尔德的恋情，这是既温存又充满肉欲的回忆。他想起她那些逗乐的举止，她的柔情蜜意，他们的游逛。他心里反复念叨：“她确实非常好。对，明天我一定要去看她。”

第二天一吃完午饭，他果然去了维尔纳伊街。还是原来那个女佣人来给他开门，她像小市民家中的佣人那样，随随便便问一句：

“好吗，先生？”

他答道：

“挺好的，我的孩子。”

他走进客厅，听见笨拙的手在钢琴上弹音阶练习。那是罗丽娜。他以为小姑娘一定会跳起来，搂住他的脖子，不料她一本正经地站起身，像大人一样客气地施礼，不卑不亢地退出客厅。

她那种神态，真像一位受了侮辱的女子，大大出乎他的意料。她母亲进来了。乔治拉起她的双手亲吻。

“您可真把我想坏啦！”他说道。

“我也一样。”她说道。

二人坐下来，四目对视而笑，非常渴望接吻。

“我亲爱的小克洛，我真爱您。”

“我也爱您。”

“这么说……这么说……您不太怪罪我吧？”

“也是也不是……你叫我好伤心，后来我明白了你讲的道理，心里就想：‘算啦！迟早有一天，他要回到我身边。’”

“我不敢回来呀，心里总嘀咕，人家会怎样接待我。对了，你说，罗丽娜怎么了，她只向我问声好，就气哼哼地走了。”

“不知道。自从你结了婚，谁都不能在她面前提起你了。我还真觉得她妒忌了。”

“算了吧。”

“真的呀，亲爱的。她不再叫你帅哥儿了，而是称你弗雷吉埃先生。”

杜·洛华的脸唰地红了，他随即凑近少妇：

“让我亲亲你的嘴。”

她就把嘴递过去。

“我们能在哪儿见面呢？”

“在……君士坦丁堡街呀。”

“啊！……那套房子还没有租出去？”

“没有……我留着呢！”

“你留着呢？”

“对，我想你还要回到那里的。”

他的心胸立刻充斥一股自豪的快感。看来，这个女人爱他，真心爱他，对他一往情深。

他喃喃说道：“我多么爱你。”接着他又问道：“你丈夫好吗？”

“嗯，非常好。他刚刚回来过了一个月，前天走的。”

杜·洛华忍不住笑了：

“碰得这么巧！”

她天真地答道：

“哦，对，碰得真巧。不过，他即使在家也不碍事。这你知道吧？”

“这倒是真的。况且，他这个人挺可爱的。”

“你呢，”少妇问道，“你那新生活过得怎么样？”

“不好也不坏。我妻子是一个伙伴，一个合伙人。”

“只是这种关系？”

“只是这种关系……至于感情上……”

“我完全理解。其实，她那人很好。”

“对，但是，她不能让我心慌意乱。”

他又凑近克洛蒂尔德，低声问道：

“我们什么时候再见面呢？”

“那就……明天吧……你说呢？”

“好。明天，两点钟？”

“两点钟。”

乔治起身要走了，他又有点儿不好意思讷讷说道：

“要知道，君士坦丁堡街那套房间，我打算独自租下来。我要这样做。现在看来，就只差由我付房租了。”

这次是她一阵冲动，怀着深情吻了乔治的双手，并喃喃说道：

“随你怎么办吧，只要留着便于我们见面，我就心满意足了。”

杜·洛华满心欢喜地走了。

他经过一家照相馆的橱窗，瞧见一位高个子大眼睛女子的半身像，便联想到华尔特夫人，心中暗道：“没关系，恐怕她还不赖。怎么搞的，我还从来没有注意她。我真想瞧瞧，星期四见到她是一副什么模样。”

他心里喜滋滋的，边走边搓手，这是春风得意的喜悦，既有精明的男子事业有成所产生的那种窃喜，又有女人的温情满足他的虚荣心和肉欲时的销魂。

到了星期四，他对玛德莱娜说道：

“你不去看里瓦乐那里的击剑大赛吗？”

“嗳！不去。我兴趣不大，而且，我还得去议会。”

天气特别好，他乘坐敞篷马车，去接华尔特夫人。

他一见面便大吃一惊，觉得她那么漂亮，那么年轻。她穿一身浅色衣裙，胸衣微微裂开，露出金黄色花边，令人想象那隆起的丰乳。他从未见她肌肤如此鲜艳，真觉得她秀色可餐。不过，她一副沉静的神态，是稳重的母亲所应有的一种举止神态，不愿引起男人那种殷勤目光的注意。再者，她只谈熟悉的、妥当的、平和的事情，她的思想精神，条分缕析，井然有序，不走任何极端。

她女儿苏珊娜，整个人儿粉红色，酷似华托①刚画完的一幅肖像。而她姐姐却像专门陪这小美妞儿的女教师。

里瓦乐家的门前，排列了一长趟马车。杜·洛华让华尔特夫人挽着手臂，一同走进去。

这是击剑义赛，为募捐救济巴黎第六区的孤儿，赞助者均是同《法兰西生活报》有关系的参议员、众议员的夫人。

华尔特夫人允诺带领女儿，但拒绝了赞助者的头衔，因为，她用自己的名义，只赞助教士所从事的慈善事业。这倒不是说她十分虔诚，而是她嫁给了一个犹太人，就认为自己不得不在宗教方面采取某种姿态。然而，这位记者组织的这项募捐活动具有共和色彩，就可能有反教会的意味了。

三周以来，在各种倾向的报纸上，都能看到这样的消息：

> 我们杰出的同仁雅克·里瓦乐有一个既高明又慷慨的主意，在他单身住宅毗邻的漂亮击剑房中，组织一场击剑大赛，以便募捐救济巴黎第六区的孤儿。
>
> 共同发出请柬的人有参议员拉罗瓦涅、勒蒙代尔和里索尔的各位夫人，以及众议员拉罗什·马提厄、佩斯罗尔和费明的各位夫人。只在击剑表演赛中间休息时募捐，所得款额悉数交给第六区区长或其代表。

这是精明记者的一个怪招儿，为捞好处而设计出来的广告。

雅克·里瓦乐在寓所门口接待来宾，里面已经摆好了冷餐，花费自应从募捐的款中扣除。

然后，他又热情地指路，让客人从小楼梯下去，到设有击剑房和射击房的地下室，他连声说道："到下面去，各位女士，到下面去。击剑表演赛在地下室举行。"

---

① 华托（1684—1721），法国画家。

他见老板的夫人来了，就趋前迎接，然后又同杜·洛华握手：

“你好，帅哥儿。”

杜·洛华深感意外：

“是谁告诉您……”

里瓦乐接口答道：

“是到场的华尔特夫人，她觉得这绰号很可爱……”

华尔特夫人脸红了：

“不错，我要承认，我若是同您再熟悉些，也会像小罗丽娜那样叫你帅哥儿了。您这名字非常合适。”

杜·洛华笑道：

“夫人，不必客气，就请您这样叫吧。”

她垂下眼睛：

“不行，我们的关系还不够密切。”

杜·洛华悄声说道：

“您愿意让我抱着这种希望：我们的关系会密切起来吗？”

“这个嘛，以后看情况再说吧。”她说道。

到了狭窄的楼梯口，他闪身让路给华尔特夫人。这楼梯有一盏煤气灯照亮，从阳光猛地进入这昏黄的灯光，不免有点阴森可怕。地下室的气味沿着旋梯升上来，能闻到热烘烘的潮气、为这次活动刚擦了的墙壁的霉味、令人想起宗教仪式的安息香味，以及女士们身上散发的马鞭草香、鸢尾香、紫罗兰等各种香水味。

只听这地洞里人群蹿动，喧声鼎沸。

许多煤气串灯和威尼斯式折纸彩灯，挂在遮饰起硝的石壁的枝叶间，照亮整个地下室大厅。满眼所见，唯有青枝绿叶：天棚上缀着蕨类，地面上铺着树叶和鲜花。

大家觉得这种布置构思巧妙，十分迷人。在最里侧的小厅室，搭起了击剑手的赛台，两侧排列着裁判椅子。

地下室大厅左右两侧，各排列十张长椅，约能坐二百人。请柬共发了四百张。

赛台前聚了一些身穿击剑服的年轻人，一个个身材瘦溜，四肢修长，胸脯挺拔，两撇小胡翘起来，在观众面前已经摆好姿势。观众对他们指名道姓，说出哪些是职业剑师，哪些是业余爱好者，但全是击剑名手。还有些身穿礼服的老少男子，围着身穿击剑服的选手聊天，好像一家人似的。他们是身着便服的击剑泰斗和专家，也都极力惹人注目，好让人认出并说出他们的名字来。

长椅上的座位，几乎全让妇女占了，她们挪动衣裙汇成窸窣的交响，窃窃私语化为一片翁鸣。她们就像在剧院那样扇着扇子，只因这挂满枝叶的洞穴里，已经热得赛似蒸笼了。一个爱开玩笑的人不时叫喊："杏仁露！汽水！啤酒！"

华尔特夫人和女儿到了为她们保留的头排座。杜·洛华安排她们坐下，便要离去，低声说道：

"只好失陪了，这些座椅，男人是不能占用的。"

华尔特夫人颇为迟疑地说道：

"尽管如此，我还是非常想把您留下，让您告诉我们那些赛手的名字。喏，您就待在这椅子旁边，也不会妨碍别人。"

她那温柔的大眼睛望着他，坚持说道：

"怎么样，留下陪我们吧……先生……帅哥儿先生。我们需要您啊。"

杜·洛华应道：

"我遵命……夫人，我乐意遵命。"

只听各处都异口同声地赞叹："这地下厅真别致，气氛布置得这样浓。"

这个拱顶大厅，乔治简直太熟悉啦！记得决斗的前一天，他在这里度过一上午，独自面对一个白色硬纸板的人像靶：那靶子真像一只可怕的巨眼，从地下室第二间小屋里头望着他。

雅克·里瓦乐的朗朗声音，从楼梯传过来：

"女士们，表演赛就要开场啦。"

六位先生登上赛台，坐在裁判席上，他们的外衣都紧箍在身上，以便突出他们的胸脯。

他们的名字立即传遍大厅：矮个儿大胡子裁判长德·雷纳尔迪

将军、高个儿秃顶长胡子画家约瑟分·鲁代、三个英俊青年马提奥·德·于雅尔、西蒙·拉蒙瑟尔和皮埃尔·德·卡尔文，以及剑术师加斯帕尔·麦尔勒隆。

地下厅里间两侧各挂出一块牌子：右面牌子写着：克莱沃戈尔先生，左面牌子写着：波吕莫先生。

他们是剑术师，优秀的二级剑术师，两个人出场了，身子全那么干瘪，穿着白皮帆布的击剑服，一副军人姿态，动作有点僵硬，就像木偶似的举剑致敬，然后开始进攻，活像两个新兵在打架玩。

不时听见"击中"这个词，裁判的六位先生都内行地点头同意。观众却看不出一点儿名堂，只见两个活木偶伸出手臂跳来跳去。他们根本不明白怎么回事，但是看着挺高兴。不过，他们觉得那两个家伙姿势并不怎么优美，未免有点儿可笑，不禁联想到元旦时在林阴大道上卖的木雕的斗士。

第一对赛手下去，换上来布朗东先生和加拉班先生，两位剑术师一民一军。布朗东先生个头儿很小，加拉班先生身体肥胖，简直可以断言，使用花剑一击，准能戳破这个像用肠衣做的大象似的圆球。大家看着直笑。布朗东先生像猴子一样蹿跳，而加拉班先生只活动手臂，身体其他部位胖得动不了。每五分钟他就发起一次冲击，向前攻击的冲力极重，就好像这是他一生最大的决心。冲击之后，他要费很大气力才重新立稳身子。

行家评论他击剑动作极为有力，也极为紧凑。观众相信行家的话，都很赞赏他。

接着上场的是鲍里荣先生和拉帕尔姆先生，职业剑术师对业余爱好者。二人一交手，便展开激烈的技击，一个疯狂地冲向另一个，逼使裁判急忙搬着椅子躲开。两个对手总是一个前进，一个后退，从赛台这头跑到那头，再从那头跑到这头，蹿跳凶猛而又滑稽。他们时而小步跳跃着向后退，惹得女士们咯咯大笑，时而大步向前冲，又颇为牵动观众的心。这种小跑式的搏击，不是斗剑而像体操表演，不知哪个淘气鬼喊了一嗓子，一语道破："二位别累着，这是计时的吧？"观众则发出"嘘"声，表示对这种低级趣味的不满。专家们的评论也传开了：两名击剑手攻防很有气势，但有时不够随机应变。

上半时最后一场比赛，是雅克·里瓦乐对著名的比利时剑术师勒贝格，这是一场相当精彩的技击。里瓦乐深得女士的青睐。他确是个英俊的男子，生得一表人才，体态轻灵，动作敏捷，那风采要超过前边上场的所有人。无论防守还是进攻，他都显得非常潇洒，讨人喜欢，那种上流社会的风度，同对手气势汹汹而仪态平平形成鲜明对照。有人就说："感觉得出来，他是个极有教养的人。"

他取得了决赛权。大家为他鼓掌。

然而，从上面传来一种奇特的声响，持续已有好几分钟，引起观众的不安。那是用力跺脚和哄笑声，大概是应邀前来的那两百人未能下去观赏，就以自己的方式取乐了。小旋梯上挤了五十来人。地下室热得要命，有人嚷道："通通风吧！""给点儿喝的！"还是那个爱开玩笑的人，用压过嗡嗡的谈话声的尖嗓门喊道：

"杏仁露！汽水！啤酒！"

里瓦乐来了，他满面通红，还穿着击剑服，说道：

"我马上让人送清凉饮料来。"

他朝楼梯跑去，可是上一楼的通道完全堵死了，要穿过挤在楼梯上的人墙，恐怕比凿穿顶棚还难。

里瓦乐高喊："请把冰镇饮料给女士们传过来。"

五十副嗓门重复着："冰镇饮料！"一个托盘终于出现了，但是只有空杯子了，饮料在途中就让人喝光了。

一副大嗓门吼道：

"这里边太闷，快点儿赛完，我们好走。"

另一个声音嚷道："募捐！"观众都气喘吁吁，但还是情绪高涨，跟着重复："募捐……募捐……募捐……"

六位夫人开始在长椅之间走动，只听银币落进钱袋里发出的轻微声响。

杜·洛华向华尔特夫人历数到场的名流。那是些社会新闻栏的记者，是傲视《法兰西生活报》的那些大报、老报的记者，他们是出于经验而怀着几分保留态度前来的。他们见过的多了，像《法兰西生活报》这种政治—金融性质的报章，犹如暧昧结合的产儿，一届内阁一倒台就给砸死了。来宾中也有画家、雕塑家，这些人一般都喜欢运动，还有一位当了法兰西学院院士的诗人，引起人们指点议论，此外，还有两位音乐家和许多外国贵族。杜·洛华给那些外国贵族姓名冠以“Rast”（意味“来路不明的外国阔佬”），他说这是模仿英国人，他们在自己的名片上都加上“Esq”① 字样儿。

有人冲他喊了一声：“您好，亲爱的朋友。”原来是德·沃德莱克伯爵叫他。杜·洛华向几位女士说声对不起，便过去同伯爵握手。

他回来时，郑重其事地说道：“沃德莱克那人非常可爱，能让人明显感到他出身高贵。”

华尔特夫人一句话也不应答。她有点倦怠，每喘口气，胸脯都吃力地起伏，这引起杜·洛华的注目。他不时与“老板娘”的目光相遇，发现她眼神慌乱，游移不定，刚落到他身上，又随即溜走。杜·洛华不禁心中暗道：“咦……咦……咦……难道这一位，也让我勾引上手了吗？”

募捐的几位女士过了一遍，她们的钱袋里装满了金币和银币。赛台上又挂出牌子：“精彩表演”。几位裁判重又各就各位。大家等待开场。

两位女士上场，各执花剑，身穿比赛服：深色紧身衣，只遮住半截大腿的短裙；护胸高高隆起，她们不得不仰起头。两位又年轻又漂亮，笑吟吟地向观众施礼，赢得观众长时间的欢呼。

在一片向女性献殷勤的喧闹和开玩笑的私议声中，她们摆好了姿势。

裁判对技击表示赞赏，低声叫好，蔼然的微笑久驻在他们的嘴唇上。

两位女赛手的这场较量，观众显然特别欣赏。她们在男士的心中点燃了欲火，在女士的心中则唤起巴黎观众天生的那种鉴赏趣味。须知巴黎观众在咖啡馆听歌女唱歌，到剧院看轻歌剧，欣赏的正是

---

① 英语“先生”的缩写。

带几分风骚的情致，正是虚假的美丽和虚假的优雅。

每当一位女剑手进攻时，全场观众都喜得颤动起来。背向大厅的那位，那丰满的背部叫人张大了嘴，睁大了眼睛，大家主要不是看她手腕的技巧了。

观众狂热地为她们鼓掌。

接下一场是刀术比赛，但是没人观看了，全体注意力都让上面发生的情况吸引过去了。上面闹腾了好几分钟，家具搬动和在地板上拖拉发出的巨大声响。继而，突然弹起钢琴，琴声透过顶棚传下来，还清晰地听见脚步有节奏的跳动。原来上面的人没有看到击剑比赛，就自动组织舞会来补偿。

击剑房的观众先是哄堂大笑，接着，女士们跃跃欲试，也想跳舞了，她们再也不管台上赛事，开始高声谈起话来。

大家都觉得，迟到的人组织舞会这主意太妙了，看来他们不会寂寞了。下面的人还真希望也到上面去。

这时，又有两名赛手上场，相互施礼，他们摆出的架势极有权威，又把所有目光吸引过来观看他们的动作了。

他们进击，重又挺立，动作具有造型美，而且勇猛适度，用力把握十足，招式特别简洁，姿势非常准确，技击的分寸掌握得极好，就连外行观众也诧为奇事，看得着了迷。

他们迅疾而沉稳，灵活而审慎，快速的动作经过精心设计，看上去倒显得缓慢了，仅仅以完美的技艺力量吸引并攫住观众的目光。观众感到他们在观看难得一见的精彩表演，两位艺术大师技术精湛，拿出绝活儿，显示他们的灵巧和机敏，显示他们纯熟的功夫和矫捷的身躯。

再也没人说话了，大家都看呆了。等他们完成最后一击，相互握手时，全场爆发出欢呼和喝彩声。有人又是跺脚，又是叫喊。他们的名字无人不晓，正是谢尔让和拉维尼亚克。

大家的情绪激起来，就想找碴儿打架了。男人瞪着旁边的人，就想争执起来，看到微笑一下也认为是挑衅。从未操过花剑的人，现在拿起手杖比画攻击和招架。

这工夫，三三两两又从小楼梯上去，总算能喝点什么了。不料上去一看，简直气坏了，跳舞的人早已将冷餐食品一扫而光，扬长而去，临走还扬言，让二百人白折腾一趟真够缺德的。

一块糕点、一滴香槟酒、一点果汁或啤酒底儿也没有剩下，连一块糖果、一个水果也没有剩下，光光的，全光了。他们洗劫一空，全部吞噬，一扫而光了。

大家让侍者讲述详细情况。侍者们心里大笑，但装出愁眉苦脸的样子："那些女士比男人还厉害。"他们肯定地说："她们放开肚子大吃大喝，都能撑出毛病来。"听这口气，真像劫后余生的人讲述蛮族入侵期间，洗劫一座城市的情况。

不想走也得走了。有些先生后悔捐了二十法郎，想想就义愤填膺：上面的人一文钱未花，却大吃大喝了一顿。

几位主持赞助的夫人募捐共得三千多法郎，支付各种开销之后，给第六区的孤儿余下二百二十法郎。

杜·洛华等待那辆四轮马车，好送华尔特夫人母女回去。

他坐在华尔特夫人的对面，在返回的路上，再次遇见她那脉脉含情而又躲躲闪闪、显得有点慌乱的目光，不禁心中暗道："好家伙，想必她上钩了。"他微笑起来，认为自己在女人方面确实运气好，因为德·玛海勒夫人和他重叙旧情之后，爱他简直到了神魂颠倒的程度。

他步履欢快地回到家中。

玛德莱娜正在客厅里等他呢。

"我得到新消息了，"她说道，"摩洛哥事件复杂了。过几个月，法国很可能派去远征军。不管怎样，也要抓住这个时机推翻现内阁，拉罗什也要趁机拿下外交部。"

杜·洛华想逗逗妻子，装出根本不相信的样子。"他们总不至于那么糊涂，还重蹈突尼斯的覆辙吧。"

玛德莱娜不耐烦地耸了耸肩膀：

"告诉你没错儿！告诉你没错儿！你还不明白，这对他们来说是金钱的大问题。亲爱的，如今的政治勾当，不应当说'讨老婆'，而应当说‘找事儿’。”

乔治就想激她，不屑地咕哝一声：“算了吧！”

她果然急了：

“哦，你和弗雷吉埃一样天真。”

玛德莱娜想刺伤他，以为他要恼火，不料他却微微一笑，答道：

“和那个当了王八的弗雷吉埃一样？”

她目瞪口呆，继而才讷讷说道：

“噢！乔治！”

乔治摆出一副放肆而嘲弄的样子，又说道：

“暖！这有什么？那天晚上，你不是向我承认，让弗雷吉埃当了王八吗？

他随即又加了一句：“可怜的家伙！”口气流露出深深的同情。

玛德莱娜不屑于回答，便转过身去。沉默了一会儿，她又说道：

“星期二我们有客人：拉罗什·马提厄夫人和德·佩什穆尔子爵夫人来进晚餐。你能把里瓦乐和诺尔贝·德·瓦莱纳邀请来吗？明天，我去见华尔特夫人和德·玛海勒夫人，邀请她们。里索兰夫人也可能来。”

近来，她利用丈夫的政治影响，拉了一些关系，想把需要得到《法兰西生活报》支持的那些参议员、众议员的妻子邀请或强拉到她家来。

杜·洛华答应：

“很好。我负责邀请里瓦乐和诺尔贝。”

他搓着双手，心中好不高兴，终于找到一把好锯，既可以烦烦他妻子，又能解解心头的暗恨。从他们去布洛涅树林散步那天起，他心中就萌生了这种莫名的尖刻的妒意。从那以后，只要一提起弗雷吉埃，他就称作王八。他明显地感到，玛德莱娜到头来准会恼羞成怒。这天晚上，他不下十次设法找到机会，以天真调笑的口吻说“弗雷吉埃这个王八”。

他不再记恨死者，而是替他报仇了。

他妻子装作没听见，坐在他对面，始终笑吟吟的满不在意。

次日，玛德莱娜要去邀请华尔特夫人，乔治要抢在她前头，好单独见见老板娘，看她是否真的对他有意。这事儿他又开心又得意。再说……有何不可……假如可能的话。

刚刚下午两点钟，他就到了玛勒泽尔博大街，登门求见，被人引进客厅等待。

华尔特夫人来了，她非常高兴，急忙伸过手去。

“是什么好风把您给吹来啦？”

“不是什么好风，只是渴望见见您。有一股力量把我推到您这儿来，我也不知道怎么回事，根本没有什么话要同您谈。我就这么来啦！我这么早来拜访，来意又说得这样坦率，您能原谅我吗？”

他讲这话时，嘴唇泛着微笑，是一种献殷勤的打趣口气，而声调却又一本正经。

华尔特夫人一副惊讶的样子，脸色绯红，讷讷说道：

“可是……真的……我不明白……您真叫我感到意外……”

杜·洛华补充说道：

“这是用快活的调子所作的表白，以免吓着您。”

他们并排坐下。她就把这话当做开玩笑。

“这么说，这种表白……郑重其事喽？”

“当然啦！我早就想对您表白了，已经有很久很久了。然而我就是不敢，听人说您非常严厉，非常古板……”

这工夫，她已经镇定下来，回答道：

“您为什么选择今天呢？”

“不知道。”他又压低声音说道，“这么说吧，就因为从昨天起，我心里只想您了。”

她脸色刷地白了，结结巴巴地说道：

“瞧您，孩子话说得够多了，我们谈点别的事吧。”

可是他已经跪下了，突如其来，把她吓了一跳。她想从座位站起身，却被他用双臂拦腰抱住，只听他声音无比激动地重复道：

“不错，我真的爱您，爱得发狂，已经很久了。您不要回答我。有什么办法呢，我简直疯啦！我爱您……唉！您哪儿知道，我多么爱您啊！”

华尔特夫人感到窒息，气喘吁吁，想说话却一个字也说不出来。她用两只手推他，抓住他头发，以便阻止朝她嘴逼过来的他那张嘴，她的头也左右飞快地摆动，同时闭上眼睛不再看他了。

他隔着衣裙触摸她，又是抓挠又是抚摩。她在这种粗暴有力的爱抚下，浑身酥软了。杜·洛华猛地站起来，想紧紧地搂住她，不料就在松手的一刹那，她向后一仰就摆脱了，立刻从一张椅子逃向另一张椅子。

杜·洛华认为这样追逐未免可笑，便一屁股坐到一张椅子上，双手掩面，做出抽噎哭泣状。

继而，他又站起来，高声说：“永别啦，永别啦！”随即败阵而逃。

他到了衣帽间，平静地拿了手杖，走在大街上，心里还琢磨：“妈的，我看成啦！”他到电报局给克洛蒂尔德发了一张“小蓝纸”，约她次日幽会。

他按时回到家中，问他妻子：

“怎么样，晚餐的客人，你全请齐了吗？”

妻子答道：

“齐了，只有华尔特夫人是否有空儿还难说。她还在犹豫。也不知道她对我讲了些什么，许诺呀，良心呀，莫名其妙。总之，我觉得她那样子特别怪。没关系，但愿她还是能来。”

乔治耸了耸肩膀：

“哦，当然了，她准能来。”

话虽如此，他也没有把握，心里七上八下，一直到请客那天。

那天早晨，玛德莱娜收到老板娘一封短简：“我费了很大周折才抽出空来，去同你们相聚。但是我丈夫却不能陪我前往。”

杜·洛华心想：“我没有再去，做得太对了。她已经平静下来了。小心点儿。”

他等待老板娘进门时，心里还忐忑不安。她到了，神态非常平静，有点冷淡和高傲。杜·洛华则变得非常谦卑，非常审慎，一副低首下心的样子。

拉罗什·马提厄夫人和里索兰夫人，分别陪丈夫前来。德·佩什穆尔子爵夫人大肆谈论上流社会。德·玛海勒夫人打扮得十分奇特，一身西班牙式黑黄两色服装，紧紧裹住她那曼妙的腰身、丰腴的胸乳和胖乎乎的手臂，使她那小鸟一般的头特别精神。

杜·洛华将华尔特夫人安排在他右首，席间只对她谈正经事，恭敬的态度有点儿过分。他不时瞧瞧德·玛海勒夫人，心中暗道："真的，她更美，更艳丽了。"继而，他目光又移回到妻子身上，觉得她也不错，不过心里对她一直怀有一股阴毒的怒火。

还是老板娘最能激发他的情绪，这有两条原因：一是难以征服，二是男人喜新厌旧。

华尔特夫人要早点回去。

"我送您。"杜·洛华说道。

她谢绝了。杜·洛华还执意要送：

"为什么您不愿意呢？您这样会严重伤害我。不要让我以为您还根本没有宽恕我。您看我多么平静。"

华尔特夫人回答：

"您总不能丢下您的客人啊。"

杜·洛华微微一笑：

"嗳！我也就离开二十分钟嘛，他们甚至都觉察不出来。您若是拒绝了我，可就伤透了我的心。"

华尔特夫人低声说道：

"那好，我接受。"

可是一到车上，杜·洛华就抓住她的手，狂热地吻起来：

"我爱您，我爱您，让我对您说吧。我不会碰您的。我只想反复对您讲：我爱您。"

华尔特夫人嗫嚅道：

"嗳！……您不是向我保证了吗……这样可不好……这样可不好……"

杜·洛华仿佛极力克制一下自己，接着才以抑制的声音说道：

“喏，您瞧见了，我是多么努力控制自己。然而……您总得让我对您说：‘我爱您’，并让我每天向您重复这句话……对，让我每天去您家，在您的脚下跪五分钟，冲着我崇拜的面容讲这三个字。”

华尔特夫人任由他拉着手，气喘吁吁地说道：

“不行，我不能，也不愿意。想想别人会怎么说，想想我那些仆人、我两个女儿。不，不，这不可能……”

杜·洛华又说道：

“见不到您的面我就活不下去了。无论在您家还是别处，我一定得见您一面，每天哪怕一分钟，让我摸摸您的手，让我呼吸您衣裙掀起的空气，让我欣赏您这身体的线条、您这让我神魂颠倒的美丽大眼睛。”

华尔特夫人倾听这庸俗的爱情音乐，激动得浑身颤抖，结结巴巴地说道：

“不行……不行……这不可能。您住口！”

杜·洛华明白，对付这个女人，对付这个头脑简单的女人，必须循序渐进，先促使她下决心同他约会，由她安排地点，然后再由他指定地方，因此，他对着她耳朵，悄声说道：

“听我说……有这个必要……我要同您见面……我就在您家门口等待……就像个穷人那样……您若是不下来，我就上去找您……无论如何我得见您……同您见面……就在明天。”

华尔特夫人重复道：

“不行，不行，不要来。我根本不接待。想想我有女儿啊。”

“那么告诉我，我能在什么地方遇到您……在大街上……随便哪里……随便由您指定时间……只要能见到您的面……我上前向您问好……我还要对您说：‘我爱您’，然后就走开。”

华尔特夫人六神无主，还犹豫不决。马车已经驶进公馆的大门，她才小声飞快地说：

“好吧，明天三点半，我进三圣教堂。”

她下了车，对车夫高声说：

“再把杜·洛华先生送回去。”

他回到家，妻子便问他：

“您去哪儿啦?”

他低声答道：

“我一直走到电报局，发了一份急电。”

德·玛海勒夫人走过来：

“您送我回家好吗，帅哥儿?您知道，只因有这样的条件，我才大老远跑来吃晚饭的!”

她随即又转身对玛德莱娜说：

“您不会吃醋吧?”

杜·洛华夫人慢声细语地答道：

“不，不会太吃醋。”

客人要走了。拉罗什·罗提厄夫人的样子，活脱儿一个外省的小女佣，她是个小公证人的女儿，同拉罗什结婚时，拉罗什不过是个平庸的律师。里索兰夫人又年老又自命不凡，一看就像早年的产婆，恐怕是在阅览室里受的教育。至于德·佩什穆尔子爵夫人，则眼高于顶，傲视她们，她那“白爪”也厌恶接触这些普通的手掌。

克洛蒂尔德裹在衣饰的花边里，迈步出门到楼梯时，对玛德莱娜说道：

“你的晚餐会非常完满。过不了多久，你这儿就成为巴黎第一号政治沙龙了。”

她一上车同乔治单独在一起，就紧紧搂住他：

“哈！我心爱的帅哥儿，我一天比一天爱你了。”

马车行驶，他们就觉得像在船上。

“这儿绝对比不上我们的房间。”她说道。

乔治回答：“嗯！比不上。”可是他心里想的却是华尔特夫人。

第四章

7月烈日炎炎，三圣教堂广场几乎空荡荡的。沉闷的热气压垮巴黎，就好像天上的空气燃烧而加重了，跌落到这座城上，稠稠的灼热空气令胸膛难受。

教堂前水池的喷水软塌塌地落下来，似乎流累了，变得绵软无力了。池中水有点发绿，稠乎乎的，上面漂着树叶和纸屑。

一条狗纵身跳过砌石池沿，在这不大洁净的池水中洗澡，这畜生引起坐在教堂门前环形小花园里石椅上的几个人的艳羡。

杜·洛华掏出怀表一看，才三点钟，他早到了三十分钟。

他想到在这里约会，就不禁笑起来。“对她来说，教堂能派各种用场，”他心中暗道，“教堂能安慰她嫁了一个犹太人，能在政界赋予她一种反对派的姿态，教堂还是她在上流社会中举止高雅的象征，同时也为她偷情幽会提供掩护所。这样惯于利用宗教，就像总带着多用伞一样，晴天当手杖，出太阳当阳伞，下雨当雨伞，不出门就扔在前厅。这类女人成百上千，她们根本不拿仁慈的上帝当一回事儿，需要时就拉来当媒婆，还不许别人讲上帝的坏话。如果有人向她们提进旅馆开房间，她们就会认为那样很下流，然而，在祭坛脚下谈情说爱，她们倒觉得十分自然了。”

杜·洛华沿着池边慢慢踱步，望望钟楼上的时间：那大钟比他的怀表快两分钟，时针正指着三点五分。

他想进教堂也许好受点儿，便走了进去。

他当即感到，就像进入地窖一样凉爽，便欢畅地吸了一口气，然后绕大殿走一圈儿，好熟悉这个地点。

他的脚步在高高的拱顶下回响，不过，在这宏伟建筑的里侧，他听见还有一个人均匀的脚步声，时断时续，同他的脚步相呼应，便萌发好奇心，想瞧瞧那位散步者。于是，他循声找去，只见漫步的是一位帽子拿在背后、鼻子朝天的秃顶胖先生。

零星还能见到双手掩面跪着祈祷的老妪。

一种孤独、荒凉的宁静感袭上心头。阳光透过彩绘玻璃，看着特别柔和。

杜·洛华觉得教堂里“舒服透了”。

他又回到门口，看看怀表，才三点一刻。他靠中央通道的入口坐下，十分遗憾不能抽支香烟。那位胖先生一直在后殿祭坛附近走动，听得见那缓慢的脚步声。

有一个人进来。乔治急忙转过身去。原来是一个普通的穷女子，穿一条呢裙，她一进来，就挨着第一把椅子跪下，十指交叉，一动不动地两眼望天，心灵在祈祷中飞升了。

杜·洛华颇感兴趣地注视她，揣测是什么忧伤，是什么痛苦，又是什么绝望的事，会把这颗柔弱的心撕碎。她穷得活不下去，这是显而易见的。或者她还有个丈夫，动不动打她个半死，或许她还有个孩子，正奄奄一息。

他在心中叹道："可怜的人啊，还真有不少在受苦受难！"他不由得心头火起，怪这无情的大自然。继而他又想，这些穷人至少相信上天会照顾他们，上天已给他们登记户籍，算清了他们的债务和财产。"上天……到底在哪儿？"

教堂里这样寂静，杜·洛华不禁浮想联翩，他一个念头就给天地万物定了性，嘴唇轻轻一嚅动，说了一声："这一切都愚蠢透顶。"

忽听衣裙窸窣声，他浑身一抖。她来了。

他站起来，急忙迎上去。她没有向他伸出手，只是低声说道：

"我只有一小会儿工夫，还得赶回家。您就跪在我身边，免得惹人注意。"

她沿大殿朝前走，就像一个女人了解自己的住宅那样，要找一个合适而安全的角落。她的脸被厚厚的面纱遮住，脚步极轻，几乎没有一点儿声响。

她走到后殿祭坛附近，又转过身，以教堂里的人一贯保持的那种神秘口气，咕哝一句：

"侧殿更好些。这里太显眼。"

她低头深深拜了主祭坛的圣体龛，同时还微微行了个屈膝礼，然后朝右拐，往大门口折回几步，这才打定主意，抓住一张祈祷凳，跪了下去。

乔治就势跪到旁边的一张祈祷凳上，等二人摆好姿势不动了，他便说道：

"谢谢，谢谢。我真崇拜您。我多想总这么对您讲，向您叙述我是怎样开始爱上您的，初次见面就怎样被您迷住了……等哪天，您能允许我倾诉衷肠，向您表达这一切吗？”

她一副专心默祷的姿势，听他讲话，又好像什么也没有听见。她从手指缝里回答：

“我真荒唐，让您这样对我说话，我真荒唐到这里来，真荒唐做出这种事，让您以为这……这……这种私会能有结果。忘掉这些吧，必须如此，您永远也不要再向我提这事儿了。”

她等待回答。杜·洛华还在考虑如何回答，要想出有决定性的充满激情的话语，但是他不能以动作配合这种话，整个行动也就陷入瘫痪了。

他又说道：

“我什么也不期待……什么也不盼望了。我爱您。不管您怎样，我都要以极大的毅力和热情，经常不断地向您重复这句话，终有一天会让您明白的。我要让我的柔情渗入您的躯体，洒到您的心田，一字一句，就像琼浆玉液一点一滴，每日每时，不断浸润您，使您变软，变柔和，将来会迫使您这样回答我：‘我也同样爱您。’”

杜·洛华突然感到，她的肩膀挨着他发抖，她的胸脯一起一伏，又听见她飞快地咕哝一句：

“我也同样爱您。”

他惊得一跳，就好像头上重重挨了一棒，随即又长出了一口气：

“唔！我的上帝啊！”

她又气喘吁吁地说道：

“这种话，难道我应该对您说吗？我……我有两个女儿……我感到自己有了罪，是可鄙的……然而我控制不住……我控制不住……简直不能相信……绝没有想到……我身不由己……身不由己啊。听我说……听我说……除了您……我还从未爱过任何人……这我可以向您发誓。其实，我爱您已有一年了，偷偷地，在我心中偷偷爱您。噢！我忍受过痛苦，算了，我也抗争过，我顶不住了，我爱您……”

她在啜泣，十指交叉捂住脸，身子因强烈的激动而颤抖。

乔治低声说道：

“把您的手给我，让我摸一摸，让我握一握……”

她的手慢慢从脸上移开。乔治看见她满面泪痕，睫毛还挂着一滴泪，摇摇欲坠。

他抓住递过来的手，紧紧握住：

“唔！我多想饮下您的泪水。”

华尔特夫人像呻吟似的，声音低沉而嘶哑，说道：

“别糟蹋我了……我算完啦！”

乔治忍不住想笑。在这种地方，他有心糟蹋，又怎么可能呢？他将拉住的这只手按在胸口，问道：“您感到这颗心在跳动吗？”他用这一招儿，只因充满激情的话用尽了。

这工夫，那个走动的人均匀的脚步声靠近了，他转遍了各个祭坛，至少又第二次转到右侧偏殿来。华尔特夫人听见那人走近她躲在后面的大柱，便猛地抽回乔治紧握的手指，重又捂住脸。

二人跪在那里一动不动，仿佛一同热切地祈求上天。那位胖先生从旁边走过，漫不经心地瞥了他们一眼，又朝教堂的外侧走去，他一直倒背手拿着帽子。

杜·洛华不想再来三圣教堂，要在别处定一次幽会，便低声问道：

“明天能在什么地方见到您？”

她不应声，好像没了气息，已经化作祈祷女神雕像了。

乔治又问道：

“明天吧，在蒙索公园见面，您看行吗？”

她转向他，又露出她的脸，却是一张因极度痛苦而抽搐的惨白的脸，她断断续续地说道：

“让我独自待一会儿……现在，让我独自待一会儿……您先走开……您走开……只要五分钟……有您在身边我太痛苦了……我要祈祷……可是不行……您先走开……让我祈祷……独自祈祷……五分钟……这样不行……让我哀求上帝……请求上帝宽恕我……请上帝救我……让我独自待一会儿……只五分钟……”

她那张脸完全失态了，一副痛心疾首的表情，乔治见了，只好默默地站起来，犹豫了一下才问道：

“我过一会儿回来吧？”

她点了点头，那意思表示：“对，过一会儿。”于是，他又朝里端祭坛走去。

华尔特夫人试图祈祷，做出超人的努力呼唤上帝，她身体颤抖，灵魂迷失，向天呼号：“发发慈悲吧！”

她恼怒至极，合上双眼，再也不要看到刚走开的这个人！她要把他从头脑里赶走，与之搏斗，然而在她这创痛巨深的心中，出现的不是她所企盼的神灵，而总是那年轻人的卷曲小胡子。

这一年来，她就是这样天天抗争，夜夜抗争，可是这驱不走的念头却日益扩大，这影像惊扰她的睡梦，骚扰她的肉体，侵扰她的夜晚。她感到自己好似一头母兽落网，被捆住四肢，扔到这头雄兽的怀中，而这头雄兽只凭唇上的小胡子和眼珠的颜色，就把她战胜并征服了。

此刻，就在这教堂里，在上帝旁边，她却感到比在家还软弱无力，还孤立无援，还六神无主。她再也不能静下心来祈祷，一心只想他了。他刚离开，她就已经感到难受了。然而，她还绝望地挣扎，拼力自卫，用灵魂的全副力量呼救，她可是从未失过妇道啊，现在宁愿死掉也不肯堕落下去。她就这样哀告，嘴里念叨这些没头没脑的话，同时倾听乔治的脚步声越来越弱，在远处的拱顶下回响。

她心下明白这回算完了，再抗争也无济于事！可是，她还不甘心就这样束手就范，一时神经高度紧张，就要发作了，而女人但凡发作起来，就会大喊大叫，全身抽搐，在地下打滚。她四肢抖得厉害，心里清楚自己就要跌倒，就要发出尖叫，在椅子中间打滚了。

她听见有人快步走来，扭头一看，见是一位神甫，便起身跑过去，双手抱在一起，结结巴巴地说：“噢！救救我吧！救救我吧！”

神甫吃了一惊，停下脚步：

“您有什么事儿，夫人？”

“我求您救救我。可怜可怜我吧。您若是不能来救助，我就完了。”

神甫注视她，心想她莫不是疯了。他又问道：

“我能为您做什么呢?”

这神甫还年轻，个头儿很高，身体偏胖，圆滚的两腮垂下来，精心刮过的胡子显露青茬儿，总之，他仪表堂堂，是富人区的本堂助理司铎，已经习惯接待忏悔的富家女子。

“请您接受我的忏悔，”她说道，“请您给我出主意，支持我，告诉我应当怎么办!”

神甫答道：

“我每星期六，从三点到六点听人忏悔。”

她抓住神甫的手臂，拉住不放，重复说道：

“不行！不行！不行！立刻！立刻！有这个必要！他就在这儿！就在这教堂里！他还在等我!”

神甫问道：

“谁在等您?”

“一个男人……他要毁了我……如果您不救我，他就会把我抓走……我逃不出他的手心儿了……我太懦弱……太懦弱了……懦弱到极点……懦弱到极点啦!”

她扑到神甫的膝下，失声痛哭：

“噢！可怜可怜我吧，神甫！救救我吧，以上帝的名义，救救我吧!”

她紧紧揪住神甫的黑教袍，神甫难以脱身，便不安地四面张望，深恐这个女人跪在他脚下，让不怀好意的或虔诚的目光瞧见。

他终于明白，自己跑不掉了，便说道：

“起来吧，正巧我身上带着忏悔室的钥匙。”

他搜索口袋，掏出一串钥匙，挑选出一把，快步朝小木屋走去。那些小木屋正是灵魂的垃圾箱，是信徒们将所犯的罪过全倾倒进去的地方。

神甫从正中的门进去，回身将门锁上，与此同时，华尔特夫人冲进旁边的小间里，她怀着宗教的虔诚，怀着希望的巨大激情，结结巴巴地说：

“为我祈福吧，神甫，我有了罪过。”

……

杜·洛华在后殿祭坛转了一圈，下到左侧殿，走到中段，又遇见那位秃头胖先生，见他一直悠闲地漫步，心中不禁纳罕：

“这个人，在这里转悠干什么呢？”

那人也放慢脚步，望着杜·洛华，显然想同他攀谈，等走近了，就点头问好，很有礼貌地问道：

“对不起，先生，打扰了，您能不能告诉我，这座教堂是什么时代建造的？”

杜·洛华答道：

“真的，我也根本不知道，想必是二十年前，或者二十五年前。再说，我这也是头一回进来。”

“我也一样，从没有来过。”

这时，记者倒有了兴趣，又说道：

“您似乎看得很仔细，每个局部都研究。”

那人无可奈何地说道：

“先生，我并不是参观这教堂，而是等我妻子，她约我在这儿见面，可是迟迟不来。”

他沉默了片刻，又说道：

“外面热得真叫人受不了。”

杜·洛华打量此人，觉得他挺和善，忽然又想象他类似弗雷吉埃。

“您是外地人吧？”杜·洛华问道。

“对，我是雷恩①人。您呢，先生，您是由于好奇，才走进这座教堂的吗？”

“不是，我在等一位女士。”

记者冲他点了点头，嘴角泛起微笑，便走开了。

他走近大门口，又看见那个穷苦女人始终在跪着祈祷，心中暗道：“好家伙！不显灵她是不罢休啊！”他不再动心，也不再可怜那

① 法国西部布列塔尼地区的首府。

女人了。

他走过去，放轻脚步，又从右侧殿往里走，去找华尔特夫人。

他远远窥见他丢下她的地点，奇怪没有望见她，还以为弄错了柱子，就一直走到最后一根，随即又折回来。难道她走啦！他又惊愕又恼怒；继而又想她可能去找他了，于是他又在教堂转了一圈，还是不见人影儿，只好回来，坐到她跪过的椅子上，开始等待，希望她会来这里找他。

不大工夫，一种窃窃私语声引起他的注意。他在教堂这个角落没有看见人，这絮语从何而来呢？他起身寻找，发现旁边小礼拜堂有一排忏悔室的门，而一角长裙从一扇门里拖在外面地上。他走过去察看，认出是华尔特夫人。她正在那里忏悔！……

他顿时感到一种强烈的愿望，要揪住她的肩膀，把她拖出那间木屋子，但是转念又一想："算啦！这会儿归神甫，明天她就归我了。"于是，他坐在忏悔室的小窗口对面，平静地等待她的时刻，心里开始嘲笑这场艳遇了。

他等了很久。华尔特夫人终于站起来，回身看见他，便走过去，那张面孔冰冷而严峻。

"先生，"她说道，"请您不要陪着我，也不要跟随我，再也不要独自去我家，去了我也概不接待。永别啦！"

说罢，她步伐庄重地走了。

杜·洛华由她去了，因为他有一条原则，凡事决不强求。随后，神甫也从小间里出来，神情显得有点慌乱。杜·洛华径直朝他走去，眼睛紧盯住他，冲他狠狠地说了一句：

"若不是看您穿着裙子，这张丑八怪的脸早就挨两记耳光啦！"

说罢，他一掉头，吹着口哨走出教堂。

那位胖先生头戴帽子，背着双手，站在教堂大门口，他等烦了，就举目搜寻宽敞的广场和与之相连的各条街口。

杜·洛华从他旁边走过，二人还点头致意。

这位记者现在没事儿了，便前往《法兰西生活报》社，一进门看见办事员忙碌的样子，就知道发生了不同寻常的事情，就赶忙走进社长办公室。

华尔特老头儿站在那儿，情绪有点儿激动，正断断续续口授一篇文章，口授中间，还向簇拥在周围的采访记者下达任务，又叮嘱布瓦勒纳几句，还拆阅信函。

老板一见杜·洛华进来，便欢快地叫了一声：

“嘿！帅哥儿来了，老天多帮忙！”

他戛然住口，颇不好意思，随即道歉：

“请原谅我这样称呼您，我的头脑让紧急的情况给搞糊涂了。再者，我从早到晚听见妻子女儿提您这‘帅哥儿’，结果我也跟着叫惯了。您不会怪我吧？”

乔治笑道：

“决不会。这个绰号没什么让我不高兴的。”

华尔特老头儿又说道：

“很好，那我就跟大家一样，叫您‘帅哥儿’这个绰号了。好啦！这么着，现在出了重大事件：内阁倒台了，三百一十票对一百〇二票。我们的假期又得推迟，推迟到猴年马月了，今天已经是7月28日了。因为摩洛哥事件，西班牙恼火了，这就导致杜朗·德·莱纳及其同伙下了台。我们完全陷进去了。马洛负责组织新内阁，他要让布丹·德·阿克尔将军任国防部长，让我们的朋友拉罗什·马提厄当外交部部长，内政部长一职留给他自己，再加上内阁总理，我们就要成为半官方报纸了。我正在搞一篇头版头条文章，只是申明一下原则，给各位部长指明道路。”

老头子微微一笑，又说道：

“当然是他们打算遵循的道路。不过，关于摩洛哥问题，我还需要一点儿有意思的东西，一篇新闻稿啦，一篇能产生轰动效果的专栏文章啦，还有什么呢？反正您要给我弄出一样来。”

杜·洛华略微一想，就答道：

“您要的东西，我有了，给您一篇研究文章，阐述我们左起突尼斯，中间经过阿尔及利亚，到右边摩洛哥的整个非洲殖民地的政治形势，讲述居住在这大片领土上的各种族历史，还有记述从摩洛哥边境到菲吉格大绿洲的旅行，而那里正是当前冲突的发源地，却没有一个欧洲人去过。这合您的意吗？”

华尔特老头儿叫起来：

“太棒啦！什么题目？”

“《从突尼斯城到丹吉尔城》。”

“好极啦！”

杜·洛华去查《法兰西生活报》合订本，找出他发表的第一篇文章《非洲猎奇记》，换一个题目，稍加改动，再用打字机打出来，就出色地解决问题了，从头至尾都用得上，讲的正是殖民地政治问题、阿尔及利亚的居民问题，以及深入奥兰省一次旅行的情景。

只用三刻钟，文章就翻新了，简单修补一下，再添点儿新闻佐料和几句对新内阁的颂词。

社长看了这篇文章，明确说道：

“真是佳作……佳作……佳作……您这人真是不可多得。衷心祝贺，衷心祝贺。”

杜·洛华回家吃晚饭，他这一天过得很得意，尽管在三圣教堂受挫，但他明显感到这一局是赢定了。

他妻子正焦急地等待他，一见面就高声说道：

“你知道了吧，拉罗什当上了外交部部长。”

“知道了，而且就此问题，我刚刚作了一篇关于阿尔及利亚的文章。”

“写了什么？”

“你也了解，就是我们合写的第一篇文章：《非洲猎奇记》，又翻出来，改头换面，就配合当前情况了。”

他妻子笑了：

“唔！不错，非常合适。”

她思考了片刻，又说道：

“我还想呢，当时你应当写续篇，结果半路……半路搁浅了。现在，我们可以着手写出来，正好配合形势，写一组漂亮的文章。”

乔治一边坐下准备喝汤，一边答道：

“好极了。弗雷吉埃那个王八已经死了，现在什么障碍也没有了。”

她以受到伤害的冷淡口气反击道：

“这种玩笑极不适宜了，请你收起来吧，已经开得太久了。”

他正要以挖苦的话回击，却收到仆人送来的一封电报。电报没有落款，只有这样的话：“我昏了头，请原谅。明日四时，请到蒙索公园。”

他明白了，顿时心花怒放，随手将小蓝纸塞进兜里，对他妻子说：

“亲爱的，我再也不开这种玩笑了。我得承认，这的确很愚蠢。”

他开始吃饭了。

他边吃边在心里反复念叨这两句话：“我昏了头，请原谅。明日四时，请到蒙索公园。”看来她顺从了。这话的意思就是：“我就范了，听从您的安排，随您指定什么地点，什么时间都行。”

他不由得笑起来。玛德莱娜问道：

“你怎么啦？”

“没什么。我想到那会儿碰见的一位神甫，长的那副嘴脸真够绝的。”

次日，杜·洛华准时赴约。公园里一张张椅子都坐满了人，有热得受不了的市民，还有让孩子在路径的沙土上打滚，而自己仿佛在遐想的保姆。

他到泉水流淌的一处小型古代废墟，找到了华尔特夫人，只见她神色不安而痛苦，正绕着古竞技场的廊柱转悠。

他刚一打招呼，她就说道：

“公园里这么多人！”

他趁机说道：

“哦，真的，您愿意到别处去吗？”

“去哪儿？”

“随便哪儿，比方说，坐在马车里。您把挨着的窗帘放下，就遮得严严实实了。”

“对，那样更好，在这里我怕死了。”

“那好，过五分钟，您到环城大道那边的公园门等我，我叫一辆出租马车去那儿接您。”

他跑着去了。

等他们上了车，她拉严了窗帘，便问道：

“您吩咐车夫把我们拉到哪儿去？”

乔治回答说：

“您不必操心，他知道了。”

地址他已经给车夫了，要去他在君士坦丁堡街的住宅。

华尔特夫人又问道：

“您想象不出，就因为您，我多么痛苦，受了多大的折磨。昨天在教堂里，我态度太生硬了，那是不顾一切要逃避您。我特别害怕单独和您在一起。您原谅我了吗？”

乔治紧紧握住她的双手：

“当然了，当然了。我这样爱您，还有什么不能原谅的呢？”

她一副哀求的神情注视他：

“听我说，必须保证尊重我……不要……不要……否则的话，我就再也不会同您见面了。”

开头他并不应声，小胡子下总挂着那种叫女人心荡神摇的巧笑。他终于低声说道：

“我是您的奴仆。”

这时，华尔特夫人开始讲述，听说他要娶玛德莱娜·弗雷吉埃时，她是如何发觉自己爱上他了，讲得非常详细，有具体日期和不为人知的细节。

她戛然住口，马车刚刚停下。杜·洛华打开车门。

“我们这是到哪儿啦？”她问道。

杜·洛华回答：

“下车吧，进这所房子里。我们到里面会清静多了。”

“我们这是到哪儿啦？”

“到我家了。这是我单身时的住房，我又租下了……租些日子……我们好有个见面的小角落。”

一想到要单独同他在一起，她就恐慌万状，死死抓住座椅的软垫，结结巴巴地恳求：

“不，不！我不愿意！我不愿意！”

他坚决有力地说道：

“我发誓会尊重您。来吧，您看到了，别人瞧我们呢，看热闹的人快要围上来了。快点儿……快点儿……快下来。”

他一再重复：

“我发誓会尊重您。”

一个酒店老板站在店门口，好奇地望着他们二人。她吓坏了，急忙冲进楼里。

她正要上楼，杜·洛华却拉住她的胳膊：

“就是这儿，在楼下。”

杜·洛华把她推进房里。

他一把门关上，就像饿虎扑食，把她紧紧抓住。她还拼力挣扎，搏斗，一边结结巴巴地说：

“噢！我的上帝！……噢！我的上帝啊！……”

杜·洛华狂热地吻她脖颈，吻她眼睛，吻她嘴唇；她怎么也躲不开这疯狂的爱抚，一边推他，躲避他的嘴，一边又情不自禁地还他以亲吻。

突然，她停止挣扎了，完全认输，驯服了，任由人家给她脱衣服。杜·洛华动作灵敏快捷，手指像贴身女仆一样轻盈，将她上下身的衣着，一件一件全部脱下来。

她从他手中夺下自己的胸衣，捂住自己的脸，就这样赤条条站在那儿，站在剥落下来的衣裙中间。

只有短靴没有给她脱掉，杜·洛华抱起她朝床走去。这时，她声音微弱地在他耳边说：“我向您发誓……我向您发誓……我从未有过情夫。”活像一名少女在这种情况下说：“我向您发誓我是处女。”杜·洛华心中暗道：“这算什么，我才不在乎呢！”

第五章

入秋了。整个夏天，杜·洛华夫妇就待在巴黎，趁议院短期休假之机，他们在《法兰西生活报》上支持新内阁，组织了一场有力的宣传运动。

摩洛哥形势日益险恶，刚到十月份，议会就复会了。

议会要休会那天，一名右派议员，德·朗贝尔·萨哈赞伯爵发表了一篇充满风趣的演说，甚至赢得了中间派的掌声，他说愿意像从前一个有名的印度总督那样打赌，拿他的髭胡赌总理的髯须，断言新内阁总理一定按捺不住，要步前任的后尘，向丹吉尔派兵，以便呼应当初派往突尼斯的军队，这也是喜欢对称的心理使然，就好比爱往壁炉上摆一对花瓶。

那名议员还说："诸位先生，对法国来说，非洲大地确是一个壁炉，一个炉膛很大的壁炉，要用银行钞票点火，烧掉我们最好的木材。"

"你们已经像艺术家那样富于幻想，花了大价钱搞了突尼斯这个小摆设，装点壁炉的左角，你们还会看到，马罗先生要步他前任的后尘，用另一个小摆设摩洛哥来装点壁炉的右角。"

这篇演说虽然大受欢迎，可是内心里谁也不相信会派兵远征丹吉尔。

这一成为名篇的演说，倒让杜·洛华借题发挥，写了十篇文章，论述阿尔及利亚殖民地问题，完成了他入报界之初就中断了的整个系列。他确信不会派兵远征，但他还是大力支持军事远征的思想，并拨动爱国主义这根琴弦，动用侮蔑立论的整个武库轰击西班牙：人们一向用这种武器对付与他们利益相左的民族。

《法兰西生活报》由于公然与政权关系密切，地位大大提高了。在最严肃的版面前边刊登的政治新闻，总要透露本报友人的几位部长的意图。巴黎和外省的各家报纸，无不在《法兰西生活报》上选择自己的新闻。对《法兰西生活报》，大家又引用，又畏惧，开始刮目相看了。它不再是某个政治投机小集团的可疑喉舌，而成为内阁的机关报了。该报的灵魂人物是拉罗什·马提厄，发言人则是杜·洛华。而华尔特老头儿，这位缄默的议员和狡猾的社长，却善于藏行敛迹，据说他正暗中经营摩洛哥铜矿的一笔大生意。

玛德莱娜的沙龙成为一个权势中心，每周有好几位内阁成员前来聚会，甚至总理也到她家来用过两次晚餐。国家要员的那些夫人，从前还有顾虑不肯登门，现在却炫耀自己是她的朋友了，而且她们来拜访得很勤，要多于她们接待她的次数。

外交部部长几乎作为主人指挥这个家。他随时出入，带来电文、情报和消息，口授给这对夫妇，就好像他们是他的秘书。

每次部长一走，只剩下夫妻二人了，杜·洛华就对玛德莱娜大发一通，指责这个平庸的暴发户的行径，声调里含着威胁，话里话外尽是恶毒的影射。

然而，玛德莱娜却鄙夷地耸了耸肩膀，总是重复道：

“你能耐，也像他那样干哪，也当部长啊！到那时你再颐指气使。还没当上，就先闭嘴吧。”

乔治捻着小胡子，乜斜着她：

“别人还不知道我能干出什么名堂，”他说道，“也许有一天，他们会知道的。”

她颇富哲理地回答：

“活得久才能看得到。”

议会复会的那天早晨，杜·洛华起床要去拉罗什·马提厄家吃午饭，接受指示，以便为次日的《法兰西生活报》准备政治性文章，类似内阁真正意图的半官方声明，他穿衣裳的时候，先接受躺在床上的妻子的千叮咛万嘱咐：

“千万别忘了问他，拜龙克尔将军是不是按原定派往奥兰了。如果派去了，那就非常说明问题。”

乔治很烦躁，回答说：

“该干什么我全清楚，何必你来唠叨，让我清静点儿吧！”

玛德莱娜却心平气和地又说：

“可是，亲爱的，我交给你找部长办的事儿，你总要忘掉一半。”

他没好气儿地咕哝道：

“得了，你那个部长，到头来也把我搞烦啦！那是个大傻瓜！”

玛德莱娜仍然平静地说：

“难说他主要是我的还是你的部长。他对你恐怕比对我还有用。”

乔治朝她半转过身，冷笑道：

“对不起，他可没有追我呀。”

她慢悠悠地申明道：

“他也同样没有追我，但是他给我们带来福运。”

乔治沉默片刻，又说道：

“你那些爱慕者，若是由我来挑选，我倒觉得沃德莱克那个老笨蛋更好些。咦，那老家伙怎么啦？我有一周没见他的面了。”

玛德莱娜还是不急不躁，回答说：

“他身体不好，给我写信来说，他痛风发作了，甚至卧床不起。你应当去一趟，了解一下病情。你也知道，他很喜欢你，你去瞧瞧，他会很高兴的。”

乔治答道：

“对，当然要瞧瞧，过一阵我就去。”

他穿好了衣裳，帽子也戴上了，再检查一下有没有疏漏，没发现什么毛病，就走到床前，吻了吻妻子的额头：

“回头见，亲爱的，最早我也得过了七点钟回来。”

说罢，他便出门去了。

拉罗什·马提厄先生正在等他，十点钟就吃午饭，因为内阁要赶在议会复会之前，中午十二点先开个会。

拉罗什·马提厄夫人不愿改变用餐时间，部长就只好和杜·洛华单独用餐，由部长的私人秘书陪坐。杜·洛华介绍他的文章，指出粗线条，还不时查看草书在名片上的记录，讲完了便问道：

“您看还有什么要改动的吗，亲爱的部长？”

“极少要改动的，亲爱的朋友。关于摩洛哥事件，您也许有点儿过分肯定了。您可以大谈特谈远征军，就好像势在必行，同时又要明明白白地暗示，这种事不会发生，况且您本人也根本不相信嘛！

要让公众从字里行间看出，我们不会去冒这个险。”

“很好。我明白了，也要尽量让别人明白这个意思。我妻子要我问您，拜龙克尔将军是否派往奥兰了。我听您刚才讲的话，得出结论是不会派了。”

这位政治家答道：

“不派了。”

继而，他们又谈起即将举行的会议。拉罗什·马提厄便开始高谈阔论，他演习语句的效果，以便过几小时就散播到他那些同僚身上。他挥动着右手，忽而举起叉子，忽而举起餐刀，忽而举起一小块面包，眼睛不看任何人，仿佛面对议会讲话，将他那头发梳得溜光的美男子的辩才，像甜烧酒一样倾倒出来。他那小小的髭胡在唇上翘起，两边细梢儿活像蝎子尾巴。他抹了发蜡，头发油光锃亮，中间分缝儿，两片头发贴在鬓角上，正是外省男子炫耀其美的一副嘴脸。他还年轻，但有点儿过分发福了，显出几分臃肿来，腹部将礼服坎肩撑得圆鼓鼓的。私人秘书想必早已听惯了这种夸夸其谈，放心地又吃又喝。然而，杜·洛华却感到嫉妒钻心，他看不惯这种小人得志的样子，心中暗道：“算了吧，白痴！这些政客，全是地地道道的蠢货！”

他拿自身的价值比较这个饶舌的部长的显位，心中暗道：“他妈的！哪怕实实在在有十万法郎，我也能回到美丽的故乡鲁昂去竞选议员，让我那些既精明又蠢笨的诺曼底老乡，都卷入他们粗鄙的诡计中，那么比起这些鼠目寸光的跳梁小丑来，我会是多么杰出的政治家！”

拉罗什·马提厄一直讲到上咖啡的时候，他忽然发觉时间晚了，就摇铃叫人备车，并向记者伸出手：

“亲爱的朋友，全明白了吗？”

“完全明白了，亲爱的部长，您就放心吧。”

杜·洛华缓步去报社，四点钟之前无事可干，就动手写那篇文章，四点钟要去君士坦丁堡街，同德·玛海勒夫人幽会：二人定期见面，每周两次，星期一和星期五。

不料，他一走进编辑部，就接到一封加急电报，是华尔特夫人拍来的。电文写道：

> 今天务必同你谈谈，事情非常非常要紧，两点钟在君士坦丁堡街等我。我能帮你一个大忙。
>
> 你的至死不渝的朋友
>
> 维尔吉妮

杜·洛华骂了一声："他妈的！真是鬼缠身！"情绪一下子变得十分恶劣，心里很恼火，干不下去活儿，便又出门了。

这六周来，他力图同她割断关系，但未能让她那炽烈的恋情冷却下去。

她失足之后，曾经痛心疾首，连续三次约会，都大肆责备和诅咒她的情夫。杜·洛华厌腻了这种吵闹，也厌腻了这个大惊小怪的中年妇人，便干脆敬而远之，希望这场艳情就这样不了了之。然而，华尔特夫人却拼命揪住他不放，就像颈上拴着石头投河那样，投身于这场爱情。杜·洛华出于无奈、顺随和尊重，就让她给缠住了，而她把情夫禁锢在令人厌倦的淫欲中，用她的柔情百般折磨他。

她要天天同他见面，动不动就发个电报召唤，要同他在街头巷尾，去商店或公园匆匆见上一面。

可是每次见面，她总是重复那几句同样的话，说她如何痴情，如何狂热地爱他，再向他肯定一句"见到他该有多高兴"，便匆匆离去。

她根本不像杜·洛华当初想象的那样。她极力迷住他，装出种种天真的娇态，表达爱情那么孩子气，简直可笑之至，与她的年龄极不相称。在此之前，她一直严守妇道，心灵保持处子状态，拒不接触任何感情，根本不知道肉欲，规规矩矩、平平静静地活到了四十岁，好像清冷的夏季之后黯然无色的秋天，又如凋残的春天，尽是未发育好的小花和早夭的花蕾，不料突然来了一个一百八十度大转弯，少女的爱情之花奇异地开放了，这爱情虽然迟来，却同样热烈而天真，充满出人意料的冲动、十六岁少女的小声喊叫、令人肉麻的软语温柔，以及未识青春的老风流。一天之内，她给他写十封信，写些幼稚可笑的疯话，笔调怪异，既富有诗意又逗趣，颇似印第安人的做法，净取鸟兽的名字。

一等到只剩他们二人，她就又搂又吻，表现出胖女孩那样笨拙的亲热，颇为粗俗地噘起嘴，还蹦蹦跳跳，抖得胸衣里沉甸甸的乳房乱颤。

杜·洛华尤感恶心的是听她叫他“我的小老鼠”“我的小狗狗”“我的小猫咪”“我的小心肝”“我的小青鸟”“我的小宝宝”；同样感到恶心的是见她每次同他交欢，总要表演一小出喜剧，像孩子一样装作害羞呀，做出她认为可爱的害怕的小动作呀，搞些学坏的寄宿女生的小把戏呀，等等。

她常问：“这张嘴是谁的?”杜·洛华若不马上回答：“是我的”，她就步步紧逼，直到把他气得脸色刷白。

杜·洛华认为她应当觉出，爱情上必须掌握分寸，要灵活、谨慎，要恰到好处。她是个中年女子，做了母亲，又属于上流社会，即使委身于他，也应当庄重一些，节制一点冲动，不要耍花样，也可以流泪，但那是狄多①之泪，而不是朱丽叶的泪水。

她不厌其烦地向他重复：

“我多么爱你呀，我的小宝宝！你说，你也同样爱我吗，我的小贝贝?”

每当听她叫“我的小宝宝”，或者“我的小贝贝”，他真想叫她一声“我的姥姥”。

她还常对他说：

“我太荒唐了，最终给了你。但我并不后悔。这样爱有多好啊!”

---

① 狄多：希腊神话传说中的迦太基女王和建国者。当初，她在丈夫遇害后逃至非洲，建迦太基国，与流亡的特洛伊王埃涅阿斯相爱很久。埃涅阿斯奉众神之命返国时，她痛苦绝望而自杀。罗马诗人维吉尔根据这一传说写成史诗《埃涅阿斯记》。

所有这类话，从她这张嘴里讲出来，乔治听了特别恼火。她低声感叹："这样爱有多好啊"，活像舞台上一个天真少女在背台词。

还有，她的爱抚那么笨拙，也实在叫他气恼。她在这个美男子的亲吻下，一下子热血沸腾，突然耽于肉欲，在搂抱中，带进去一种笨拙的激情和一种凝神专注，每次杜·洛华都忍俊不禁，联想到老年人要学认字的情景。

但凡半老徐娘最后一次爱恋，情意总是浓到极点，目光深邃得可怕。华尔特夫人就是以这种火辣辣的目光看着乔治，搂抱时恨不得把他勒死，用肥厚而火热的、疲惫而又不知餍足的肉体压住他，恨不得一口将他吞掉。而且，她还像女孩似的扭来扭去，娇声娇气地说：

"我多爱你呀，我的小宝宝，我多爱你呀！来呀，和你的小女人好好玩玩！"

每逢这时候，他真想骂一句，拿起帽子摔门而去。

起初他们常在君士坦丁堡街幽会，但是杜·洛华怕让德·玛海勒夫人撞见，现在他就找种种借口拒绝到那里见面。

这样一来，他就不得不去她家，几乎每天去吃午饭或晚饭。她在餐桌下面握住他的手，在门后递给他嘴唇。然而，杜·洛华主要是和苏珊娜玩耍才开心，觉得她特别滑稽好玩。苏珊娜虽然长了一副布娃娃的模样，但是头脑机智灵活，歪道道多，往往出人意料，也总爱表现，赛似集市上演出的木偶。周围无论什么事、什么人她都敢嘲笑，说出来的话又尖锐又恰当。乔治能激发她的情绪，逗引她挖苦奚落，二人意气十分相投。

苏珊娜动不动就叫他：

"听我说，帅哥儿！到这儿来，帅哥儿！"

他就马上离开母亲，跑到女儿身边。小姑娘对着他耳朵，说了一句什么刻薄话，两个人就开怀大笑。

这期间，那位母亲的情爱倒了他胃口，最后叫他厌恶得受不了。他一见到她，一听她说话，一想起她，心里就冒火。他不再去她家，不再给她回信，也不再听她召唤了。

她终于明白人家不爱她了，心中痛苦极了。可是，她还要死缠活缠，窥伺并跟踪人家，到报社门口，到他家门口，到盼望他经过的街道，坐在放下窗帘的马车里守候。

杜·洛华真想粗暴地对待她，骂她打她，明确告诉她："滚开吧，我厌腻了，您让我烦透了。"然而，他毕竟在《法兰西生活报》干事，手下总得留情，只能以冷淡的、表面尊重的生硬态度，有时甚至用唐突的话语，力图让她明白，这事儿必须了结了。

但她还是执迷不悟，尤其千方百计要引他去君士坦丁堡街，而杜·洛华时时担心，就怕有朝一日，两个女人面对面在门口撞上。

反之，在整个夏季，杜·洛华对德·玛海勒夫人的爱又增加了几分，他管她叫"淘气精"，从心里觉得还是喜欢她。两个人天性有些相似之处，同属于冒险的种类，既是生活的流浪者，又是上流社会的流浪者，犹如跑江湖的吉卜赛人，这连他们自己都没有意识到。

他们度过了一个相爱的美妙之夏，一个玩乐的大学生之夏，总是溜出来，到阿尔让特伊、布吉瓦尔、麦宗、普瓦西等巴黎郊外，去用午餐或晚餐，沿河泛舟，采摘岸边的野花。德·玛海勒夫人爱吃塞纳河的油炸小鱼、烩兔肉、水手鱼，喜欢小酒馆的藤棚架和划船游客的欢声笑语。杜·洛华爱挑晴朗的日子，和她同乘郊区火车，坐在顶层，一边快活地胡诌八扯，一边观赏巴黎郊野，观赏如雨后春笋冒出的市民丑陋的小别墅。

有时，杜·洛华必须赶回城里，去华尔特夫人家吃晚饭。想想刚分手的少妇，他真恨死了这个缠住他不放的老太婆，须知在河边的草丛中，那位年轻的情妇已然采完了他的情欲，收获了他的激情。

他同老板娘断绝关系的决心，早已明确地、几乎是粗暴地向她表示过了，原以为差不多摆脱了，不料一进报社就收到这封电报，要他两点钟去君士坦丁堡街。

他踱来踱去，反复看这封电文：

"今天务必同你谈谈，事情非常非常要紧，两点钟在君士坦丁堡街等我。我能帮你一个大忙。你的至死不渝的朋友——维尔吉妮。”

他心中暗道：“这个丑老太婆真厉害，找我又要干什么呢？我敢打赌，她根本没有什么正经事要对我谈，又要唱老调，说她崇拜我。不过，还是看看再说吧。她要谈一件非常要紧的事，还要帮我大忙，也可能这是真的。可是，克洛蒂尔德四点钟要去，最迟三点钟，我就得把头一个打发走。真见鬼！但愿她们俩别撞上。女人也太凶啦！”

他又一转念，倒觉得唯独他老婆从未折磨过他。她有自己一套生活，不允许别人打乱她日常活动的那种雷打不动的安排，但是到了分配给做爱的时刻，她也显得非常爱他。

杜·洛华缓步朝他那专供约会的住所走去，心中还对老板娘愤愤不已。

“哼！她若是对我谈不出正经事儿，看我怎么接待她！康伯伦①的法语同我的相比，还是太学究气了。首先我就得向她声明，我再也不登她家的门了。”

他进屋等待华尔特夫人。

她几乎脚前脚后到了，一见他就说道：

“哈！你接到我电报啦！运气真好！”

杜·洛华却摆出一脸凶相：

“当然啦，我正要去议会，就在报社里收到电报。你还找我干什么？”

她已掀起面纱以便吻他，战战兢兢、服服帖帖地靠到近前，好似经常挨打的母狗。

“你对我多么残忍……你对我说话多么冷酷……我干了什么对不起你的事儿？你想象不出，我因你忍受多大痛苦！”

杜·洛华恶狠狠地说：

---

① 康伯伦（1770—1842），法国将军，在滑铁卢战役要结束时，身陷重围，拒不投降，以“屎”字回敬敌人。

“你又要重弹老调，对不对？”

她就站在他面前，只等他微笑一下，抬抬手，就投入他的怀抱。

她怯声怯气地说：

“现在这样对待我，当初就不该占有我，应当让我像原先那样，过着规规矩矩的幸福生活。你还记得在教堂里对我说过的话吗？还记得你怎样强逼我进这座楼房的吗？现在呢，你就是这样对我讲话！就这样接待我！上帝啊！我的上帝啊！你害得我好苦啊！”

他咚地一跺脚，吼道：

“喂！嗳！得啦！打住吧。我哪怕见你一分钟，也得听你唱这老调。真叫人以为你十二岁就让我给糟蹋了，当初你就像天使一样，什么事儿也不懂。没那回事儿，亲爱的，还是恢复事情的真相吧，绝不是什么诱骗未成年少女的事情。你委身于我的时候，完全到了懂事的年龄。这我非常感谢，无限感激您，然而，我没有义务至死都得系在你的衣裙上。你有老公，我有老婆，你我都不是自由之身。我们心血来潮，做了一回露水夫妻，神不知鬼不觉，这事已经结束了。”

华尔特夫人说道：

“噢！你多么粗暴啊！你多么粗鲁啊！我那时候，固然不是少女了，但还从未爱过，从未失足过……”

杜·洛华打断她的话：

“这话你对我说过多少遍了，我已经知道了。可那时候，你有了两个孩子……总不能说是我使你失去了童贞……”

她退了两步：

“噢！乔治，这也太不像话啦！……”

她双手按住胸口，呼吸开始困难，哽咽之声已升到喉头。

杜·洛华一见她眼泪要出来，就从壁炉角拿起帽子：

“哦！你要哭啦！那好，晚安！你就是叫我来看这出表演吗？”

她抢上一步，要拦住他的去路，又急忙从兜儿里掏出手帕，赶紧擦了擦眼睛。她振作一下，声音也就随之坚定起来，但因痛苦的颤动，说话还断断续续：

“不对……我来是要……是要通知你一条消息……一条政治消息……好让你赚上五万法郎……甚至赚得更多……如果你愿意的话。”

杜·洛华口气立刻缓和了，问道：

“怎么回事儿？你要说什么呀？”

“昨天晚上，我丈夫同拉罗什谈话，让我偶然听见了几句。况且，他们谈话也不大避讳我。我听见华尔特嘱咐部长，不要让你了解这个秘密，说你会全部揭露出去。”

杜·洛华已经把帽子放到一张椅子上，神情专注地等待下面的话：

“究竟是什么事儿呢？”

“他们要掌握摩洛哥！”

“算了吧。我和拉罗什一起吃的午饭，他把内阁的意图差不多全向我口授了。”

“不对，亲爱的，他们要了你，就是怕别人了解他们的密谋。”

“坐下吧。”乔治说道。

乔治先坐到一张扶手椅上，华尔特夫人则从地上拖过一张小矮凳，坐到年轻人的两腿之间，她软语温柔地又说道：

“我心里总装着你，现在就特别注意别人在我周围悄悄说的话。”

她和声细语，开始向他解释，近来她如何推测出他们背着他策划的事情，既利用他，又怕他参与分好处。

她还说道：

“要知道，人一有了恋情，就变得狡猾了。”

到了昨天，她终于弄明白了，原来是一桩大生意，一桩秘密筹办的特大生意。现在她微笑了，那么得意自己的机灵，越说越兴奋，完全是金融家夫人的口吻，看惯了交易所背地的种种策划，看惯了证券指数的波动，大起大落，致使将自己的积蓄投到受尊敬的名人、政客或银行家担保的资产上的小市民、靠小笔年金生活的人，成千上万在两小时的交易中就倾家荡产了。

她一再重复：

"噢！他们干的事儿非常厉害。非常厉害。而且，完全是华尔特一手操纵的。他可是个大行家。千真万确，他干这事儿是第一流的。"

这一大套开场白，杜·洛华不耐烦了：

"嗳！倒是快说呀！"

"好吧！事情是这样：拉罗什把外交部抓到手那天，他们就已经决定要远征丹吉尔了。当时，摩洛哥债券已跌至六十四至六十五法郎，他们一点点全部买进了，干得特别巧妙，通过一些行为不端的经纪人，不会引起任何警觉，甚至骗过了罗特希尔德银行。那家银行见总有人购买摩洛哥债券，觉得事有蹊跷，得到的回答是一些中间商买去了，而一列举那些中间商的名字，全是有污点的、走投无路的人。于是，那家大银行也就放了心。现在，就要开始远征了，我们的军队一开到那里，法国政府就要为这些公债担保了。我们这两位朋友就能赚上五六千万。你明白了这样一桩生意，也就明白他们提防所有人，不敢稍有疏忽。"

她的头抵着年轻人的坎肩，双臂倚在他的双腿上，贴得紧紧的，靠得紧紧的，心里明明白白地感到，她现在引起他的兴趣，只要能得到一下爱抚，得到一张笑脸，要她干什么都行，什么都豁出去了。

杜·洛华问道：

"你有十足的把握吗？"

她胸有成竹地回答：

"唔！没问题！"

杜·洛华郑重地说道：

"这一招儿确实很厉害。拉罗什这个恶棍，迟早要落到我的手中！哼！这个臭无赖，他得小心点儿！……他得小心点儿！……他这个部长的骨头架子，早晚要攥在我的手掌心儿里。"

他又思考了一下，喃喃说道：

"这个机会，怎么也得利用。"

"你还可以买债券，"华尔特夫人说道，"现在才到七十二法郎。"

杜·洛华又说道：

“对，不过，我手头没现钱。”

她抬头望他，眼里充满恳求的神色：

“这情况我想过了，我的小猫咪，你若是对我特别好，特别好，你若是爱我一点儿，那就让我借给你一些。”

杜·洛华非常干脆，近乎粗暴地回答：

“这个嘛，用不着。”

她以哀求的声调讷讷道：

“听我说，这事儿你不借钱也可以办。我本来就想拿出一万法郎，买这种债券，好攒点私房钱。好吧！我拿出两万法郎！算你一半。要知道，这钱我用不着偿还给华尔特。因此，眼下一文钱也不用付。事儿成了，你就赚七万法郎。事儿不成，你就算欠我一万法郎，什么时候还我都行。”

杜·洛华还是说：

“不行，我不大愿意搞这种鬼名堂。”

于是，她又摆出种种道理，劝他下这个决心，向他证明他投入一万法郎，其实只是口头上的，因此，冒是冒点风险，但这笔钱已由华尔特银行支付了，她一个钱也用不着给他出。

此外，她还向他指出，促成这桩交易的这场政治宣传运动，是他在《法兰西生活报》上发动起来的，他若是不乘机捞一把，也就太天真了。

杜·洛华还在犹豫，她又补充说道：

“你想想看，这一万法郎，实际上是华尔特替你垫的，而你为他做的事，价值不比这大多啦！”

“好吧！就这么办了，”杜·洛华说道，“我你各一半。如果蚀本了，我就还给你一万法郎。”

华尔特夫人高兴极了，不禁站了起来，双手捧住他的头，开始贪婪地吻他。

起初他并不在意，可是她越来越上脸，紧紧搂抱，亲热个没完，简直要把他吞掉；他心里嘀咕，等一会儿另一个就要来了，他若是心软，势必耽误时间，把最好的留给少妇的这股激情，就要丢到这个老太婆的怀抱里了。

于是，杜·洛华轻轻地推开她，说道：

“嗳！要规矩点儿。”

她神色忧伤地看着他：

“噢！乔治，我连亲亲你都不行了。”

杜·洛华答道：

“那倒不见得，但今天不行。我不舒服，有点偏头痛。”

她只好重又坐下，乖乖地待在他两腿之间，又问道：

“明天到我家去吃晚饭好吗？你去了会叫我多高兴啊！”

他心下犹豫，但是不敢拒绝。

“好吧，我一定去。”

“谢谢，我的小亲亲。”

她的面颊在年轻人胸上蹭来蹭去，是一种有规律的撒娇的动作，她的一根黑色长发挂到他的坎肩上。

她发觉了，于是萌生一个荒唐的念头，须知这种迷信的念头往往体现女人的全部理智：她开始将这根头发轻轻地缠在纽扣上，在另一颗纽扣上再缠一根，还把一根缠在上面的纽扣上，最后，每颗纽扣都缠了她一根头发。

等会儿他一起身，就会把这几根头发揪下来，会揪得生疼，可是多么幸福啊！他不知不觉就带走她一小绺头发，带走她身上的一点儿东西，这是他从未讨过的，可以说是一条锁链，一条秘密的无形锁链，将她和他拴在一起！也是她在他身上留下的一道符咒，能让他不由自主地想念她，梦见她，明天会多爱她一分。

杜·洛华突然说道：

“我得走了，议会散会时还有人等我呢。今天我不能不去。”

华尔特夫人叹了口气：

“唉！这就要走了。”

接着，她又无可奈何地说道：

“去吧，我的小亲亲，可是明天可得去我那儿吃晚饭。”

她猛然一挣，只觉头皮像针扎似的疼了一下。她的心怦怦跳起来，吃一点儿苦她也高兴。

“再见!”她说道。

杜·洛华带着怜悯的微笑搂抱她，冷淡地吻了吻她的眼睛。

可是，这一接触，她又神魂颠倒了，低声重复一遍：“这就要走啦!”哀求的目光投向敞着门的卧室。

杜·洛华将她推开，急匆匆地说道：

“我得赶紧走，要迟到了。”

她又递过去嘴唇，杜·洛华只是轻轻拂了一下，将她忘掉的雨伞拿给她，又说了一句：

“走吧，走吧，快点儿，都三点钟了。”

华尔特夫人走在前面，出门还叮嘱他一句：

“明天，七点钟。”

杜·洛华答道：

“明天，七点钟。”

二人分手，华尔特夫人向右拐，杜·洛华向左拐去。

杜·洛华一直走到环城大道，再沿着玛勒泽尔博大街，缓步往回走，经过一家糕点铺，看见一只水晶杯里装着冰糖栗子，心中便想道：“我给克洛蒂尔德带回一斤去。”他买了一袋这种甜果，知道克洛蒂尔德喜欢得要命。

四点钟，他又回到房中，等候年轻的情妇。

她稍微来迟一点儿，因为她丈夫回家了，要住一周。她问道：

“明天能去我家吃晚饭吗？他会非常高兴见你的。”

“不行，我还得到老板家去吃晚饭。我们忙着呢，要运作一大堆政治和金融的事情。”

克洛蒂尔德已摘下帽子，现在正脱箍得太紧的上衣。

乔治指了指壁炉上的纸袋，对她说：

“我给你带来的冰糖栗子。”

她拍起手来：

“运气这么好！你太可爱了。”

她拿下纸袋，尝了一个栗子，说道：

“真好吃。我一尝就知道，我准一个也剩不下。”

接着，她喜滋滋又色迷迷地望着乔治，补充一句：

“看来，你宠着我所有的坏毛病，对吧？”

她慢慢地吃栗子，不时往纸袋里瞧一眼，看看是不是还有。

她忽然说道：

“喏，你来坐到这张扶手椅上，我就偎在你两腿之间，慢慢吃这糖果，这样我会很舒服的。”

乔治微微一笑，坐下来，劈开大腿夹住她，就像刚才夹着华尔特夫人那样。

克洛蒂尔德满嘴嚼着，抬头同他说话：

“你还不知道，亲爱的，我梦见你了，梦见我们二人骑着骆驼长途旅行。那是双峰骆驼，我们每人骑着一个驼峰，穿越沙漠。我们带了纸包的三明治、瓶装的葡萄酒，就坐在驼峰上吃这样的便饭。我们俩离得远，干不了别的事情，我就烦了，想下去。”

乔治应声说：

“我也一样，想下去。”

他哈哈大笑，觉得这故事很有趣，引逗她胡诌八扯，多讲些蠢话，讲情侣在一起调情说的各种幼稚可笑的事情。这类傻话出自德·玛海勒夫人之口，他就觉得动听，如果出自华尔特夫人之口，他就会恼火。

克洛蒂尔德也叫他“我的小心肝，我的小宝宝，我的小猫咪”这些称呼，他觉得又温柔又亲热，如果由刚才那一位叫出来，他就会感到恶心和恼火了。同样的情话，出自不同的口，味道也就不同。

不过，他一边开心地听她胡说八道，一边想他要赚到的七万法郎，忽然，他用手指轻轻敲两下女友的头，叫她住口：

“听我说，我的小猫咪，我要派你给你丈夫传个信儿，转告我的话，让他明天去购进一万法郎的摩洛哥债券。现在的行市为七十二法郎，保证他不出三个月，就能赚上六万到八万法郎。千万叮嘱他，要绝对保密。向他转告我的话，远征丹吉尔已成定局，到时候法国政府就为摩洛哥债券担保了。你可不要拉别人搅和进来。我透给你的，可是国家机密。”

她认真听完，低声说道：

“谢谢你，今天晚上我就告诉我丈夫。对他，你尽可放心，他不会乱讲。他那人靠得住。决不会出什么事儿。”

栗子全吃光了，空纸袋她在手里一揉，扔进壁炉里，说道：“我们上床吧。”但她没有站起来，而是就势给乔治解坎肩的纽扣。

她戛然住手，两根手指择出一根缠在纽扣上的长发，咯咯大笑：“咦，你还带着玛德莱娜的一根头发。可真是个忠实的丈夫！”

接着，她神情又严肃起来，拿着她发现的这根难以觉察的细丝，久久地审视，咕哝道：

“是棕色的，这不是玛德莱娜的头发。”

乔治微微一笑：

“很可能是女佣人的。”

然而，她像警探一样，仔细检查他的坎肩，又从一颗纽扣上摘下第二根头发，继而又发现第三根，她面失血色，身子微微颤抖，高声嚷道：

“噢！你和一个女人睡过觉，她在你每颗纽扣上都缠上了头发。”

乔治深感诧异，结结巴巴地说：

“没……没有的事儿。你乱说……”

他猛然想起来，这才明白是怎么回事儿，开始有点慌神儿，随即又冷笑着否认，但是随她怀疑他另有艳情，内心深处并不气恼。

她还在寻找，总有所发现，飞快地将头发择下来，扔到地毯上。

她出于女人的狡猾本能，已然猜测出来了。她怒不可遏，气得简直要哭了，磕磕巴巴地说：

“这个女人，她爱你……她要让你带走她身上的一点儿东西……噢！你这个负情的家伙……”

突然，她又大叫一声，这是神经质的尖声欢叫：“噢！……噢！……是个老太婆呀……这有根白头发……哼！对呀，现在你连老太婆都要了……她们是不是给你钱，说……她们是不是给你钱……噢！到了这分儿，跟老太婆鬼混……这么说，你不需要我了……保住另一个吧……”

她霍地站起来，跑向她扔在椅子上的外衣，迅速地穿上。

杜·洛华又羞又愧，想拦住她，结结巴巴地说道：

“嗳，不是……克洛……你真愚蠢……我也不知道是怎么回事儿……听我说……别走……瞧你……别走呀……”

她一再重复：

“保住你那老太婆吧……留着她吧……用她的头发……用她的白头发，让人给编一个戒指……她那白头发够你用的了……”

她敏捷而飞速地穿好衣服，戴上帽子和面纱，乔治还想拉住她，她却抡圆胳膊，扇了他一个大嘴巴，趁他一愣神儿的工夫，打开房门跑掉了。

只剩下杜·洛华一个人，他简直气疯了，恨透了华尔特那个婆娘，那个凶恶的老太婆。哼！这个女人，一定得打发走，要狠狠地打发走。

他用水敷敷打红的面颊，也出了门，心里琢磨如何报复。这回决不轻饶。哼！决不轻饶！

他一直走到林阴大道，信步闲逛，到一家珠宝店门前站住，望着一块标价一千八百法郎的怀表，那是他渴望已久的了。

他心头猛然一喜，想道：

“我若是能赚到那七万法郎，就可以买下它了。”

他开始畅想，用那七万法郎能干多少事情。首先，他要竞选成为议员。其次，他要买下这块怀表，然后去交易所玩股票，还要……还要……

他还不想去报社，想回家同玛德莱娜聊聊，然后再去见华尔特，再写那篇文章。于是，他转身往家走。

走到德鲁奥街忽又站住，他忘记去探望德·沃德莱克伯爵了，而伯爵就住在当丹路，于是他又往回走，一路游逛，仍然畅想，想到许多许多事情，想到美事好事，想到自己就要发迹，还想到拉罗什那个无赖和老板娘那个老妖婆。至于克洛蒂尔德负气而走，他并不放在心上，知道她很快就能原谅他。

到了德·沃德莱克伯爵的住所，他问门房：

“德·沃德莱克先生怎么样了？听说他近日身体不好。”

门房答道：

“先生，伯爵先生情况很不好。痛风攻心了，恐怕过不了今天夜晚了。”

杜·洛华万分惊骇，一时不知如何是好！沃德莱克要死啦！无数模糊的念头掠过脑海，令他心乱如麻，连他自己都不敢承认会产生这类想法。

他嗫嚅道：“……谢谢……我以后再来……”自己都不明白要说什么。

他跳上一辆出租马车，赶快回家。

妻子已经回来，他气喘吁吁地冲进她的房间，立刻告诉她：

“你还不知道吧？沃德莱克要死啦！”

玛德莱娜正坐在那儿看信，她抬起眼睛，一连重复三遍：

“嗯？你说什么？……你说什么？……你说什么？……”

“我要告诉你，沃德莱克痛风发作，侵入心脏，人就要死了。”接着，他又补充一句：“你打算怎么办呢？”

玛德莱娜站起来，面失血色，脸颊神经质地抽搐，继而，她双手掩面，失声痛哭。她一直站在原地哭泣，浑身颤动，真是痛断肝肠。

忽然，她控制住痛苦，擦了擦眼泪：

“我要……我要去一趟……你不要管我了……说不准几点钟能回来……不要等我了……”

乔治回答：

“很好，你去吧。”

二人握了握手。她走得非常急，连手套都忘记戴了。

乔治一个人吃过晚饭，就开始写拟议的那篇文章，完全遵照那位部长的意图，向读者暗示不会远征摩洛哥。文章写好，他就送交报社，同老板闲谈了一会儿，便叼着烟卷回家来，不知为什么心情这么轻松。

妻子还没回来，他独自睡下了。

将近午夜时分，玛德莱娜才回来。乔治猛然惊醒，一下子从床上坐起来，问道：

“怎么样？”

他从未见过她脸色如此苍白，神情如此冲动。玛德莱娜低声说了一句：

“他死了。”

“哦！那……他什么也没有对你说吗？”

“没有。我到那儿时，他已经昏迷不醒了。”

乔治若有所思，有些问题到了嘴边，但他不敢提出来。

“睡觉吧。”他说道。

她迅速脱掉衣裙，挨着丈夫躺下。

乔治又问道：

“他死的时候，有亲属在身边吗？”

“只有一个侄儿。”

“哦！那侄儿，他常见面吗？”

“从不见面。他们有十年没相见了。”

“他还有别的亲戚吗？”

“没有……我想没有。”

“那么……这个侄儿应当是继承人了？”

“不知道。”

“沃德莱克，他生前很富有吧？”

“对，很富有。”

“大约有多少钱，你知道吗？”

“不知道，说不准确，大概有一两百万吧？”

乔治不再说什么了。玛德莱娜吹灭了蜡烛。他们在黑夜中并排躺着，谁也没有睡，都默默想心事。

乔治已经没有睡意了。现在他倒觉得，华尔特夫人向他许诺的七万法郎，已经是个小数目了。忽然，他感到玛德莱娜在哭泣。为了确证一下，他便问道：

“你睡了吗？”

“没有。”

她的声音沉重而发颤。乔治又说道：

“那会儿我忘了告诉你，你那位部长把我们骗了。”

“怎么回事儿？”

他从头至尾详详细细讲了，拉罗什和华尔特耍了什么手段。

等他讲完，玛德莱娜问道：

“这情况你是怎么知道的？”

乔治回答：

“恕不奉告。你有你的情报途径，我不得而知；我也有我的情报途径，也打算严守秘密。不管怎样，我敢保证，我这情报准确无误。”

玛德莱娜咕哝道：

“唔，这倒有可能，我已经觉察出，他们背着我们搞什么事儿。”

这工夫，乔治等不来睡意，就往妻子身边靠了靠，轻轻地吻她耳朵。她一把将丈夫推开：

“求求你，让我安静点儿好不好？我可没情绪陪你玩。”

乔治无可奈何，只好翻身面壁，闭起双眼，最后总算睡着了。

第六章

教堂挂了黑纱，正门立的一个花圈上，有一个很大的盾形纹章，向过往行人宣告，这是一位贵绅的葬礼。

追悼仪式刚刚结束，吊唁的人慢慢离去，鱼贯从灵柩和德·沃德莱克伯爵的侄子面前经过。他侄子同大家握手并还礼。

乔治·杜·洛华夫妇出了教堂，并肩走回家。他们心事重重，一路默默无言。

乔治终于开了口，仿佛自言自语：

“真的，特别叫人奇怪！”

玛德莱娜问道：

“什么怪呀，亲爱的？”

“沃德莱克什么也没给我们留下！”

她的脸唰地红了，雪白的肌肤仿佛突然蒙上粉红色面纱，从胸口红到面孔。她说道：

“为什么他一定要给我们留下什么呢？毫无理由这么做呀。”

她沉默了片刻，又说道：

“也许有一份遗嘱，放在公证人那里。现在我们还无法了解。”

乔治想了一下，低声说道：

“对，有这种可能性，不管怎么说，他毕竟是我们的、我们俩的最好的朋友。他生前每周两次到我们家吃晚饭，而且随时都可以到家来，到我们家就像在他自己家里一样，完全一样。他就像父亲那样爱你，而且，他没有家室，既没有子女，又没有兄弟姊妹，只有一个侄儿，还是个远房的侄儿。对，应当有个遗嘱。我并不是抱着多大希望，只想要一件纪念品，以表明他想到了我们，他喜爱我们，承认我们对他的感情。他对我们确实应当有个情谊的表示。”

玛德莱娜若有所思，但又无所谓地说道：

“不错，很可能有份遗嘱。”

他们一回到家，玛德莱娜就从男仆手里接过一封信，拆开看了，又递给丈夫。

拉马纳尔公证人事务所

沃日街十七号

夫人：

请于星期二、星期三或星期四，下午二时到四时，前来本事务所办理与您有关的事宜。

顺致……

拉马纳尔

这回是乔治脸红了：

“估计就是这事儿。真怪了，他是通知你，而不是通知我，从法律上讲，我是一家之主。”

玛德莱娜没有立即应声，她略微沉吟一下，就说道：

“你愿意过一会儿我们一道去吗？”

“嗯，好吧。”

他们吃过午饭就动身了。

他们一走进拉马纳尔公证人事务所，第一文书就显得非常热情地站起来，把他们让进老板办公室。

公证人个头很矮，圆滚滚的，整个人儿都滚圆。脑袋好似圆球，钉在另一个圆球上，而下面的圆球又有两条小短腿支着，也像两个小圆球。

他点头问好，指着椅子请客人坐下，再转身对玛德莱娜说：

“夫人，我请您来，是要让您了解德·沃德莱克伯爵的遗嘱，这份遗嘱与您有关。”

乔治忍不住咕哝一句：

“料想就是这件事儿。”

公证人补充说：

“这份材料不长，我马上就传达给您。”

他从面前的文件夹中取出一张纸，念道：

> 本件签署人保罗·爱米尔·西普里安·贡特朗，即德·沃德莱克伯爵，身心健康，我在此表达最后的意愿。
>
> 鉴于死亡随时能夺走人的生命，我愿立此遗嘱，以防不测，存于拉马纳尔先生处。
>
> 我没有直接继承人，愿将我的全部财产遗赠给克莱尔·玛德莱娜·杜·洛华夫人，不附带任何义务和条件。财产包括两部分：交易所证券六十万法郎，土地资产约五十万法郎。我请她接受亡友的这一馈赠，借以表示忠诚、深厚而又敬重的一种情谊。

公证人补充说：

“这是全部内容。这份遗嘱是今年八月份立的，取代两年前写的同样性质的一份遗嘱。前一份遗嘱上的继承人是克莱尔·玛德莱娜·弗雷吉埃夫人。那份遗嘱我还保存着，如果本家有人提出异议，就可以拿出来证明德·沃德莱克伯爵的意愿没有变化。”

玛德莱娜脸色特别苍白，低头看着自己的脚。乔治神经紧张，用手指捻着小胡子尖。公证人沉默了一会儿，又说道：

“当然，先生，没有您的同意，尊夫人是不能接受这笔遗赠的。”

杜·洛华站起身来，语气生硬地说道：

“容我点儿时间考虑一下。”

公证人微笑着点了点头，非常和蔼地说道：

“您有顾虑，还犹豫不决，先生，这我完全理解。我还要补充一点情况，德·沃德莱克先生的侄子，今天上午得知他叔父的遗愿，就明确表示，如果让给他十万法郎，他准备尊重这遗愿。依我看，这份遗嘱是无懈可击的，但打官司总不是好事，会惹人议论，你们还是避免为好。世人往往要作出恶意的判断。不管怎样，你们能不能在星期六之前，就快点给予我答复？”

乔治颔首答道：“可以，先生。”接着，他十分客气地施礼告辞，让保持缄默的妻子走在前面，铁板着脸走出去，弄得公证人那张笑脸也维持不住了。

他们一回到家，杜·洛华啪地一摔门，将帽子往床上一扔：

“你给沃德莱克当过情妇吧？”

玛德莱娜正往下摘面纱，听这话不禁一抖，转过身来：

“我？噢！……”

“对，就是你。谁也不会把全部财产留给一个女人，假如她不是……”

玛德莱娜颤抖起来，连别着透明面纱的别针都取不下来了。

她思考了一下，然后结结巴巴，声调激动地说：

“瞧你……瞧你……你真荒唐……你真……你真……那会儿……你本人……不是也希望……他给你留下点什么东西吗？”

乔治就站在她身旁，注视她情绪的每一种变化，犹如法官力图捕捉犯人的每一细小的破绽。他一板一眼地说道：

“不错……他可以给我留下点什么东西，给我……给我，你的丈夫……给我，他的朋友……你要听明白……而不是给你……给你，他的朋友……给你，我的老婆……按照常情常理……而且从公众舆论的角度看，这种差异最重要，是根本性的。”

现在，是玛德莱娜定睛注视丈夫了，她那澄净的目光既深邃又奇特，似乎要看出什么来，似乎要在这个人身上发现别人始终看不透的一面，须知这个人只有在一瞬间，只有在一瞬间疏忽或放松，或者不留意的时候，才像紧闭的门开了一条缝儿，让别人瞥见一点儿内心的秘密。她一字字咬得很清，缓缓地说道：

“我倒觉得事情不尽然……如果他那么大一笔遗赠……留给你……那么，别人至少会感到同样奇怪。”

乔治粗暴地问道：

“这是为什么?”

玛德莱娜答道：

“就因为……”

她迟疑了一下，才说下去：

“就因为你是我丈夫……你认识他并没有多久……因为我很久以来就是他的朋友了……我……因为他立的头一份遗嘱，就已经写明赠给我的，那时弗雷吉埃还在世。”

乔治大步踱来踱去。他郑重说道：

“这事我不能接受。”

玛德莱娜无所谓地答道：

“太好了，那就没必要等到星期六了，我们可以马上通知拉马纳尔先生。”

乔治到她对面站住，二人又对视了片刻，都要力图看透对方内心严守的秘密，探测对方思想的活跃点。二人通过这种热切而无言的询问，力图剥露对方的意识，这是他们心灵的搏斗，两个人在一起生活，彼此却始终不了解，相互猜疑，相互窥探，相互摸底，但是都没有探到对方灵魂深处的污泥浊水。

忽然，他直冲妻子的脸，低声说道：

“好了，招了吧，你做过沃德莱克的情妇。”

玛德莱娜耸了耸肩膀：

“你真愚蠢……沃德莱克十分疼爱我……十分……没有别的……仅此而已。”

他跺了跺脚：

“你说谎！这不可能！”

玛德莱娜却平静地回答：

“然而事实如此。”

他重又来回踱步，继而又站住：

“那你就向我解释解释，他的全部财产，为什么留给你，给你……”

玛德莱娜漫不经心地、淡淡地说道：

“这很简单，正像你刚才说的，他只有我们这两个朋友，准确点儿说，只有我这一个朋友。在我小时候，他就认识我了。我母亲在他府上给女主人当陪伴。他经常到这儿来，而他又没有自然继承人，也就想到我。若说他对我有几分爱，这也是可能的。不过，哪个女人没有这样被人爱过呢？他考虑安排后事的时候，这种藏在心里的秘密柔情便起了作用，他就写下我的名字，这又有何不可呢？每星期一他都给我送花，却从来没有送给你，你丝毫也没有感到奇怪，对不对？今天，他出于同样的原因，把财产赠给我了，只因他没有任何人可赠送。反之，他若是把财产留给你，那才叫人万分惊讶呢。为什么？你是他什么人吗？”

她说得极其自然，极其平静，乔治听了也犯了踌躇。

乔治还是说道：

“反正都一样，在这种情况下，我们就不能接受这笔遗产。接受了，后果不堪设想。人人都要信以为真，人人都要说长道短，拿我当成笑柄。我那些同事本来就嫉妒得要命，有机会就要攻击我。我比谁都得更珍惜自己的名誉，更爱护自己的声望。这个人，在流言蜚语中，已经被人说成是我妻子的情夫，我就不可能同意，也不可能允许我妻子接受此人这样性质的遗赠。这种事，弗雷吉埃可能容忍，他是他，可我不行。”

玛德莱娜就和颜悦色地说：

“好啊！亲爱的，那就算了，我们不接受，口袋里无非少了一百万嘛，不过如此。”

乔治一直走来走去，开始把头脑里想的高声讲出来，不直接对妻子，而又讲给她听：

“好啊！对……一百万……只好认了……他立遗嘱的时候，却还没有明白，他在分寸上犯了多大错误，居然忘了常情常理！他却没有想到，他要把我置于何等荒谬而可笑的境地……生活中无不存在分寸的问题……他应当留给我半数，那么问题就全解决了。”

他坐下来，跷起二郎腿，开始捻弄小胡子梢儿，每当烦闷、不安或者费力思考时，他往往做出这种动作。

玛德莱娜拿起不时绣上几针的绒绣，一边挑选绒线，一边说道：

“我嘛，只有闭嘴的分儿，什么事儿都得由你考虑。”

许久他没有应声，后来，口气才犹豫地说道：

“别人永远也不会明白，我怎么能同意沃德莱克指定你是唯一继承人。以这种方式接受这笔财产，就等于承认……你那方面承认同他有过罪恶的关系，我这方面则承认卑鄙地默许……我们若是接受了，你明白别人怎么理解吗？必须想一个迂回的办法，找一个巧妙的方式打掩护。必须向别人暗示，比方说暗示他把这笔财产分给我们二人，半数给丈夫，半数给妻子。”

玛德莱娜问道：

“那遗嘱是正式文件，我不知道怎么可以这样处理。”

乔治答道：

“唔！这很简单。你可以按生前赠予的方式，把遗产分给我一半。我们没有子女，因此可以这样办。这样一办，就能封住众人的口，杜绝流言蜚语。”

玛德莱娜有点儿不耐烦了，反驳说：

“我也不知道怎样才能封住众人的口，杜绝流言蜚语，既然文件摆在那儿，是由沃德莱克签署的。”

乔治气冲冲又说道：

“这份遗嘱，难道我们还需要张贴出来吗？其实你才愚蠢呢！我们就说德·沃德莱克伯爵把财产留给我们各一半……就是这码事儿……要知道，没有我的同意，你是不能接受这笔遗赠的。要我同意，只有一个条件，对半儿分，这样我才不会成为人家嘲笑的对象。”

玛德莱娜再次以犀利的目光凝视他：

“随你便吧。我准备好了。”

于是他站起身，又开始走动，又显得犹豫起来，现在还回避妻子那敏锐的目光。他说道：

“不行……肯定不行……也许最好完全放弃算了……这样更能保持尊严……也显得更正派……更体面……这样一来，别人就再也不能胡乱猜测了，绝对不能了。最爱吹毛求疵的人，也只能躬身佩服了。”

他走到玛德莱娜面前停下：

“这样吧，亲爱的，你若是愿意的话，我一个人再跑一趟，去征求拉马纳尔先生的意见，向他解释一下，说明我的顾虑，我还要告诉他，我们从权处理，决定平分，免得惹人非议。既然我接受了一半遗产，显然谁也无权讥笑我了。这就等于高声宣布：‘我妻子之所以接受，是因为我接受了，我作为丈夫，自然能裁定，她可以做什么而不会损害名誉。’否则，这事一定会闹得满城风雨。”

玛德莱娜只是咕哝一句：

“随你便吧。”

他又讲起来，口若悬河：

“对，对半儿分这种解决办法，事情就明明白白了。一位朋友给我们留下遗产，他不愿意在我们之间确定差异，不愿意厚此薄彼，不愿意表明：‘我死后也像生前一样，更喜欢其中的一个。’自不待言，他更喜欢那个女的，但是他的财产既留给了女的，也留给了男的，从而清楚地表明，他的偏爱纯粹是柏拉图式的。你尽可相信，他若是想到这一点，就会这样做了。他没有认真考虑，也就没有预见到可能产生的后果。刚才你说得很好，他每周总是给你送鲜花，这最后的念心儿也就要留给你，而没有意识到……”

玛德莱娜颇为恼火地接口说道：

“就这么定了，我明白了。你解释这么多用不着，马上去见公证人吧。”

乔治脸红了，结巴着说了一句：

“你说得对，我这就去。”

他戴上帽子，临出门时又说道：

“那个侄儿的难题，我设法用五万就解决了，好不好？”

妻子高傲地回答：

“不，要十万就给他十万。你若是愿意，就从我那份里出好了。”

他忽觉惭愧了，低声说道：

“嗳！这不行，我们分摊吧。我们每人扣除五万，总共还能净剩一百万呢。”

接着，他又补充一句：

“一会儿见，我的小玛德。”

他去向公证人解释了，说是他妻子想出来的办法。

第二天，夫妻二人签署了生前馈赠书：玛德莱娜·杜·洛华赠给丈夫五十万法郎。

这天天气晴朗，他们从事务所出来，乔治建议一直走到林阴大道。他显得特别亲热和体贴，充满敬意和温情，见什么都高兴，笑容满面，然而，玛德莱娜却仿佛有心事，表情有点儿严肃。

已是秋季，这天相当冷。行人似乎都很急，脚步匆匆。杜·洛华领妻子走到一家珠宝店门前，他正是常来这里观赏他渴望已久的怀表。

“我送你一件首饰，你说好吗？”他说道。

玛德莱娜无所谓地咕哝道：

“你瞧着办吧。”

“你想要什么，项链、手镯还是耳环？”

玛德莱娜一看见金银珠宝首饰，故意装出的冷淡也就荡然无存，她好奇的目光一下子亮了，扫视满满陈列着珠宝的玻璃柜台。

忽然，她动了心，看中了一样首饰：

“这手链很漂亮！”

那是一副形状独特的手链，每环镶一颗宝石，各不相同。

乔治问道：

“这手链多少钱？”

珠宝商答道：

“三千法郎，先生。”

“两千五让给我，这笔生意就拍板了。”

那人犹豫了一下，答道：

“不行，先生，这不可能。”

杜·洛华又说道：

“这样吧，再加上这块怀表，一千五百法郎，一共算四千法郎，我付现金，成不成。您再不肯，那我就去别处了。”

珠宝商十分为难。最后还是同意了。

“哦，好吧，先生。”

记者留下自己的住址，又补充说：

“请在怀表上刻一个男爵冠冕，下方再用花体刻上我姓名的缩写：乔·洛·康。”

玛德莱娜不禁惊讶，微微一笑。他们往外走时，她怀着几分温存挽起他的手臂，觉得他确实又机灵又能干。现在他有了年金，理应有个贵族头衔，这完全恰当。

商人向他们躬身施礼：

“您就交给我办吧，星期四一定刻好，男爵先生。”

他们经过通俗喜剧院，看到推出一场新戏。

“你若是愿意，今晚我们来看戏，设法儿弄个包厢。”

果然还有个包厢，他们就定下了。乔治又说道：

“今晚下馆子怎么样？”

“唔！好，我愿意。”

他像君主一样快活，想想还能干点什么。

“我们去找德·玛海勒夫人，请她和我们共度这个晚上怎么样？听说她丈夫也在，我很高兴能见见面。”

他们前去拜访。乔治同情妇争吵后怕再见面，乐得身边有他妻子，免得解释了。

克洛蒂尔德倒好像什么也不记得了，她甚至逼使丈夫接受邀请。

晚餐气氛欢快，这个晚上过得非常开心。

乔治和玛德莱娜很晚才回到家。楼道里的煤气灯熄了。记者不时搓燃点火用的蜡绳，好照亮级梯。

他们走到二楼楼梯口，搓的蜡绳忽然燃起火苗，在黑暗中照亮二人的面孔，映现在镜子里。

他们那模样好似幽灵，倏忽现形，随时会消失在黑夜里。

杜·洛华举起手照他们的形象，以便看得清楚些，他得意地笑道：

“瞧，百万富翁经过这里。”

第七章

征服摩洛哥已有两个月，法兰西成为丹吉尔的主人，拥有了直到的黎波里的地中海的整个非洲海岸，并为这个新吞并的国家公债担了保。

据说，两名部长从中捞了两千万，几乎指名道姓提到拉罗什·马提厄。

至于华尔特，巴黎无人不知无人不晓，他一箭双雕，债券上赚了三四千万，铜铁矿和大量地产赚了八百万到一千万。那些地产，他在远征摩洛哥之前廉价买进，等到法国占领那里之后，再转手高价卖给殖民开发公司。

数日之间，他就成了世界的主宰之一，成为万能的金融家。这类金融家万能，比国王权势还大，能令人低头弯腰，令人嘴巴结巴着，讲出深藏内心的一切下流、无耻和妒忌。

从前，他是犹太人华尔特，一家可疑银行的老板，一家暧昧报社的社长，一名被人怀疑投机钻营的议员。现在他摇身一变，成为华尔特先生，以色列富翁。

他要表明这一点。

卡尔斯堡亲王有一座极美的公馆，坐落在圣奥诺雷城关街，花园则朝着香榭丽舍大街。华尔特得知那位王公生活窘迫，便出价三百万，在二十四小时之内买下这座府邸，要求全部家具保持原样，连一张扶手椅的位置都不能移动。出价的数额很有诱惑力，那位王公同意了。

第二天，华尔特搬到了新居。

接着，他又出新招儿，要拿下巴黎，这是名副其实的征服者的主意，波拿巴式的主意。

这期间，匈牙利画家卡尔·马尔科维奇的一大幅油画，表现耶稣在波涛上行走，正在鉴别估价商雅克·勒诺布尔处展示，吸引了巴黎各界人士。

艺术评论家盛赞这幅作品，宣称这是本世纪杰作中的杰作。

华尔特用五十万法郎买下这幅画，并当即取走，一下子阻断了公众好奇心所汇成的潮流，迫使全巴黎议论他，任由别人羡慕、咒骂还是赞同。

继而，他又在报上宣布，要于某一晚上，邀请巴黎各界名流到他府上欣赏那位外国大师的杰作，以便杜绝他将一件艺术品囚禁起来的流言。

届时他的府邸开放，来者不拒，只要在门口出示通知函即可。

通知函这样写道："华尔特先生暨夫人，于12月30日晚九时至午夜，在宅中用电灯照明展示卡尔·马尔科维奇①的作品《耶稣凌波图》，敬请光临。"

还有一行小字体的附言："午夜之后将举行舞会。"

---

① 实际上是匈牙利画家米哈利·蒙卡西（1844—1900），从1872至1896年定居法国。

这样，在愿意留下来的人当中，华尔特夫妇将挑选未来的相识。

其余的人则怀着世俗的、放肆的或淡漠的好奇心，见识了这幅画，这座公馆和公馆主人之后，便怎么来就怎么回去了。华尔特老头儿心中有数，以后他们还会再来拜访，就像拜访同他一样成为富翁的那些以色列兄弟。

首先必须吸引常见报的那些有贵族头衔而又一贫如洗的人。他们走进这家门，是要瞧瞧六周就赚了五千万的这个人长什么样子；他们走进这家门，也是要瞧瞧，要数数前来的都是什么人；他们走进这家门，还因为他情趣高雅而又机灵，能把他们邀到他这个以色列子孙的家中，欣赏一幅以基督教为主题的绘画。

他分明向他们表示："你们看，我花了五十万法郎，买了马尔科维奇的《耶稣凌波图》，这幅宗教题材的杰作将永远放在我家中，放在我眼前，放在犹太人华尔特的家里。"

在上流社会，在公爵夫人和赛马俱乐部①的圈子里，大家纷纷议论这一毫无约束性的邀请：去那里就好像去波第②先生的画廊看水彩画一样。华尔特夫妇拥有一幅杰作，他们选择一天晚上敞开大门，让所有人都有机会观赏。这再好不过了。

《法兰西生活报》在半个月以来，每天都在社会新闻栏刊登12月30日晚会的消息，极力煽起公众的好奇心。

老板如此风光，杜·洛华气得要命。

他从妻子那里榨取了五十万法郎，自以为很富有了，现在却觉得自己很穷，穷得要命，他那点儿可怜的财富，怎能比像雨一样哗哗落到他周围的、而他根本不会聚敛的那千百万呢？

他心中的妒恨与日俱增。他恨所有人，恨华尔特夫妇，甚至不再去他们家了；恨自己的妻子上了拉罗什的当，反过来还劝他不要买摩洛哥债券；尤其恨那个部长，每周两次到他家用晚餐，既利用

---

① 赛马俱乐部是保持贵族传统的封闭的小圈子。

② 乔治·波第于19世纪末在巴黎赛兹街创办画廊，主旨是引导上流社会接受现代绘画。

他又要弄了他。乔治给那部长当秘书，当随员，当笔杆子，每次在他口授下写东西的时候，恨不能掐死那个得意洋洋臭美的家伙。拉罗什当上部长，业绩平平，为了保住职位，他决不让人猜出他已腰缠万贯。然而，那个律师暴发户说话越发傲慢，举止越发放肆，下断语越发大胆，那自信也越发十足了，从这种种变化中，杜·洛华能感到他发了横财。

如今，是拉罗什当杜·洛华的家，他接替了德·沃德莱克的地位和前来的日子，对仆人说话的口气，俨然是这个家的二主人。

乔治气得发抖，但还是忍着，犹如一条狗想咬人却还不敢。然而，他对玛德莱娜的态度，时常又生硬又粗暴，而玛德莱娜只是耸耸肩膀，把他视为笨拙的孩子。不过，见他情绪总是那么坏，她很诧异，多次说过：

"你真叫我弄不明白，你总那么抱怨。可是，你的地位多优越啊！"

乔治转过身去，一声也不应。

起初他明确说，决不去参加老板组织的晚会，再也不想跨进那个肮脏的犹太人的家门了。

这两个月来，华尔特夫人每天给他写信，求他去她家中，求他指定个约会地点，说是要把她替他赚的七万法郎当面交给他。

乔治根本不回复，将那些痛苦绝望的信投入炉火中。他倒不是不想接受二人获利中他的那份儿，而是偏要狠狠气她，以轻蔑的态度对待她，把她踩在脚下。她太富有啦！乔治就要傲视。

要展示那幅画的当天，玛德莱娜还指出，他不想去可是大错特错了，他仍然答道：

"让我清静点儿，我就待在家中。"

可是，吃完晚饭，他忽然说道：

"这个苦差事，还是得跑一趟啊。你快点准备吧。"

玛德莱娜早有所料。

"我有一刻钟就准备好了。"她说道。

乔治穿衣服时还气哼哼地嘟囔，甚至上了出租马车，他还继续发泄怨气。

卡尔斯堡公馆的正院照得通明透亮，四只大电灯泡，在院子四角如同放射蓝光的四个小月亮。一条精美的地毯，从高台阶顺级而下，每一级上都立着一名身穿号服的听差，如雕像一般挺立不动。

杜·洛华咕哝道：

“这才叫摆阔气呢！”

他耸耸肩膀，嫉妒得直揪心。

妻子对他说：

“住口吧，你也照样干好了。”

他们进了门，将沉重的外套交给迎上来的仆人。

还有几对夫妇到了，他们也脱下皮袄。只听他们低声赞道：“真漂亮！真漂亮！”

前厅极为宽敞，墙上挂着织有战神马尔斯和美神维纳斯爱情故事的壁毯。左右两翼楼梯十分壮观，到二楼合龙。楼梯的锻铁扶手非常精美，由于年代已久，上面的镀金已然褪色，沿着红色大理石的梯阶，隐隐闪着光亮。

通往几间沙龙的门口有两个小姑娘，一个扮成玫瑰精灵，一个扮成蓝精灵，她们向每位夫人献上一束花。大家觉得这种安排十分美妙。

沙龙里熙熙攘攘，已经到了不少客人。

大部分女士都是上街的装束，以表明她们到这里来，就同参观所有个人画展一样。准备留下来参加舞会的，则穿着袒胸露臂的晚礼裙。

华尔特夫人由女友簇拥着，站在第二间客厅里，向参观者答礼。许多人不认识她，就像参观博物馆那样，径自走去，根本不管这住宅的主人。

华尔特夫人一望见杜·洛华，脸色刷地白了，她动了一下，想走过去，但终于停在原地未动，等他前来。杜·洛华恭恭敬敬地向她施礼问好，而玛德莱娜则对她极为亲热，百般恭维。乔治把妻子留给老板娘，自己则混入人群中，要听听别人讲些什么恶言恶语。

接连有五间沙龙，都镶着珍贵的壁布、意大利刺绣，或者不同颜色与风格的东方地毯，墙上挂着古典大师的画幅。尤其一间路易十六时代风格的小客厅，令人驻足欣赏，赞叹不已，只见墙壁上全镶着淡蓝底儿玫瑰色花束图案的锦缎，镶金的木制矮家具罩布与墙上锦缎相同，显得精美极了。

乔治认出一些名人，诸如：德·费拉西纳公爵夫人、德·拉沃奈尔伯爵夫妇、德·安德列蒙亲王将军、美丽的德·杜纳侯爵夫人，以及首场演出必到场的所有男女名流。

他忽觉胳膊被人抓住，耳畔响起年轻的、欢快的声音，悄悄地对他说：

"哼！您终于来啦，坏透了的帅哥儿！为什么您不露面啦？"

原来是苏珊娜·华尔特，她那盘卷如烟云的金发下，一对细瓷般的眼睛正在注视他。

乔治又见到她真是喜出望外，他毫不犹豫地握住她的手，接着表示歉意：

"来不了，这两个月来忙极了，根本没时间外出。"

苏珊娜表情变得严肃了，又说道：

"这不好，很不好，很不好。您多叫我们难过啊，因为妈妈和我，我们都特别喜欢您。我更是这样，没有您就受不了。没有您在眼前，我就烦闷得要命。您看，我对您这么坦率说出来，就是让您明白，您再也无权就这样不着面了。来，让我挽着您的手臂，我亲自陪您去看《耶稣凌波图》，挂在最里端，还在温室后面呢。爸爸也真是的，把那幅画摆在那边，是要迫使人全走个遍。真怪了，爸爸有了这个公馆，就像孔雀开屏，一个劲儿炫耀。"

二人缓步穿过人群，惹人回身瞧这美男子和这喜人的布娃娃。

一位名画家叹道：

"嘿！瞧这一对多美，真是美妙无双。"

乔治心中暗道：

"我若是真有本事，就应当娶这一个。按说，这也是可能的。我原先怎么就没有想到呢？我怎么就稀里糊涂，娶了另一个呢？太荒唐啦！人做事总是操之过急，从不考虑充分了。”

嫉妒，苦涩的嫉妒，好似胆汁，一滴滴落入他的心田，破坏了他的全部快乐，使他的生活变得可憎了。

苏珊娜说道：

“哎！您要常来呀，帅哥儿。现在爸爸这么有钱，我们可以随便挥霍，可以痛痛快快地玩乐。”

他一直顺着自己的思路，答道：

“唔！现在，您该结婚了，要嫁给一个家道没落的英俊王子，我们也就没有什么机会见面了。”

苏珊娜坦率地高声说：

“嗳！不，还没有呢，我要找一个我喜欢的人，找一个我非常喜欢、完全喜欢的人。我的钱够两个人用了。”

乔治微微一笑，是一种讥讽而高傲的一笑，于是开始向她指点走过去的宾客，说他们出身如何高贵，他们如何将生了锈的贵族头衔卖给像她那样的金融家女儿，现在无论是远离还是在妻子身边，都过着自由放荡的无耻生活，但是很有名望又受人尊敬。

他得出结论：

“我打赌不出六个月，您就得上钩，当上侯爵夫人、公爵夫人或者王妃。到那时，您就眼高于顶，对我不屑一顾了，小姐。”

苏珊娜气得直用扇子打他的手臂，起誓说她要完全按照自己的心愿结婚。

乔治冷笑道：

“走着瞧吧，您太富有了。”

苏珊娜也说道：

“您也富有啊，不是继承了一笔遗产嘛！”

乔治可怜巴巴地“噢”了一声：

“别提了，将将能有两万利弗尔的年息，现在这年头就不算什么了。”

“还有您夫人，也继承了。”

“对，我们两个人共一百万。年息四万，我们连置一辆马车都办不到。”

他们走到最后一间客厅，温室就展现在面前。这是一座冬季大花园，里面长满了热带高大的树木，遮护着一丛丛的奇花异草，只见一片墨绿色，灯光照进去，宛如银波流荡。一置身园中，便呼吸到潮湿土地和浓郁芳香的温润而清新的气息，能产生一种奇异而甜腻的感觉，一种有害而又迷人的感觉，只觉得气氛淆杂，令人绵软无力。通道两侧是茂密的灌木丛，走在地毯上就像踩着厚厚的青苔。杜·洛华忽然看见右侧一棵棕榈树的大圆顶下，有一个白色大理石水池，那面积足够游泳了。池边那代尔夫特①产的四只彩陶大天鹅，从半张的喙中向池里喷水。

池底铺着金色的细沙，几尾大金鱼在水中游弋，那双眼突起、鳞片镶着蓝边的中国怪物，堪称水宫的达官贵人，无论游来弋去，还是垂悬在金色池底上面，都令人联想起那个国度的奇妙刺绣。

记者停下脚步，心不由得怦怦直跳，他暗自思忖：

“嘿！这才叫豪华呢！要活得美，就应当在这样的宅子里。别人办得到，我为什么就不能呢?”

他接着想用什么法儿达到这种目的，一时什么也想不出来，就觉得自己无能，心中十分恼火。

他的女伴也若有所思，不再讲话了。杜·洛华从侧面瞥了她一眼，头脑又闪现这个念头：“其实，只要娶了这个有血有肉的小玩偶，就会大功告成。”

这时，苏珊娜仿佛猛醒过来，“当心！”她说道。她推着乔治穿过挡路的人群，又突然推他朝右拐去。

只见一片奇特的灌木丛，树叶伸向空中，像张开的尖尖手指微微颤动，而树丛正中有一个人，纹丝不动地站在海上。效果惊人。绘画的四框恰好由颤动的绿丛遮住，仿佛一个黑洞，而洞中远处出现一幅神奇的幻景。要仔细审视才能看明白。众使徒乘坐的船只有半截在画框里面，由斜射过来的灯光微微照见，而坐在船沿儿举着

① 荷兰城市名，以制造精美彩陶著称。

灯笼的使徒，将光亮全部投向缓缓起来的耶稣。

只见波涛在耶稣脚下让路，变得平复铺展，柔和驯顺了。化为人形的上帝周围一片黑暗，唯有天上的星光灿烂。

举着风灯的使徒指着天空，而在风灯余光的朦胧中，众使徒惊讶得脸都变了样。

果然是大师手笔，作品雄浑有力，出人意料，能震撼人的思想，能让人浮想数年而不忘怀。

观赏这幅画的人起初保持肃静，继而沉思着走开，过后才谈论这部作品的价值。

杜·洛华观赏了一会儿，声言一句：

“能花得起钱买这类玩意儿，才够派呢！”

旁边有人又推又搡，以便挤到近前看个清楚。于是，杜·洛华让开了，他的腋下始终夹着苏珊娜的手臂，这时夹得又紧了一点儿。

苏珊娜问他：

“您想喝杯香槟吗？我们去冷餐台吧！去那儿还能瞧见爸爸。”

他们又缓步穿过每间客厅，只见人越来越多，如潮汹涌，都是盛装打扮，就像参加公众的庆典一样。

忽然，乔治仿佛听见有人说了一句：“瞧，那是拉罗什和杜·洛华夫人。”这句话拂过耳畔，如同远处的声响随风飘转。是从哪儿来的呢？

乔治游目巡视，果然望见他妻子挽着那位部长的胳膊，那两个人相视而笑，正亲昵地低声交谈。

乔治想象别人一定望着他们并窃窃私议，心中顿时萌生一种强烈而愚蠢的欲望，要扑过去狠揍那两个人。

他妻子是当众出他的丑。他想起弗雷吉埃，现在别人大概要说：“杜·洛华这个王八。”他是何许人？无非是个小小的暴发户，有点儿小聪明，其实并没有多大本事。别人之所以到他家去，是因为惧怕他，觉得他能干，然而他们在背地，恐怕会毫无顾忌地议论这对记者小夫妻。这个女人，总引起别人对他的家庭产生怀疑，总是造成不好的名声，她那神态也表明她是个搞阴谋的女人，跟这样一个女人在一起，他不可能飞黄腾达。现在，她很可能成为他的绊脚石。唉！若是早能看透，早点儿明白该有多好！他会有多大的用武之地啊！他若能拿小苏珊娜当赌注，那能赢多大一局啊！他的眼睛真够瞎的，怎么没有看清这一层呢？

他们到了餐厅，好大的间量，排列着大理石柱子，墙上镶着古老的戈伯兰壁布。

华尔特一望见他的专栏编辑，就急忙过来抓乔治的双手。老板高兴得像喝醉了酒：

“您全都看到了吧？喂，苏珊娜，你全都指给他看了吧？来的人真多，对不对，帅哥儿？您看见盖尔什亲王了吗？他刚才过来喝了一杯潘趣酒。”

说罢，他又冲向参议员里索兰。跟在里索兰身边的妻子是个傻乎乎的女人，那花里胡哨的扮相，赛似集市上的杂货摊。

一位先生向苏珊娜施礼，那是一个身材修长的青年，头发有点儿拔顶，蓄留金黄色的美髯，气度不凡，走到哪儿都为人瞩目。乔治听人称他德·卡索尔侯爵，他忽然嫉妒起这个人来。从什么时候起，苏珊娜认识他的呢？大概是她家发了财之后吧。乔治推想他肯定是个求婚者。

有人拉起他的手臂，乔治扭头一看，原来是诺尔贝·德·瓦莱纳。老诗人还是晃着一头油腻的脏发，穿着那身破旧的礼服，还是一副无精打采的淡漠神态。

“这才叫开心呢，”他说道，“过一会儿还要跳舞，跳完舞就上床睡觉。那些小女孩也都兴高采烈，喝香槟吧，这是佳品。”

他让人斟满了一杯，等杜·洛华也拿了一杯，便祝酒道：

“为聪明才智向百万财产报复而干杯！”

他又换成温和的口气说道：

“我倒不是怪他们妨碍我，或者怨恨他们，而是从原则上表示反对。”

乔治已无心听老诗人说话了，他发现苏珊娜和德·卡索尔侯爵刚刚溜掉，便突然离开诺尔贝·德·瓦莱纳，开始追寻那少女。

前来喝酒的人熙熙攘攘，拦住了他的去路，等他终于挤出人群，又碰巧同德·玛海勒夫妇撞了个满怀。

乔治同那位妻子常见面，但很久没有会见那位丈夫了。那位丈夫紧紧抓住他的双手：

“亲爱的朋友，万分感谢您让克洛蒂尔德转告给我的建议。我购买了摩洛哥债券，赚了将近十万法郎。这多亏了您啊！可以说，您的确是一位难得的朋友。”

有些男人回过头来，注视这个秀雅美丽的棕发娇娃。杜·洛华答道：

“亲爱的朋友，帮忙要回报，我想借用尊夫人，确切点儿说，请她挽着我的手臂走一走。夫妇例来要拆开的。”

德·玛海勒先生点了点头：

“完全正确。如果我同你们走散了，那就过一小时，大家还在这里见面。”

“好极了。”

两个年轻人在前，那位丈夫在后，钻入了人群，克洛蒂尔德一再说：

“华尔特这家人运气真好。不过，生意头脑也少不了。”

乔治答道：

“哼！强手总有得意成功的时候，可以使用这种，也可以使用那种手段。”

克洛蒂尔德又说道：

“这下子，两个女儿，每个都能有两三千万嫁妆了，且不说苏珊娜长得多美。”

乔治没有应声，他的想法从另一张嘴里讲出来，心里不免有点儿恼火。

她还没有见到《耶稣凌波图》，乔治提议带她去看。他们边走边拿别人开心：说说谁的坏话，嘲笑生人的面孔。圣保丹从旁边走过去，他们也觉得好笑：他礼服翻领上挂了那么多勋章，而走在他后面的一位前大使则少得可怜。

杜·洛华感叹一句：

“林子大，什么鸟儿都有！”

布瓦勒纳过来同他握手，那扣眼又佩戴上决斗那天戴出显示的黄绿两色绶带的勋章。

打扮得花枝招展、躯体肥大的佩什穆尔子爵夫人，在路易十六时代风格的小客厅里，正同一位公爵交谈。

乔治低声说道：

“风流对头。”

他穿过温室的时候，又瞧见他妻子坐在拉罗什身边，两个人几乎躲在一簇花木后面。他们那种行径分明在说：“我们在这里约会，在大庭广众之中见面。我们才不在乎舆论呢。”

德·玛海勒夫人承认，卡尔·马尔科维奇的《耶稣凌波图》确实出神入化。他们往回走时，也不知把那位丈夫丢到哪里了。

乔治问道：

“罗丽娜怎么样？她还一直记恨我吗”

“对，一直那样。她不肯见你，一听人提起你就走开。”

乔治没有应声。小姑娘的这种反目成仇，一时压在他心头，令他黯然神伤。

在一道门的拐角，苏珊娜突然抓住他们，高声说道：

“嘿！你们在这儿呀！好啦，帅哥儿，您就独自待会儿吧，我把美丽的克洛蒂尔德劫走了，带她去瞧瞧我的房间。”

两位女士走了，步履匆匆钻进人群，她们腰身曼妙，动作像水蛇一般，善于在人群之间游走。

几乎紧接着，一个人低声叫他：“乔治。”原来是华尔特夫人，她又压低嗓门说道：“噢！您太残酷无情啦！您就这样白白让我吃苦头！我派苏珊娜将陪伴您的女士拉走，好有机会同您说句话。听我说，今天晚上，我必须……我必须同您谈谈……否则……否则……您不知道我会干出什么来。您去温室那边，从左首一道门出去，进入花园，再沿着小径走到头，就能看到一架紫藤。十分钟后，您到那儿等我。您若是不愿意，我向您发誓，我会立刻在这里闹起来，大家出丑！”

乔治高傲地答道：

“好吧。十分钟后，我就会到您指定的地点。”

二人当即分手。乔治不料又碰见雅克·里瓦乐，差点误了时间。里瓦乐抓住他的胳膊，情绪非常激动，向他讲述了一大堆事情，他肯定是从冷餐台那里过来的。最后，杜·洛华终于摆脱了，把人交给在两道门之间又碰上的德·玛海勒先生，自己赶紧溜走了。他还要特别当心，不能让他妻子和拉罗什瞧见。这一点不难做到，因为那二人似乎谈得很热烈，他终于到了花园。

冷风袭来，就好像洗冷水浴，他心中骂了一句：“妈的，我非感冒不可。”于是，他拿手帕像扎领带那样系在脖子上。然后，他沿小径缓步往前走，刚从亮堂堂的客厅出来，周围还看不清楚。

他分辨出两侧是灌木丛，脱叶的细枝在瑟瑟抖动，枝丫间穿过的灰色光亮，是公馆窗户透出的灯光。他隐约望见前方路中央有个白影，那正是华尔特夫人。她袒胸露臂，声音颤抖着讷讷说道：

“哦！你来啦？看来你是想要我的命吧？”

乔治平静地回答：

“求求您，别给我演戏好不好？否则我拔腿就走。”

她搂住乔治的脖子，几乎嘴唇贴着嘴唇说道：

“我有什么对不起你的？你就像恶棍一样对待我！我有什么对不起你的？”

乔治想推开她：

“上次见面的时候，你把头发缠在我的所有纽扣上，害得我们夫妻关系差点儿破裂。”

她不禁愕然，继而摇头否定：

“哼！你老婆才不在乎呢。大概是你的哪个情妇同你大闹一场。”

“我没有情妇。”

“住口吧！没有，那你为什么不来看我啦？你为什么不来和我吃晚饭，每周一次也不肯呢？我多么痛苦，简直肝肠寸断。我爱你到了什么程度，无论想什么都要想到你，无论看什么都看见你在眼前，再也不敢讲一句话，只怕一开口就讲出你的名字！你呀，这种感受，你是不懂的！我就觉得自己被巨爪抓住，捆起来，不知投进什么口袋里。总是念念不忘，一想起你喉咙就发紧，这里就有什么东西撕裂，就在乳房下面，心口窝这里，这两腿还发软，连走路的力气都没有了。我就像个傻子，整天坐在椅子上想你。”

杜·洛华惊讶地看着她。她不再是他从前认识的那个胡闹的胖女孩，而成为丧失理智、什么事都干得出来的绝望女人。

这工夫，他头脑里隐隐约约有个设想，于是答道：

“亲爱的，爱情不是永恒的，总要有合有分。像我们这样的关系，再继续下去，就成了巨大的负担。我再也不愿意这样了。这就是事实。不过，你若是真能变得通情达理，把我当做朋友看待，那我还会像从前那样来你家。你觉得自己能做到这点吗？”

她将赤裸的手臂搭在乔治的黑礼服上，低声说道：

“能见到你，我什么都做得到。”

“那好，一言为定，”乔治说道，“我们是朋友，仅仅是朋友。”

她讷讷道：“一言为定。”

可是，她又把嘴唇递过去：

“再吻一次……最后一吻。”

乔治委婉地拒绝：

“不行，我们必须执行协议。”

她转过身去，抹去两颗眼泪，然后从胸衣里掏出用粉红绸带扎着的一个纸包，递给杜·洛华：

“拿着，这是摩洛哥那桩生意中你赚的份额。当时我特别高兴能替你赚了这份儿钱。给你，拿着吧……”

乔治不想要：

“不，我决不能收这笔钱。”

华尔特夫人生气了：

“嗳！现在，你可别给我来这套！这是你的，纯粹是你的。你不接着，我就扔到阴沟里。乔治，你不会给我来这套吧？”

乔治收下小包，放进口袋里。

“该回去了，”他说道，“这样你会得肺炎的。”

她喃喃说了一句：

“我求之不得！死了才好呢！”

她抓起乔治一只手，无比激动地、发狂而绝望地吻了一通，随即逃往公馆。

乔治思前想后，慢慢往回走。他高昂着头回到温室，嘴角挂着微笑。

他妻子和拉罗什已不在那里了。人也减少了许多，显见那些人不想留下来跳舞。他望见苏珊娜拉着姐姐的手臂，姐儿俩朝他走来，邀请他和德·拉杜尔·伊沃兰伯爵，同她们挑头跳四组舞。

乔治惊奇地问：

“又来个什么人？”

苏珊娜狡黠地答道：

“那是我姐姐的一位新朋友。”

萝丝满脸羞红，低声说道：

“你真坏，苏珊娜！这位先生是我的朋友，同样也是你的朋友。”

另一个微笑道：

“我明白了。”

萝丝生气了，转身不理他们，径自走开了。

杜·洛华亲热地挽起留在身边的少女的手臂，软语温柔地对她说：

“听我说，我亲爱的小姑娘，您确实相信我是您朋友吗？”

“对呀，帅哥儿。”

“您信得过我吗？”

“完全信得过。”

“您还记得刚才我对您说的话吗？”

“说的什么事儿啊？”

“说的您的婚事，准确点儿说，是您将来要嫁的那个男人。”

“还记得。”

“那好！您能答应我一件事吗？”

“好哇，什么事儿？”

“就是每次有人向您求婚，您没有征求我的意见，就不要答复任何人。”

“好吧，我答应。”

“这是我们之间的秘密，只字也不要向您父母提起。”

“决不说。”

“发誓？”

“发誓。”

里瓦乐来了，一副忙碌的样子：

“小姐，您父亲叫您去跳舞呢。”

苏珊娜说道：

“走吧，帅哥儿。”

杜·洛华却不肯去，决定马上回家，要独自考虑些问题，觉得涌进头脑里的新事太多了。他开始寻找妻子，找了一会儿，才望见她在冷餐台正同两位陌生的男士喝可可。她介绍了自己的丈夫，却没有向丈夫报那二位的姓名。

过了片刻，乔治问道：

“我们走不走？”

“你说什么时候走都行。”

玛德莱娜挽住他的手臂，他们穿过人已稀少的几间客厅。

玛德莱娜问道：

“老板娘在哪儿？我要向她告辞。”

“算了。一见面，她又要挽留我们跳舞了，我已经待够了。”

“唔，真的，你说得对。”

一路上他们默默无言。回到家，玛德莱娜没等摘下面纱，就笑着对他说：

“你还不知道，我要给你一个惊喜。”

乔治情绪很坏，咕哝一声：

“什么呀？”

“猜猜看。”

“我可不费这个劲儿。”

“好吧！后天就过元旦了。”

“对。”

“是新年送礼的时候了。”

“对。”

“这是给你的新年礼物，刚才拉罗什交给我的。”

她递给乔治一个好似首饰匣的小黑盒。

乔治满不在乎地打开小盒，看见一枚荣誉团十字勋章。

他脸上失去点儿血色，微微一笑，说道：

“我更喜欢得一千万。而这玩意儿，用不着他破费。”

玛德莱娜原以为他会欣喜若狂，不料他如此冷淡，心里实在恼火。

“你真叫人难以置信。现在什么都不能满足你了。”

乔治平静地回答：

“这个人无非是还债，他欠我的还多着呢。”

听他这声调，玛德莱娜挺惊讶，便又说道：

“不过，在你这年龄，这毕竟是美事儿。”

乔治却郑重说道：

“什么都是相对的。今天，我也可能获得更多些。”

他拿了小盒，敞着盖儿放在壁炉上，只见平放在盒里的金星闪闪发光，他注视了一会儿，然后才关上盒盖，耸耸肩膀，上床睡觉了。

元月一日的《政府公报》，果然公布了授勋的消息：新闻记者普罗斯佩·乔治·杜·洛华先生，因作出杰出贡献，任命为荣誉团骑士。

他的姓氏中间加点儿隔开，这比授勋本身还令乔治高兴。

看了这条公布的消息之后一小时，他收到老板娘一封便函，求他带妻子去她家吃晚饭，以便祝贺他授了勋。他迟疑了几分钟，将这封措辞暧昧的便函投进炉火中，对玛德莱娜说道：

“今天晚上，我们到华尔特家吃饭。”

她深感诧异：

“咦！我原以为，你再也不想登他们家门了？”

乔治只咕哝一句：

“我改了主意。”

他们到了那里，看见老板娘独自待在路易十六时期风格的小客厅里。小客厅已布置成她的私人会客室。她穿了一身黑衣裙，头发扑了粉，这给她增添了几分魅力。她远看像个老太婆，近观则是位少妇，再要仔细审视，则是对人眼力的一种有趣考验。

“您这是戴孝吗？”玛德莱娜问道。

华尔特夫人忧伤地答道：

“也是也不是。我并没有失去哪个亲人，但是我到了生不如死的年纪。我今天服丧，表示这一阶段开始了。从今往后，我便心如死灰了。”

杜·洛华心中暗道：

“这一决心，能够持久吗？”

晚餐的气氛有点儿沉闷。唯独苏珊娜不住嘴地讲话。萝丝仿佛心事重重。大家向记者讲了许多祝贺的话。

吃罢晚饭，大家在客厅和花房各处走走，聊聊天。杜·洛华和老板娘走在后面，老板娘挽着他的手臂。

“您听我说，”她压低声音说道，“我再也不对您说什么了，永远不说了。不过，您要来看我，乔治。您瞧，我已经不称呼‘你’了。没有您，我无法生活，无法生活。这种折磨是难以想象的。日日夜夜，我都感觉到您，感觉您留在我眼里，留在我心中，留在我的肉体里。就好像您给我喝了一种毒药，药力在我的体内发作了。我受不了，真的，我受不了啦。我情愿在您面前只是一个老太婆。我的头发扑了白粉，就是要向您表示这一点，不过，您来这儿吧，以朋友的身份不时来一趟吧。”

她已经抓住乔治的手，用力握，用力揉搓，手指甲都抠进肉里了。

乔治平静地答道：

“已经说定了，没有必要再提了。您瞧，我一接到您的信，不就来了嘛！”

华尔特父女三人和玛德莱娜走在前面，他走到《耶稣凌波图》前便停下等候杜·洛华。

“您想想看，”华尔特笑道，“昨天，我发现我妻子跪在这幅画前，就像跪在小礼拜堂里那样。我一见那个笑啊！”

华尔特夫人以坚定的、饱含一种秘密激情的声音回敬道：

“正是这个基督，将来能拯救我的灵魂。我每次望着他，都觉得他给了我勇气和力量。”

她停到立在海上的上帝对面，喃喃说道：

“他多美啊！这些人，他们多么惧怕，又多么爱他呀！瞧瞧他那头、他那眼睛，他是多么纯朴自然，又多么超尘拔俗啊！”

苏珊娜叫起来：

“嘿！他多像您哪，帅哥儿！我敢说他像您。如果您留起络腮胡，或者他剃掉络腮胡，你们两个肯定会一模一样。哈！这简直太明显啦！”

苏珊娜让杜·洛华站到油画旁边，果然，大家都承认两张面孔十分相像！

谁都惊讶不已。华尔特认为事情太怪了。玛德莱娜则微笑着说，耶稣的样子更有阳刚之气。

华尔特夫人伫立不动，定睛注视她那挨着耶稣面孔的情夫面孔，她的脸色变得刷白，如同她的白发了。

第八章

冬季的后半段时间，杜·洛华夫妇常去华尔特家。由于玛德莱娜常说自己累了，愿意待在家里，乔治甚至随时一个人去华尔特家吃晚饭。

每星期五是杜·洛华固定的日子，这天晚上，老板娘决不邀请任何人，这天晚上属于帅哥儿，只属于帅哥儿一人。吃罢晚饭，大家就打牌，给金鱼喂食，像自家人似的生活和玩耍。有好多回，在门后，在温室的树丛后面，在昏暗的角落里，华尔特夫人猛然搂住乔治，用尽全力紧紧地搂在胸口上，对着他耳朵说："我爱你！……我爱你！……我爱你爱得要死！……"乔治总是冷淡地将她推开，干巴巴地答道："您再这样，我可就不来这儿了。"

将近三月底，大家忽然谈起两姊妹的婚姻来。据说，萝丝要嫁给德·拉杜尔·伊沃兰伯爵，苏珊娜可能嫁给德·卡索尔侯爵。这两个人已成为华尔特家的常客，是受到特别优待和高看的客人。

乔治和苏珊娜相处无拘无束，像兄妹一般亲密，一聊就是几小时，他们嘲笑所有人，在一起显得情投意合。

他们俩再也没有提这少女可能的婚事，也从未谈起求亲者。

一天上午，老板拉杜·洛华回家吃午饭，饭后，华尔特夫人又被人叫去回答送货人的问题，乔治就对苏珊娜说："走，去给金鱼喂点儿面包。"

他俩每人从桌上拿起一大块面包，一同去温室。

水池大理石沿儿放了些垫子，以便跪在上面，离游动的鱼近些。两个年轻人各取一个垫子，并肩俯向水面，用手指搓出面包小球，投进水中。金鱼一瞧见面包球，就转动着突起的大眼睛，摇头摆尾游过来，或者打着转转，或者扎向水底，追捕往下沉的圆圆猎物，随即又浮上来索取。

金鱼嘴巴的动作非常有趣，能突然而迅速地游动，那奇特的姿势就像小怪物。它们火红的身躯由池底金色细沙映衬，在清澈的水中时而像火焰飘过，时而停下来，展示鳞叶所镶的细细的蓝边。

乔治和苏珊娜瞧着他们在水中的倒影，冲他们的影像微笑。

忽然，乔治低声说道：

"苏珊娜，你对我这样可不好，总鬼鬼祟祟的。"

苏珊娜问道：

"什么事儿啊，帅哥儿？"

"招待会那天晚上，您在这里答应我的话不记得了吗？"

"不记得了。"

"您答应过我，每次有人求婚，您都征求我的意见。"

“那怎么啦？”

“怎么了，有人求婚了呗。”

“谁呀？”

“您完全清楚。”

“不知道，我向您发誓。”

“不对，您一清二楚！就是那个花花公子德·卡索尔侯爵。”

“首先，他就不是花花公子。”

“这有可能，那他也是蠢货，赌博把家产赌光了，吃喝玩乐把人也搞垮了。而您这么美丽，这么年轻，这么聪明，对您来说，他可真是个绝妙的对象啊。”

少女笑着问道：

“您跟他有什么过不去的？”

“我？根本没有。”

“怎么没有，他并不像您说的这样。”

“别提了，他是个傻瓜，是个滑头。”

苏珊娜微微转过身子，不再注视池水了：

“哦，您这是怎么啦？”

他说话的口气，就好像有人把他心底的秘密掏出来似的：

“我是……我是……我是嫉妒他。”

少女略感惊异，说了一声：

“您？”

“对，我！”

“哦，为什么嫉妒？”

“因为我爱上您了，这您非常清楚，狠心的！”

这样一来，少女的口气严厉了：

“您疯啦，帅哥儿？”

乔治接过话头：

“我完全清楚我疯了。我是个结了婚的男人，而您是个少女，我怎么能向您承认这样的心事呢？我何止是疯了，简直还有罪，甚至卑鄙无耻。我不可能有什么希望，一想到这一点就丧失理智；一听说您要结婚，就气得要命，真想把人家宰了。苏珊娜，您务必宽恕我！”

乔治不讲了。鱼儿见无人投面包了，全都停在那里不动，几乎排列成行，好似英国士兵，望着不再管它们的两张俯视的面孔。

少女喜忧参半，喃喃说道：

“很可惜您结了婚，有什么办法呢？谁也无能为力。这算完啦！”

乔治猛地转过头去，贴得很近，直冲她的脸说道：

“假如我是自由之身，您能嫁给我吗？”

她语气坦诚地答道：

“是的，帅哥儿，我会嫁给您的，因为我非常喜欢您，远远超过喜欢任何人。”

乔治站起身，结结巴巴地说道：

“谢谢……谢谢……我恳求您，不要对任何人讲‘同意’！再稍微等一等。我恳求您啦！这一点您能答应我吗？”

苏珊娜心情有点儿慌乱，没听明白他的意思，就低声应道：

“我答应您。”

杜·洛华将仍拿在手中的一大块面包投入水中，仿佛昏了头似的，没有道别一声就跑掉了。

那块未经手指捏过的面包浮在水上，所有金鱼都扑过去，张开贪婪的大口撕咬，还将面包拖到水池的另一端，在下面争夺，形成一种活动的伞状花序，形成团团打转的一朵花，头朝下落入水中的一朵有生命的花。

苏珊娜深感意外，又颇为不安，她站起来，慢腾腾地走回客厅。记者已然离去。

杜·洛华回到家中十分平静，他见玛德莱娜正在写信，就问道：

“星期五你去华尔特家吃晚饭吗？反正我要去。”

她迟疑了一下，才答道：

“不去了，我有点儿不舒服，还是待在家里好些。”

乔治说道：

“随你便吧，没人勉强你。”

乔治窥伺，跟踪，已经监视她很久了，掌握了她的全部行踪，他期待的时刻终于到了。听妻子说“还是待在家里好些”这话的口气，他决不会判断错了。

此后几天，他对妻子很好，甚至有了已不常见的快活情绪。玛德莱娜对他说：“你又变得亲热了。”

星期五这天，乔治早早换好衣服，说是先去办几件事，然后就去老板家。六点钟左右，他亲了亲妻子，就出门去了。他到了洛蕾特圣母院广场，叫上一辆出租马车。

他对车夫说：

“您把车停在水泉街十七号对面，等我的吩咐再走，拉我到拉法耶特街雉鸡饭店去。”

马车启动，马儿拉着车慢跑。杜·洛华放下窗帘，等马车驶到他家对面，便目不转睛地盯住楼门口，等了十分钟，他看见玛德莱娜出了门，往环城大道方向走去。

等她一走远，杜·洛华便从车窗探出头去，喊了一声：

“走吧！”

出租马车又启动了，把他送到雉鸡饭店，这个街区有名的一家布尔乔亚饭店。乔治走进大餐厅，从容地吃饭，不时地看看表，喝完咖啡，才七点半钟，于是又要了两杯高级香槟杯，然后悠闲自在地吸了一支好雪茄，这才出了饭店，叫住一辆过路的空车，吩咐车夫去拉罗什富科街。

马车停到他指定的一栋楼前，他下了车，什么也没有问门房，径直登上四楼。一名女仆来给他开门。

“吉贝尔·德·洛姆先生在家，对吧？”

“在家，先生。”

女仆把他让进客厅等候。过了一会儿，一个身材魁梧的男子走进来，他胸前佩戴勋章，一副军人气派，看样子还年轻，但是头发已经花白了。

杜·洛华施礼问好，说道：

“警长先生，正如我所料，我妻子和她情夫正在一起吃晚饭，他们在殉道士街租了一套带家具的房间。”

警官颔首，答道：

“先生，我听您差遣。”

乔治接着说道：

“按规定，一直可以到九点，对不对？一过这个时间，你们就不能闯进私宅捉奸了吧？”

“不，先生，冬季到七点，从3月31日起延至九点。今天是4月5日，直到九点钟，我们都可以行动。”

“那好，警长先生。我有一辆马车停在楼下，我们可以带上您的手下人，到那门前稍微等一等。我们进去越晚，把握就越大，能够当场捉奸捉双。”

“就照您的意思办吧，先生。”

警长出去一下又回来，他穿上了大衣，将三色腰带遮起来。他闪身让杜·洛华先走。可是，记者正满腹心事，一时没有反应过来，一再谦让不肯先走：“您先请……您先请。”

警官便指出：

“您先请吧，先生，这是我的家。”

杜·洛华这才明白过来，赶紧颔首逊谢，跨出房门。

他们先去派出所，接了三名身着便服等在那里的警察，因为白天杜·洛华已经通知他们晚上要突袭。一人坐到车夫的旁边，另外两个坐进车厢里面，马车驶到殉道士街。

杜·洛华说道：

“我有这套房间的平面图，是在三楼。进去先是一小间过厅，接着是餐室，最后是卧室。三间屋相通，没有可供逃跑的出口。再过去找个锁匠，他随时听候你们的调遣。”

他们到了杜·洛华指明的楼房门前，才八点一刻，于是又静静地等了二十分钟。杜·洛华看看要打三刻钟了，便说道：“现在行动吧。”他们径直上楼去，根本没有理会门房，而门房也没有瞧见他们。街上留一名便衣监视楼门。

四个人上到三楼停下。杜·洛华耳朵贴在门上听了听，眼睛对准钥匙孔望了望，什么也没有听到，什么也没有望见。接着，他拉响门铃。

警长对手下人说：

“你们守在这里，随时待命。”

他们等了两三分钟，乔治一连拉了几次门铃。他们听见这套房间里有点儿动静，接着有轻轻的脚步声走近。有人在窥视。记者弯起手指猛烈敲击木板门。

一个声音，一个极力伪装的女声问道：

“谁呀？”

警长答道：

“开门，执法人员。”

那声音又问道：

“您是什么人？”

“我是警长。开门，不然我就命令破门而入了。”

那声音又问道：

“您有什么事？”

杜·洛华说道：

“是我。别枉费心机了，你们逃不出我们的手心！”

一阵轻轻的、赤足的脚步声走远了，几秒钟之后又转回来。

杜·洛华又说道：

“如果你们还不肯开门，那我们就撞开啦！”

他抓住铜制门把手，用一侧肩膀慢慢推。门里的人不再应声，他就突然猛力一撞，由于这套配备家具出租的房间门锁已旧，门一下子撞开了，螺丝从木框里拔出来脱落，年轻人差点儿摔到玛德莱娜身上。少妇擎着一支蜡烛，正站在门厅里，她披头散发，光着大腿，身上只穿着一件衬衣和一条衬裙。

杜·洛华嚷道：“就是她。我们抓住他们啦！”他朝里面冲去，警长摘下帽子跟在后边，而惊慌失措的少妇紧随其后给他们照亮。

他们穿过餐室，只见餐桌未撤，杯盘狼藉，有香槟酒空瓶、打开的肥鹅肝酱、鸡骨头架子，以及吃了一半的几块面包。餐具架上放了两只盘子，盘中有几摞牡蛎壳。

卧室一片凌乱，仿佛发生一场搏斗：一条长裙搭在椅背上，一条男人短裤骑在椅子扶手上。四只短筒靴，两大两小，都倒在床脚下。

这是配备家具出租的住房的一间屋子，家具极为普通，屋里飘着旅馆套房所特有的难闻气味，是从窗帘、帷幔、床垫、墙壁、座椅散发出来的，还掺杂着在这里住过或生活过一天或半年的所有人的气味：他们先先后后，将自身的气味留在这经常住人的所在，日久天长，气味便混杂起来，形成这类场所共有的一种又难辨识、又令人难以忍受的温吞吞的臭味。

壁炉上摆得满满的，有一只点心盘子、一瓶查尔特勒烈酒和两只半满的小酒杯。一顶大号男帽盖住了一个铜座钟。

警长猛地转过身，盯着玛德莱娜的眼睛：

“您就是克莱尔·玛德莱娜·杜·洛华夫人，是在场的这位记者普罗斯佩·乔治·杜·洛华先生的法定配偶吗？”

她声音哽咽，一字一顿地答道：

“是的，先生。”

“您在这里做什么？”

她默然不答。

警官重复问道：

“您在这里做什么？您离开自己的家，几乎赤身裸体，待在一套配备家具的房间里。您到这里干什么来了呢？”

他等了片刻，见少妇一直沉默不语，便又说道：

“既然您不愿意交代，夫人，那我就只好亲自验证了。”

床上毛毯鼓起一个人体形状，显然有人藏在下面。

警长走到床前，叫道：

“先生？”

躺着的那人一动不动，他好像背朝外，头埋在一个枕头下面。

警官捅捅大概是肩膀的部位，再次叫道：

“先生，请您自爱，不要逼使我采取行动。”

可是，毛毯盖住的人体就像死尸一般，依然一动不动。

杜·洛华大步跨上前，一把拉起毛毯，又掀开枕头，露出拉罗什·马提厄先生那张惨白的脸。他气得发抖，俯下身去，真想抓住脖子把拉罗什掐死，咬牙切齿地对他说：

“您至少有勇气承认自己的无耻勾当吧！”

警官又问道：

“您是什么人？”

奸夫吓昏了头，闭口不答。

警官又说道：

“我是警长，我责令您讲出自己的名字！”

乔治像一只发怒的野兽，气得发抖，吼道：

“你倒是回答呀，懦夫！再不回答，我就立刻讲出你的名字！”

这时，躺在床上的人才结结巴巴地说道：

“警长先生，您不应当容忍这个人侮辱我。我得同您还是同他打交道？我得回答您的问题还是他的问题？”

他嘴里好像唾液都干了。

警官答道：

“您是同我打交道，先生，只同我打交道。我问您了，您是什么人？”

对方又沉默不语了，他拉毯子紧紧护住脖子，恐惧的眼珠滴溜乱转，小胡子翘起来，由铁青的脸衬得特别黑。

警长又说道：

“您还不肯回答吗？那我只好逮捕您了。不管怎么说，您先起床吧。等您穿好衣服，我再审问。”

那躯体在床上扭动，露出来的头则讷讷说道：

“可是，当着你们的面，我穿不了衣服。”

警官问道：

“这是为什么？”

那人又结结巴巴地回答：

“因为我光……我光……我光着身子。”

杜·洛华嘿嘿冷笑，拾起掉在地上的一件衬衣，扔到床上，同时嚷道：

“得啦……起来吧……您能在我妻子面前脱光衣服，就完全可以在我面前穿上衣服。”

说罢，他转过身去，又回到壁炉旁边。

这工夫，玛德莱娜镇定下来，她见大势已去，就干脆豁出去了，眼睛也随之放射出大胆对抗的光芒。她卷了一个纸卷，走到摆在壁炉角上的丑陋的枝形大烛台前，将十根蜡烛全部点亮，就像要举办招待会那样，然后她背靠着大理石炉台，一只赤裸的脚倒钩着伸向要燃尽的炉火，而热气从身后掀起她那勉强遮住臀部的短衬裙，她又从粉红色纸盒里取出一支香烟，点燃了吸起来。

警长等她的同案犯起床这工夫，又回到她身边来。

她放肆地问道：

“先生，您常干这种行当吗？”

警长严肃地答道：

“尽量少干，夫人。”

玛德莱娜撇撇嘴，冲他一笑：

“我向您祝贺了，这可不大光彩。”

她故意回避，装作没看见她丈夫。

床上那位先生又穿上衣服，穿上裤子，穿上短筒靴，边套坎肩边走过来。

警官转身对他说：

“现在，先生，您告诉我您是什么人好吗？”

对方不回答。

于是，警长说道：

“看来，我不得不逮捕您了。”

那人突然嚷道：

“不要碰我，我是不可侵犯的！”

杜·洛华冲过去，好像要动手将他打倒，但只是对着他的脸低声吼道：

“这儿是现行犯罪……现行犯罪。我若是愿意，就能让人逮捕您……对，这我办得到。”

接着，他又朗声说道：

“此人名叫拉罗什·马提厄，是现任外交部部长。”

警长万分惊愕，退了两步，结结巴巴地问道：

“讲实话吧，先生，您到底愿不愿意告诉我，您是什么人？”

那人终于下了决心，用力说道：

“这个恶棍，唯独这回他没有说谎。不错，我名叫拉罗什·马提厄，是部长。”

接着，他伸手指向乔治的胸脯，指着那胸上像亮光一般显现的小红点，又加了一句：

“这个臭无赖衣服上挂的荣誉团勋章，就是我给他的！”

杜·洛华气得脸色刷白，一把从扣眼儿上扯下火焰般的小绶带，投进炉火中。

“从你这混蛋手里得来的勋章，也就值这个价！”

两个人面对面，一个细高挑儿，小胡子竖起，另一个矮胖，小胡子卷起，都握紧拳头，龇牙咧嘴，怒目而视。

警长赶紧插进两个人中间，用手将他们推开：

“两位先生，你们失态了，这样有失身份！”

他们住了口，背向走开。玛德莱娜嘴角挂着微笑，一动不动在那儿吸烟。

警官又说道：

“部长先生，我撞见您和这位杜·洛华夫人单独在这里，您躺在床上，她几乎赤身裸体，你们的衣服扔得满屋子都是，这就构成了现行通奸罪。事实明显，您无法否认。您有什么要说的吗？”

拉罗什·马提厄咕哝道：

“我无话可说，您履行职责吧。”

警长又对玛德莱娜说道：

“夫人，您承认这位先生是您的情夫吗？”

她大言不惭地答道：

“我不否认，他正是我的情夫!”

“这就够了。”

接着，警官又记录了房间的状况和布置。这工夫，部长已经穿好衣服，手臂上搭着大衣，手里拿着帽子，等警官做完记录，便问道：

“先生，您还需要我吗？我该做些什么呢？我可以走了吗？”

杜·洛华转向他，微笑着傲慢地说：

“何必走呢？我们事情办完了，先生，你们可以重新上床，我们就不打扰你们了。”

他用手指捅捅警官的手臂，说道：

“警长先生，我们走吧。我们在这里没什么可干的了。”

警官有点儿惊讶，但还是跟他往外走。到了门口，乔治闪身请他先走。可是警长拼命礼让，硬是不肯走在前面。

杜·洛华还是坚持：“先生，您先请。”

警长则说：“您先请。”

于是，记者鞠了一躬，以讥笑的客气口吻说道：

“警长先生，这回您应当先请，这里几乎可以说是我的家。”

他们出了房门，他又小心翼翼将门轻轻关上。

一小时之后，乔治·杜·洛华走进《法兰西生活报》报社办公室。

华尔特先生已经坐在办公室了，须知他兢兢业业，继续指导和关注自己的报纸。他的报纸规模扩大了很多，这也大大有利于他那日趋扩大的银行业务。

社长抬头问道：

“咦，您怎么来啦？您的神情也好怪呀！您为什么没有去我家吃晚饭呢？您是从哪儿来的？”

年轻人深知自己的话会产生什么效果，字字着重地宣布道：

“我刚把外交部部长拉下来。”

对方以为他开玩笑：

“拉下来……怎么拉呀？”

“我要让内阁改组，不就是这么回事儿嘛！将那只豺狼赶走，为时不算太早了。”

老头子目瞪口呆，还以为他这位专栏作者喝醉了呢，便咕哝道：

“瞧您，您这不是乱说吗！”

“绝不是乱说。拉罗什·马提厄和我妻子通奸，刚才让我当场捉住。警长到现场验证了这事。部长完蛋了。”

华尔特十分惊愕，把眼镜推到脑门上，问道：

“您这不是拿我寻开心吧？”

“绝不是。我甚至要以此为题，写一条社会新闻。”

“您究竟想干什么？”

“打倒这个骗子，恶棍，这匹害群之马！”

乔治将帽子放到一张椅子上，又补充一句：

“挡我路的人要当心，我决不会手软！”

社长还有点迟疑，不解地低声问道：

“可是……您妻子？”

“明天早晨，我就提出离婚申请，我把她打发回去，还给故去的弗雷吉埃。”

“您要离婚？”

“当然了。我早就出了丑。可是，我只好装糊涂才能捉住他们。这下成功了，我完全控制了局面。”

华尔特先生还是没有缓过神儿来，他眼神惊恐地望着杜·洛华，心中暗道：“好家伙，跟这个小伙子打交道，可不能掉以轻心。”

乔治又说道：

“现在我算自由了……我还有一笔财产，等十月份议员换届选举时，就回家乡参加竞选，我在那里相当有名。同这个无人不觉得可疑的女人捆在一起，我既不能参加竞选，也不能赢得人们的敬重。她拿我当傻瓜，哄骗并控制我。然而，我一旦识破了她的把戏，就开始监视这个骚货。”

他哈哈大笑，又补充说：

“那个可怜的弗雷吉埃当了王八……当了王八还不觉察，还那么信赖无疑，心安理得。现在好了，我摆脱他给我留下的这个烂货，手脚放开了。现在，我可以一往无前了。”

乔治倒骑在椅子上，仿佛梦呓似的，又重复说：

“我可以一往无前了。”

华尔特老头儿眼镜支到脑门上，一直瞪大眼睛望着他，心中暗道：“不错，这个无赖，他会一往无前的。”

乔治站起来：

“我去写这条社会新闻。写法必须慎重。不过您知道，对我们这位部长来说，这可是致命一击。他是掉进大海里的人了，不能搭救他。《法兰西生活报》再姑息他，也得不到什么好处。”

老头子犹豫了半晌，继而打定了主意：

“写吧，”他说道，“谁掉进这种粪坑里，谁就该倒霉！”

第九章

过去了三个月，杜·洛华离婚案才得以判决。他妻子又恢复了“弗雷吉埃”的姓氏。华尔特全家7月15日要去特鲁维尔度假，相约分手之前郊游一天。

日子选定在一个星期四，早晨九点便出发了，他们乘坐一辆四匹马拉的六座旅行大轿车。预计到圣日耳曼亨利四世饭庄吃午饭。事前，帅哥儿要求这次冶游，除了他不邀请别的男客，因为他容忍不了德·卡索尔侯爵那副面孔在他眼前晃荡。不过，到了最后时刻，又决定把德·拉杜尔·伊沃兰伯爵从床上拉起来。这事儿头一天已经通知了杜·洛华。

马车沿香榭丽舍大街上坡飞快行驶，接着又穿越布洛涅树林。

响晴的夏日，天气不太热。燕子在蓝天上画出长长的弧线，等燕子飞过去，那弧线似乎还看得见。

三位女士坐在后座，母亲在中间，两个女儿分列左右。三位男子坐对面的背向座，华尔特在中间，两位客人分居左右。

马车驶过塞纳河，又绕过瓦雷里安山丘，抵达布吉瓦尔，再沿河岸一直驶到佩克。

德·拉杜尔·伊沃兰伯爵不算年轻了，轻疏的连鬓胡蓄留得很长，有一点点微风，就能吹动那胡梢儿，这引起杜·洛华的赞叹："他的胡子在风中多么飘逸潇洒。"伯爵深情地凝望萝丝，他们订婚已有一个月了。

乔治脸色特别苍白，他不时望望苏珊娜，苏珊娜的脸色也很苍白。

二人的目光经常相遇，仿佛商议什么事情，彼此沟通，偷偷交换一种想法，随即又逃开。华尔特夫人则又平静又高兴。

午饭吃了很久。乔治提议到坪地上转一转，然后再返回巴黎。

大家先停下来观赏景色，沿墙拉成一排，赞叹辽阔的山水风光，只见塞纳河从一个长长的山丘脚下，流向迈宗—拉菲特，蜿蜒曲折好像绿茵上一条巨蟒。右侧山丘顶上，马尔利渡槽投向天空的侧影，酷似巨足毛毛虫，而山下马尔利镇则掩藏在密林丛中。

广阔的平野在眼前延展，看得见错落散布的村庄。韦济奈的树林枝叶稀疏，露出一洼洼水塘，好似清晰洁净的斑点。往左边远处眺望，可见插入天空的萨特鲁维尔教堂尖尖的钟楼。

华尔特断言：

"世界上哪里也找不到这样的美景，就连瑞士也找不出一个类似的地方。"

大家又开始漫步，略微享受一下这种景色。

乔治和苏珊娜走在后面，刚同前面的人拉开了几步远，他就控制着声音悄悄对少女说：

"苏珊娜，我多么爱您，简直到神魂颠倒的程度。"

苏珊娜低声说道：

"我也非常爱您，帅哥儿。"

乔治又说道：

"我若是不能娶您为妻，那就远走高飞，离开巴黎，离开这个国家。"

少女答道：

"那您就试试向爸爸提出求婚吧。也许他会同意把我嫁给您呢。"

他不耐烦地略微摆摆手：

“不行，我再第十次向您重复一遍，那是徒劳无益的。他会立刻拒绝我再登门，会把我赶出报社，结果我们连面都见不到了。如果照规矩求婚，肯定就是这样美妙的后果。父母把您许配给了德·卡索尔侯爵，盼望您最终说声‘好吧’，他们还在等待。”

少女问道：

“那该怎么办啊？”

乔治犹豫不决，侧目看着她：

“您爱我真到了能干出荒唐事的程度吗？”

少女坚决地回答：

“可以。”

“极大的荒唐事？”

“可以。”

“最大的荒唐事？”

“可以。”

“您有足够的勇气顶撞父母吗？”

“有哇。”

“真的？”

“真的。”

“那好！办法倒有一个，也是唯一的办法！这件事，必须由您，而不是由我提出来。您是他们的掌上明珠，想说什么就说什么，就是干出一件胆大妄为的事，他们也不会感到多么吃惊。今天晚上回到家中，您就先去找妈妈，要等她独自一人的时候，就向她承认您要嫁给我。她会大惊失色，会大发雷霆……”

苏珊娜打断他的话：

“嗳！妈妈准会同意。”

乔治急忙接过话头：

“不，您不了解她。她比您父亲还要恼怒，还要气愤。您就瞧着吧，她准会拒绝。但是您要顶住，决不能退让。您要反复说，您就是要嫁给我，除了我谁也不嫁。这您做得到吗？”

“做得到。”

“您从母亲房间出来，再去见父亲，对他重复同样的话，态度要非常严肃，非常坚决。”

“行啊，行啊，然后呢？”

“然后，然后，事情可就严重了。假如您很坚决，非常坚决，非常非常坚决地要做我妻子，亲爱的，亲爱的小苏珊娜……我就把您……我就把您劫走。”

她真是乐不可支，简直要拍手跳起来：

“哈！太美啦！您要把我劫走？什么时候把我劫走啊？”

她的脑海里顿时浮现深夜劫持，乘驿车出走，投宿乡间小店之类故事，那全部的古老诗意，书本上那所有诱人的冒险，现在就像迷人的梦，即将变为现实。她反复问道：

“您什么时候把我劫走？”

他声音压得极低，答道：

“就是……今天晚上……今天深夜。”

少女又颤抖着问道：

“我们要去哪儿啊？”

“这个嘛，就是我的秘密了。仔细考虑您自己的行为。要想好了，这次出走，您就只能做我的妻子啦！这是唯一的办法，不过这办法……对您来说……又非常危险。”

苏珊娜明确说道：

“我意已决……我到哪儿去找您呢？”

“您能单独出公馆吗？”

“能。我会开那扇小角门。”

“那好！等看门人睡下了，快到半夜的时候，您就到和谐广场来同我会合。您见到海军部对面停的一辆出租马车，就能找到我。”

“我一定去。”

“真的吗？”

“真的。”

他拉住少女的手，紧紧握住：

“唔！我多么爱您啊！您多么和善，又多么勇敢啊！这么说明来，您是不肯嫁给德·卡索尔先生啦？”

“噢！决不。”

“您拒绝的时候，您父亲是不是大动肝火啦？”

“我想是的，他又要把我送进修道院。”

“您瞧，态度必须强硬吧。”

“我一定强硬。”

她望着辽阔的天边，头脑里让劫持这个念头占满了。她要去比天边还要远的地方……同他一起远走高飞！……她要被劫走啦！……对此她非常自豪！她不大考虑自己的声誉，也不大考虑会不会碰上卑鄙无耻的人。这种事情，难道她知晓吗？难道她猜测得出来吗？

华尔特夫人回头叫了一声：

“你倒是过来呀，小宝贝！你和帅哥儿在那儿干什么呢？”

他们赶上来，大家正谈论洗海水浴，不久，全家就要去海滨了。

回程时取道沙图，避开了原路。

乔治不再说什么话了，他在想心事：看来，只要小姑娘有几分胆量，他就大功告成啦！这三个月来，他用不可抵御的情网将她缠住。他引诱她，俘获她，征服她，并且赢得了她的爱，博得人家的爱也是他最擅长的事。他轻而易举地摘取了她那布娃娃似的浮浪的心。

他终于得逞了：首先说服她拒绝了德·卡索尔先生的求婚，现在又说服她同意和他一起出走。因为除此以外，也想不出别的办法。

乔治心里一清二楚，华尔特夫人永远也不会同意把女儿嫁给他。她还爱着他，还会一直爱下去，那种痴情是不可理喻的。乔治也自有打算，以冷淡的态度同她保持距离，但是能感觉到她受强烈爱情的折磨，既贪婪又无能为力。他永远也不会使她退让。她也绝不会允许他娶走苏珊娜。

然而，一旦把小姑娘拉到远处，他就能以强手对强手的姿态，同她父亲讨价还价了。

他心中想这类事情，就不大听别人说什么了，只以只言片语虚与应答。回到巴黎市区，他才仿佛收回心思。

苏珊娜一路也在想心事。四匹马的铃铛声在她脑海里回荡，她恍若看见在永世照耀的月光下，大路没有尽头，看见他们穿越的幽暗的森林、路边的小旅店，以及马夫匆忙给车换马的情景，因为人人都猜出他们后面有人追赶。

马车驶进公馆院内，主人要留乔治吃晚饭。他谢绝了，回到自己家里。

他稍微吃了点东西，便整理文件，就好像要出远门似的，烧了一些可能损害名誉的信件，另外一些信藏起来，又给几位朋友写了信。

他不时瞧一眼挂钟，心中暗道："那边可能闹腾起来了。"一股不安的情绪啮噬他的心。此举若是失败了呢？不过，他又有什么可担心的呢？他总能一推六二五！然而，这天晚上，这毕竟是他的一场大赌博！

将近十一点钟，他重又出门，溜达了一会儿，然后上了一辆出租马车，驶到和谐广场，让车夫停靠在海军部的拱廊旁边。

他不时擦一根火柴，瞧瞧怀表的时间，眼看到午夜了，他的心情也越来越焦灼了，隔一小会儿就从车门探出头去张望。

远处传来钟声，一口钟敲了十二下。继而，较近的一口钟也敲了十二下。接着，两口钟齐鸣十二响。最后十二下钟鸣，从遥远的地方传来。等最后的钟鸣停止之后，乔治心想："没指望了。这事儿砸了。她不会来了。"

不过，他还是决意一直等到天亮。既来之则安之，耐心等待吧。

他又陆续听到钟敲了一刻、半点、三刻，然后，所有大钟都敲响凌晨一时，就像刚才宣布午夜时分那样。

他不再等待了，留在那里只是挖空心思猜测，究竟出了什么事。突然，一个女子的头探进车门，问道：

"是您在这儿吗，帅哥儿？"

乔治吓了一跳，一时停止了呼吸。

“是您，苏珊娜?”

“对，是我。”

他扭动车门把手，可是越急越拧不开，嘴上还不断重复：

“哦！……是您……是您……进来吧。”

苏珊娜上了车，一下子倒在他身上。他冲车夫喊了一声：“走吧！”马车便上路了。

她还气喘吁吁，没有说话。

乔治问道：

“哎！情况怎么样?”

她几乎瘫软在那儿，咕哝道：

“噢！简直可怕极了，尤其是妈妈那儿。”

乔治一阵不安，心头直发颤。

“您母亲?她说什么啦?讲给我听听。”

“噢！可真凶啊。我进了她房间，把我仔细准备的一小套话向她背诵一遍。她一听脸色就白了，大声嚷道：‘绝不行！绝不行！’于是，我就大哭大闹，赌咒发誓说我非您不嫁。看样子她要打我，好像发疯了，扬言第二天就打发我回修道院。我从未见过她这样，从来没有！她说了一大堆蠢话，爸爸闻声过来，但是没有发她那么大火，只是明确说，招您这女婿还不够理想。”

“他们也把我惹火了，我大喊大叫，嗓门儿比他们还高。爸爸叫我出去，那种戏剧性的表情对他根本不适合。这样一来，我更是决心同您一起逃走。我这不是来了。现在，我们去哪儿?”

乔治轻轻搂住她的腰肢，心怦怦直跳，全神贯注听她讲述事情的过程。忽然，他心中萌生一股仇恨，恨那些人，现在，他控制了他们的女儿，走着瞧吧！

乔治答道：

“时间太晚，没有火车了。我们乘这辆马车去塞夫尔，到那里过夜。白天我们再动身去拉罗什吉永。那是一座美丽的村庄，在芒特和包尼埃尔之间，就在塞纳河边。”

苏珊娜又咕哝道：

“糟糕，我没带衣物，身边什么也没有。”

乔治无所谓地笑了笑：

“没关系！到那儿再想办法吧。”

马车沿街道行驶。乔治拉起少女的一只手，怀着敬意慢慢亲吻。他不知道对少女讲点什么好，不大熟悉柏拉图式的柔情。这时，他忽然发觉她哭了。

他惊恐万分，问道：

“您怎么啦，我亲爱的小姑娘？”

她带着哭腔答道：

“我那可怜的妈妈，现在大概还没有睡觉，恐怕她已经发现我走了。”

她母亲的确没有睡觉。

苏珊娜一走出房间，就只剩下华尔特夫妇二人了。

华尔特夫人气昏了头，一时呆若木鸡，她问道：

“我的上帝啊！这究竟是怎么回事啊？”

华尔特怒不可遏，嚷道：

“怎么回事，就是那个阴谋家把她蒙骗了。正是他怂恿苏珊娜拒绝卡索尔。他觉得嫁妆很可观嘛，当然啦！”

他气急败坏，开始在房中踱步，继而又说道：

“你也一样，总是不断地勾引他，总是吹捧他，巴结他，跟他怎么也亲热不够。从早到晚，帅哥儿长，帅哥儿短。哼，他就是这样报答你的！”

他妻子铁青着脸，咕哝道：

“我？……我勾引他？”

丈夫冲她破口大骂：

“对，就是你！你们全都为他发了疯，玛海勒那婆娘、苏珊娜，还有其他女人。你以为我是瞎子吗，看不见你没两天不把他弄来就受不了？”

她站起身，悲怆地说道：

“我不允许您用这种口气同我说话。您忘了，我不像您这样，是在店铺里长大的。”

华尔特听了这话，一时怔住，接着狂怒地骂了一声“他妈的”，一摔门就走了。

等屋里只剩下她一个人了，她立刻本能地朝穿衣镜走去，要瞧瞧自己的模样，好像要看看自己身上有没有什么变化，因为她觉得刚才发生的事情太可怕，太不可思议了。苏珊娜爱上了帅哥儿！帅哥儿要娶苏珊娜！不会！是她弄错了，这不是真的。小姑娘一时迷上这个美男子，也是很自然的事，希望父母给女儿找他做女婿。她一时耍了个小性子！可是他呢？他总不会跟小姑娘串通一气吧！华尔特夫人这样思前想后，六神无主，就像大祸临头的人那样。不会。苏珊娜这样胡闹，帅哥儿大概什么也不知道。

她想了许久，觉得这个男人很难说，搞这种卑鄙勾当或者完全清白都有可能。他若真是策划了这一手，那该是多么恶毒的家伙！那会发生什么事呢？她预见到会有多少危险和痛苦啊！

如果他并不知情，那么一切还可以挽回。带苏珊娜去旅行半年，这事也就过去了。可是她本人呢，以后再怎么跟他见面呢？她可是一直爱着他。这种痴情已深入她的内心，就像射进肉里而拔不出的箭镞。

没有他就无法活下去，那就等于死掉了。

她的思想就迷失在这些惶恐和疑虑中，头开始疼起来，脑子混乱了，想事很吃力，也非常难受，越想越烦躁，想不明白就更加气急败坏了。她看座钟，已经过了凌晨一点了，心中便想道：“我不能就这样待着，那非疯了不可。我得弄清楚，去把苏珊娜叫醒，盘问她到底怎么回事。”

她脱掉鞋，免得走路出声响，拿根蜡烛便朝女儿的房间走去。她轻轻推开房门，走进去看了看床，只见床铺没有动过，一时没闹明白，还以为小女儿仍在同父亲争吵呢。可是，她头脑马上掠过一丝可怕的怀疑，急忙跑向丈夫的房间。她脸色惨白，上气不接下气冲了进去。丈夫还躺在床上看书。

丈夫大惊失色，问道：

“哎呀！怎么啦？出什么事啦？”

她结结巴巴地说：

“你见到苏珊娜了吗？”

“我？没有哇！怎么啦？”

“她出……她出……出走了。她不在……不在自己的房间。”

他一跃下床，踩到地毯上，穿了拖鞋，也顾不得穿短裤，睡衣敞着怀，也冲向女儿的房间。

他一见房中的情景，便排除任何疑虑，肯定女儿出走了。

他一屁股坐到扶手椅上，同时把灯撂在面前的地下。

他妻子也跟来了，讷讷问道：

“怎么样啊？”

他回答没了气力，连发火也没了气力，只是呻吟着：

“完了，姑娘落到他手里了。我们算输定了。”

他妻子不解：

“什么，输定啦？”

“嗯，对呀，当然了。现在，非得把女儿嫁给他不可了。”

她像野兽一样号叫起来：

“嫁给他！决不！你疯了怎么的？”

华尔特伤心地答道：

“这样大喊大叫也无济于事。苏珊娜被他拐走，坏了名声。最好还是把女儿嫁给他。安排周密一点，这件丑事就不会有人知道了。”

他妻子却怒不可遏，浑身颤抖，反复嚷道：

“决不！决不把苏珊娜嫁给他！永远我也不会同意！”

华尔特气馁地咕哝道：

“可是，女儿已经在人家手里了。生米做成了熟饭。只要我们不让步，他就不放人，把人藏起来。因此，要避免出丑，就必须立刻让步。”

他妻子心痛欲裂，又绝难启齿，还一再重复：

“不行！不行！永远我也不会同意！”

华尔特不耐烦了，又说道：

“根本没有讨论的余地，只能这么办。噢！这个恶棍，看他把我们玩的……他确实很厉害。我们完全可以找一个地位比他高得多的人，但是论聪明和前程，那就不见得了。他这人能有前途，将来准能当上议员，当上部长。”

华尔特夫人却凶狠地声明：

“永远我也不会让他娶苏珊娜……你明白吗？……永远也不会！”

华尔特不禁恼火了，他是务实的人，现在开始为帅哥儿辩护了：

“闭上你的嘴吧……再对你说一遍，就得这么办……绝对如此。再者说，谁知道呢？也许将来我们并不觉得后悔。同这种人打交道，难说会发生什么情况。你也看到了，他是怎么用三篇文章，就把拉罗什·马提厄那傻瓜打倒了，他以丈夫的身份，那样做是特别难的，但是他处理得又是多么体面。总而言之，还是走着瞧吧。反正我们已经陷入被动，这事想摆脱也不可能。”

华尔特夫人真想大喊大叫，真想在地下打滚，揪自己的头发，她带着气急败坏的声调又说道：

“他休想得到她……我……不……愿……意！”

华尔特站起身，从地上拿起灯，又说道：

“真是的，你和所有女人一样愚蠢。你们一辈子只会感情用事，根本不懂审时度势，该屈从就屈从……你们都太愚蠢。哼！我要对你说，得把女儿嫁给他……必须这么办。”

他趿拉着拖鞋出了屋，穿过这个大公馆的宽敞的走廊，像个身穿睡衣的可笑幽灵，无声无息地回到自己房间。

华尔特夫人还站在原地，心痛欲裂，简直无法忍受。她还是弄不明白，只是受痛苦的折磨。继而她想到，不能就这样一动不动站到天亮，只觉心里萌生一种强烈的需要，想逃开，想乱跑一阵，想离开这里，去寻求帮助，去寻求救援。

她首先寻思能向谁呼救。有什么人呢？可是没有想出来！一位神甫！对，一位神甫！她就投到神甫的脚下，供出一切，忏悔自己的过失和绝望心情。神甫听了会理解，不能让那个恶棍娶苏珊娜，他会出面阻止这件事。

要立即找到一位神甫！然而到哪儿能找见呢？到哪儿去找呢？她实在不能这样待下去了。

这时，她眼前就像出现幻觉一般，看见凌波过去的耶稣的沉静形象。她看见的耶稣跟画上的一样。耶稣在呼唤她，对她说："到我这儿来吧，跪到我的脚下吧，我能安慰您，启发您该怎么做。"

她拿起蜡烛，走出房间，下楼朝温室走去。耶稣就在温室的最里端，用玻璃门隔在小间里，以免油画受湿土潮气的侵蚀。

这样，在奇花异木丛中，就形成一座小礼拜堂。

此前她进入这冬季花园，不是阳光照耀，就是灯火辉煌，这次一见却黑洞洞的，心头不由得一阵惊悸。热带移来的繁茂的花木气息浓重，给园中的气氛增添了几分沉滞。门户不开，温室的奇花异木封闭在玻璃圆顶下，这种气味呼吸起来很吃力，令人昏迷，令人沉醉，让人既舒服又难受，让肉体产生销魂和死亡的一种朦胧之感。

可怜的女人战战兢兢地朝前走，黑暗中借着手中的烛光，看那奇花异木形状怪异，犹如魔鬼和幽灵。

突然，她瞧见了耶稣，立即打开与之相隔的一道门，便扑通跪到耶稣脚下。

她先是狂热地祈祷，结结巴巴讲些情话，进行热烈而绝望的祈求。继而，等火热呼唤的情绪平静下来，她抬眼瞻仰耶稣，突然又感到一阵惶恐。这摇曳烛光是唯一的光亮，从下方照上去，耶稣影影绰绰，那么酷似帅哥儿，凝望她的不再是上帝，而是她的情夫了。瞧那双眼睛、那额头、那脸上的表情、那冷淡而高傲的神态，正是她的情夫啊！

她咕哝道："耶稣啊！……耶稣啊！……耶稣啊！……"可是，"乔治"这两个字却时时来到嘴边。她忽然想到，就在此时此刻，乔治也许占有了她女儿。他和苏珊娜单独在什么地方，在一个房间里。他呀！他呀！同苏珊娜在一起！

她嘴上反复讲："耶稣！……耶稣！……"而心里想的却是他们……是她女儿和她情夫！他们两个单独在一起，在一个房间里……又是深夜。她看见他们了，看得清清楚楚，他们就在油画的位置上，立在她面前。他们相视而笑，相互拥抱。房间昏暗，床罩已掀开。她站起来，要朝他们奔过去，要抓住女儿的头发，从这种拥抱里拉开。她要扼住喉咙掐死女儿，她恨女儿，恨女儿委身给那个男人！她碰着女儿了……她的手指触到了油画，触到了耶稣的脚。

她大叫一声，仰身跌倒，蜡烛灌到地上熄灭了。

后来情形如何呢？她长时间徜徉在梦境里，看见许多稀奇古怪而可怕的事情，眼前总出现乔治和苏珊娜抱在一起的情景，而耶稣基督则为他们可恶的爱情祝福。

她隐约感到根本不在自己的房间，想起来逃开却又不能，仿佛全身麻木，手脚捆住，唯有头脑还有意识，但是也很混乱，充满了虚幻怪异的可怕影像，仿佛陷入梦魇中，而这种怪梦往往是致命的，一般在热带，由形状怪异、香气郁烈的草木催人入睡，作用于大脑而产生的。

华尔特夫人倒在《耶稣凌波图》前，失去知觉，几乎窒息了，直到天亮才被人抬回去。她病得很重，令人为她的性命担心，过了一天才完全恢复神志。神志一恢复，她就哭起来。

苏珊娜失踪的事，就对仆人说临时决定送进修道院了。华尔特先生答复了杜·洛华的一封长信，同意将女儿嫁给他。

帅哥儿动身那天晚上就写好了那封长信，离开巴黎时投寄了。信中措词恭谨，说他爱慕这位少女已久，但他们二人没有达成任何协议，而这次是她完全自由地投奔他，并对他说“我要做你的妻子”，他就认为自己有权将她留在身边，甚至将她藏起来，直至得到她父母的答复，而且他还认为，她父母的意愿虽具法律效力，但不如他的未婚妻的意愿重要。

他请华尔特先生将回信放在邮局待领，一位朋友会转交给他。

一旦如愿以偿，他便携苏珊娜回巴黎，让她回到父母家中，他本人则在一段时间内暂不露面。

返回之前，他们二人在塞纳河畔的拉罗什吉永村住了六天。

苏珊娜从未这样开心过，她扮演了恋人的角色。杜·洛华对人说是他妹妹，他们亲密无间，过着自由自在和纯洁无瑕的日子，体现出一种相爱的情谊。乔治认为尊重她，不同她发生关系才是聪明的办法。他们到达那里的次日，少女买了随身用品和农妇的衣裳。她戴了一顶插了野花的大草帽，跑到河边钓鱼。她觉得这地方美极了。这里有一座古塔楼和古堡，里面展示精美的挂毯。

乔治穿的一件粗布劳动服，是在当地商店买的。他带着苏珊娜，或者沿着河边漫步，或者泛舟河上。二人动不动就拥抱亲吻，少女是一片天真，而他却有点把持不住了。不过，他还是善于做强者，等他对少女说："明天我们回巴黎，您父亲已经同意我娶您"，她却天真地咕哝道："已经要回去啦？做您的妻子真开心！"

第十章

君士坦丁堡街的小套间显得特别昏暗，这是杜·洛华和克洛蒂尔德·德·玛海勒在门口相见，立刻就进屋，还没有打开百叶窗的缘故。克洛蒂尔德急不可待地说：

"这么说，你要娶苏珊娜·华尔特啦？"

他口气柔和地承认了，还问了一句：

"你不知道吗？"

她站在他对面，简直义愤填膺，狂怒地又说道：

"你娶苏珊娜·华尔特！这太不像话啦！太不像话啦！你哄我，瞒了我三个月。谁都知道了，就我蒙在鼓里，还是我丈夫告诉我的。"

杜·洛华总归有点惭愧，他干笑了一声，将帽子放到壁炉角上，捡一张扶手椅坐下。

少妇正面直视着，带着恼怒低声说道：

"你同老婆分手之后，就准备来这招儿，而你亲热地留着我这个情妇，是临时顶缺吧？你真是个十足的恶棍！"

杜·洛华问道：

"干吗这么说呢？我老婆欺骗我，让我逮住了。我正当离了婚，要再娶一个，这不是极其自然的事吗？"

她气得浑身发抖，咕哝道：

“哼！你这个人，太狡诈太危险啦！”

他又微笑道：

“当然啦！蠢人和傻瓜才总是上当的货！”

少妇还顺着自己的思路：

“一开始我就应当识破你，可我就是难以相信，你竟然是这样一个淫棍！”

他端起架子，说道：

“请你注意你的用词。”

她立刻反击他这种指责：

“什么？现在你还想让我对你客客气气地说话！从我认识你的那天起，你对我就像个无赖，现在还大言不惭，不让我当你面讲出来？您欺骗所有人，利用所有人，到处捞钱，到处寻欢作乐，你还想让我把你当成正派人吗？”

杜·洛华站起来，气得嘴唇发抖：

“闭嘴，要不然，我就把你赶出去。”

少妇气得结巴起来：

“赶出去……赶出去……你要把我从这里赶出去……你……就你？……”

她气得岔了气儿，说不出话来了，继而，她的怒火好像突然冲破大门，喷射而出：

“滚出去？……你倒忘了，这套房子，从租下的头一天起，就是我付的钱。哦，不错，有几段时间，你的确自己付了房钱。然而，究竟是谁租的呢？……是我……是谁一直保留它呢？……还是我……而你却要把我赶出去！……闭起你的嘴，无赖！你以为我不知道，你是怎样将沃德莱克的遗产，从玛德莱娜手中榨取来一半吗？你以为我不知道，你怎么跟苏珊娜睡觉，好迫使她嫁给你吗？……”

杜·洛华两手抓住她的肩膀，用力摇晃：

“不要扯上这一个！我不允许！”

少妇嚷道：

“你就是和她睡觉了，这我知道。”

说什么他都接受，唯独捏造这种事，令他怒不可遏。刚才少妇冲着他的脸嚷出那些事实，已经让他在心里憋了很大火，现在又捏造这种事，侮辱即将做他妻子的这个小姑娘，便刺激他的手掌产生打人的欲望了。

他重复道：

“住口……小心点儿……住口……”

他猛力摇晃她，就像摇撼树枝，好把果子摇落那样。

她用力号叫，帽子也掉了，嘴张得老大，眼神就跟疯了一样：

“你就是和她睡过觉……”

他放开手，狠命扇了她一个大耳光，把她扇倒在墙脚下。可是，她又转过身来，用手腕支起身子，又冲他骂道：

“你就是和她睡过觉！”

杜·洛华扑过去，骑到她身上，左右开弓，大打出手，就像揍一个男人。

她忽然住口了，在拳头下开始呻吟。她也不动弹了，把脸藏在墙壁和地板的接角处，连声哀叫起来。

杜·洛华不再打了，他站起来，在屋里走了几步，以便冷静下来，他忽然有了个主意，到卧室拿脸盆，放满冷水，将头浸到盆里，然后再洗洗手，一边细心地擦干手指，一边回去瞧瞧她在做什么。

她没有动窝儿，一直躺在那儿啜泣。

他问道：

“你这样哭天抹泪的，还有完没完？”

她不应声。杜·洛华站在屋子中央，面对倒在地上的这个躯体，不禁有点尴尬，有点惭愧。

他猛然把心一横，从壁炉上抓起帽子，说了声：

“晚安，你准备走的时候，将钥匙交给门房，我可不恭候你的旨意了。”

他走出去，随手带上门，到小屋对门房说：

“太太还在屋里，等一会儿就走。您告诉房东，10 月 1 日我解除租约。今天是 8 月 16 日，还在规定的期限内。”

说完，他大步流星地走了，急着去置办给新娘的礼物，还差几样东西要买齐。

婚礼定于10月20日议会复会之后，在玛德莱娜教堂举行。大家虽然不确切了解真相，但还是议论纷纷，好几种说法不胫而走，也有人私下讲，出了诱拐的事情，可又什么事都不敢一口咬定。

据仆人讲，那天半夜，主人将女儿送进修道院，然后决定了这桩婚事，当时华尔特夫人气得服了毒，她再也不同未婚女婿说话了。

夫人抬回来时几乎咽气了，肯定再也不能复原了。现在她看上去像个老太婆，头发全花白了，一心投在宗教上，每礼拜天都去领圣体。

9月初，《法兰西生活报》登出消息：杜·洛华·德·康泰尔男爵升任总编，华尔特仍保留社长的头衔。

这阵子，报社又添了一大批人手，有著名的专栏作者、社会新闻记者、政治评论员、艺术和戏剧评论家等，都是出大价码，从各大报社、实力雄厚而稳健的老报社挖来的。

那些资深的报人、受人尊敬的严肃报人，谈起《法兰西生活报》也不再耸肩了。这家报纸全面而迅速的成功，打消了严肃作者当初对它的低估。

这家报纸总编的婚姻，自然是人们所说的巴黎要闻，尤其这段时间以来，乔治·杜·洛华和华尔特一家引起人们极大的关注。所有见诸于社会新闻栏的名流，都打算去参加婚礼。

庆典在一个晴朗的秋日举行。

从早晨八点钟，玛德莱娜教堂神职人员便一齐动手，在俯临王宫街的高台阶铺上宽宽的红地毯，暂停行人通过，并向巴黎民众宣布，这里即将举行盛大的婚礼仪式。

上班通过这里的职员、青年女士、商店伙计，都停下来看热闹，心里揣度，富人男女配对要花多少钱。

将近十点钟，看热闹的人开始聚拢，盼望仪式也许马上就开始了，等了几分钟又走开了。

十一点钟，几队警察开来，立即疏散聚拢的人群。

应邀参加婚礼的客人，不久首批就到了，他们想占个好位置，坐到主殿靠通道的椅子上。

其他宾客陆续到了，女士衣裙窸窣，发出绫罗绸缎的声响；男人神态严肃，一个个几乎全秃了顶，走路的姿势都有上流社会的派头，在这种场合尤为显得庄重。

教堂里渐渐坐满了。阳光从敞开的正门射进来，照亮坐在头几排的亲朋好友。主祭坛显得有些昏暗，那里点满了大蜡烛，可是正对着大门射进来的一大束阳光，烛光就显得幽幽而惨淡了。

相识之人，彼此打招呼，或者聚到一起。文人不像上流社会人士那么拘礼，他们低声交谈。有人眼睛专注视女子。

诺尔贝·德·瓦莱纳游目寻找朋友，望见雅克·里瓦乐坐在排椅中间，便过去相会。

"嘿！"里瓦乐说道，"未来属于机灵鬼！"

另一个丝毫也不羡慕，答道："这对他再好不过了。他这辈子也就足了。"接着，他们指指点点看见的人，说出叫什么名字。

里瓦乐问道：

"您知道吗，他那老婆现在怎么样啦？"

诗人微笑道：

"知道也不知道。听说她深居简出，住到蒙马特区。不过……这里要加一个'不过'……近来，我看《鹅毛笔》上刊登的一些政论文章，酷似弗雷吉埃和杜·洛华的文笔。那些文章署名让·勒道尔，是个英俊而聪明的青年，和我们的朋友杜·洛华是同一类人，他结识了杜·洛华的前妻。从而我得出一个结论：那女人喜欢新手，并且永远爱他们。再说，她很富有，沃德莱克和拉罗什·马提厄，也都不是空手做她家的常客。"

里瓦乐认为：

"她一定不错，那个小玛德莱娜，人非常精明，又非常狡猾。她脱了衣裳肯定很迷人。对了，您说说看，杜·洛华在宣判离婚之后，怎么还能在教堂举行婚礼呢？"

诺尔贝·德·瓦莱纳答道：

“他能在教堂举行婚礼，因为对教堂来说，他那第一次并不算结婚。”

“怎么会这样呢？”

“我们的帅哥儿娶玛德莱娜·弗雷吉埃的时候，不知是出于无所谓还是考虑节省，认为只到区政府登记就成了，因而没有接受神父的祝福，这对我们的圣母——教会来说，只构成同居的关系。因此，他今天仍作为童男来到圣母面前，教会也就向他提供豪华的排场，让华尔特老头儿破费一大笔。”

教堂的拱顶下人数越多，喧闹声也就越大了，可以听见有些人说话嗓门儿相当高。有人指点议论名人。那些名人则摆出名人做派，为惹人注目而得意，越发着意保持在大庭广众之中应有的姿态。他们已经习惯出席各种盛大庆典，觉得他们是这类场合的点缀、艺术装饰品。

里瓦乐又问道：

“亲爱的，您常去老板家，您说说看，华尔特夫人和杜·洛华彼此都不说话，这是真的吗？”

“对，绝不讲话了。夫人不愿意把小女儿嫁给他。然而，杜·洛华抓住了那位父亲的把柄，以发现的尸体相威胁，据说是埋在摩洛哥的尸体，威胁老头子要无情地揭露出来。华尔特想起拉罗什·马提厄的事例，就立刻让步了。然而，那位母亲同所有女人一样，还固执己见，赌咒发誓再也不同她女婿说话了。他们二人面对面的情景，简直滑稽极了。夫人好似一尊雕像，复仇女神的雕像。杜·洛华则十分尴尬，不过，他那人善于控制自己，还是极力保持泰然自若的样子！”

一些同仁前来同他们握手。政治问题的交谈，片言只语传到耳畔。而聚集在教堂前的民众的喧嚣，则像远处传来的海涛声模糊不清，同阳光一起从正门涌入教堂，升到拱顶，覆盖住聚在圣殿里的精英们更为审慎的喧声。

突然，教堂侍卫用大戟在厚木地板上戳击三声。在场的人都转过身去，弄得衣裙窸窸窣窣，椅子吱吱咯咯响了一阵。新娘挽着父亲的手臂，出现在教堂大门耀眼的阳光里。

她的样子仍然像个玩具娃娃，像个头戴橘花冠、浑身雪白的美妙的玩具娃娃。

她在门口停了片刻，接着向大殿跨进第一步，与此同时，管风琴猛然一声巨响，以其金属的洪亮声音，宣布新娘进入教堂。

她低头走过来，但毫无羞怯之态，只是微微有些激动，显得又可爱又迷人，是个娇小的新娘。大家看着她走过，女宾们微笑着窃窃私语，男宾们则低声赞叹："美妙极了，可爱极了。"华尔特先生脸色有点苍白，鼻子上平稳地架着眼镜，走路的那种庄严神态，未免有点做作。

他们身后跟着四名女傧相，都穿着一色粉红衣裙，四个都那么美丽，组成这位珠宝王后的侍从。四名男傧相也都是严格挑选出来的，都符合这种角色，那种整齐的步伐，就好像有芭蕾舞教师在指挥。

接着便是华尔特夫人，由另一个女婿的父亲挽着手臂，即年已七十二岁的德·拉杜尔·伊沃兰侯爵。现在，华尔特夫人不是在走路，而是拖着脚步，仿佛向前挪一挪就要摔倒，叫人感到她的双脚粘在石板地上，双腿不听使唤，她的心也跳得厉害，犹如一只野兽要跳出她的胸膛逃走。

她明显消瘦了，斑斑白发衬得她的脸色更加苍白，面颊更为凹陷了。

她目视前方，不看任何人，也许只为想折磨她的那件事。

接下来便是乔治·杜·洛华和一位陌生的老妇人。

他昂着头，也不左顾右盼，严峻的目光直视前方，微微皱着眉头，唇上的小胡子好像要冲起来。他在众人眼里是个美男子，神气十足，身材修长，双腿挺拔；那套礼服非常合身，佩戴的荣誉团勋章小红绶带，仿佛沾在礼服上的一滴鲜血。

随后而来的是亲属：六周前结了婚的萝丝和参议员里索兰·德·拉杜尔·伊沃兰伯爵和德·佩什穆尔子爵夫人。

殿后的队列颇为稀奇古怪，是杜·洛华介绍到他新家庭来的盟友和朋友，那些立即成为他密友的巴黎半上流社会的有名人物，以及暴发户所必有的那些远亲，降级的、破了产的、名誉有污点的贵族，其中结了婚的就更糟了，有德·贝勒维涅先生、德·邦若兰侯爵、德·拉沃奈尔伯爵夫妇、拉莫拉诺公爵、克拉瓦洛夫亲王、瓦雷阿利骑士，以及华尔特的客人：盖尔什亲王、费拉西纳公爵夫妇、美丽的德·杜纳侯爵夫人。在这队列中，华尔特夫人的几位亲戚，还保留正宗的外省风范。

管风琴一直在鸣奏，从巨大的体魄、亮晶晶的喉咙里，有节奏地发出洪亮的声响，正是向天喊出的人类的欢乐和痛苦。两扇大门重又关闭，教堂里骤然一片昏暗，就好像刚把太阳赶出大门。

现在，乔治和他妻子面对烛火通明的神坛，并排跪在主祭台上。从丹吉尔新来的主教走出圣器室，他头戴主教冠，手执法杖，要以上帝的名义把他俩结合起来。

主教按惯例提完问题，让二人交换了戒指，又向新婚夫妇发表基督教式的祝词。他讲话像链条一般连续不断，用夸饰的语言大谈特谈彼此忠实。这位主教又高又胖，是以便便大腹显示威严的那种仪表堂堂的高级神甫。

忽听一阵哭泣声，几个人回过头去，原来是华尔特夫人掩面而泣。

她不得已而让步。她不让步又有什么办法呢？不过，她把归来的女儿赶出房间，不肯拥抱和亲吻自己的女儿。杜·洛华重新露面，恭恭敬敬向她施礼时，她就以极低的声音对他说："您是我认识的最卑鄙无耻的小人，今后再也不要同我说话了，我决不会搭理您！"从那一天起，她就受着痛苦的折磨，既难以忍受又难以平息。她恨苏珊娜，恨之入骨，这仇恨中既有激增炽烈的痴情，又有心痛欲碎的嫉妒，而这嫉妒多么奇特，是以母亲和情敌的双重身份，不可告人而又凶狠异常，就像新创的伤口那样灼痛。

可是在这教堂里，一位主教面对两千人，并当着她本人的面，正将她女儿和她情夫结为夫妻！她却什么也不能说！她却不能阻止！她却不能大喊一声："喂，这个男人是我的，他是我的情夫。您祝福的这一结合是耻辱的！”

好几位女宾颇为感动，低声说道：“可怜的母亲，她多么激动啊。”

主教朗声说道：“你们是大地上最幸福的人，也是最富有和最受尊敬的人。您，先生，您才华出众，您写文章教导、规劝、指引芸芸众生，您要完成美好的使命，要为世人做出光辉的典范……”

杜·洛华听得心花怒放，如醉如痴。罗马教会的一位高级神职人员，竟如此盛赞他。他感到身后有一大群人，是为他而来的一大群名人。他觉得有一股力量推动他，托举他，而他，身为康泰勒两个穷苦乡下人的儿子，正在变成大地的一个主宰者。

父母的影像忽又浮现在他眼前，他们在鲁昂附近的大河谷之上的山顶，在简陋的小酒馆里，正给当地的老乡倒酒。他继承了德·沃德莱克的遗产时，给他们寄过去五千法郎，这回，他要给他们寄去五万法郎，他们可以用来置一块地，过上满足而幸福的生活。

主教已经讲完长篇祝词。一位披着金色襟带的神甫登上神坛。管风琴再次奏响，歌颂这对新婚夫妇。

不大工夫，管风琴发出持续不断的轰鸣，声如惊涛骇浪，而声浪威力无比，势欲掀起屋顶，响彻蓝天。嗡鸣之声充斥教堂，震撼着人的肉体和心灵。继而，琴声忽又平静下来，变为纤巧轻快的音符，在空中驰骋，犹如清风拂着耳畔；这是优美柔和的乐段，像鸟儿一样跳跃飞舞；忽然，这纤巧的音乐又变得厚重了，力度和响度大得惊人，就好比一颗沙粒化为一个世界。

接着又响起歌声，在人们低垂的头上流荡，那是巴黎歌剧院的沃里和朗代克在歌唱。香炉里散发着安息香的洁香，神坛上的祝圣仪式即将完成，由教士呼唤的耶稣基督降临人世，为乔治·杜·洛华男爵的大喜事祝圣。

帅哥儿跪在苏珊娜身边，低垂着额头，此时此刻，他几乎感到自己成为信徒，成为修道士，心里充满了感激，感谢神灵如此施惠，保佑他成功。他不大清楚究竟应当感谢谁，就只能感谢神灵了。

仪式结束了，他站起身，让他妻子挽着手臂，一同走进圣器室。

这时，参加婚礼的宾客排起长龙，鱼贯走过来祝贺。乔治简直乐疯了，自以为是国王，接受万民的欢呼。他同贺客一一握手，说两句毫无意义的应酬话，答礼回谢客人的祝贺：“感谢您的光临。”

忽然，他望见了德·玛海勒夫人，于是想起他给予和她奉还的所有亲吻，想起他们每次爱抚的情景，想起她的亲热、声调和嘴唇的味道，不禁热血沸腾，忽然产生同她重修旧好的愿望。她美丽、优雅，眼睛特别有神，像个淘气的孩子。乔治想：“平心而论，她是多么迷人的情妇啊！”

德·玛海勒夫人走过来，她有点胆怯，有点不安，向他伸出手去。乔治握住她的手，没有立刻放开，他感到了这女性手指的谨慎呼唤，以及表示原谅与和好的轻轻一按。他则紧紧握住这只小手，似乎表明：“我永远爱你，我是你的。”

二人的目光相遇，都含着微笑，眼神儿放光，充满了情爱。少妇甜美地低声道：“回见，先生！”

乔治喜形于色，答道：“回见，夫人！”

少妇走了。

其余宾客推拥着，如一条长河，从他面前流过。终于，人渐渐稀少了，最后一批也走了。

乔治又挽起苏珊娜的手臂，再次穿过教堂。

教堂仍然座无虚席，每人都回到原座，要看着新婚夫妇走过去。乔治脚步沉稳，头高高扬起，眼睛注视着正门那阳光灿烂的大海湾，只觉得浑身微微战栗：这种冷战恰恰是巨大的幸福引发的。他不看任何人，一心想着自己。

他走到门口，望见聚集的人群，黑压压一片，沸反盈天，全是为他而来，为他乔治·杜·洛华而来。巴黎民众无不瞻仰他，羡慕他。

他又举目眺望，望见和谐广场那边的众议院，觉得自己只要纵身一跃，就能从玛德莱娜教堂的大门跃到波旁宫①的大门。

---

① 法国议会所在地。

他穿过围观的人群，缓步走下高高的台阶。这些人他都视而不见，思想又回到从前，在令他目眩的灿烂阳光下，眼前又浮现德·玛海勒夫人的倩影，只见她正对着穿衣镜，整理她每次起床都要零乱的鬓角小发卷。

（全文完）

作者年表

1850年　8月5日，出生于诺曼底米洛美尼尔城堡的一个小贵族家庭。父亲名叫居斯塔夫·德·莫泊桑。母亲名叫洛尔·勒·普瓦特温。

1851年　8月17日，在教堂接受洗礼。

1854年　全家定居于塞纳河滨海省格兰维尔—伊莫维尔庄园中。这个庄园为莫泊桑后来写的小说《一生》提供了背景。

1856年　5月19日，胞弟艾尔维德·莫泊桑出生。

1859年　全家离开诺曼底前往巴黎谋生。10月莫泊桑进入拿破仑公学读书。

1860年　夏季，母亲携二子回到诺曼底埃特尔塔的维尔基别墅居住。年底，莫泊桑离开拿破仑公学；父母因感情不和而协议分居。

1861—1862年　埃特尔塔教区的欧布尔教士为莫泊桑两兄弟担任家教。

1863年　进入伊夫托修道院办的学校六年级读书，开始创作第一部诗集。

1866年　暑假中搭救了溺水的英国诗人、文学批评家斯文伯恩，受到对方的热情款待。

1868年　由于写了一首有蔑视教会的诗被教会学校开除。在母亲辅导下读完高中二年级课程，10月进入鲁昂中学。在创作上开始受到诗人路易·布耶和小说家福楼拜的栽培。

1869年　7月18日，路易·布耶去世。7月27日，通过中学毕业会考并获得克安大学文学学士衔。10月，赴巴黎攻读法律专业，受叔本华的哲学思想影响颇深。

1870年　7月，普法战争爆发，应征入伍。在战争中的经历成了他日后写作的重要素材。

1871年　9月，退伍复员。

1872年　3月，进入海军部工作。10月，被任命为殖民地管理处的临时雇员，但没有薪水。工作之余继续学习法律。

1873年　2月，正式领薪水，开始了公务员生涯。在福楼拜的指导下开始学习小说创作。

1874年　冬季，在福楼拜寓所结识了屠格涅夫、都德、左拉、龚古尔等著名作家。

1875年　创作历史诗剧《吕纳伯爵夫人的背叛》。4月，在一群朋友中不公开上演黄色滑稽剧《玫瑰花瓣·土耳其人之家》。短篇恐怖小说《剥皮的手》在《洛林季风桥年鉴》上发表，莫泊桑署名为约瑟夫·普律尼埃。

1876年　3月，在《文学共和国》上以居伊·德·华勒蒙的笔名发表诗歌《水边》。10月，到法国南部诉安蒂伯居住，完成独幕诗剧《排演》。结识阿莱克斯、瑟阿尔、厄尼克、于斯曼等青年作家，以左拉为偶像经常出入巴黎郊区左拉的梅塘别墅聚会，号黎“梅塘集团”。开始出现脱发症。

1877年　2月，完成剧本《鲁恩伯爵夫人的背叛》。4月16日，与阿莱克斯、瑟阿尔、厄尼克、于斯曼等青年作家在特拉普饭店举办自然主义作家晚宴，左拉、福楼拜、龚古尔等名作家出席。这次聚餐成了自然主义诞生的标志。5月，《玫瑰花瓣·土耳人之家》在贝克剧场上演。8月，被医生诊断患有恶疾，经海军部准假，赴瑞士洛埃施进行温泉治疗。12月，打算写小说《一生》。

1878年　1月，完成对剧本《鲁恩伯爵夫人的背叛》的修改，但该剧未能上演。

1879年　2月1日，到公共教育部任职。2月19日，剧本《旧日的故事》在巴朗德剧院首演。3月10日，剧本《旧日的故事》出版。夏季，“梅塘集团”6位作家约定以普法战争为背景，各自创作一篇小说并以《梅塘之夜》为总题名合集出版。被授予学术界奖章（莫泊桑一生中唯一的一次）。10月28日，在《文学共和国》上发表文章《居斯塔夫·福楼拜》。12月，在《现代与自然主义者杂志》上发表诗歌《一位少女》（即1876年发表的《水边》），埃塘泊法庭认为该诗有伤风化，传令莫泊桑出庭，福楼拜出面干预并劝告莫泊桑。

1880年　2月14日，到埃塘泊法庭候审，26日，总检察长写信给法兰西检察官，依法提出免予起诉的命令。4月17日，小说合集《梅塘之夜》出版，莫泊桑的短篇小说《羊脂球》轰动文坛。几天后其诗集也相继出版。5月8日，福楼拜患中风去世。5月30日，中篇小说《一个巴黎市民的星期天》开始在《高卢人报》上连载。6月1日，教育部准许莫泊桑六个月假期，莫泊桑赴科西嘉旅行，写成短篇小说《科西嘉的强盗》，莫泊桑从此离职成为专职作家。8月，结识克蕾芒丝女士。

1881年　从克劳札勒街搬至巴蒂涅奥勒地区的都隆街83号居住。5月，小说集《泰利埃妓馆》出版，《一个农场女佣的故事》《一家人》等8篇中短篇小说问世。7—9月，作为《高卢人报》特派记者赴北非阿尔及利亚等地参观访问。从这年开始，长期为《吉尔·布拉斯报》等多种报刊撰稿，直至1891年。

1882年　5月，小说集《菲菲小姐》出版，《女疯子》《一个诺曼底佬》《皮埃罗》等短篇小说问世。夏天，到布列塔尼旅行。

1883年　2月27日，与约瑟芬·利泽尔曼的私生子在巴黎出生。3月，在《当代名流》上发表研究左拉的文章。4月，第一部长篇小说《一生》出版。小说集《菲菲小姐》（增订版）、《山鹬的故事》《月光》等先后出版，《骑马》《我的叔叔于勒》《两个朋友》《米隆老爹》《勋章到手了！》《珠宝》《绳子》等短篇佳作问世。这年遭受眼疾、偏头痛、神经痛等多种疾病的折磨。

1884年　离开都隆街到蒙夏宁居住。相继出版游记《阳光下》、小说集《哈丽特小姐》和《隆多丽姊妹》,《项链》《伞》《幸福》《遗产》《衣橱》《小酒桶》《俘虏》《散步》《索瓦热老婆婆》等多部短篇佳作问世。

1885年　3月,小说集《白天与夜晚的故事》出版。4月,长篇小说《漂亮朋友》开始在《吉尔·布拉斯报》上连载。4—6月,与画家热尔韦等人出游意大利西西里等地,购买游艇并命名为“漂亮朋友”号。5月,长篇小说《漂亮朋友》单行本出版。12月,小说集《帕朗先生》出版。

1886年　1月19日,胞弟艾尔维与玛丽·苔莱丝完婚。1月,小说集《图瓦》出版。5月,小说集《小罗克》出版。12月下旬,长篇小说《温泉》开始在《吉尔·布拉斯报》上连载。年底,应罗思柴尔德男爵邀请,访问英国。

1887年　1月,长篇小说《温泉》出版。5月,小说集《奥尔拉》出版。夏天到伦敦、牛津等地游览。9月,撰写论文《小说研究》和长篇小说《彼尔与若望》的部分。10月至次年1月,前往北非旅行。

1888年　1月,《小说研究》在《费加罗报》的文艺副刊上发表,长篇小说《彼尔与若望》出版。同年,出版《在水上》《于松夫人的蔷薇》。11—12月,乘“漂亮朋友”号游艇出游,途经热那亚、那不勒斯、阿尔及利亚、突尼斯等地。

1889年　2月,小说集《左手》出版。5月,长篇小说《如死一般强》出版。8月,艾尔维精神病发作,莫泊桑将其送往医院治疗。9—10月,乘“漂亮朋友”号游艇再次出游,访问突尼斯、意大利。11月13日,胞弟艾尔维病故。文论《十九世纪小说发展》在1899年《博览》杂志上发表。这年莫泊桑身体状况每况愈下,出现严重的幻觉现象。

1890年　3月,游记《漂泊的日子》出版。4月,短篇小说集《无益的美》出版。6月,长篇小说《我们的心灵》出版。由于病情日益恶化，原定本年度出访西班牙与埃及的计划被迫取消，但年内多次接待一位神秘的“穿灰衣的女人”。性格变坏，经常发脾气，与新居的维克多·雨果大道的房主打官司，借口是房子太吵闹。

1891 年　3 月，与人合写的三幕剧《穆索特》在吉姆纳斯剧场首演成功。6 月，到狄沃纳、香泊勒等地温泉治疗。12 月，身体各部位剧烈疼痛，难以忍受，几乎到了要疯狂的地步。圣诞节前与他巴黎的两位女友玛丽·卜纳、阿尔伯·卡安到圣玛格丽特岛过节。

1892 年　新年元旦，在尼斯他母亲家用晚餐。1 月 2 日深夜，试图割断喉咙自杀。1 月 8 日，作为精神病人被送进巴黎帕西医院就治。

1893 年　7 月 6 日，因精神病严重发作，与世长辞。7 月 8 日，其遗体被埋葬在巴黎蒙巴纳斯公墓的第二十六区里。